DATE DUE

JUN 1 7 2003	
JUL 1 7 2003	
AUG 4 2003	
NOV 2 0 2003	
DEC 3 0 2003	
JUN 6 2005	
JUL - 8 2005	
OCT 1 8 2005	
OCT 1 7 2006	
MAR 1 0 2007	

GAYLORD   PRINTED IN U.S.A.

EL
VIAJE

DANIELLE STEEL

EL
VIAJE

Traducción de
María Eugenia Ciocchini

PLAZA  JANÉS

Título original: *Journey*

Primera edición en U.S.A.: octubre, 2002

© 2000, Danielle Steel
   Todos los derechos reservados incluyen los derechos de re-
   producción, en todo o en parte, en cualquier forma.
   Extracto de «Journey», de Edna St. Vincent Millay, de
   Collected Poems. © 1921, 1948 de Edna St. Vincent Millay.
© de la traducción María Eugenia Ciocchini
© 2002, Random House Mondadori, S. A.
   Travessera de Gràcia, 47-49. 08021 Barcelona

Printed in Spain – Impreso en España

ISBN: 1-4000-0316-4

Distributed by Random House Español

A mis hijos,
Beatie, Trevor, Todd, Sam,
Victoria, Vanessa, Maxx y Zara,
que han viajado lejos conmigo,
con fe y buen humor y mucho amor

Y a Nick,
que está seguro en las amorosas manos de Dios
Con todo mi amor

D. S.

Mi viaje ha sido largo. No lo lamento. A veces la senda se ha presentado oscura y peligrosa. Otras veces, alegre, salpicada por el sol. Ha resultado difícil más a menudo que fácil.

El camino ha estado lleno de riesgos desde el principio: el bosque era espeso; las montañas, altas; la oscuridad, aterradora. Y en todo el trayecto, incluso entre la bruma, hubo un pequeño punto de luz, una diminuta estrella para guiarme.

He sido sabia e imprudente. Me han amado, y también traicionado y abandonado. Muy a mi pesar, he herido sin querer a otros, a quienes humildemente pido disculpas. Yo he perdonado ya a quienes me hicieron daño y rezo para que ellos me perdonen por haberles permitido que me lo hicieran. He amado mucho, entregado mi corazón y mi alma. Y aun profundamente herida, he continuado con ilusión, esperanza e incluso una fe ciega en el camino hacia el amor y la libertad. El viaje continúa, y ahora es más fácil que antes.

Deseo que aquellos de vosotros que seguís perdidos en la oscuridad encontréis compañeros de viaje que os traten bien. Que halléis refugios y claros en el bosque cuando los necesitéis. Que encontréis aguas frescas para beber sin temor, aplacar vuestra sed y lavar vuestras heridas. Y que algún día os podáis recuperar.

Cuando nos crucemos, uniremos nuestras manos y nos conoceremos. La luz está allí, esperándonos. Cada uno de nosotros debe continuar el viaje hasta encontrarla. Para alcanzarla necesitaremos determinación, fuerza, valor, gratitud, paciencia y, por encima de todo, sabiduría. Al final del camino, nos encontraremos a nosotros mismos y hallaremos la paz y un amor con el cual, hasta el momento, solo hemos soñado.

Que Dios abrevie vuestro viaje y os proteja.

D. S.

«VIAJE»

... Durante toda mi vida,
he mirado la paz por encima del hombro.
Ahora, de buen grado me tendería sobre la alta hierba
y cerraría los ojos.

EDNA ST. VINCENT MILLAY

1

La limusina negra redujo la velocidad y se detuvo en una larga hilera de vehículos parecidos. Era una templada noche de principios de junio, y dos marines se acercaron mientras Madeleine Hunter se apeaba elegantemente del coche frente a la entrada este de la Casa Blanca. Una iluminada bandera ondeaba en la brisa estival, y la mujer sonrió a uno de los marines que la saludaban. Alta y delgada, iba enfundada en un vestido de fiesta blanco que caía en primorosos pliegues desde el hombro. Su cabello oscuro estaba recogido en un delicado moño con trenza que le permitía lucir la perfección de su largo cuello y de su único hombro desnudo.

Esta mujer de tez clara y ojos azules se movía con garbo y gracia sobre plateadas sandalias de tacón alto. Sus ojos danzaron cuando sonrió, y dio un paso a un lado mientras un fotógrafo le tomaba una foto. Le hicieron otra en cuanto su marido bajó del coche y se colocó a su lado. Jack Hunter, un hombre fornido de cuarenta y cinco años, había amasado una fortuna como jugador de fútbol, la había invertido inteligentemente y con el tiempo se había dedicado a comprar y vender emisoras de radio y televisión; a los cuarenta, ya era propietario de una de las principales cadenas de televisión por cable. Desde entonces, Jack Hunter había convertido su buena suerte en un gran negocio. Él mismo era un gran negocio.

El fotógrafo les tomó otra instantánea antes de que ambos desaparecieran rápidamente en el interior de la Casa Blanca. Formaban una maravillosa pareja desde hacía siete años. Madeleine tenía treinta y cuatro años, y Jack la había descubierto en Knoxville a los veinticinco. Su acento sureño —igual que el de él— se había desvanecido hacía tiempo. Jack procedía de Dallas, y hablaba con un tono firme y contundente que convencía de inmediato al oyente de que sabía lo que hacía. Sus oscuros ojos perseguían a su presa por todos los rincones de la habitación, y tenía el don de escuchar varias conversaciones a la vez mientras aparentaba una absoluta concentración en las palabras de su interlocutor. Según decían quienes lo conocían bien, a veces atravesaba a la gente con la mirada y otras veces parecía acariciarla. Tenía un aire poderoso, casi hipnótico. Bastaba con verlo —pulcramente vestido con esmoquin y una camisa perfectamente almidonada, su cabello moreno impecablemente peinado— para que uno quisiera conocerlo y entablar amistad con él.

Ese era el efecto que había producido en Madeleine cuando se conocieron en Knoxville, en los tiempos en que ella era casi una adolescente. Madeleine había llegado a Knoxville desde Chattanooga y tenía acento de Tennessee. Había sido recepcionista en una cadena de televisión hasta que una huelga la obligó a dar primero el parte meteorológico y luego las noticias ante las cámaras. Era torpe y tímida, pero tan hermosa que los espectadores se quedaban arrobados mirándola. Tenía aspecto de modelo o de estrella de cine, pero también un aire campechano que hacía que todos la quisieran y una sorprendente habilidad para llegar al meollo de una historia. Y Jack se quedó prendado de ella en cuanto la vio. Sus palabras eran abrasadoras, igual que sus ojos.

—¿Qué haces aquí, bonita? Supongo que romperle el corazón a todos los jóvenes —le había dicho.

No aparentaba ni un día más de veinte años, aunque era casi cinco años mayor. Jack se había acercado a hablarle después de una emisión.

—No lo creo —respondió ella riendo.

Él estaba negociando para comprar la cadena, y dos meses después lo hizo. De inmediato la contrató como presentadora asistente y la envió a Nueva York para que aprendiera todo lo necesario sobre informativos y luego a maquillarse y peinarse. Cuando volvió a verla, se quedó maravillado ante los resultados. Pocos meses después, Madeleine inició una meteórica carrera hacia la fama.

Fue Jack quien la ayudó a salir de la pesadilla que estaba viviendo entonces, con un marido con quien llevaba casada desde los diecisiete años y que la había maltratado de todas las maneras posibles. La situación no era distinta de la que había visto vivir a sus padres en su infancia en Chattanooga. Bobby Joe había sido su novio del instituto, y llevaban ocho años casados cuando Jack Hunter compró la cadena de televisión por cable en Washington D.C. y le hizo una oferta irresistible. La quería como presentadora para la hora de máxima audiencia y le prometió que, si aceptaba ir con él, le ayudaría a empezar una nueva vida y le permitiría cubrir las mejores noticias.

Fue a buscarla a Knoxville en limusina. Ella lo esperaba en la estación de autocares Greyhound, con una pequeña maleta Samsonite y cara de miedo. Subió al coche sin decir palabra y viajaron juntos hasta Washington. Bobby Joe tardó meses en descubrir dónde estaba, pero para entonces, con la ayuda de Jack, ella había solicitado el divorcio. Un año después estaban casados. Hacía siete años que era la esposa de Jack Hunter; Bobby Joe y sus malos tratos habían quedado atrás, y solo los recordaba como una pesadilla lejana. Ahora era una estrella. Llevaba una vida de cuento de hadas. Era conocida, respetada y admirada en todo el país. Y Jack la trataba como a una princesa. Mientras entraban en la Casa Blanca, con los brazos enlazados, y se ponían en la cola de la recepción, ella parecía tranquila y feliz. Madeleine Hunter no tenía preocupaciones. Estaba casada con un hombre importante y poderoso que la amaba, y ella lo sabía. Sabía que no volvería a ocurrirle nada malo. Jack Hunter no lo permitiría. Ahora estaba a salvo.

El presidente y la primera dama les estrecharon las manos en la Sala Este, y el presidente le dijo a Jack en voz baja que quería hablar en privado con él. Jack asintió y sonrió mientras Madeleine conversaba con la primera dama. Se conocían bien. Maddy la había entrevistado varias veces y los Hunter eran invitados con frecuencia a la Casa Blanca. Y mientras Madeleine entraba en la sala del brazo de su marido, mucha gente sonrió y la saludó con inclinaciones de la cabeza; todos la conocían. Había recorrido un largo camino desde Knoxville. No sabía dónde estaba Bobby Joe, y tampoco le importaba. La vida que había llevado con él ahora parecía irreal. Esta era su realidad: un mundo de poder y personas importantes, entre las cuales destacaba como una estrella rutilante.

Se mezclaron con los demás invitados, y el embajador francés charló afablemente con Madeleine y le presentó a su esposa mientras Jack hacía un aparte con el senador que estaba al frente del Comité de Ética del senado. Quería discutir cierto asunto con él. Madeleine los miró con el rabillo del ojo al tiempo que el embajador brasileño se acercaba acompañado por una atractiva congresista de Mississippi. Como de costumbre, fue una velada interesante.

En el comedor, Madeleine se sentó entre un senador de Illinois y un congresista de California que compitieron por su atención durante la cena. Jack estaba sentado entre la primera dama y Barbara Walters. No volvió a reunirse con su esposa hasta altas horas de la noche, cuando se deslizaron con soltura por la pista de baile.

—¿Qué tal ha ido? —preguntó él con naturalidad, ojeando a varios personajes importantes mientras bailaban.

Jack rara vez perdía de vista a la gente que lo rodeaba; por lo general, sabía de antemano a quién deseaba ver o conocer, ya fuese por una noticia o por una cuestión de negocios. Pocas veces, si acaso alguna, dejaba escapar una oportunidad y nunca asistía a una fiesta sin planear con anterioridad lo que quería conseguir. Había dedicado unos minutos a hablar tranquilamente con el presidente Armstrong, que lo había invitado a comer a Camp David ese fin de semana para continuar con la conversación. Pero ahora Jack estaba totalmente pendiente de su esposa.

—¿Qué tal está el senador Smith? ¿Qué te contó?

—Lo de siempre. Hablamos del proyecto de ley impositiva. —Sonrió a su apuesto marido. Ahora era una mujer de mundo, con considerable sofisticación y gran refinamiento. Era, como Jack solía decir, un ser enteramente creado por él. Se atribuía todo el mérito por lo lejos que había llegado Madeleine y por el sorprendente éxito que había logrado en su cadena de televisión, y le gustaba bromear con ella al respecto.

—Suena muy sexy —respondió. Los republicanos estaban furiosos, pero Jack pensaba que esta vez los demócratas ganarían, sobre todo porque contaban con el apoyo incondicional del presidente—. ¿Y el congresista Wooley?

—Es encantador —dijo ella, sonriéndole otra vez, siempre fascinada por su presencia. Había algo en el aspecto, el carisma y el aura de su marido que todavía la impresionaba—. Habló de su perro y de sus nietos. Siempre lo hace. —Le gustaba ese rasgo, igual que el hecho de que el congresista siguiera loco por la mujer con la que se había casado hacía casi sesenta años.

—Es un milagro que sigan eligiéndolo —dijo Jack cuando terminó la música.

—Yo creo que todo el mundo lo quiere.

El buen corazón de la sencilla joven de Chattanooga no la había abandonado, a pesar de su buena suerte. Nunca olvidaba de dónde procedía, y conservaba cierta ingenuidad, a diferencia de su marido, que era un hombre duro y en ocasiones brusco y agresivo. Pero a Madeleine le gustaba hablar con la gente de sus hijos. Ella no tenía ninguno, y Jack tenía dos en la universidad de Texas a quienes rara vez veía, pero que apreciaban a Maddy. Y a pesar del gran éxito de Jack, la madre de esos hijos tenía pocas cosas buenas que decir del padre y de su nueva esposa.

Llevaban quince años divorciados, y la palabra que ella usaba más a menudo para describirlo era «despiadado».

—¿Te parece que nos vayamos? —preguntó Jack mientras volvía a pasear la vista por el salón y decidía que había hablado con todas las personas que le interesaban y que la fiesta prácticamente había terminado.

El presidente y la primera dama se habían retirado, y los invitados eran libres de marcharse. Jack no veía motivos para permanecer allí. Y Maddy se alegró de volver a casa, pues tenía que estar en el estudio a primera hora de la mañana siguiente.

Se dirigieron discretamente hacia la puerta, donde los esperaba el chófer. Maddy se arrellanó en la limusina, junto a su marido. Había recorrido un largo camino desde la furgoneta Chevrolet de Bobby Joe, las fiestas a que asistían en el bar local y los amigos que vivían en caravanas. A veces aún le costaba creer que dos vidas tan distintas pudieran formar parte de una misma. Esto era muy diferente. Se movía en un mundo de presidentes, reyes y reinas, políticos, príncipes y magnates como su marido.

—¿De qué hablaste con el presidente? —preguntó, reprimiendo un bostezo.

Estaba tan guapa e impecable como al principio de la velada. Y era más valiosa para su marido de lo que él imaginaba. En lugar de verlo como el hombre que la había inventado, la gente lo veía como el marido de Madeleine Hunter. Pero si él lo sabía, jamás lo admitía ante ella.

—El presidente y yo hemos estado discutiendo un asunto muy interesante —respondió Jack con vaguedad—. Te lo contaré cuando tenga permiso para hacerlo.

—¿Y cuándo será eso? —preguntó ella con renovado interés. Además de ser su esposa, se había convertido en una hábil reportera que amaba su trabajo, la gente con la que trabajaba y los informativos. Se sentía como si tuviera los dedos en el pulso de la nación.

—Todavía no estoy seguro. Comeré con él el sábado en Camp David.

—Ha de ser importante. —Pero todo lo era. Cualquier cosa relacionada con el presidente era una gran noticia en potencia.

Recorrieron el breve trayecto hasta la calle R conversando sobre la fiesta. Jack le preguntó si había visto a Bill Alexander.

—Solo de lejos. No sabía que hubiera vuelto a Washington.

El embajador había vivido recluido durante los últimos seis meses, desde la muerte de su esposa en Colombia. Había sido una tragedia que Maddy recordaba bien. La mujer había sido secuestrada por terroristas y el embajador Alexander llevó las negociaciones personalmente, al parecer con torpeza. Después de cobrar el rescate, los terroristas se asustaron y mataron a la mujer. Y el embajador dimitió poco después.

—Es un idiota —declaró Jack sin compasión—. No debería haber tratado de solucionar las cosas solo. Cualquiera habría podido predecir lo que pasaría.

—Supongo que él no lo creyó así —respondió Maddy en voz baja, mirando por la ventanilla.

Poco después estaban en casa. Subieron por la escalera y Jack se quitó la corbata.

—Mañana tengo que estar en el despacho temprano —dijo ella mientras Jack se desabotonaba la camisa en el dormitorio.

Madeleine se quitó el vestido y quedó de pie ante él, vestida únicamente con unos panties y las sandalias plateadas de tacón alto. Tenía un cuerpo espectacular, y su marido no lo menospreciaba, como tampoco lo habían menospreciado en su antigua vida, aunque los dos hombres con quienes había estado casada eran totalmente distintos. El primero había sido brutal, cruel y agresivo, indiferente a sus sentimientos o gritos de dolor cuando le hacía daño; el segundo era tierno, sensible y aparentemente respetuoso. Bobby Joe le había roto los dos brazos en uno de sus arrebatos de ira, y en otra ocasión la había empujado por la escalera, fracturándole una pierna. Todo esto había ocurrido inmediatamente después de que Madeleine conociera a Jack, durante un ataque de celos de Bobby. Ella le había jurado que no estaba liada con Jack, cosa que en su momento era verdad. Él era su jefe y mantenían una relación de amistad; el resto llegó después, una vez ella se marchó de Knoxville y se trasladó a Washington para trabajar en la cadena de televisión. Un mes después de su llegada a Washington, Jack y ella se habían hecho amantes, pero entonces el divorcio de Maddy ya estaba en trámite.

—¿Por qué tienes que ir temprano? —preguntó Jack por encima del hombro mientras desaparecía en el cuarto de baño de mármol negro.

Hacía cinco años que le habían comprado la casa a un diplomático árabe. Abajo había un gimnasio completo, una piscina y hermosas salas que Jack usaba para agasajar a sus amigos. Y los seis cuartos de baño de la casa eran de mármol. La casa tenía cuatro dormitorios; el de ellos, y tres habitaciones de huéspedes.

Ninguna de esas habitaciones se convertiría en un cuarto infantil. Jack le había dejado muy claro desde el principio que no quería hijos. No había disfrutado de los dos que había tenido mientras crecían, y no deseaba más; de hecho, se lo prohibió terminantemente. Y tras una temporada de duelo por los hijos que nunca tendría, Maddy se había hecho ligar las trompas. En cierto sentido era mejor; había tenido media docena de abortos durante sus años con Bobby Joe y ni siquiera sabía si sería capaz de dar a luz a un niño normal. Le pareció más sencillo ceder a los deseos de Jack y no correr riesgos. Él le había dado tanto, y deseaba cosas tan grandes para ella, que Maddy había llegado a entender que los hijos solo serían un obstáculo y una carga para su carrera. Pero todavía había momentos en que lamentaba la irreversibilidad de su decisión. A los treinta y cuatro años, muchas de sus contemporáneas aún seguían teniendo hijos, mientras que ella solo tenía a Jack. Se preguntaba si se arrepentiría aún más cuando fuera vieja y echara de menos nietos. Pero era un pequeño precio a pagar por la vida que compartía con Jack Hunter. ¡Y ese punto era tan importante para Jack! Había insistido mucho en ello.

Volvieron a reunirse en la amplia y cómoda cama, donde Jack la atrajo hacia sí y ella se acurrucó contra él, apoyando la cabeza en su hombro. A menudo pasaban un rato así antes de dormirse, hablando de lo que había sucedido durante el día, de los sitios donde habían estado, las personas que habían visto y las fiestas a las que habían asistido. Ahora, Maddy trató de adivinar lo que se proponía el presidente.

—Te he dicho que te lo contaré en cuanto pueda, así que deja de hacer conjeturas.

—Los secretos me vuelven loca —dijo ella con una risita.

—Tú me vuelves loco —repuso él, haciéndola girar con suavidad y sintiendo la suavidad de su piel bajo el camisón de seda.

Nunca se aburría de ella, ni dentro ni fuera de la cama, y le regocijaba saber que era toda suya, en cuerpo y alma, no solo en la cadena de televisión sino también en el dormitorio. Sobre todo allí, Jack parecía sentir un apetito insaciable por ella, y en ocasiones Madeleine tenía la sensación de que iba a devorarla. Amaba todo lo relacionado con ella, estaba al tanto de lo que hacía y le gustaba saber dónde se encontraba en cada momento del día y qué estaba haciendo. Y tenía mucho que decir al respecto. Pero en lo único que podía pensar ahora era en el cuerpo del que jamás se hartaba, y mientras la besaba y estrechaba con fuerza, ella emitió un suave gemido. Nunca se quejaba de la forma ni de la frecuencia con que él la buscaba. Le gustaba que la deseara tanto y le complacía saber que seguía excitándolo con la misma intensidad que al principio. Todo era muy distinto de lo que había vivido con Bobby Joe, que solo quería usarla y herirla. Lo que excitaba a Jack era la belleza y el poder. Haber «creado» a Maddy lo hacía sentirse poderoso, y «poseerla» en la cama lo volvía prácticamente loco.

2

Como de costumbre, Maddy se levantó a las seis de la mañana y se dirigió en silencio al cuarto de baño. Se duchó y se vistió, sabiendo que la peinarían y maquillarían en la cadena, como hacían cada día. A las siete y media, cuando Jack bajó a la cocina recién peinado y afeitado, vestido con un traje gris oscuro y una almidonada camisa blanca, la encontró con la cara fresca, enfundada en un traje de pantalón azul oscuro, bebiendo café y leyendo el periódico de la mañana.

Cuando lo oyó entrar, alzó la vista y comentó el último escándalo en las altas esferas. La noche anterior habían arrestado a un congresista por contratar a una prostituta en la calle.

—Deberían tener más tino —dijo entregándole el *Post* y cogiendo el *Wall Street Journal*. Por lo general leía el *New York Times* de camino al trabajo y, si tenía tiempo, también el *Herald Tribune*.

Se marcharon juntos a las ocho, y Jack le preguntó qué noticia la llevaba al despacho tan pronto. A veces ella no iba a trabajar hasta las diez. Casi siempre investigaba durante todo el día y grababa las entrevistas a la hora de comer. No salía en antena hasta las cinco de la tarde, y luego nuevamente a las siete y media. Terminaba a las ocho y, cuando salían de noche, se cambiaba en su despacho de la cadena. Era una jornada larga para ambos, pero la disfrutaban.

—Greg y yo estamos trabajando en una serie de entrevistas a mujeres congresistas. Queremos saber quién hace qué y cuándo. Ya tenemos cinco mujeres apalabradas. Creo que será un buen reportaje.

Greg Morris era su colaborador, un joven reportero negro de

Nueva York que presentaba las noticias con ella desde hacía dos años. Se tenían mucho afecto y les gustaba trabajar juntos.

—¿No crees que podrías hacerlo sola? ¿Para qué necesitas a Greg?

—Le da interés al asunto —respondió Maddy con frialdad—; él representa el punto de vista masculino.

Tenía sus propias ideas sobre el programa, y a menudo diferían de las de su marido, por lo que no siempre deseaba contarle en qué estaba trabajando. No quería que él interfiriera en sus reportajes. A veces resultaba difícil estar casada con el director de la cadena.

—¿Anoche la primera dama te invitó a participar en la Comisión sobre la Violencia contra las Mujeres? —preguntó Jack con aire despreocupado.

Maddy negó con la cabeza. Había oído rumores sobre la comisión que estaba formando la primera dama, pero esta no le había hablado del tema.

—No, no lo hizo.

—Lo hará —dijo Jack con convicción—. Le dije que te gustaría participar.

—Solo si tengo tiempo. Todo depende del compromiso que me exija.

—Le dije que lo harías —repitió Jack con brusquedad—. Es bueno para tu imagen.

Maddy guardó silencio unos instantes, mientras miraba por la ventanilla. Conducía el chófer que trabajaba para Jack desde hacía años, y ambos confiaban plenamente en él.

—Me gustaría tener la oportunidad de tomar esa decisión sola —dijo en voz baja—. ¿Por qué hablaste en mi nombre?

Cuando Jack se comportaba de aquella manera, la hacía sentirse una niña. Aunque solo tenía once años más que ella, a veces la trataba como si fuese su padre.

—Ya te lo he dicho. Sería bueno para ti. Considéralo una decisión ejecutiva del jefe de la cadena. —Como tantas otras. Maddy detestaba que adoptara esa actitud, y él lo sabía. La sacaba de sus casillas—. Además, acabas de reconocer que te gustaría.

—Si tengo tiempo. Deja que lo decida yo.

Pero ya habían llegado a la cadena, y Charles estaba abriendo la portezuela del coche. No había tiempo para continuar la conversación. Y Jack no tenía aspecto de querer hacerlo. Era obvio que no se movería de su posición. La besó con rapidez y desapareció en su ascensor privado. Después de pasar por el control de seguridad y el detector de metales, Maddy subió a la sala de redacción.

Allí tenía un despacho con paredes de cristal, una secretaria y un asistente de investigación. Greg Morris ocupaba un despacho ligeramente más pequeño, cercano al de ella. La saludó con la mano al verla entrar, y un minuto después apareció con una taza de café.

—Buenos días... ¿o no? —La observó y le pareció detectar algo raro cuando ella lo miró. Aunque era difícil notarlo para quien no la conociera bien, Maddy estaba bullendo por dentro. No le gustaba enfadarse. En su vida anterior, la furia había sido un presagio de peligros, y ella no lo olvidaba.

—Mi marido acaba de tomar una «decisión ejecutiva». —Miró a Greg con manifiesta rabia. Él era como un hermano para ella.

—Vaya. ¿Estoy despedido? —Greg bromeaba. Sus índices de popularidad eran casi tan altos como los de ella, pero con Jack, nadie podía estar seguro de su posición. Era capaz de tomar decisiones súbitas, aparentemente irracionales y no negociables. Pero, que él supiera, Greg le caía bien a Jack.

—No es tan dramático, gracias —se apresuró a tranquilizarlo Maddy—. Le dijo a la primera dama que yo participaría en su Comisión sobre la Violencia contra las Mujeres sin molestarse en consultarme antes.

—Creí que te gustaban esas cosas —dijo Greg arrellanándose en el sillón situado delante del escritorio mientras ella se sentaba elegantemente en su silla.

—Esa no es la cuestión, Greg. Me gusta que me consulten. Soy una adulta.

—Seguramente pensó que querrías hacerlo. Ya sabes lo tontos que son los hombres. Olvidan pasar por todos los pasos entre la a y la z y dan ciertas cosas por sentadas.

—Sabe cuánto detesto que haga eso. —Pero los dos sabían también que Jack tomaba muchas decisiones por ella. Las cosas habían sido siempre así. Él insistía en que sabía qué era lo mejor para Maddy.

—Lamento ser yo quien te dé la noticia, pero acabamos de enterarnos de otra «decisión ejecutiva» que debió de tomar ayer. Se filtró desde el monte Olimpo poco antes de que tú llegaras. —Greg no parecía complacido. Era un afroamericano apuesto con un estilo de vestir informal, largas piernas y porte elegante. De pequeño había querido ser bailarín, pero había acabado en el mundo del periodismo y amaba su trabajo.

—¿De qué hablas? —Maddy parecía preocupada.

—Ha eliminado una sección entera del programa. Nuestro comentario político de las siete y media.

—¿Qué? A la gente le encanta esa sección. Y a nosotros nos gusta hacerla.

—Quiere más noticias fuertes a las siete y media. Han dicho que es una decisión basada en los índices de audiencia. Quieren que probemos esta nueva estrategia.

—¿Por qué no nos consultó?

—¿Desde cuándo nos consulta algo, Maddy? Vamos, nena, tú lo conoces mucho mejor que yo. Jack Hunter toma sus decisiones sin consultar a las celebridades que aparecen en la pantalla. No es precisamente una noticia de última hora.

—Mierda —dijo con furia y se sirvió una taza de café—. Muy bonito. Así que desde ahora nada de comentarios, ¿no? Es una reverenda estupidez.

—Yo pensé lo mismo, pero papá sabe lo que hace. Han dicho que si la gente protesta, quizá vuelvan a poner la sección en el informativo de las cinco. Pero por el momento, no harán nada.

—Genial. Dios, al menos podría habérmelo advertido a mí.

—Como hace siempre, ¿no, Pocahontas? Dame un respiro. Afrontémoslo: somos simples mandados.

—Sí, supongo que sí.

Maddy rumió su rabia en silencio durante un minuto y luego se puso a trabajar con Greg, discutiendo a qué mujer congresista de la lista entrevistarían en primer lugar. Eran casi las once cuando terminaron, y Maddy salió a hacer recados y a comer un bocadillo. Regresó a su despacho a la una y reanudó su trabajo con las entrevistas. Permaneció ante su escritorio durante toda la tarde y a las cuatro, cuando entró en la sala de peluquería y maquillaje, se encontró con Greg y charlaron de las noticias de esa tarde. De momento no había ninguna importante.

—¿Ya le has abierto la cabeza a Jack por lo que hizo con nuestra sección de comentarios? —preguntó él con una sonrisa.

—No, pero lo haré más tarde, cuando lo vea.

Nunca lo veía durante el día, pero casi siempre se marchaban del trabajo juntos. A menos que él tuviera que asistir a alguna reunión, en cuyo caso Maddy se iba a casa sola y lo esperaba allí.

Las noticias de las cinco marcharon bien, y ella y Greg se quedaron conversando, como de costumbre, mientras esperaban el momento de volver a salir en antena. Terminaron a las ocho, y

Jack apareció mientras ella salía del plató. Maddy saludó a Greg, se quitó el micrófono, cogió su bolso y salió con Jack. Habían prometido pasar un momento por una fiesta en Georgetown.

—¿Qué demonios ha pasado con nuestra sección de comentarios? —preguntó mientras viajaban a toda velocidad hacia Georgetown.

—Los sondeos demuestran que la gente se había aburrido de ella.

—Tonterías, Jack, les encantaba.

—Eso no es lo que oímos —repuso él con firmeza, impasible ante el comentario de Maddy.

—¿Por qué no me lo comentaste esta mañana? —Aún parecía indignada.

—La noticia debía llegarte por los canales apropiados.

—Ni siquiera me consultaste. Habría sido un detalle, ¿sabes? Creo que has tomado una decisión equivocada.

—Ya veremos qué dicen los índices de audiencia.

Ya estaban en la fiesta de Georgetown y se separaron, perdiéndose entre la multitud. Maddy no volvió a ver a Jack hasta dos horas después, cuando él fue a buscarla y le preguntó si quería marcharse. Los dos lo estaban deseando; había sido un día muy largo y la noche anterior, debido a la cena en la Casa Blanca, también se habían acostado tarde.

No hablaron mucho en el trayecto a casa, pero Jack le recordó que al día siguiente iría a comer a Camp David con el presidente.

—Te veré en el avión a las dos y media —dijo con aire distraído.

Todos los fines de semana iban a Virginia, donde Jack había comprado una granja un año antes de conocer a Maddy. Él adoraba ese lugar, y ella había acabado por acostumbrarse a él. Tenía una casa laberíntica y cómoda, rodeada por kilómetros de tierra. Había cuadras y algunos purasangre. Pero a pesar del bonito paisaje, Maddy siempre se aburría durante su estancia allí.

—¿No podríamos quedarnos en la ciudad este fin de semana? —preguntó con esperanza mientras entraban en la casa, después de que Charles los dejase en la puerta.

—No. He invitado al senador McCutchins y a su esposa a pasar el fin de semana con nosotros. —Tampoco se lo había dicho.

—¿Otro secreto? —preguntó Maddy, irritada. Detestaba que él no la consultase en situaciones semejantes. Lo mínimo que podía hacer era avisarle que tendrían visitas.

—Lo lamento, Maddy, he estado muy ocupado. Esta semana he tenido muchas cosas en la cabeza. Hay problemas en la oficina. —Ella sospechó que estaba preocupado por la reunión en Camp David. Sin embargo, habría podido avisarle que los McCutchins pasarían el fin de semana con ellos. Jack lo admitió con una sonrisa tierna—. Ha sido una falta de consideración por mi parte. Lo siento, pequeña.

Resultaba difícil seguir enfadada con él cuando hablaba de esa manera. Era un hombre encantador, y cuando ella empezaba a enfurecerse con él, descubría que era incapaz de hacerlo.

—Está bien, solo me habría gustado saberlo.

No se molestó en decirle que no soportaba a Paul McCutchins. Jack lo sabía. El senador era un gordinflón prepotente y arrogante, y su esposa le tenía terror. Siempre estaba demasiado nerviosa para decir más de un par de palabras cuando Maddy la veía, y parecía asustada de su propia sombra. Hasta sus hijos se veían nerviosos.

—¿Llevarán a los niños?

Tenían tres hijos pálidos y lloricas de cuya compañía jamás disfrutaba Maddy, a pesar de lo mucho que le gustaban los niños. Pero no los de los McCutchins.

—Les dije que no lo hicieran —respondió Jack con una sonrisa—. Sé que no los aguantas, y no te culpo. Además, asustan a los caballos.

—Algo es algo —dijo Maddy.

Había sido una semana ajetreada, y estaba cansada. Esa noche se durmió en brazos de Jack, y ni siquiera lo oyó levantarse a la mañana siguiente. Cuando bajó a desayunar, él estaba vestido y leyendo el periódico.

Jack le dio un beso rápido y pocos minutos después se marchó a la Casa Blanca, donde el helicóptero presidencial lo esperaba para llevarlo a Camp David.

—Que te diviertas —dijo ella con una sonrisa mientras se servía una taza de café.

Jack parecía de buen humor. Nada le estimulaba tanto como el poder. Era una adicción.

Esa tarde, cuando se reunió con ella en el aeropuerto, estaba absolutamente radiante. Era obvio que se lo había pasado en grande con Jim Armstrong.

—¿Y? ¿Resolvisteis todos los problemas de Oriente Medio o planificasteis una pequeña guerra en alguna parte? —preguntó Maddy con una sonrisa pícara.

Le bastó mirarlo al sol de junio para volver a enamorarse de él. Era tan atractivo, tan apuesto...

—Algo parecido —respondió Jack con una sonrisa misteriosa mientras la seguía hacia el avión que había comprado ese mismo invierno. Era un Gulfstream, y estaba encantado con él. Lo usaban todos los fines de semana, además de para los viajes de negocios de Jack.

—¿Ya puedes contármelo?

Maddy se moría de curiosidad, pero él negó con la cabeza y se rió de ella. Le gustaba provocarla.

—Todavía no, pero lo haré muy pronto.

El avión, tripulado por dos pilotos, despegó veinte minutos después, mientras Jack y Maddy conversaban en los cómodos asientos de la parte trasera. Pusieron rumbo al sur, hacia la casa de campo de Virginia. Para disgusto de Maddy, los McCutchins estaban esperándolos cuando llegaron allí. Habían llegado en coche desde Washington esa mañana.

Paul McCutchins saludó a Jack con una sonora palmada en la espalda y abrazó a Maddy con excesiva confianza, sin que su esposa Janet dijera nada. Los ojos de la mujer se cruzaron fugazmente con los de Madeleine. Era como si temiese que descubriera un oscuro secreto si la mirada se prolongaba un poco más. Había algo en Janet que invariablemente incomodaba a Maddy, aunque no sabía de qué se trataba ni había dedicado mucho tiempo a pensar en ello.

Pero Jack quería hablar con Paul sobre un proyecto de ley que este respaldaba. Estaba relacionado con el control de armas, un tema extremadamente delicado y de eterno interés periodístico.

Los dos hombres se dirigieron a las cuadras prácticamente en cuanto llegaron Jack y Maddy, dejando a esta última con la pesada carga de entretener a Janet. La invitó a entrar y le ofreció limonada fresca y unas galletas hechas por la cocinera de la casa, una italiana maravillosa que llevaba años trabajando para ellos. Jack la había contratado poco antes de casarse con Maddy. La granja parecía más de su marido que de ambos, y él la disfrutaba mucho más que ella. Estaba aislada, lejos de todo, y a Maddy nunca le habían gustado mucho los caballos. Jack, en cambio, la usaba a menudo para recibir relaciones de negocios, como Paul McCutchins.

Mientras se sentaban en el salón, Maddy preguntó por los niños de Janet, y cuando terminaron la limonada sugirió que fuesen a dar un paseo por el jardín. La espera de Jack y Paul se le antojó eterna. Habló de cosas intrascendentes, como el tiempo, la granja y su historia y los nuevos rosales que había plantado el jardinero. Y se quedó de piedra cuando miró a Janet y vio que estaba llorando. No era una mujer atractiva: sobrada en kilos y pálida, tenía un aire de profunda tristeza. Ahora más que nunca: mientras las lágrimas se deslizaban incontrolablemente por sus mejillas, su aspecto era absolutamente patético.

—¿Se encuentra bien? —preguntó Maddy, incómoda. Era obvio que Janet no se encontraba bien—. ¿Puedo hacer algo por usted?

Janet Cutchins negó con la cabeza y lloró con más ganas.

—Lo siento —fue lo único que atinó a balbucir.

—No se preocupe —dijo Maddy con tono tranquilizador y la acompañó a una silla de jardín para que Janet recuperara la compostura—. ¿Quiere un vaso de agua?

Mientras Maddy eludía su mirada, Janet se sonó la nariz y alzó la vista. Su expresión adquirió un aire apremiante cuando sus ojos se encontraron.

—No sé qué hacer —dijo con una voz frágil que conmovió a Maddy.

—¿Puedo ayudarla de alguna manera? —Se preguntó si la mujer estaría enferma, o si le pasaría algo a uno de sus hijos, pues parecía deshecha, profundamente infeliz. Maddy no podía imaginar lo que le ocurría.

—Nadie puede hacer nada. —Estaba desesperada, totalmente abatida—. No sé qué hacer —repitió—. Es Paul. Me odia.

—Claro que no —dijo Maddy sintiéndose como una estúpida. De hecho no sabía nada de la situación. ¿Por qué iba a odiarla?

—Lo ha hecho desde hace años. Me atormenta. Se casó conmigo solo porque me quedé embarazada.

—En los tiempos que corren, no seguiría a su lado si no quisiera.

El mayor de sus hijos tenía doce años, y habían tenido otros dos. Sin embargo, Maddy debía admitir que jamás había visto a Paul tratar con cariño a su mujer. Era una de las cosas que no le gustaban de él.

—Desde el punto de vista económico, no podemos permitirnos un divorcio. Y Paul dice que también lo perjudicaría políticamente. —En efecto, cabía esa posibilidad, pero otros políticos habían superado el trance. Maddy se quedó estupefacta con la siguiente declaración de Janet—: Me pega.

Mientras pronunciaba estas palabras, se levantó con nerviosismo la manga de la camisa y le enseñó unos feos cardenales. En el transcurso de los años Maddy había oído varias anécdotas desagradables sobre la arrogancia y el carácter violento del senador, y esto era una confirmación.

—Lo siento mucho, Janet. —No sabía qué decir, pero su corazón estaba con ella. Lo único que quería hacer era abrazarla—. No se quede a su lado —dijo en voz baja—. No permita que le haga daño. Yo estuve casada nueve años con un hombre parecido. —Sabía muy bien lo que era vivir así, aunque había pasado los últimos ocho años tratando de olvidarlo.

—¿Cómo consiguió escapar? —De repente eran como dos prisioneras de la misma guerra, conspirando en el jardín.

—Me marché —dijo Maddy. Su respuesta la hizo parecer más valiente de lo que había sido en realidad, y ella quería ser sincera con esa mujer—. Estaba aterrorizada. Jack me ayudó.

Pero Janet no tenía un Jack Hunter en su vida. No era joven ni hermosa, no tenía esperanza ni profesión y debería llevarse con ella a tres hijos. La situación era muy diferente.

—Dice que me matará si me voy y me llevo a los niños. Y me ha amenazado con meterme en una institución psiquiátrica si le cuento a alguien lo que pasa. Ya lo hizo una vez, poco después de que naciera mi pequeña. Me sometieron a un tratamiento de electrochoque. —Maddy pensó que deberían habérselo aplicado a él en cierto sitio que seguramente le importaba, pero no se lo dijo a Janet. La sola idea de lo que estaría pasando esa mujer y la visión de sus hematomas la hicieron sentirse muy unida a ella.

—Necesita ayuda. ¿Por qué no se marcha a un lugar seguro? —sugirió Maddy.

—Sé que me encontraría. Y me mataría —añadió Janet entre sollozos.

—Yo la ayudaré. —ofreció Maddy. Debía hacer algo por esa mujer. Se sentía más culpable que nunca porque jamás le había caído bien. Pero ahora necesitaba que le echaran una mano, y como superviviente de la misma tragedia, Maddy tenía la sensación de que le debía su solidaridad—. Buscaré un sitio donde pueda refugiarse con los niños.

—La noticia saldría en los periódicos —respondió Janet, todavía llorando y sintiéndose impotente.

—También saldrá en los periódicos si él la mata —dijo Maddy con firmeza—. Prométame que hará algo. ¿Maltrata también a los niños?

Janet negó con la cabeza, pero Maddy sabía que la situación era más compleja. Aunque no los tocase, estaba trastornándolos y asustándolos, y algún día las niñas se casarían con hombres parecidos a su padre, tal como había hecho Maddy, y el hijo pensaría que era aceptable pegarle a una mujer. Nadie salía indemne de una casa en la que se agredía a la madre. Esa situación había arrojado a Maddy a los brazos de Bobby Joe y la había inducido a creer que él tenía derecho a pegarle.

Justo cuando Maddy tomó la mano de Janet, oyeron a los hombres que se acercaban. Janet retiró rápidamente su mano, y unos segundos después, su expresión se volvió impasible. Cuando los hombres llegaron junto a ellas, fue como si la conversación que acababan de mantener no hubiera tenido lugar.

Esa noche, en la intimidad, Maddy se lo contó todo a Jack.

—Le pega —dijo, todavía afectada por la noticia.

—¿Paul? —Jack pareció sorprendido—. Lo dudo. Es algo brusco, pero no creo que haga una cosa así. ¿Cómo lo sabes?

—Me lo dijo Janet —respondió Maddy, que ahora era su amiga incondicional. Por fin tenían algo en común.

—Yo no me lo tomaría en serio —repuso Jack en voz baja—. Hace unos años, Paul me contó que su mujer sufría trastornos mentales.

—Vi los cardenales —dijo Maddy, enfadada—. Yo le creo, Jack. He pasado por eso.

—Lo sé. Pero tú no sabes cómo se hizo esos cardenales. Es posible que se haya inventado esa historia para hacerlo quedar mal. Me he enterado de que Paul está liado con otra. Puede que Janet pretenda vengarse difamándolo.

La opinión que Maddy tenía del senador empeoraba por momentos, y no tenía la más mínima duda de que Janet decía la verdad. Solo pensar en ello hacía que detestara a Paul.

—¿Por qué no le crees? —preguntó Maddy, irritada—. No lo entiendo.

—Conozco a Paul. Es incapaz de hacer algo semejante.

Mientras lo escuchaba, Maddy tuvo ganas de gritar. Discutieron hasta que se fueron a la cama, y ella estaba tan furiosa con Jack que se alegró de que esa noche no hicieran el amor. Se sentía más unida a Janet McCutchins que a su propio marido, como si tuviese más cosas en común con ella que con él. Pero Jack no pareció advertir la magnitud del enfado de su esposa.

Al día siguiente, antes de irse, Maddy le recordó a Janet que se pondría en contacto con ella en cuanto tuviese la información que necesitaba. Pero Janet la miró como si no supiese de qué hablaba. Tenía miedo de que Paul las oyera. Se limitó a asentir con la cabeza y se subió al coche. Unos minutos después se marcharon. Pero esa noche, mientras Maddy y Jack volaban hacia Washington, ella permaneció en silencio, mirando el paisaje por la ventanilla. Solo podía pensar en Bobby Joe y en la desesperación que había sentido durante sus solitarios años en Knoxville. Luego recordó a Janet y los cardenales que le había enseñado. Era como una prisionera que no tenía la fuerza ni el valor necesarios para escapar. En efecto, estaba convencida de que no lo conseguiría. Cuando aterrizaron en Washington, Maddy juró en silencio que haría todo lo posible por ayudarla.

3

El lunes por la mañana, cuando Maddy fue a trabajar, se encontró con Greg, lo siguió a su despacho y se sirvió una taza de café.

—¿Qué tal fue el fin de semana de la más elegante y famosa presentadora de televisión de Washington? —Le gustaba bromear sobre la vida que llevaba Maddy y sobre el hecho de que ella y Jack acudían con frecuencia a la Casa Blanca—. ¿Pasaste el fin de semana con nuestro presidente? ¿O te limitaste a ir de compras con la primera dama?

—Muy gracioso, tontaina —respondió ella y bebió un sorbo del humeante café. Todavía estaba alterada por la confesión de Janet McCutchins—. Lo cierto es que Jack comió con él el sábado en Camp David.

—Gracias a Dios que nunca me decepcionas. Me mataría enterarme de que tuviste que hacer cola en el lavadero de coches, como el resto de los mortales. Vivo mi vida a través de ti. Espero que lo tengas en cuenta. Todos lo hacemos.

—Créeme, no es tan emocionante como crees. —De hecho, ella no sentía que aquella fuese su vida. Tenía la sensación de que disfrutaba de parte de la celebridad que le correspondía a su marido—. Los McCutchins pasaron el fin de semana con nosotros en Virginia. Dios; él es un hombre despreciable.

—Un senador apuesto. Y muy distinguido. —Greg sonrió de oreja a oreja.

Maddy guardó silencio unos instantes, hasta que decidió confiar en Greg. Desde que habían empezado a trabajar juntos, se habían hecho íntimos; eran casi como hermanos. Ella no tenía muchos amigos en Washington: le faltaba tiempo para hacerlos, y cuando los hacía, a Jack no le caían bien y la obligaba a dejar de verlos. Ella nunca se quejaba, porque Jack la mantenía tan ocupada que prácticamente siempre estaba trabajando. Cada vez que conocía a una mujer con la que congeniaba, Jack salía con alguna objeción: la amiga en cuestión era gorda, fea, inapropiada para ella, indiscreta o, en opinión de él, tenía envidia de Maddy. Mantenía a su esposa cuidadosamente alejada del resto del mundo e inconscientemente aislada. Las únicas personas con las que podía intimar eran sus compañeros de trabajo. Sabía que Jack tenía buenas intenciones y que solo deseaba protegerla, de manera que no le importaba, pero eso significaba que el ser más cercano a ella era Jack, y en los últimos años, también Greg Morris.

—Este fin de semana pasó algo muy desagradable. —Comenzó con cautela, un poco incómoda por divulgar el secreto de Janet. Maddy sabía que ella no querría que la gente hablase del tema.

—¿Te rompiste una uña? —bromeó Greg.

Ella siempre reía sus bromas, pero esta vez permaneció seria.

—Tiene que ver con Janet.

—Parece una mujer sosa y anodina. Solo la he visto un par de veces, en las fiestas del senado.

Maddy suspiró y decidió dar el salto. Confiaba plenamente en Greg.

—Él le pega.

—¿Qué? ¿El senador? ¿Estás segura? Es una acusación muy grave.

—Sí, pero yo le creo. Me enseñó los moretones.

—¿Esa mujer no está mal de la cabeza? —preguntó Greg con escepticismo. Era la misma reacción que había tenido Jack, y a Maddy le molestó.

—¿Por qué los hombres siempre dicen cosas parecidas sobre las mujeres maltratadas? ¿Si te hubiera dicho que ella lo golpeó con un palo de golf me habrías creído? ¿O habrías dicho que ese gordo cabrón estaba mintiendo?

—Lamento decir que probablemente le creería. Porque los hombres no mienten cuando dicen esas cosas. Es muy raro que un hombre sea maltratado por una mujer.

—Las mujeres tampoco mienten. Pero la gente como tú, y como mi marido, les hacen creer que tienen la culpa de que las maltraten y que deben mantenerlo en secreto. Sí, es cierto que ella estuvo ingresada en un psiquiátrico, pero a mí no me parece que esté loca, y sus cardenales no fueron producto de mi imaginación.

La tiene aterrorizada. Había oído que era un hijo de puta con sus colaboradores, pero no sabía que maltrataba a su esposa. —Nunca había hablado abiertamente de su pasado con Greg. Como muchas mujeres en su situación, se sentía responsable de lo que le había ocurrido y lo ocultaba como si se tratase de un secreto vergonzoso—. Le prometí ayudarla a encontrar un lugar seguro. ¿Tienes idea de por dónde debo empezar?

—¿Qué te parece la Coalición por las Mujeres? La dirige una amiga mía. Y lamento lo que acabo de decir. Debería ser más listo.

—Sí, desde luego. Pero gracias, llamaré a tu amiga.

Él escribió un nombre en un papel y Maddy lo miró. Fernanda Lopez. Recordaba vagamente haberle hecho un reportaje poco después de entrar a trabajar en la cadena. Hacía cinco o seis años de aquello, pero esa mujer había causado una fuerte impresión a Maddy. Cuando la llamó desde su despacho, le dijeron que Fernanda se había tomado un año sabático y que la mujer que la reemplazaba estaba de baja por maternidad. Volvería dentro de dos semanas. Cuando explicó lo que quería, le dieron unos cuantos nombres y números de teléfono. Pero en todas partes respondía un contestador automático, y cuando llamó a la línea de emergencia para mujeres maltratadas, esta comunicaba. Tendría que volver a intentarlo más tarde. Luego se entretuvo trabajando con Greg y no volvió a pensar en el tema hasta las cinco de la tarde, la hora de salir en antena, así que se prometió que llamaría por la mañana. Si Janet había sobrevivido todos esos años, sin duda seguiría viva a la mañana siguiente. Sin embargo, Maddy quería hacer algo al respecto. Era obvio que Janet estaba demasiado paralizada por el miedo para ayudarse a sí misma, una situación que no tenía nada de novedoso.

Cuando Greg y Maddy salieron al aire a las cinco, cubrieron la habitual variedad de noticias locales, nacionales e internacionales, y un accidente aéreo en el aeropuerto JFK ocupó la mayor parte del informativo de las siete y media.

Esa noche Jack tenía otra cita con el presidente, de manera que Maddy volvió a casa sola, especulando sobre el asunto que los mantenía tan ocupados. Al llegar a casa volvió a pensar en Janet y se preguntó si debía llamarla. Pero decidió no hacerlo, pues temía que Paul escuchara las conversaciones de su mujer.

Maddy leyó una serie de artículos que tenía apartados desde hacía tiempo y echó un vistazo a un libro sobre los últimos tratamientos contra el cáncer de mama para ver si merecía la pena entrevistar al autor. Luego se hizo la manicura y se metió en la cama temprano. Oyó llegar a Jack cerca de medianoche, pero estaba demasiado cansada para charlar y volvió a quedarse dormida antes de que él se acostara a su lado. Por la mañana, lo oyó entrar en el cuarto de baño y abrir el grifo de la ducha.

Cuando bajó, él estaba en la cocina leyendo el *Wall Street Journal*. Alzó la vista y le sonrió. Maddy llevaba tejanos, un jersey rojo y mocasines rojos de Gucci. Tenía un aspecto fresco, joven y atractivo.

—Haces que me arrepienta de no haberte despertado anoche —dijo él con una sonrisa, y Maddy rió mientras se servía una taza de café y cogía el periódico.

—Con tantas reuniones, es obvio que el presidente y tú estáis tramando algo gordo. Debo tratar de ser más interesante que un cambio de gabinete.

—Puede que lo seas —respondió él sin dar explicaciones y ambos se concentraron en la lectura. De repente, Jack oyó un gemido y miró a Maddy—. ¿Qué pasa?

No pudo hablar por unos instantes. Trató de seguir leyendo el artículo, pero las lágrimas la cegaron y alzó la vista para mirar a su marido.

—Janet McCutchins se suicidó anoche. Se cortó las venas en su casa de Georgetown. Uno de los niños la encontró y llamó a urgencias, pero ya estaba muerta cuando llegaron. Dicen que tenía hematomas en los brazos y las piernas y que al principio sospecharon que se trataba de un asesinato, pero el marido explicó que la noche anterior ella había tropezado con el monopatín de uno de sus hijos y había caído por la escalera. El muy hijo de puta... él la mató. —Estaba agitada, casi sin aliento, y sintió cómo su cuerpo entero se tensaba al pensar en ello.

—Él no la mató, Maddy —dijo Jack en voz baja—. Se suicidó. Acabas de decirlo.

—Sin duda pensó que no tenía otra salida —repuso Maddy con un hilo de voz, y recordó esa sensación con total claridad mientras miraba a su marido—. Si tú no me hubieras sacado de Knoxville, yo habría hecho lo mismo.

—Eso es una tontería, y lo sabes. Primero lo habrías matado a él. Esa mujer estaba enferma; había sufrido trastornos mentales. Seguramente tendría otras razones para hacer lo que hizo.

—¿Cómo puedes decir eso? ¿Por qué te niegas a creer que ese gordo cabrón la maltrataba? ¿Tan increíble te parece? ¿Tan buena es tu opinión de él? ¿Por qué no es posible que ella dijera la verdad? ¿Porque es una mujer? —La enfureció escucharlo, y recordó que incluso Greg había puesto en duda la versión de Janet—. ¿Por qué la mujer siempre ha de ser la que miente?

—Puede que no lo hiciera, pero el hecho de que se haya suicidado respalda la teoría de que estaba desequilibrada.

—Respalda la teoría de que pensaba que no tenía otra forma de escapar y de que estaba desesperada. Lo bastante desesperada para dejar huérfanos a sus hijos, e incluso para arriesgarse a que uno de ellos descubriera su cadáver.

Mientras él hablaba, Maddy lloraba y respiraba con gemidos entrecortados. Sabía lo que era sentirse tan angustiada, tan aterrorizada y arrinconada que no parecía haber escapatoria. Si no hubiera sido joven y bonita, y si Jack no la hubiese querido para su cadena de televisión, habría acabado como Janet McCutchins. Y no creía que Jack tuviera razón cuando decía que antes habría matado a Bobby Joe. Había pensado en el suicidio más de una vez en las terribles noches en que él estaba borracho y ella tenía los labios y los ojos hinchados como consecuencia del último acto de violencia. Era fácil comprender lo que había sentido Janet. Entonces recordó las llamadas que había hecho por ella el día anterior desde su despacho.

—Ayer llamé a la Coalición por las Mujeres y a una línea de ayuda. Mierda, ojalá la hubiera telefoneado anoche. Tuve miedo de que Paul interceptara la llamada y le crease problemas.

—No podías ayudarla, Mad. No te castigues. Esto lo demuestra.

—Maldita sea, esto no prueba nada, Jack. No estaba loca, sino aterrorizada. ¿Y cómo sabes dónde estaba él, o lo que le había hecho antes de que ella se suicidara?

—Es un idiota, pero no un asesino. Apostaría mi vida a que es así —respondió con calma, y Maddy se enfureció aún más.

—¿Desde cuándo sois tan buenos amigos? ¿Cómo demonios sabes lo que le hizo? No tienes ni idea de lo que es vivir así.

Sentada a la mesa de la cocina, lloró por una mujer que apenas conocía pero que había recorrido el mismo camino que ella. Maddy sabía que era una de las afortunadas supervivientes. Janet no había tenido tanta suerte.

—Sé lo que es vivir así —respondió él con suavidad—. Cuando me casé contigo, tenías pesadillas espantosas y dormías en posición fetal, protegiéndote la cabeza con los brazos. Lo sé, pequeña, lo sé... Yo te salvé...

—Sé que lo hiciste —respondió ella, sonándose la nariz y mirándolo con tristeza—. Nunca lo olvidaré... Pero siento compasión por Janet... Piensa en lo que habrá sentido antes de suicidarse. Su vida debió de ser un horrible martirio.

—Supongo que sí —dijo él con frialdad—, y lo lamento por Paul y los niños. Será un duro trance para todos. Espero que la prensa no se ensañe con el caso.

—Yo espero que algún reportero joven lo investigue y saque a la luz lo que él le estaba haciendo. No solo por ella, sino por todas las mujeres que siguen vivas y se encuentran en la misma situación.

—Es difícil entender por qué no se marchó si las cosas iban tan mal como decía. Podría haberlo dejado. No necesitaba suicidarse.

—Puede que ella creyera que sí —sugirió Maddy, comprensiva. Pero Jack permaneció impasible.

—Tú escapaste, Maddy. ¡Ella podría haber hecho lo mismo! —dijo con firmeza.

—Tardé ocho años en decidirlo, y tú me ayudaste. No todo el mundo tiene tanta suerte. Y yo escapé por los pelos y con la ayuda de Dios. Si hubiera seguido un año más con él, tal vez me habría matado.

—Tú no lo hubieses permitido. —Jack parecía convencido, pero Maddy no lo estaba tanto.

—Dejé las cosas como estaban durante mucho tiempo, hasta que apareciste tú. Mi madre se resignó a la situación hasta que mi padre murió. Y te juro que luego lo echó de menos hasta el final de sus días. Esas relaciones son más patológicas de lo que la gente cree, tanto para el agresor como para la víctima.

—Interesante interpretación —repuso él, otra vez con escepticismo—. Creo que algunas personas buscan los malos tratos, o los esperan, o los permiten, sencillamente porque son demasiado débiles para hacer algo al respecto.

—Tú no sabes nada del tema, Jack —dijo Maddy con voz tensa mientras salía de la cocina y se dirigía a la planta alta a buscar el bolso y la chaqueta.

Bajó con una americana azul marino de impecable corte y se puso pequeños pendientes de diamantes. Siempre estaba perfectamente arreglada y vestida, tanto en casa como en el trabajo. Nunca sabía con quién podía cruzarse, y la gente la reconocía en todas partes.

Esa mañana fueron en silencio hasta la cadena de televisión.

Maddy estaba molesta por algunas cosas que había dicho Jack, y no quería discutir con él. Pero Greg la estaba esperando en el despacho: había leído la noticia y parecía angustiado.

—Lo siento, Maddy, debes de sentirte fatal. Sé que querías ayudarla. Pero es posible que no lo hubieras conseguido.

Era obvio que intentaba consolarla, pero ella se volvió y saltó en cuanto terminó de hablar.

—¿Por qué? ¿Porque era una psicótica, como todas las mujeres maltratadas, y *deseaba* cortarse las venas? ¿Eso es lo que crees?

—Lo único que digo es que tal vez estuviese demasiado asustada para escapar, como alguien que se queda paralizado de miedo en el campo de batalla. —No pudo evitar añadir—: ¿Por qué crees que lo hizo? ¿Porque él la maltrataba, o porque estaba desequilibrada?

La pregunta enfureció a Maddy.

—Es lo que piensa Jack, lo que piensa la mayoría de la gente: que casi todas las mujeres que se encuentran en esa situación están locas de antemano, con independencia de lo que les hagan sus maridos. Nadie entiende por qué esas mujeres no se marchan. Bueno, algunas no pueden... simplemente no pueden... —Rompió a llorar, y Greg la rodeó con sus brazos.

—Lo sé, cariño, lo sé... Lo siento... Pero puede que no hubieras podido salvarla. —Hablaba con tono tranquilizador y su abrazo reconfortó a Maddy.

—Yo quería... quería... ayudarla... —Los sollozos se hicieron incontrolables cuando pensó en lo mucho que debía de haber sufrido Janet para llegar a esa decisión y en la angustia que estarían sintiendo sus hijos por la pérdida de su madre.

—¿Cómo vas a presentar la noticia? —preguntó Greg cuando ella recuperó la compostura.

—Me gustaría hacer un comentario sobre las mujeres maltratadas —respondió con aire pensativo mientras Greg le tendía una taza de café.

—Han eliminado esa sección del programa, ¿recuerdas?

—De todas maneras, le diré a Jack que quiero hacerlo —dijo con firmeza, y Greg meneó la cabeza—. Me gustaría destruir a McCutchins.

—Yo en tu lugar no haría nada parecido. Y Jack no te permitiría hacer un comentario al respecto. Da igual que te acuestes con él todas las noches, hemos recibido órdenes de arriba. Nada de comentarios políticos o sociales; solo noticias objetivas. Lo contaremos como sucedió, sin añadidos.

—¿Qué va a hacer? ¿Despedirme? Además, esta es una noticia objetiva. La mujer de un senador comete un suicidio después de ser maltratada por su marido.

—Si conozco a Jack, te aseguro que no permitirá que digas eso, ni que comentes el tema a menos que tomes la cadena a punta de pistola. Y francamente, creo que eso no le gustaría, Maddy.

—Lo sé, pero pienso hacerlo de todas maneras. Por el amor de Dios, salimos en directo, no pueden cortarme sin causar una rebelión o un escándalo. Así que haremos un último comentario y luego pediremos disculpas. Si Jack se enfada, aguantaré el chaparrón.

—Eres una mujer valiente —dijo Greg con la gran sonrisa blanca que encandilaba a las mujeres con las que salía. Era uno de los solteros más cotizados de Washington, y con razón. Era inteligente, apuesto, honrado y con éxito, una combinación altamente deseable. Y de una manera totalmente inocente, Maddy estaba loca por él; le encantaba trabajar a su lado—. Yo no me atrevería a desafiar a Jack Hunter ni a quebrantar una de sus normas.

—Yo tengo influencias —repuso ella esbozando su primera sonrisa desde que había leído la noticia del suicidio de Janet McCutchins.

—Sí, y las mejores piernas de la cadena. Eso tampoco viene mal —bromeó.

Pero a las cinco de la tarde, cuando ella y Greg salieron en antena por primera vez, Maddy estaba nerviosa. Se la veía tan serena y compuesta como de costumbre, con su jersey rojo, su impecable peinado y sus sencillos pendientes de diamantes. Pero Greg la conocía lo bastante bien para detectar su ansiedad durante la cuenta atrás.

—¿Lo harás? —preguntó pocos segundos antes de salir al aire.

Ella asintió con la cabeza y luego, cuando la cámara tomó un primer plano suyo, sonrió, se presentó y presentó a su colaborador. Transmitieron las noticias como siempre, trabajando en perfecta armonía y por turnos. Por fin Greg, sabiendo lo que seguía, giró su silla, y la cara de Maddy se volvió instantáneamente seria mientras miraba a la cámara.

—En el informativo de hoy ha habido una noticia que nos afecta a todos; aunque a algunos más que a otros. Es la noticia sobre Janet Scarborough McCutchins, que se suicidó en su casa de Georgetown dejando tres hijos. Sin duda es una tragedia, y nadie puede decir con seguridad qué sufrimientos empujaron a la señora McCutchins a quitarse la vida, pero hay preguntas que no pueden pasarse por alto y que quizá nunca tengan respuesta. ¿Por qué lo hizo? ¿Qué terrible angustia sufrió en ese momento y antes? ¿Y por qué nadie escuchó o vio su desesperación? En una conversación reciente, Janet McCutchins me confesó que había estado hospitalizada durante una breve temporada a causa de una depresión. Pero una fuente cercana a la señora McCutchins ha informado que lo que la indujo a suicidarse podría haber sido un caso de violencia doméstica. Si es así, Janet McCuthins no sería la primera mujer que se quita la vida en lugar de huir de una situación de malos tratos. Tragedias como esta suceden demasiado a menudo. Es posible que Janet McCutchins tuviese otras razones para suicidarse. Quizá su familia, o su marido, sus amigos íntimos o sus hijos sepan por qué lo hizo. Pero su muerte nos recuerda que algunas mujeres se enfrentan al dolor, el miedo y la desesperación. Yo no puedo decirles por qué ha muerto Janet McCutchins. No estoy en posición de hacer conjeturas. Nos han dicho que dejó una carta para sus hijos, y estoy segura de que jamás nos enteraremos de su contenido.

»Pero no podemos menos de preguntarnos por qué cuando una mujer llora el mundo hace oídos sordos y muchos de nosotros decimos: "Debe de pasarle algo... Puede que esté loca". ¿Y si no lo está? Todos los días mueren mujeres por voluntad propia o en manos de aquellos que las maltratan. Y con excesiva frecuencia no les creemos cuando nos cuentan sus sufrimientos, o les restamos importancia. Quizá sea demasiado doloroso escucharlas.

»Las mujeres que hacen estas cosas no están locas ni desequilibradas, no fueron demasiado holgazanas o tontas para marcharse. Tenían miedo de hacerlo. Eran incapaces. A veces, estas mujeres prefieren quitarse la vida. O consienten la situación durante demasiado tiempo y dejan que sean sus maridos quienes las maten. Esto ocurre. Es un hecho. No podemos volverles la espalda a esas mujeres. Debemos ayudarlas a encontrar una salida.

»Ahora les pido que recuerden a Janet McCutchins. Y la próxima vez que se enteren de una muerte como esta, pregúntense ¿por qué? Y al hacerlo, guarden silencio y escuchen la respuesta, por aterradora que sea.

»Les ha hablado Maddy Hunter. Buenas tardes.

Pasaron directamente a la publicidad y todo el mundo en el estudio se volvió loco. Nadie se había atrevido a interrumpirla, e hipnotizados por sus palabras no habían hecho una pausa para los anuncios. Greg sonrió y chocó los cinco con ella, que respondió con otra gran sonrisa.

—¿Qué tal he estado? —preguntó con un murmullo ahogado.

—Como dinamita. Calculo que recibiremos una visita de tu marido en aproximadamente cuatro segundos.

Y así fue: Jack irrumpió en el estudio como un tornado, temblando con violencia mientras se aproximaba a Maddy. Se detuvo a escasos centímetros de ella y le gritó en la cara:

—¿Te has vuelto completamente loca? ¡Paul McCutchins va a buscarme la ruina!

Maddy palideció, pero no retrocedió. Se mantuvo firme, aunque también ella estaba temblando. Solía asustarse cuando él —o cualquier otra persona— se enfurecía con ella, pero esta vez pensó que había merecido la pena.

—He dicho que una fuente cercana dijo que *podría* haber un caso de violencia doméstica. Por Dios, Jack, yo vi sus cardenales. Ella me *dijo* que él le pegaba. ¿Qué conclusión sacas cuando comete un suicidio al día siguiente? Lo único que he hecho es pedir a la gente que reflexione sobre las mujeres que se quitan la vida. Legalmente, no podrá hacernos nada. Si fuese necesario, yo podría testificar sobre lo que Janet me contó.

—Y es muy probable que tengas que hacerlo. ¿Estás sorda? ¿No sabes leer? ¡Dije que nada de comentarios, y hablaba en serio!

—Lo lamento, Jack. Tenía que hacerlo. Se lo debía a Janet y a otras mujeres en su situación.

—Oh, por el amor de Dios...

Se mesó el pelo, incapaz de creer lo que le había hecho Maddy y que los encargados del estudio no se lo hubiesen impedido. Habrían podido cortar la transmisión, pero se abstuvieron. Les había gustado lo que Maddy había dicho sobre las mujeres maltratadas. Además, Paul McCutchins tenía fama de agresivo, tanto en el trato personal como con sus empleados, y en su juventud se había visto involucrado en innumerables peleas de bar. Era uno de los senadores más odiados de Washington, y su carácter violento se manifestaba a menudo. Nadie había deseado defenderlo y a todos les había parecido perfectamente probable —aunque Maddy no lo hubiera dicho con todas las letras— que maltratara a su mujer. Jack seguía paseándose por el estudio, gritando a todos los presentes, cuando Rafe Thompson, el productor, acudió a avisarle que el senador McCutchins estaba al teléfono.

—¡Mierda! —gritó a su esposa—. ¿Qué te apuestas a que va a demandarme?

—Lo siento, Jack —respondió ella en voz baja, aunque sin remordimientos.

En ese momento apareció el asistente de producción y le dijo que tenía una llamada de la primera dama. Los dos se dirigieron hacia distintos teléfonos y mantuvieron conversaciones muy diferentes. Maddy reconoció la voz de Phyllis Armstrong de inmediato y la escuchó con temor.

—Estoy muy orgullosa de usted, Madeleine —dijo con claridad la voz de la mujer madura—. Lo que ha hecho fue un acto muy valiente y necesario. Ha sido un comentario brillante, Maddy.

—Gracias, señora Armstrong —respondió con mayor serenidad de la que sentía. No le contó que Jack estaba furioso.

—Hacía tiempo que quería llamarla para invitarla a formar parte de la Comisión sobre la Violencia contra las Mujeres. De hecho, le pedí a Jack que se lo comentara.

—Lo hizo. Me interesa mucho.

—Desde luego, él me dijo que estaría encantada de participar, pero yo quería oírlo de sus propios labios. Nuestros maridos tienen tendencia a proponernos para actividades que no queremos realizar. El mío no es una excepción.

Maddy sonrió, y se sintió mejor ante la costumbre de Jack de ofrecer libremente sus servicios y su tiempo. Le parecía una falta de respeto que expresara opiniones o tomara decisiones en nombre de ella.

—En este caso, Jack no se equivocó. Me encantaría participar.

—Me alegra oírlo. Celebraremos la primera reunión este viernes, en mi despacho privado de la Casa Blanca. Más adelante buscaremos un centro de reuniones más apropiado. Aún somos un grupo pequeño, de una docena de integrantes. Buscamos la manera de sensibilizar a la opinión pública sobre la violencia contra las mujeres, y usted acaba de dar el primer paso. ¡Enhorabuena!

—Gracias otra vez, señora Armstrong —dijo Maddy sin aliento. Colgó y sonrió a Greg.

—Parece que has sido la número uno en el índice de audiencia de los Armstrong —dijo él con orgullo.

Le había gustado lo que había hecho Maddy. Requería mucho valor, incluso para la esposa del director de la cadena. Ahora tendría que regresar a casa y aguantar el chaparrón. Como todo el mundo sabía, Jack Hunter no era precisamente encantador cuando alguien lo contrariaba. Y Maddy no estaba libre de su ira.

Cuando iba a contarle a Greg lo que le había dicho la señora Armstrong, Jack se aproximó a ellos con cara de furia. Estaba fuera de sí.

—¿Estaba al tanto de esto? —le gritó a Greg, ansioso por culpar a alguien, a cualquiera. Parecía sentir deseos de estrangular a Maddy.

—No exactamente, pero tenía una ligera idea. Sabía que iba a hacer un comentario —respondió Greg con franqueza.

Jack no lo asustaba, y aunque guardaba bien su secreto —jamás se lo habría confesado a Maddy—, tampoco le caía bien. Le parecía arrogante y prepotente, y no le gustaba la forma en que manipulaba a su mujer. Sin embargo, no quería comentar este hecho con ella, que ya tenía demasiados problemas para ocuparse también de defender a su marido.

—Debería haberla detenido —acusó Jack—. Podría haberla interrumpido y terminado el programa.

—La respeto demasiado para hacer algo así, señor Hunter. Además, estoy de acuerdo con lo que dijo. No le creí cuando me contó lo de Janet McCutchins el lunes. Esto ha sido una llamada de atención para los que preferimos no pensar en la desesperación de algunas mujeres maltratadas. Estas cosas pasan todos los días a nuestro alrededor, pero no queremos verlas ni oír hablar de ellas. Sin embargo, debido a la persona con la que estaba casada, Janet McCutchins nos obligó a prestarle atención. Si un número considerable de gente ha escuchado a Maddy hoy, es posible que la muerte de Janet McCutchins sirva para algo y ayude a alguien. Con todo respeto, creo que Maddy ha hecho lo correcto. —Su voz tembló con las últimas palabras, y Jack Hunter lo fulminó con la mirada.

—Estoy seguro de que a nuestros patrocinadores les hará mucha gracia que nos demanden.

—¿Es eso lo que dijo McCutchins por teléfono? —preguntó Maddy con cara de preocupación.

No lamentaba lo que había hecho, pero detestaba causar tantos problemas a Jack. Sin embargo, su conciencia estaba tranquila. Había visto con sus propios ojos lo que McCutchins le hacía a su mujer, y si era necesario estaba dispuesta a contarlo en un juicio. Durante la emisión había tomado su propia decisión, sin pensar en los posibles perjuicios para la cadena. Pero estaba convencida de que había valido la pena.

—Hizo amenazas veladas, pero el velo era muy fino. Dijo que

44

llamaría a sus abogados en cuanto colgara —respondió Jack con crispación.

—No creo que llegue muy lejos —observó Greg con aire pensativo—. Por lo visto, los indicios eran bastante concluyentes. Y Janet McCutchins habló con Maddy. Eso nos servirá para cubrirnos las espaldas.

—«Cubrirnos», qué noble de su parte —espetó Jack—. Que yo sepa, la única espalda que está amenazada aquí es la mía. Ha sido un acto estúpido e irresponsable.

Tras esas palabras, volvió a cruzar el estudio con grandes zancadas y subió hacia su despacho.

—¿Te encuentras bien? —Greg miró a Maddy con preocupación, y ella asintió.

—Sabía que se enfadaría, pero no me gustaría que nos demandaran. —Parecía inquieta. Esperaba que McCutchins no se atreviera a presentar una demanda, pues con ello se expondría a quedar en evidencia.

—¿Le has contado lo de la llamada de Phyllis Armstrong?

—No tuve tiempo —respondió—. Se lo diré cuando lleguemos a casa.

Pero esa noche Maddy volvió a casa sola. Jack había llamado a sus abogados para ver la cinta del informativo y discutirla con ellos, y no regresó a Georgetown hasta la una de la madrugada. Maddy seguía despierta, pero él no le dijo ni una sola palabra mientras cruzaba el dormitorio hacia el cuarto de baño.

—¿Cómo ha ido? —preguntó ella con cautela.

Él se volvió y la miró con furia.

—No puedo creer que me hayas hecho eso. Fue una terrible estupidez.

Deseaba abofetearla. Pero Jack solo la golpeaba con sus miradas y palabras furiosas. Era evidente que se sentía traicionado.

—La primera dama me llamó poco después de que terminara el informativo, Estaba entusiasmada y le pareció un acto de valentía. Esta semana me incorporaré a su comisión —dijo como para disculparse.

No sabía cómo iba a hacer las paces con Jack, pero tenía que intentarlo. No quería que él la odiara por cuestiones de trabajo.

—Yo ya había tomado esa decisión por ti —replicó él, lanzándole dagas con la mirada.

—La he tomado yo sola —dijo ella en voz baja—. Tengo derecho a hacerlo, Jack.

—¿Respaldarás también los derechos de la mujer en general, además de los de las maltratadas? ¿Tendré que esperar un comentario al respecto en directo? ¿Por qué no dejas las noticias y creamos un programa de debate especialmente para ti? Así podrás hablar de lo que te apetezca durante horas.

—Si a la primera dama le gustó, ¿qué daño puede hacernos lo que dije?

—Si los abogados de McCutchins quieren, nos hará mucho daño.

—Puede que las aguas vuelvan a su cauce dentro de pocos días —dijo ella, esperanzada, mientras él se acercaba a la cama y se detenía, por fin, para mirarla con ostensible furia. Su enfado no había disminuido en lo más mínimo.

—Si vuelves a hacer algo semejante, te despediré en el acto, aunque seas mi mujer. ¿Entendido?

Maddy asintió en silencio y de repente se sintió como si en lugar de haber hecho algo bueno, hubiera traicionado a su marido. En los nueve años que llevaban juntos él jamás se había enfadado tanto con ella, y Maddy se preguntó si alguna vez la perdonaría, sobre todo si demandaban a la cadena.

—Pensé que era importante hacer lo que hice.

—Me importa una mierda lo que tú pienses. No te pago para pensar. Te pago para que estés guapa y leas las noticias en el *teleprompter*. Es lo único que quiero de ti.

Tras decir esas palabras, entró en el cuarto de baño y cerró de un portazo. Maddy rompió a llorar. Había sido un día agotador para ambos. Pero en el fondo de su corazón, ella seguía convencida de que había hecho lo correcto, cualquiera que fuera el precio. Por el momento, parecía que ese precio sería muy alto.

Cuando Jack salió del cuarto de baño, se metió en la cama sin decir una palabra, apagó la luz y se volvió de espaldas a Maddy. Hubo un silencio absoluto hasta que ella lo oyó roncar. Por primera vez en muchos años, Maddy sintió una oleada de terror. La furia de Jack, por muy controlada que pareciese, le despertaba antiguos y aterradores recuerdos. Y esa noche volvió a tener pesadillas.

A la mañana siguiente, Jack desayunó en silencio. Luego se marchó al trabajo solo, con su chófer.

—¿Cómo se supone que iré a la cadena? —preguntó ella, atónita, cuando él la dejó en el camino particular.

Jack la miró a los ojos, cerró con violencia la portezuela del coche y le habló como si fuese una desconocida:

—Toma un taxi.

4

El funeral de Janet McCutchins era el viernes por la mañana, y Jack envió un mensaje a Maddy a través de su secretaria diciendo que pensaba acompañarla. Salieron de la oficina en el coche de él —Jack con traje oscuro y corbata a rayas negras; Maddy con un traje Chanel de lino negro y gafas oscuras— y el chófer los condujo a la iglesia de St. John, separada de la Casa Blanca por el parque Lafayette. El oficio religioso —una misa mayor— fue largo y triste. El coro cantó el Ave María, y el primer banco estaba ocupado por los sobrinos e hijos de Janet. Hasta el senador lloró. Estaban presentes todos los políticos importantes de la ciudad. Maddy observó el llanto de Paul McCutchins con incredulidad y se compadeció de sus hijos. Al final de la ceremonia, inconscientemente, enlazó su brazo en el de Jack. Él la miró y se apartó rápidamente. Seguía furioso con ella y apenas si le había hablado desde el martes por la noche.

Se reunieron con los demás en la escalinata de la iglesia, mientras llevaban el ataúd al coche fúnebre y la familia subía a las limusinas para ir al cementerio. Los Hunter sabían que más tarde habría un almuerzo en casa de los McCutchins, pero ninguno de los dos pensaba asistir, ya que nunca habían sido amigos íntimos de la pareja. Regresaron a la cadena sentados lado a lado, en medio de un silencio glacial.

—¿Cuánto tiempo va a durar esto, Jack? —preguntó por fin Maddy en el coche, incapaz de seguir soportando la situación.

—Mientras siga enfadado contigo —respondió él con aspereza—. Me has defraudado, Maddy. No, para ser más preciso, me has jodido.

—Era importante, Jack. Una mujer que había sido maltratada

se suicidó e iba a pasar a la historia como una chalada. Quise ser justa con ella y con los niños y dirigir la atención al hombre que la maltrató, aunque solo fuese por un minuto.

—Y me fastidiaste a mí en el proceso. Nada de lo que hiciste ha evitado que Janet pase a la historia como una chalada. Los hechos hablan por sí mismos. Estuvo en un hospital psiquiátrico y recibió tratamiento de electrochoque durante seis meses. ¿Te parece que era una mujer normal? ¿Y que merecía que me convirtieses en el blanco de una demanda por injurias?

—Lo lamento, Jack. Tenía que hacerlo. —Seguía convencida de que había hecho lo correcto.

—Tú estás tan loca como ella —replicó él con expresión de disgusto, y miró por la ventanilla.

Fue un comentario mezquino que hirió a Maddy, como todo lo que decía Jack desde hacía tres días.

—¿No podemos pactar una tregua durante el fin de semana? —Temía pasar un triste fin de semana en Virginia si él continuaba comportándose de esa manera, y Maddy estaba pensando en la posibilidad de no acompañarlo.

—No lo creo —respondió Jack con frialdad—. Además, tengo cosas que hacer aquí. Debo asistir a un par de reuniones en el Pentágono. Tú puedes hacer lo que quieras. No tendré tiempo para estar contigo.

—Esto es ridículo, Jack. Lo que pasó fue una cuestión de trabajo. Esto es nuestra vida.

—En nuestro caso, las dos cosas están estrechamente unidas. Debiste pensar en ello antes de abrir la boca.

—De acuerdo, castígame, pero tu actitud es infantil.

—Si McCutchins me demanda, la cantidad que pida no será «infantil», te lo aseguro.

—No creo que lo haga, sobre todo teniendo en cuenta que la primera dama ha elogiado el programa. Además, no puede defenderse. Si hay una investigación, el fiscal podría sacar a relucir los hematomas de Janet.

—Puede que Paul no se deje impresionar por la primera dama tanto como tú.

—¿Por qué no tratas de olvidarlo, Jack? No puedo deshacer lo que está hecho, y la verdad es que tampoco lo haría. Así pues, ¿por qué no intentamos dejarlo atrás?

Pero al oír estas palabras, él se volvió hacia ella con los ojos entornados y la miró con expresión glacial.

—Quizá debería refrescarte la memoria, Juana de Arco, y recordarte que antes de que empezaras tu cruzada por los desvalidos, cuando yo te encontré, no pintabas nada. No eras nadie, Mad. Eras un cero a la izquierda, una pajuerana cuyo único destino era una vida de latas de cerveza y malos tratos en una caravana. No sé quién crees ser ahora, pero ten en cuenta que yo te inventé. Me debes todo lo que eres. Estoy harto de tus tonterías idealistas y de tus quejas y lloriqueos por una mujer gorda y fea, ese montón de mierda llamado Janet McCutchins. No merecía que yo me jugara el cuello en la cadena. Ni que tú te jugaras el tuyo.

De repente, Maddy miró a su marido como si fuese un desconocido. Y quizá lo fuera.

—Me das ganas de vomitar —replicó ella. Se inclinó y dio un golpecito en el hombro al chófer—. Pare el coche. Me bajo aquí.

Jack pareció sorprendido.

—Pensé que regresabas al trabajo.

—Y así es, pero prefiero andar a seguir aquí sentada, escuchándote hablar de esa manera. He recibido el mensaje, Jack. Tú me inventaste y te lo debo todo. ¿Cuánto te debo? ¿Mi vida? ¿Mis principios? ¿Mi dignidad? ¿Cuál es el precio por salvar a alguien de ser escoria durante el resto de su vida? Quiero asegurarme de no pagarte de menos.

Con estas palabras se apeó del coche y caminó rápidamente hacia las oficinas de la cadena. Jack no dijo nada; se limitó a subir la ventanilla en silencio. Cuando regresó a su despacho, no la llamó. Ella estaba a cinco pisos de él, comiendo un bocadillo con Greg.

—¿Qué tal el funeral? —preguntó Greg, preocupado por Maddy. La veía abatida y cansada.

—Deprimente. Ese cabrón lloró durante toda la ceremonia.

—¿El senador? —Maddy asintió, con la boca llena—. Tal vez se sienta culpable.

—Debería. Puede que la haya matado. Jack todavía piensa que ella estaba mal de la cabeza.

Y con su forma de comportarse, empezaba a conseguir que ella también se sintiera desequilibrada.

—¿Sigue enfadado? —preguntó Greg con cautela pasándole un pepinillo. Sabía que a Maddy le encantaban.

—Eso es decir poco. Cree que lo traicioné.

—Se le pasará —dijo Greg.

Se repantigó en la silla y miró a Maddy. ¡Era tan lista, buena y bonita! A él le gustaba comprobar que siempre luchaba por lo que creía, pero ahora parecía preocupada y triste. Le molestaba que Jack se enfadara con ella, y nunca, durante los siete años que llevaban casados, había estado tan furioso como ahora.

—¿Por qué piensas que se le pasará? —Ella ya no estaba segura, y por primera vez sentía que su matrimonio estaba en peligro. Eso la aterrorizaba.

—Se le pasará porque te quiere —dijo Greg con convicción—. Y te necesita. Eres una de las mejores presentadoras de informativos del país, si no la mejor. Jack no está loco.

—No sé si esa es una buena razón para quererme. Se me ocurren otras que significarían mucho más para mí.

—Agradece lo que tienes, pequeña. Ya se calmará. Quizá durante el fin de semana.

—Este fin de semana tiene reuniones en el Pentágono.

—Debe de estar cociéndose algo importante —observó Greg con interés.

—Sí, y desde hace un tiempo. No me ha contado nada al respecto, pero se ha reunido con el presidente varias veces.

—Puede que estemos a punto de arrojar una bomba en Rusia —dijo Greg con una sonrisa.

Naturalmente, ninguno de los dos creía algo semejante.

—Estás algo desfasado, ¿no? —Maddy le devolvió la sonrisa—. Supongo que tarde o temprano nos lo dirán. —Consultó su reloj de pulsera y se puso de pie—. Tengo que ir a una reunión de la comisión de la primera dama. Es a las dos. Volveré a tiempo para que me maquillen antes de las noticias de las cinco.

— Tú no necesitas maquillaje —dijo él con galantería—. Diviértete. Y dale recuerdos míos a la primera dama.

Maddy sonrió, lo saludó con la mano y bajó a tomar un taxi. La Casa Blanca estaba a cinco minutos de la cadena, y cuando Maddy llegó allí, la primera dama acababa de regresar de la casa de los McCutchins. Entraron juntas, rodeadas por el personal de seguridad. La señora Armstrong preguntó si Maddy había asistido al funeral, y cuando esta contestó que sí, comentó lo trágico que había sido ver a los hijos de Janet.

—Paul también parecía desolado —dijo con tono compasivo, y añadió en voz más baja—: ¿De verdad cree que él la maltrataba? —No indagó sobre sus fuentes.

Maddy titubeó unos segundos, pero sabía por experiencia que podía confiar en la discreción de la primera dama.

—Sí, lo creo. Ella misma me contó que él le pegaba y la atormentaba. El fin de semana pasado me enseñó los cardenales que tenía en los brazos. Sé que decía la verdad, y me parece que Paul McCutchins está al corriente de su confidencia. Querrá que todos olviden lo que dije. —Precisamente por eso, Maddy no creía que fuese a demandar a la cadena.

La primera dama cabeceó con incredulidad y suspiró cuando salieron del ascensor al pasillo, donde los esperaban su secretaria y algunos agentes del servicio secreto.

—Lamento oír eso. —A diferencia de Greg y Jack, no dudó por un instante de las palabras de Maddy. Como mujer, estaba dispuesta a aceptarlas. Además, Paul McCutchins nunca le había caído bien; le parecía un prepotente—. Supongo que por eso estamos aquí, ¿no? ¡Qué perfecto ejemplo de un acto de violencia impune contra una mujer! Me alegro mucho de que haya hecho aquel comentario en antena, Maddy. ¿Cómo han reaccionado los espectadores?

Maddy sonrió.

—Hemos recibido miles de cartas de mujeres celebrando mis palabras, pero muy pocas firmadas por hombres. Y mi marido está a punto de pedir el divorcio.

—¿Jack? Qué estrechez mental. Me sorprende mucho. —De hecho, Phyllis Armstrong parecía sinceramente sorprendida. Al igual que su marido, siempre había apreciado a Jack Hunter.

—Tiene miedo de que el senador demande a la cadena —explicó Maddy.

—Si es verdad que la maltrataba, no creo que se atreva —observó Phyllis Armstrong con pragmatismo mientras entraban en la sala donde esperaban los demás miembros de la comisión—. Sobre todo si es verdad. No se arriesgará a que usted pruebe sus palabras. A propósito, ¿Janet dejó alguna nota?

—Supuestamente dejó una carta para sus hijos, pero no sé quién la leyó, si es que alguien lo ha hecho. La policía se la entregó a Paul.

—Apuesto a que no hará nada. Dígale a Jack que se tranquilice. Lo que usted hizo estuvo bien. Arrojó luz sobre el oscuro tema de los malos tratos y la violencia contra las mujeres.

—Le transmitiré lo que ha dicho —respondió Maddy con una sonrisa mientras paseaba la vista por la habitación.

Había ocho mujeres, contándola a ella, y cuatro hombres. Entre los hombres, reconoció a dos jueces de instrucción; y entre las mujeres, a una juez de paz y a otra periodista. La primera dama presentó a las demás mujeres: dos maestras, una abogada, una psicóloga y una médica. El tercer hombre también era médico, y el último que le presentaron a Maddy era Bill Alexander, el ex embajador de Colombia cuya mujer había muerto en manos de los terroristas. La primera dama explicó que había abandonado el Departamento de Estado para escribir un libro. Componían un grupo interesante y ecléctico: asiáticos, afroamericanos y caucásicos; algunos jóvenes, otros mayores, todos profesionales y varios famosos. Maddy era la más joven de todos —quizá por unos seis años— y sin duda la más conocida después de la primera dama.

Phyllis Armstrong dio por iniciada la sesión de inmediato, y su secretaria se sentó para tomar notas. El servicio secreto había quedado fuera, y los miembros de la comisión estaban sentados en un confortable salón, alrededor de una bonita mesa antigua de estilo inglés donde había una bandeja de plata con té, café y una fuente de pastas. La primera dama llamaba a todos por su nombre y los miraba con expresión maternal. Ya les había hablado del valiente comentario de Maddy en el informativo del martes sobre Janet McCutchins, aunque muchos de ellos lo habían oído y lo aprobaban incondicionalmente.

—¿Sabe con seguridad que fue maltratada? —preguntó una de las mujeres, y Maddy titubeó antes de responder.

—No sé cómo responder a esa pregunta. Creo que sí, aunque no podría probarlo ante un tribunal. Lo sé de oídas. Me lo dijo ella. —Maddy se volvió hacia la primera dama con expresión inquisitiva—. Doy por sentado que todo lo que digamos aquí es información confidencial. —Solía ser así en las comisiones presidenciales.

—Así es —la tranquilizó Phyllis Armstrong.

—Yo le creí, aunque las dos primeras personas a quienes se lo conté no me creyeron. Fueron dos hombres, uno de ellos mi compañero de informativo y el otro, mi marido. Supongo que ambos deberían ser más listos.

—Estamos aquí hoy para discutir qué podemos hacer para combatir la violencia contra las mujeres —dijo la señora Armstrong a modo de preámbulo—. ¿Debemos cambiar las leyes o limitarnos a sensibilizar a la opinión pública sobre el problema de los malos tratos? ¿Cuál es la forma más eficaz de abordar el asunto? Me gustaría averiguar qué podemos hacer al respecto. Supongo que a ustedes les pasará lo mismo. —Todo el mundo asintió—.

Quiero empezar con una propuesta inusual. Quisiera que cada uno explicara por qué está aquí, ya sea por razones profesionales o personales, siempre que eso no les incomode. Mi secretaria no tomará notas, y si no quieren hablar, no están obligados a hacerlo. Pero creo que sería interesante para todos. —Y aunque no lo dijo, sabía que sería una forma de crear un vínculo instantáneo entre los asistentes—. Si lo desean, comenzaré yo.

Todos esperaron respetuosamente a que hablara, y entonces les contó algo que ninguno sabía.

—Mi padre era alcohólico y pegaba a mi madre todos los fines de semana sin excepción, después de cobrar la paga del viernes. Estuvieron casados cuarenta y nueve años, hasta que ella murió de cáncer. Sus palizas eran una especie de rito para mí, mi hermana y mis tres hermanos. Todos aceptábamos que era algo inevitable, como la misa del domingo. Yo solía refugiarme en mi habitación para no oír los gritos de mi madre, pero de todos modos los oía. Y después la oía llorar en su dormitorio. Pero ella nunca lo abandonó, nunca lo detuvo, nunca le devolvió los golpes. Todos detestábamos la situación, y cuando crecimos, mis hermanos empezaron a salir y emborracharse también. Uno de ellos, el mayor, maltrataba a su esposa; el segundo era un fanático religioso y se hizo sacerdote, y mi hermano pequeño murió alcoholizado a los treinta años. En caso de que se lo pregunten, les diré que no, yo no tengo problemas con la bebida. No me gusta mucho, apenas pruebo el alcohol y jamás me ha creado conflictos. Lo que sí me ha creado conflictos es la idea, la certeza, de que muchas mujeres son maltratadas en el mundo, la mayoría por sus maridos, y de que nadie hace nada al respecto. Me juré que algún día me comprometería en esta lucha, y ahora deseo hacer algo, cualquier cosa, que pueda contribuir a cambiar las cosas. Todos los días hay mujeres asaltadas en las calles, atacadas o acosadas sexualmente, violadas en citas o torturadas y asesinadas por sus novios o maridos, y por alguna razón misteriosa, nosotros lo aceptamos. No nos gusta, no lo aprobamos y lloramos cuando oímos la historia, sobre todo si conocemos a la víctima. Pero no remediamos la situación, no apartamos la pistola, el cuchillo o la mano, igual que yo nunca detuve a mi padre. Tal vez no sepamos cómo hacerlo, o tal vez nos falte interés. Pero yo creo que el problema nos preocupa; lo que pasa es que no queremos pensar en él. A pesar de todo, quiero que la gente empiece a pensar, que se ponga en pie y haga algo al respecto. Ya es hora; deberíamos haberlo hecho hace tiempo. Quiero que me ayuden a detener la violencia contra las mujeres, por mí, por ustedes, por mi madre, por nuestras hijas, hermanas y amigas. Deseo darles las gracias por estar aquí y por colaborar conmigo.

Cuando terminó, sus ojos estaban húmedos, y por un instante todos se limitaron a mirarla fijamente. No era una crónica inusual, pero convertía a Phyllis Armstrong en una mujer mucho más real.

La psicóloga, que había crecido en Detroit, contó una historia parecida, con el añadido de que su padre había matado a su madre y había ido a prisión. Dijo que era lesbiana y que había sido violada y apaleada a los quince años por un amigo de la infancia. Llevaba catorce años viviendo en pareja con una mujer y sentía que se había recuperado de los traumas infantiles, pero le preocupaba el constante aumento de agresiones contra las mujeres, incluso en la comunidad homosexual, y la tendencia general a mirar hacia otro lado cuando ocurrían esas cosas.

Algunos de los presentes no tenían experiencia personal con la violencia, pero los dos jueces de instrucción confesaron que sus padres habían maltratado a sus madres y que, durante su juventud, ellos habían creído que eso era lo normal. Llegó el turno de Maddy, que titubeó unos instantes. Nunca había contado su historia en público, y ahora que pensaba en ella se sentía desnuda.

—Supongo que mi vida no se diferencia de muchas otras —empezó—. Me crié en Chattanooga, Tennessee, y mi padre siempre golpeaba a mi madre. En ocasiones ella se defendía, pero la mayoría de las veces no lo hacía. A veces él estaba borracho; otras, simplemente le pegaba porque estaba enfadado con ella, con otra persona o con lo que le había pasado ese día. Éramos muy pobres y él parecía incapaz de mantener un empleo, de manera que también desfogaba esa frustración con mi madre. Todo lo que le ocurría a él era culpa de ella. Y si mi madre no estaba, me pegaba a mí, aunque no a menudo. Sus peleas fueron como la música de fondo de mi infancia, un tema familiar con el que crecí. —Se sintió sin aliento y, por primera vez en muchos años, su acento sureño se volvió perceptible mientras continuaba—: Lo único que yo deseaba era huir de esa situación. Detestaba mi casa, a mis padres y la forma en que se trataban. Así que a los diecisiete años me casé con mi novio del instituto, que empezó a maltratarme en cuanto nos fuimos a vivir juntos. Bebía en exceso y trabajaba poco. Se llamaba Bobby Joe, y yo le creía cuando él decía que todo era culpa mía, que si yo no fuera tan irritante, mala esposa, estúpida y torpe, él no «tendría» que pegarme. Una vez me rompió los dos brazos; en otra ocasión me empujó por la escalera y me fracturé la pierna. En ese entonces yo trabajaba en un canal de televisión de Knoxville que se vendió a un hombre de Texas, quien finalmente compró una cadena de televisión por cable en Washington y me trajo aquí. Supongo que todos sabrán a quién me refiero. Ese hombre era Jack Hunter. Yo dejé mi alianza y una nota sobre la mesa de la cocina de mi casa de Knoxville y me encontré con Jack en la terminal de autocares. Solo llevaba una maleta Samsonite con dos vestidos en el interior, y huí a Washington para trabajar con él. Conseguí el divorcio y me casé con Jack un año después. Desde entonces, nadie ha vuelto a ponerme una mano encima. No lo permitiría. Ahora sé qué hacer. Basta con que alguien me mire con furia para que yo salga corriendo. No sé por qué tuve tanta suerte, pero así fue. Jack me salvó la vida. Me convirtió en lo que soy en la actualidad. Sin él, probablemente estaría muerta. Creo que Bobby Joe me habría matado, arrojándome por la escalera o dándome patadas en el estómago. O quizá habría muerto porque finalmente habría deseado morir. Nunca había hablado de este tema porque me sentía avergonzada, pero ahora quiero ayudar a otras mujeres como yo, mujeres que no han tenido tanta suerte, que piensan que están atrapadas y que no tienen a un Jack Hunter esperándolas en una limusina para llevarlas a otra ciudad. Quiero acercarme a esas mujeres y echarles una mano. Nos necesitan —añadió con lágrimas en los ojos—. Es nuestra obligación ayudarlas.

—Gracias, Maddy —dijo Phyllis Armstrong en voz baja.

Todas, o casi todas las presentes —abogadas, médicas y jueces, e incluso la primera dama—, tenían algo en común: habían vivido historias de violencia y sobrevivido gracias a la suerte y al coraje. Pero eran conscientes de que innumerables mujeres no eran tan afortunadas y necesitaban ayuda. El grupo reunido en las dependencias privadas de la primera dama estaba impaciente por hacer algo por ellas.

Bill Alexander fue el último en hablar, y tal como había sospechado Maddy, su historia fue la más original. Había crecido en una buena casa de Nueva Inglaterra, con padres que lo querían y se amaban entre sí. Se había casado cuando su mujer estudiaba en Wellesley y él en Harvard. Tenía un doctorado en política exterior y en ciencias políticas, había dado clases primero en Darmouth y luego en Princeton, y finalmente, cuando era profesor de la Universidad de Harvard, a los cincuenta años, lo habían nombrado embajador en Kenia. Su siguiente destino fue Madrid, de donde lo enviaron a Colombia. Contó que tenía tres hijos adultos: un médico, una abogada y un banquero. Todos eran personas respetables y con sorprendentes antecedentes académicos. Había llevado una existencia tranquila y «normal»; de hecho, dijo con una sonrisa, una vida bastante aburrida aunque satisfactoria.

Colombia había supuesto un reto interesante para él, pues la situación política era delicada y el tráfico de drogas afectaba a todo lo que ocurría en el país. Estaba estrechamente vinculado con todas las formas de comercio y con la corrupción política, que era un mal endémico. Lo que debía hacer allí lo había fascinado, y se había sentido apto para la tarea hasta el momento del secuestro de su esposa. Su voz se quebró al referirse a ese hecho. Su mujer había permanecido cautiva siete meses, dijo luchando contra las lágrimas, aunque por fin sucumbió a ellas. La psicóloga que estaba sentada junto a él le tocó el brazo para tranquilizarlo, y él le sonrió. Ahora todos eran amigos y conocían sus más íntimos secretos.

—Hicimos todo lo que pudimos para rescatarla —explicó con voz ronca y cargada de angustia. Por el tiempo que había pasado en cada uno de sus tres puestos diplomáticos, Maddy le había calculado unos sesenta años. Tenía pelo blanco, ojos azules, cara juvenil y cuerpo de aspecto fuerte y atlético—. El Departamento de Estado envió a varios negociadores para hablar con los representantes del grupo terrorista que la tenía como rehén. Querían un intercambio de prisioneros; decían que la liberarían a cambio de un centenar de presos políticos, pero el Departamento de Estado se negó a aceptar sus exigencias. Yo entendí sus razones, pero no quería perder a mi esposa. La CIA también intervino, tratando de secuestrarla, pero la intentona fracasó; poco después los terroristas trasladaron a mi mujer a las montañas y allí le perdimos la pista. Finalmente, yo pagué el rescate que pedían y luego cometí una tontería. —Su voz volvió a temblar, y Maddy, como los demás, se compadeció de él—. Traté de negociar solo. Hice todo lo que pude. Prácticamente me volví loco intentando recuperarla. Pero eran demasiado listos, rápidos y arteros. Tres días después del pago del rescate, la mataron. Dejaron su cadáver en la puerta de la embajada —dijo con voz ahogada y rompió a llorar otra vez—. Le habían cortado las manos.

Continuó sollozando unos instantes sin que nadie hiciera

nada, hasta que Phyllis Armstrong tendió la mano y lo tocó. Bill Alexander respiró hondo mientras los demás expresaban sus condolencias en susurros. Era una historia pavorosa, y todo el mundo se preguntó cómo había podido sobrevivir a ese trance.

—Me sentía totalmente responsable del desenlace de la situación. Jamás debí tratar de negociar personalmente, pues eso pareció enfurecerlos más. Pensé que podía ayudar, pero sospecho que si hubiese dejado que los expertos se ocuparan del problema, los terroristas la habrían mantenido prisionera durante un par de años más, como hicieron con el resto de los rehenes, y luego la habrían soltado. Al hacer lo que hice, prácticamente la maté.

—Eso es una tontería, Bill —dijo Phyllis con firmeza—, espero que lo sepas. No puedes adivinar lo que habría ocurrido. Esa gente es implacable e inmoral; una vida no significa nada para ellos. Es muy probable que la hubiesen matado de todas maneras. De hecho, estoy segura de que lo habrían hecho.

—Siempre me he sentido responsable de su muerte —afirmó Bill con tristeza—, y la prensa también lo ha sugerido.

De repente, Maddy recordó que Jack le había dicho que Bill Alexander era un idiota y, ahora que conocía la historia, se preguntó cómo podía ser tan cruel.

—A la prensa le gusta hacer sensacionalismo. La mayoría de las veces los periodistas no saben de qué hablan —añadió Maddy, y él la miró con los ojos llenos de tristeza. Ella nunca había visto tanto sufrimiento en su vida, y hubiera querido tenderle la mano y tocarlo, pero estaba sentada demasiado lejos de él—. Solo quieren vender su historia. Se lo digo por experiencia, embajador. Lamento mucho lo que le ocurrió —dijo con cortesía.

—Yo también. Gracias, señora Hunter —respondió él. Sacó un pañuelo del bolsillo y se sonó la nariz.

—Todos tenemos historias tristes que contar. Por eso estamos aquí. Por eso les he pedido que vinieran. —Phyllis Armstrong los condujo con delicadeza al tema de la reunión—. Yo no conocía la mayoría de estas historias cuando los invité. Lo hice simplemente porque son personas inteligentes y solidarias. Todos, o la mayoría de nosotros, hemos aprendido con la experiencia y de la manera más difícil. Sabemos de qué hablamos y lo que se siente en circunstancias difíciles. Ahora debemos averiguar qué podemos hacer al respecto, cómo ayudar a la gente que todavía sufre. Nosotros somos supervivientes, pero es posible que los demás no lo sean. Debemos llegar a ellos rápidamente, además de a la prensa y a la opinión pública. El reloj no se detiene, y debemos alcanzar a los que nos necesitan antes de que los perdamos. Todos los días mueren mujeres asesinadas por sus maridos, violadas en las calles, secuestradas y torturadas por desconocidos, pero la mayoría son víctimas de hombres que conocen, y en casi todos los casos de sus novios o esposos. Tenemos que educar a la gente e informar a las mujeres de adónde deben acudir antes de que sea demasiado tarde para ellas. Tenemos que cambiar las leyes, haciéndolas más severas. Debemos conseguir que las sentencias se correspondan con el delito cometido, de modo que agredir a una mujer salga muy caro. Es una especie de guerra; una guerra que hemos de librar y ganar. Quiero que cada uno de los presentes vuelva a casa y piense en qué podemos hacer para cambiar las cosas. Sugiero que volvamos a reunirnos aquí dentro de dos semanas, antes de que la mayoría de ustedes se marche de vacaciones, y que intentemos encontrar soluciones. El objetivo de la sesión de hoy era principalmente que llegaran a conocerse. Yo los conozco a todos, a algunos bastante bien, pero ahora ustedes también saben con quiénes trabajarán y por qué está aquí cada miembro del grupo. En rigor, todos hemos venido por la misma razón; puede que algunos hayan sufrido más que otros, pero todos deseamos cambiar la situación, y podemos hacerlo. Individualmente, todos somos capaces de ello; colectivamente, nos convertiremos en una fuerza invencible. He depositado toda mi confianza en ustedes, y yo también reflexionaré sobre el tema antes de que volvamos a vernos. —Se puso de pie y esbozó una sonrisa que abarcó a todos y cada uno de los presentes—. Gracias por venir. Siéntanse libres para quedarse aquí y conversar durante un rato. Por desgracia, yo tengo que retirarme para atender otro compromiso.

Eran casi las cuatro, y Maddy no podía creer cuántas cosas había oído en dos horas. La reunión había sido tan emotiva para todos que tenía la sensación de que había pasado varios días con el grupo. Se tomó un momento para acercarse a Bill Alexander y hablar con él antes de marcharse. Era un buen hombre, y había vivido una auténtica tragedia. Daba la impresión de que aún no se había recuperado del trance, cosa que no sorprendía a Maddy, dada la gravedad de los acontecimientos y el hecho de que habían ocurrido hacía apenas siete meses. Si acaso, le sorprendía que no hubiera perdido la razón.

—Lamento mucho lo que le pasó, embajador —dijo con delicadeza—. Recordaba la noticia, pero es muy diferente oírla de sus propios labios. Debió de ser una pesadilla.

—No sé si algún día lo superaré —repuso él con franqueza—. Todavía sueño con ello. —Dijo que tenía pesadillas frecuentes, y la psicóloga le preguntó si estaba haciendo terapia. Alexander contestó que la había hecho durante unos meses, pero ahora estaba tratando de seguir adelante solo.

Aunque parecía un hombre centrado y normal y saltaba a la vista que era extremadamente inteligente, Maddy no pudo evitar preguntarse cómo había conseguido sobrevivir a una experiencia semejante y seguir comportándose con serenidad y sensatez. Sin lugar a dudas, era una persona extraordinaria.

—Estoy impaciente por trabajar con usted —dijo con una sonrisa.

—Gracias, señora Hunter —dijo él devolviéndole la sonrisa.

—Llámeme Maddy, por favor.

—Yo soy Bill, y el otro día la oí hablar sobre Janet McCutchins. Naturalmente, sus palabras me conmovieron.

Maddy esbozó una sonrisa triste ante el cumplido y le dio las gracias.

—Mi marido aún no me ha perdonado. Le asustan las consecuencias que mi comentario podría tener para la cadena.

—A veces es preciso ser valiente y hacer lo correcto. Usted lo sabe tan bien como yo. Debe escuchar a su corazón, además de a sus asesores. Estoy seguro de que él lo entenderá. Solo hizo lo que debía.

—No creo que él esté de acuerdo con usted, pero de todas maneras me alegro de haberlo hecho —admitió Maddy.

—La gente necesita escuchar esas cosas —dijo él, y su voz recuperó la firmeza.

Además, mientras hablaba con Maddy parecía más joven. Ella estaba impresionada tanto por su presencia como por la forma en que se había conducido durante la primera reunión del grupo. Entendía por qué Phyllis lo había invitado.

—Sí, creo que necesita escucharlas —convino Maddy, y consultó su reloj. Eran más de las cuatro y debía regresar al estudio a tiempo para que la maquillaran y la peinaran—. Lo siento, pero tengo que presentar las noticias de las cinco. Lo veré en la próxima reunión.

Antes de marcharse, estrechó la mano a varios de los asistentes. Luego salió a paso vivo de la Casa Blanca y cogió un taxi para regresar a la cadena.

Cuando llegó allí, Greg ya estaba en la silla de maquillaje.

—¿Qué tal ha ido? —preguntó. La comisión organizada por la primera dama había despertado su curiosidad. Suponía que sería una gran noticia.

—Muy interesante. Me gustó mucho. Conocí a Bill Alexander, el ex embajador de Colombia cuya esposa fue asesinada por los terroristas. Una historia tremenda.

—La recuerdo vagamente. Vi a Alexander en las noticias; estaba destrozado cuando dejaron el cuerpo de su mujer en la embajada. Claro que no lo culpo. Pobre tipo, ¿qué tal está?

—Aparentemente bien, aunque creo que sigue muy afectado. Está escribiendo un libro sobre el caso.

—Es un buen tema. ¿Quién más estaba allí?

Maddy le dio unos cuantos nombres, pero no reprodujo las historias personales que se habían contado durante la reunión; sabía que estaba obligada a ser discreta y respetó esa regla. En cuanto terminaron de maquillarla, entró en el estudio y echó un vistazo a las noticias del día. No había ninguna sorprendente o escandalosa —todas eran bastante anodinas—, y una vez en antena, las transmitieron sin incidentes. Luego Maddy volvió a su despacho. Quería leer cierta información e investigar un par de cosas antes del informativo de las siete y media. Acabó a las ocho. Había sido una larga jornada, y mientras se preparaba para salir de la oficina, llamó a Jack, que seguía arriba, terminando una reunión.

—¿Me llevarás a casa, o pretendes que vaya andando? —preguntó Maddy.

Muy a su pesar, Jack sonrió. Todavía estaba enfadado, pero sabía que no podía perpetuar esa situación.

—Tendrás que correr detrás del coche durante los próximos seis meses para redimir tus pecados y compensarme por lo que podrían costarme.

—Phyllis Armstrong no cree que McCutchins vaya a demandarnos.

—Espero que tenga razón. Si no es así, ¿piensas que el presidente pagará la indemnización? Será grande.

—Esperemos que no haya nada que pagar —replicó ella en voz baja—. A propósito, la reunión fue muy interesante. Había personas estupendas.

Era la primera conversación que mantenían desde el martes, y Maddy se alegró de que su marido empezara a ablandarse.

—Te veré abajo dentro de diez minutos —dijo él con tono expeditivo—. Todavía tengo que hacer un par de cosas.

Diez minutos después, cuando apareció en el vestíbulo, Jack no pareció contento de verla, pero al menos tenía un aspecto menos feroz que en los últimos tres días, desde la «transgresión» de Maddy. Los dos se guardaron muy bien de mencionar el tema en el trayecto a casa. Se detuvieron a comer una pizza, y ella comentó la reunión de esa tarde. Sin embargo, se limitó a describirla a grandes rasgos, sin entrar en detalles personales, y a exponer los objetivos del grupo. Se sentía obligada a proteger la intimidad de las personas que había conocido.

—¿Tenéis algún punto en común, o solo sois personas inteligentes e interesadas en el tema?

—Ambas cosas. Es sorprendente cómo la violencia afecta a la vida de todas las personas en un momento u otro. Todo el mundo fue muy franco al respecto. —Era lo único que podía decirle, y lo único que le diría.

—No les habrás contado tu historia, ¿no? —La miró a los ojos con expresión de inquietud.

—Pues sí, lo hice. Todos nos sinceramos.

—Eso es una estupidez, Maddy —dijo Jack con brusquedad. Seguía enfadado con ella, y no estaba dispuesto a hacer concesiones—. ¿Y si alguien filtra la información a la prensa? ¿Esa es la imagen que quieres dar? ¿La de una mujer a quien Bobby Joe arrojó a patadas por la escalera en Knoxville?

A Maddy no le gustó su tono crítico, pero no hizo ningún comentario al respecto.

—Quizá mereciera la pena si eso ayudara a entender que incluso una persona como yo puede ser maltratada. Tal vez mi experiencia podría salvar la vida de alguien, o darle esperanzas de escapar.

—Lo único que conseguirías sería un dolor de cabeza y una imagen de pobre diabla que me ha costado una fortuna cambiar. No entiendo cómo puedes ser tan idiota.

—Fui sincera, igual que todos los demás. Algunas historias eran mucho más tremendas que la mía. —La de la primera dama era espantosa, pero ella no la había ocultado. Todos habían sido francos, y allí residía la grandeza del momento que habían compartido—. Bill Alexander también está en la comisión. Nos habló del secuestro de su mujer.

Dado que la historia era del conocimiento público, podía permitirse hablar de ella con Jack. Pero este se encogió de hombros con desdén.

—Es como si él mismo la hubiera matado. Fue una auténtica estupidez que tratase de negociar personalmente. El Departamento de Estado se lo advirtió, pero él se negó a escuchar.

—Estaba desesperado y probablemente desquiciado. La tuvieron prisionera durante siete meses antes de matarla. Él debió de volverse loco mientras esperaba. —Sentía una profunda compasión por Alexander y le irritaba la frialdad de Jack. Parecía totalmente indiferente ante los sentimientos del ex embajador y la tragedia que había vivido—. ¿Qué tienes contra él? Es evidente que no te cae bien.

—Fue asesor del presidente durante una temporada, después de su etapa como profesor en Harvard. Sus ideas se remontan a la Edad Media, y es un fanático de los principios y la moral. Como los primeros colonos.

Era una descripción injusta, y Maddy se molestó.

—Creo que es algo más que eso. Parece sensato, inteligente y muy honrado.

—Supongo que sencillamente no me cae bien. No tiene suficiente vitalidad ni atractivo.

Era curioso que Jack dijera eso, pues Bill era un hombre apuesto. Sin embargo, también era directo y sincero, el polo opuesto de los ostentosos amigos de Jack. Pero su estilo y sus ideas no desagradaban a Maddy, aunque era obvio que a su marido no le parecía digno de admiración.

Regresaron a casa a las diez de la noche y, contrariamente a sus costumbres, Maddy puso las noticias y se quedó helada al ver que las tropas estadounidenses habían encabezado otra invasión en Irak. Se volvió hacia Jack, y detectó algo extraño en sus ojos.

—Tú estabas al tanto de esto, ¿no? —preguntó sin rodeos.

—Yo no asesoro al presidente sobre asuntos militares, Mad. Solo lo hago con los temas de prensa.

—Mentira. Lo sabías. Por eso fuiste a Camp David la semana pasada, ¿no? Y por eso irás al Pentágono este fin de semana, ¿verdad? ¿Por qué no me lo dijiste?

Solía confiarle información secreta, pero en esta ocasión no lo había hecho. Por primera vez, Maddy tuvo la sensación de que no confiaba en ella, y eso le dolió.

—Era un asunto demasiado delicado e importante.

—Perderemos a muchos jóvenes, Jack —replicó con preocupación. Su mente era un torbellino. El lunes también sería una noticia importante para su trabajo.

—A veces es un sacrificio necesario —repuso él con frialdad. Pensaba que el presidente había tomado la decisión correcta. Él y Maddy habían tenido discrepancias sobre el particular, y ella no estaba tan convencida como su marido de la necesidad de ese sacrificio.

Terminaron de ver las noticias. El presentador dijo que diecinueve marines habían muerto esa mañana en un enfrentamiento con soldados iraquíes. Luego Jack apagó el televisor, y ella lo siguió al dormitorio.

—Es curioso que el presidente Armstrong te haya dado esa información. ¿Por qué lo hizo, Jack? —preguntó con recelo.

—¿Por qué no iba a hacerlo? Confía en mí.

—¿Confía en ti, o quiere que le ayudes a conseguir que la opinión pública digiera la noticia sin que se perjudique su imagen?

—Tiene derecho a que lo asesoren sobre cómo abordar a los medios de comunicación. No es ningún delito.

—No es ningún delito, pero quizá tampoco sea honrado vender a la gente una decisión que podría ser nefasta a largo plazo.

—Resérvate tus opiniones políticas, Mad. El presidente sabe lo que hace.

La cortó en seco, cosa que molestó a Maddy. Le intrigaba comprobar que su marido ocupaba una posición relevante en la actual administración. Se preguntó si eso explicaría parte de su furia ante el comentario del martes sobre Janet McCutchins. Tal vez temiese que un posible escándalo perjudicase al delicado equilibrio de fuerzas. Jack siempre mantenía la vista fija en sus objetivos y en los costos potenciales de un problema. Hacía previsiones con respecto a todo, y muy especialmente si un asunto lo tocaba de cerca. Pero al acostarse se mostró más afectuoso que las últimas noches, y cuando la atrajo hacia él, Maddy supo que la deseaba.

—Lamento que haya sido una semana tan mala para nosotros —dijo ella con dulzura, entre sus brazos.

—No vuelvas a hacer algo así, Mad. La próxima vez no te perdonaré, ¿y sabes qué pasaría si te despidiese? —Su voz sonaba áspera y fría—. Volverías a las alcantarillas. Estarías acabada, Mad. Tu carrera depende de mí, y más vale que no lo olvides. No juegues conmigo. Podría terminar con tu profesión como quien apaga una vela. No eres la estrella que crees ser. Todo tu éxito se debe a que estás casada conmigo.

Maddy se sintió asqueada y triste, no por lo que podría pasarle si él la despidiese, sino por la forma en que le hablaba. No respondió. Él le pellizcó los pezones con fuerza, con demasiada fuerza, y luego, sin mediar palabra, la tomó entre sus brazos y le demostró quién mandaba. Nunca era Maddy; siempre era Jack. Ella empezaba a pensar que lo único que le importaba a su marido eran el poder y el control.

5

El sábado, cuando Maddy se levantó, Jack ya estaba vestido y a punto de marcharse a la reunión. Le dijo que pasaría todo el día en el Pentágono y que no lo esperase hasta la hora de cenar.

—¿Para qué vas? —preguntó ella mirándolo desde la cama.

Estaba apuesto y elegante con un par de pantalones informales, un jersey de cuello cisne y una americana. Afuera hacía calor, pero él sabía que pasaría el día en un sitio con aire acondicionado y que quizá tuviese frío.

—Me han permitido asistir a una reunión informativa. Eso nos ayudará a tener una visión más clara de lo que ocurre allí. No podremos divulgar lo que oiga, pero de todas maneras podría resultarnos útil; además, el presidente quiere que lo aconseje sobre la mejor manera de transmitir la información a la prensa. Creo que podré ayudarlo.

Era exactamente lo que Maddy había sospechado la noche anterior. Jack se convertiría en el asesor de imagen del presidente.

—Decirle la verdad al pueblo americano sería una forma interesante de hacerlo. Una actitud novedosa y diferente —añadió, mirando a su marido.

Le molestaba que siempre estuviese dispuesto a manipular la verdad con el fin de producir el efecto «apropiado». Su habilidad para esas artimañas la sacaba de quicio. Maddy tenía una actitud mucho más clara. En su opinión, las cosas eran verdad o no lo eran. Pero Jack veía una gran variedad de matices y oportunidades. Para él, la verdad tenía millones de colores e interpretaciones posibles.

—Hay distintas versiones de la verdad, Mad. Solo queremos encontrar aquella con la que la gente se sienta más cómoda.

—Eso es una tontería, y tú lo sabes. No hablamos de relaciones públicas, sino de la verdad.

—Supongo que por eso yo estaré allí hoy y tú, no. A propósito, ¿qué vas a hacer? —Se apresuró a restar importancia a lo que acababa de decir y sus connotaciones.

—No lo sé. Creo que me quedaré en casa y descansaré. O puede que haga algunas compras.

Le habría gustado salir de compras con una amiga, pero no lo había hecho en muchos años. Ya no tenía tiempo para cultivar amistades; Jack monopolizaba sus ratos libres y la mantenía constantemente ocupada. Las únicas personas que trataba socialmente, como los McCutchins, estaban relacionadas de un modo u otro con el trabajo.

—¿Por qué no coges el avión y te vas a pasar el día a Nueva York? Podrás hacer compras allí. Te gustará.

Maddy pensó en la sugerencia y asintió.

—Sería divertido. Además, hay una exposición en el Whitney que me gustaría ver. Quizá pueda hacerme de un momento para visitarla. ¿De veras no te importa que me lleve el avión?

Era una vida de ensueño, y ella nunca lo olvidaba. Jack le proporcionaba lujos y oportunidades que jamás habría creído posibles cuando vivía en Knoxville. Eso le recordó lo que le había dicho la noche anterior: que de no ser por él, no tendría una profesión. Era doloroso oírselo decir, pero no podía negarlo. Todas las cosas buenas que le habían sucedido se las debía a Jack; estaba convencida de ello.

Antes de marcharse, él llamó al piloto y le dijo que esperara a Madeleine a eso de las diez y que solicitara permiso para volar hasta La Guardia y regresar a Washington por la tarde.

—Que te diviertas —dijo con una sonrisa antes de salir, y ella le dio las gracias.

Maddy comprendió una vez más que, aunque Jack la obligaba a hacer pequeños sacrificios, le daba muchas cosas a cambio. Era difícil enfadarse con él.

Llegó al aeropuerto a las diez y cuarto, con el pelo primorosamente recogido y vestida con un traje de pantalón de lino blanco. El piloto la estaba esperando, y media hora después despegaron con rumbo a Nueva York. Aterrizaron en La Guardia a las once y media, y a mediodía Maddy estaba en la ciudad. Fue a Bergdorf Goodman y a Saks, y luego caminó por Madison Avenue, deteniéndose en sus tiendas favoritas. Se saltó el almuerzo y llegó al museo Whitney a las tres y media. Era una vida de película, y ella la amaba. Jack la llevaba a Los Ángeles, Nueva Orleans, San Francisco, Miami, y de vez en cuando también a pasar un fin de semana en Las Vegas. Sabía que estaba consentida, pero se sentía agradecida por ello. Nunca olvidaba las múltiples ventajas de su vida con Jack, ni la profesión que él le había dado. Y era consciente de que él había dicho la verdad: que todo lo que había conseguido se lo debía al hecho de ser la mujer de Jack Hunter. Estaba convencida de que sin él no era nadie. Esa convicción le confería una extraña humildad que los demás consideraban cándida y encantadora. No daba nada por sentado y no se sentía importante; él único importante era él. Jack la había persuadido de que todas sus conquistas eran obra suya.

Regresó a La Guardia a las cinco, obtuvieron permiso para despegar a las seis, y llegó a su casa de la calle R a las siete y media. Había sido un día perfecto, y se había divertido. Había comprado un par de trajes de pantalón, trajes de baño y un fabuloso sombrero, de manera que estaba de excelente humor cuando entró con sus trofeos y encontró a Jack sentado en el sofá con una copa de vino en la mano, viendo las noticias de las siete y media. Otra vez transmitían noticias de Irak, y Jack parecía absorto en ellas.

—Hola, cariño —dijo ella con naturalidad.

La animosidad de la semana anterior había desaparecido la noche pasada, y ella se sentía más animada. Se alegraba de ver a Jack, que se giró con una sonrisa en la primera pausa publicitaria.

—¿Qué tal te ha ido, Mad? —preguntó mientras se servía otra copa de vino.

—Muy bien. Compré muchas cosas y fui al Whitney. ¿Y a ti?

El papel de asesor de imagen del presidente resultaba emocionante para Jack, y ella lo sabía.

—Estupendo. Creo que controlamos la situación. —Parecía encantado, como si se sintiera muy importante. Y lo era. No se le escapaba a nadie que lo conociese, y mucho menos a Maddy.

—¿Puedes contarme algo al respecto, o es todo altamente confidencial?

—Casi todo. —Ella se enteraría de lo que pasaba por las noticias de la tele. Lo que nunca sabría, ni ella ni nadie, era la realidad, la versión original y sin adulterar de los hechos—. ¿Qué vamos a cenar? —preguntó mientras apagaba el televisor.

—Si quieres, prepararé algo —dijo Maddy dejando los paquetes. A pesar de haber pasado el día de compras, seguía impecable y preciosa—. O puedo encargar la cena por teléfono.

—¿Por qué no salimos? He estado encerrado todo el día con un montón de hombres. Sería agradable ver a gente de verdad. —Levantó el auricular e hizo una reserva para las nueve en Citronelle, el restaurante más de moda en Washington en esos momentos—. Ve a ponerte algo bonito.

—Sí, señor. —Maddy sonrió y subió al dormitorio con todas las compras.

Regresó una hora después, bañada, peinada, perfumada y vestida con un sencillo vestido de noche negro y sandalias de tacón alto. Llevaba pendientes de diamantes y un collar de perlas. De vez en cuando Jack le compraba cosas bonitas que a ella le sentaban de maravilla. Los pendientes de diamantes y el anillo de compromiso, con su piedra de ocho kilates, eran sus posesiones favoritas. Como admitía a menudo ante Jack, no estaba mal para una jovencita que había vivido en un parque de caravanas de Chatanooga y, cuando él quería provocarla, le decía que provenía de la «escoria blanca sureña». A Maddy no le hacía demasiada gracia, pero era cierto. No podía negarlo, a pesar de haber llegado tan lejos. Era evidente que él pensaba que llamarla así era gracioso, aunque al oír esas palabras Maddy siempre se sobresaltaba ante la imagen que evocaban.

—Estás bastante bien —dijo él a modo de cumplido, y ella sonrió.

Le encantaba salir con Jack, ser suya y dejar que el mundo entero lo viera. La emoción de haberse casado con él nunca se había desvanecido, ni siquiera ahora que era una estrella por derecho propio. Era tan famosa como él. Jack era el magnate que trabajaba entre bambalinas, el hombre a quien el presidente pedía consejo, pero ella era la mujer que otras mujeres y jóvenes habrían deseado ser y la cara con la que soñaban muchos hombres. Era una presencia constante en las salas de la gente, una voz en la cual confiaban, la mujer que les decía la verdad sobre asuntos difíciles, como había hecho con relación a Janet McCutchins y a centenares de otras mujeres. Maddy tenía una gran integridad, y eso se notaba. Y esa integridad estaba dentro de un paquete sumamente atractivo. Como Greg le recordaba a menudo, era «espectacular». Y ese era el aspecto que tenía ahora, mientras se marchaban a cenar a un restaurante.

Jack condujo el coche, cosa poco habitual, y en el trayecto hablaron de Nueva York. Era obvio que él no podía decir nada acerca de sus reuniones. Una vez en el Citronelle, el maître los condujo a una mesa muy visible. Muchas cabezas se volvieron; la gente los reconoció y comentó lo hermosa que era Maddy. Las mujeres también miraban a Jack, que era un hombre apuesto con una sonrisa fascinante, unos ojos a los que no se les escapaba nada y un sorprendente carisma. Rezumaba éxito y poder, dos atributos muy importantes en Washington. Docenas de personas —políticos e incluso un asesor personal del presidente— se detuvieron junto a la mesa para charlar con ellos. A cada rato alguien se acercaba con aire vacilante y le pedía un autógrafo a Maddy, que firmaba con una sonrisa afectuosa y cambiaba unas palabras con su admirador de turno...

—¿No te hartas de eso, Mad? —preguntó Jack mientras le servía otra copa de vino.

El camarero lo había dejado enfriándose en un cubo junto a la mesa. Era un Château Cheval Blanc del 59; Jack era un experto en vinos, y este era excepcional.

—La verdad es que no. Es agradable que me reconozcan y que les interese lo suficiente pedirme un autógrafo. —Siempre respondía con amabilidad, y la gente que se le acercaba se marchaba con la impresión de que había hecho una nueva amiga. En persona, caía aún mejor que en televisión. Jack, por el contrario, intimidaba a todo el mundo y era mucho menos afable.

Se marcharon del restaurante cerca de medianoche y al día siguiente, domingo, fueron en avión a pasar el día a Virginia. Jack no quería perder un solo minuto que pudiese pasar allí. Montó a caballo durante un rato, y luego almorzaron a la intemperie. Era un día caluroso, y Jack predijo que sería un verano estupendo.

—¿Iremos a alguna parte? —preguntó Maddy en el viaje de regreso.

Sabía que él detestaba hacer planes, que le gustaba decidirse a último momento y sorprenderla. Contrataría a un sustituto para los informativos y luego se llevaría a Maddy de vacaciones. Pero ella prefería prepararse con suficiente antelación. Sin embargo, no podía decir que necesitara más tiempo. No tenían hijos y él era su jefe, de manera que cuando Jack decidía que debían marcharse, no tenía excusa para negarse. Siempre estaba libre para ir con él.

—Todavía no he decidido lo que haremos este verano —respondió con vaguedad. Nunca le preguntaba adónde quería ir, pero siempre elegía sitios que acababan fascinándola. Con Jack, la vida estaba llena de sorpresas. ¿Y quién era ella para quejarse? Sin él no habría podido visitar esos lugares—. Supongo que iremos a Europa.

Maddy sabía que esa sería la única advertencia que recibiría, y quizá la única que necesitaba.

—Avísame cuándo debo hacer las maletas —bromeó, como si no tuviese nada que hacer y pudiese dejarlo todo en un instante. Pero a veces eso era exactamente lo que él esperaba de ella.

—Lo haré —respondió, y sacó unos papeles del maletín. Era una señal de que no tenía nada más que decir sobre el particular.

Durante el resto del trayecto, Maddy leyó un libro que le había recomendado la primera dama, una obra sobre delitos y violencia contra las mujeres llena de deprimentes pero interesantes estadísticas.

—¿Qué es eso? —preguntó Jack señalando el libro cuando aterrizaron en el National.

—Me lo ha dejado Phyllis. Trata de las agresiones contra las mujeres.

—¿Como cuál? ¿Cortarles las tarjetas de crédito? —dijo Jack con una sonrisa, y los ojos de Maddy se llenaron de tristeza. Detestaba que se burlara de temas que eran importantes para ella—. No te entusiasmes demasiado con esa comisión, Mad. Te servirá para dar una buena imagen, y por eso te sugerí que te sumaras al grupo, pero no te pases. No es preciso que te conviertas en una defensora a ultranza de las mujeres maltratadas.

—Me gusta lo que hacen y sus objetivos. Es un asunto que me preocupa de verdad, y tú lo sabes —dijo en voz baja pero cargada de emoción mientras recorrían la pista después del aterrizaje.

—Yo solo sé cómo eres. Tienes tendencia a obsesionarte. El propósito de tu participación es mejorar tu imagen, Mad, no convertirte en Juana de Arco. Mantén la objetividad. Mucho de lo que se dice sobre las mujeres maltratadas es una auténtica tontería.

—¿Como qué? —preguntó, y un escalofrío le recorrió la espalda mientras especulaba sobre el sentido de las palabras de su marido.

—Toda esa basura sobre las violaciones en citas y el acoso sexual, por ejemplo; y probablemente más de la mitad de las mujeres golpeadas o asesinadas por sus maridos se merece lo que les pasa —respondió con total convicción y mirándola a los ojos.

—¿Hablas en serio? No puedo creerlo. ¿Y qué me dices de

mí? ¿Crees que merecía lo que me hacía Bobby Joe? ¿De verdad piensas eso?

—Tu ex marido era un gallito de medio pelo y un borracho, y solo Dios sabe lo que le dirías para provocarlo. Mucha gente pelea, Mad; algunos se dan unos cuantos empujones, otros salen heridos, pero eso no justifica una cruzada, y desde luego no se trata de una emergencia nacional. Créeme, si se lo preguntas en privado, estoy segura de que Phyllis te confesará que está en la comisión por los mismos motivos por los que yo deseaba que participases tú. Porque queda bien.

Maddy se sintió asqueada.

—No puedo creer lo que oigo —dijo en un murmullo—. La madre de Phyllis fue maltratada por su marido durante todos los años que estuvieron casados, y ella creció en medio de esa violencia. Igual que yo y que muchas personas, Jack. En algunos casos, las palizas no son suficientes: hay hombres que necesitan matar a sus mujeres para demostrar lo poderosos que son y lo poco que valen ellas. ¿Cómo te suena eso? ¿Te parece una pelea normal? ¿Cuándo fue la última vez que empujaste a una mujer por las escaleras, o que la golpeaste con una silla, o que la marcaste con una plancha caliente, o que le arrojaste lejía a los ojos, o que la quemaste con colillas de cigarrillo? ¿Tienes idea de cuánto sufren esas mujeres?

—Exageras, Mad. Esos casos son la excepción y no la regla. Es verdad que hay muchos locos en el mundo, pero esos tipos también matan hombres. Nadie ha dicho que el mundo no esté lleno de chalados.

—La diferencia es que muchas de esas mujeres viven con sus agresores, o con sus futuros asesinos, durante diez, veinte o cincuenta años y permiten que sigan maltratándolas, e incluso que las maten.

—Entonces las enfermas son ellas, ¿no? Podrían poner fin a su calvario largándose, pero no lo hacen. Joder, a lo mejor les gusta.

Maddy nunca se había sentido tan frustrada como ahora, escuchando a su marido, pero él no era solo la voz de la ignorancia, sino la voz de la mayoría de las personas del mundo. Se preguntó si podría llegar a él. Se sentía impotente.

—En casi todos los casos están demasiado asustadas para escapar. La mayoría de los hombres amenaza a su mujer con matarla si ella los abandona. Las estadísticas son devastadoras, y las mujeres lo intuyen. Sienten demasiado miedo para marcharse de casa, para huir. Tienen hijos, no saben adónde ir, muchas están desempleadas y la mayoría no tiene dinero. Su vida es un callejón sin salida, y a su lado hay un hombre diciéndoles que si se largan, las matarán a ellas y a los niños. ¿Qué harías tú en una situación semejante? ¿Llamar a tu abogado?

—No. Me marcharía de la ciudad. Igual que hiciste tú.

Maddy probó otra estrategia.

—Ese tipo de maltrato es un hábito. Se convierte en algo normal. Creces presenciándolo, viéndolo todo el tiempo; te dicen que eres basura y que mereces el sufrimiento, y tú te lo crees. Estás aislada, sola y asustada, no tienes adónde ir e incluso es probable que desees morir porque no ves otra salida. —Sus ojos se humedecieron—. ¿Por qué crees que permitía que Bobby Joe me hiciera daño? ¿Porque me gustaba? Pensaba que no tenía alternativa y estaba convencida de que merecía sus agresiones. Mis padres me decían que era mala, Bobby Joe me decía que todo era culpa mía. No conocí nada más hasta que apareciste tú, Jack. —Él nunca le había puesto una mano encima, y para ella ese era el principal requisito para ser un buen marido.

—Tenlo en cuenta la próxima vez que me juegues una mala pasada, Mad. Yo jamás te he pegado y sería incapaz de hacerlo. Eres una mujer afortunada, señora Hunter. —Le sonrió y se puso de pie. Ya estaban en el aeropuerto, y había perdido interés en ese tema que para ella tenía una importancia crucial.

—Tal vez por eso tengo la sensación de que debo ayudar a otras, a las que no tienen tanta suerte como yo —respondió, preguntándose por qué se sentía tan afectada por las palabras de Jack.

Pero era obvio que él se había aburrido del tema, y ninguno de los dos volvió a mencionarlo en el trayecto entre el aeropuerto y Georgetown.

Pasaron una noche tranquila: ella cocinó pasta, ambos leyeron, y cuando por fin se metieron en la cama, hicieron el amor. Maddy no sabía por qué, pero no consiguió entregarse por completo. Se sentía distante, extraña y deprimida. Después, tendida en la cama, recordó lo que había dicho Jack sobre las mujeres maltratadas. Lo único que sabía era que sus palabras, o acaso su tono, le habían dolido. Cuando se durmió, soñó con Bobby Joe y despertó en mitad de la noche, gritando. Casi podía verlo delante de ella, con los ojos llenos de odio y los puños en alto. En el sueño, Jack había estado presente, cabeceando y mirándola, y ella había sentido que todo era culpa suya mientras Bobby Joe volvía a golpearla.

6

Al día siguiente hubo un gran trajín en la oficina. Había muchas cosas que leer sobre los enfrentamientos en Irak y las bajas estadounidenses. Durante el fin de semana habían matado a otros cinco marines y derribado un avión, causando la muerte a sus dos jóvenes pilotos. Por mucho que Jack se esforzase por ayudar al presidente a presentar los hechos desde una óptica positiva, no había forma de cambiar la deprimente realidad de que morirían personas de ambos bandos.

Esa noche Maddy trabajó hasta las ocho, cuando terminó el segundo informativo. Luego irían a una cena de gala en casa del embajador de Brasil, y había llevado un vestido de noche para cambiarse en el despacho. Sin embargo, mientras se estaba vistiendo, su marido la llamó por el intercomunicador.

—Estaré lista en cinco minutos.

—Tendrás que ir sola. Acaban de convocarme a una reunión.

Esta vez Maddy sabía cuál era el motivo. Sin duda, el presidente estaba preocupado por la reacción del público ante las muertes en Irak desde que habían comenzado las hostilidades.

—Supongo que la reunión es en la Casa Blanca.

—Algo así.

—¿Irás más tarde? —Estaba acostumbrada a asistir a fiestas sola, pero prefería ir con Jack.

—Lo dudo. Tenemos que resolver muchas cosas. Te veré en casa. Si termino temprano iré a la cena, pero ya he llamado para disculparme. Lo siento, Maddy.

—Está bien. Las cosas en Irak no pintan bien, ¿no?

—Todo se arreglará. Tendremos que aceptar lo que ocurre.

—Si hacía bien su trabajo, acabaría convenciendo de ello al público, pero Maddy no se dejaba engañar. Y Greg tampoco, a juzgar por lo que habían hablado en el estudio. Sin embargo, no habían hecho ningún comentario personal sobre las noticias durante el informativo. Sus opiniones ya no formaban parte del programa—. Hasta luego.

Maddy terminó de vestirse. Llevaba un vestido rosa claro que le sentaba de maravilla a su piel perlada y su cabello oscuro. Los pendientes de topacio rosado relumbraron mientras se ponía una estola del mismo tono y salía del despacho. Jack le había dejado el coche, pues iría a la Casa Blanca con un vehículo y un chófer de la empresa.

La embajada estaba en Massachusetts Avenue, y en su interior había aproximadamente un centenar de personas. Hablaban en español, portugués y francés, con un precioso fondo musical de samba. El embajador brasileño y su esposa daban fiestas llenas de encanto y estilo, y en Washington todo el mundo los quería. Maddy echó un vistazo alrededor y se alegró de ver a Bill Alexander.

—Hola, Maddy —dijo él con una sonrisa afectuosa, acercándose—. ¿Cómo estás?

—Bien. ¿Qué tal el fin de semana? —Con lo que sabían el uno del otro, Maddy ya se sentía amiga suya.

—Tranquilo. Fui a Vermont a ver a mis hijos. Mi hijo tiene una casa allí. La reunión del otro día fue interesante, ¿no? Es sorprendente comprobar cuántas personas se han visto afectadas de un modo u otro por la violencia doméstica o por agresiones de otra índole. Lo curioso es que todos parecemos pensar que los demás llevan una vida normal, y no es verdad, ¿no? —Sus ojos eran de un intenso azul, un poco más oscuros que los de ella, su melena de pelo blanco estaba perfectamente peinada y se le veía especialmente apuesto con esmoquin. Medía un metro noventa y ocho, y a su lado Maddy parecía una muñeca.

—Hace tiempo que descubrí eso. —Ni siquiera la primera dama se había librado de la violencia en su infancia—. Solía sentirme culpable por lo que viví en mi juventud, y aún me pasa a veces, pero al menos sé que a muchos otros les ocurre lo mismo. Sin embargo, por una razón misteriosa, uno siempre tiene la impresión de que es culpa suya.

—Supongo que la clave está en comprender que no es así. Al menos en tu caso. Cuando volví a Washington, al principio creía que todos decían o pensaban que yo había matado a Margaret.

Maddy se sorprendió. Alzó la vista y preguntó con delicadeza:

—¿Por qué iban a pensar algo así?

—Porque yo me siento culpable. Ahora me doy cuenta de que lo que hice fue una estupidez.

—Es posible que el desenlace hubiera sido el mismo de todas maneras. Los terroristas no juegan limpio, Bill. Tú lo sabes.

—Es una verdad difícil de asimilar cuando el precio que se paga es la muerte de un ser querido. No sé si alguna vez lo comprenderé o lo aceptaré.

Era totalmente veraz y sincero con Maddy, y precisamente por eso le caía bien. Además, todo en Bill sugería que era una buena persona.

—Yo no creo que sea posible comprender la violencia —dijo Maddy en voz queda—. Lo que yo tuve que afrontar fue mucho más sencillo, y sin embargo creo que nunca lo entendí del todo. ¿Por qué alguien desea hacer daño a otra persona? ¿Y por qué yo permití que me lo hicieran?

—No tenías opciones, alternativa, salida, nadie que te ayudara y ningún sitio adonde acudir. ¿Alguna de esas respuestas te parece correcta? —preguntó con aire pensativo, y ella asintió. Bill entendía muy bien la situación. Mucho mejor que Jack, o que la mayoría de la gente.

—Creo que lo has descrito a la perfección —respondió con una sonrisa—. ¿Qué piensas de lo que está pasando en Irak? —preguntó, cambiando de tema.

—Es una vergüenza que hayamos vuelto allí. La situación es irresoluble, y creo que la ciudadanía formulará preguntas difíciles de responder. Sobre todo si empezamos a perder jóvenes al ritmo vertiginoso de este fin de semana. —Maddy estaba de acuerdo con él, a pesar de la convicción de Jack de que podía pintar la situación de manera que la gente respaldara las acciones del presidente. Jack era mucho más optimista que ella—. No me gusta nada lo que estamos haciendo —prosiguió Bill—. Creo que la gente teme que las pérdidas superen los beneficios.

Maddy habría querido decirle que tenía que darle las gracias a Jack, pero no lo hizo. Se alegró de que Bill coincidiera con ella y continuaron charlando durante un rato. Él le preguntó qué planes tenía para el verano.

—De momento, ninguno. Tengo que terminar un reportaje.

Además, mi marido detesta hacer planes. Se limita a avisarme cuándo tengo que hacer las maletas; por lo general, el mismo día de la partida.

—Bueno, seguro que eso da interés a tu vida —dijo Bill con una sonrisa mientras se preguntaba cómo se las apañaba Maddy. La mayoría de la gente necesitaba más tiempo. También se preguntó cómo reaccionarían los hijos de la pareja—. ¿Tienes hijos?

Maddy titubeó una fracción de segundo antes de responder.

—No, no tenemos hijos.

A Bill no le sorprendió. Ella era joven, tenía una profesión agotadora y mucho tiempo por delante para formar una familia. Maddy no lo sacó de su error, pues no era propio de una banal charla festiva explicarle que no podía tener hijos, que Jack se había casado con ella con la condición de que se hiciera ligar las trompas.

—A tu edad, tienes mucho tiempo para pensar en hijos. —Sabiendo lo que sabía de ella, no pudo evitar preguntarse si las experiencias traumáticas de su infancia la habían llevado a posponer la maternidad. A él le habría parecido comprensible.

—¿Y tú qué vas a hacer este verano, Bill? —preguntó ella, cambiando de tema.

—Por lo general, vamos a Martha's Vineyard. Pero creo que este año será complicado. Le he cedido mi casa a mi hija para que pase el verano allí. Tiene tres hijos, y les encanta el lugar. Aunque si quiero ir, siempre puedo ocupar la habitación de huéspedes. —Parecía un buen hombre, y era obvio que estaba muy unido a sus hijos.

Continuaron hablando durante un rato, hasta que se les unió una interesante pareja francesa. Ambos eran diplomáticos y bastante jóvenes. Unos minutos después, el embajador de Argentina se acercó a saludar a Bill, y hablaron en un español fluido. Cuando Maddy descubrió que Bill se sentaría a su lado a la mesa, se disculpó por monopolizar su atención antes de cenar.

—No sabía que nos sentarían juntos.

—Me gustaría decir que he conspirado para conseguirlo —dijo con una risita—, pero la verdad es que no tengo tanta influencia. Supongo que simplemente he tenido suerte.

—Y yo —dijo ella con familiaridad mientras él enlazaba su brazo y la conducía a la mesa.

Fue una velada agradable. Al otro lado de Maddy se sentó el más antiguo senador demócrata por Nebraska, un hombre a quien Maddy no conocía personalmente pero al que siempre había admirado. Y Bill la deleitó con anécdotas de sus épocas como profesor de Princeton y Harvard. Era obvio que había disfrutado dando clases, y su breve carrera de diplomático también había sido interesante y gratificante hasta su trágico final.

—¿Y qué piensas hacer ahora? —preguntó Maddy durante los postres. Sabía que estaba escribiendo un libro, y él le había dicho que le faltaba poco para terminarlo.

—Francamente, no estoy seguro, Maddy. Había pensado en volver a las aulas, pero es algo que ya he hecho. Escribir ha sido una experiencia estimulante. Sin embargo, ahora no sé qué dirección tomar. He recibido ofertas de varias instituciones académicas, una de ellas Harvard, naturalmente. Me gustaría pasar una temporada en el oeste, quizá dando clases en Stanford, o quizá vivir un año en Europa. A Margaret y a mí siempre nos gustó Florencia. O puede que vaya a Siena. También me han ofrecido la oportunidad de pasar un año en Oxford, enseñando política exterior estadounidense, pero la idea no me entusiasma mucho, ya que el invierno en Inglaterra es muy crudo. Colombia me convirtió en un consentido, al menos en lo que respecta al clima.

—Tienes un abanico de opciones —dijo ella con admiración, y comprendía por qué todo el mundo deseaba contratarlo. Era inteligente y simpático y estaba abierto a ideas y conceptos novedosos—. ¿Qué me dices de Madrid? He visto que hablas un español perfecto.

—Esa es una posibilidad que ni siquiera he considerado. Tal vez debería aprender a torear. —Ambos rieron de la descabellada idea, y cuando llegó la hora de levantarse de la mesa, Maddy casi lo lamentó. Bill había sido un magnífico acompañante, y al final de la velada se ofreció a llevarla a casa, pero ella le dijo que tenía un chófer esperándola.

—Estoy impaciente por verte en la próxima reunión. Es un grupo ecléctico y muy interesante, ¿no? Aunque a mí no me parece que tenga mucho que aportar. No sé gran cosa del tema, al menos de las agresiones domésticas. Me temo que mi contacto con la violencia es bastante inusual, pero de todas maneras me alegro de que Phyllis me haya invitado a participar.

—Sabe lo que hace. Creo que una vez que nos pongamos en marcha formaremos un buen equipo. Espero que consigamos apoyo de los medios de comunicación. La gente necesita que le abran los ojos en temas como el de los malos tratos a mujeres.

—Tú serías una portavoz perfecta —dijo Bill, y ella volvió a sonreírle.

Charlaron unos minutos más, y luego ella se marchó a casa, donde encontró a Jack leyendo en la cama, con aire relajado y sereno.

—Te has perdido una fiesta estupenda —dijo ella. Se quitó los pendientes y los zapatos y se detuvo a darle un beso.

—Cuando terminé, di por sentado que ya habríais acabado de cenar. ¿Has visto a alguien interesante?

—A mucha gente. Y me encontré con Bill Alexander. Es una excelente persona.

—A mí siempre me ha parecido bastante aburrido. —Después de desestimar el tema, miró con admiración a su esposa, que estaba particularmente guapa, incluso sin los zapatos ni los pendientes—. Estás guapísima, Mad. —Era obvio que lo decía con sinceridad, y ella se inclinó para darle otro beso.

—Gracias.

—Ven a la cama. —Sus ojos tenían un brillo familiar que ella reconoció, y unos minutos después, cuando se metió en la cama, Jack se encargó de demostrarle que estaba en lo cierto.

Había ciertas ventajas en el hecho de no tener hijos. No necesitaban preocuparse por nadie más, y cuando no estaban trabajando, podían dedicarse en exclusiva a disfrutar el uno del otro.

Después de hacer el amor, Maddy se acurrucó en brazos de Jack, sintiéndose cómoda y satisfecha.

—¿Qué tal han ido las cosas en la Casa Blanca? —preguntó con un bostezo.

—Muy bien. Creo que hemos tomado varias decisiones sensatas. O más bien, las tomó el presidente. Yo me limito a decirle lo que pienso, él lo compara con lo que piensan los demás, y decide lo que quiere hacer al respecto. Pero es un tipo listo, y casi siempre escoge la opción más acertada. Está en una posición difícil.

—En mi opinión, el suyo es el peor trabajo del mundo. Yo no lo haría ni por todo el oro del planeta.

—Serías una presidenta fabulosa —bromeó él—. En la Casa Blanca todos serían guapos e irían maravillosamente vestidos, el lugar estaría impecable y la gente se conduciría con amabilidad, respeto y consideración. Todos los miembros de tu gabinete serían sensibleros. El mundo perfecto, Mad. —A pesar de que parecía un cumplido, Maddy lo tomó como un desprecio y no respondió.

Mientras se sumía en el sueño lo olvidó todo, y no volvió a despertar hasta la mañana. Los dos tenían que ir a trabajar temprano.

A las ocho ya estaban en la cadena, donde Maddy y Greg se sentaron a trabajar en un reportaje especial sobre bailarines estadounidenses. Ella había prometido ayudarle, y seguía en el despacho de él a mediodía, cuando ambos notaron una pequeña conmoción en los pasillos.

—¿Y ahora qué? —preguntó Greg.

—Mierda. Es posible que las cosas se hayan puesto feas en Irak. Anoche Jack estuvo con el presidente. Seguro que traman algo. —Los dos salieron al pasillo para averiguar de qué hablaba la gente. Maddy fue la primera en pillar a uno de los asistentes de producción—. ¿Ha pasado algo importante?

—Un avión con destino a París estalló en el aire veinte minutos después de salir del aeropuerto JFK. Dicen que la explosión se oyó en todo Long Island. No hay supervivientes.

Era la versión abreviada de lo ocurrido, si bien cuando Greg y Maddy consultaron los cables de noticias, descubrieron que había pocos datos más. Nadie se había responsabilizado de la explosión y, aunque todavía no se conocieran los pormenores del caso, Maddy intuía que había algo turbio.

—Hemos recibido una llamada anónima de alguien que parecía hablar en serio —les informó el productor—. Dicen que los directivos de la compañía aérea sabían que había una amenaza. Puede que lo supiesen ya ayer al mediodía, pero no cancelaron el vuelo.

Greg y Maddy cambiaron una mirada. Aquello era una locura. Nadie podía haber permitido que ocurriera semejante tragedia. Era una compañía estatal.

—¿Quién es tu fuente? —preguntó Greg con expresión ceñuda.

—Lo ignoro. Pero el que llamó sabía de qué hablaba. Nos dio un montón de datos comprobables. Lo único que sabemos es que la FAA, la Administración Federal de Aviación, recibió una advertencia ayer y que no hizo nada al respecto.

—¿Quién es el encargado de comprobar la veracidad de esa información? —preguntó Greg con interés.

—Tú, si quieres. Tenemos una lista de personas a quienes llamar. El individuo que telefoneó proporcionó nombres y direcciones.

Greg enarcó una ceja y miró a Maddy.

—Cuenta conmigo —dijo ella, y ambos se dirigieron al despacho del asistente de producción, que era quien tenía la lista—. No puedo creerlo. Cuando hay amenazas de bomba, cancelan los vuelos.

—Puede que sí; o puede que no lo hagan y nosotros no estemos al tanto —murmuró Greg.

Consiguieron la lista, y dos horas después, sentados a ambos lados del escritorio de Maddy, se miraron con incredulidad. Todas las personas consultadas habían confirmado la noticia. Había habido una advertencia, aunque no demasiado específica. La FAA había recibido una llamada diciendo que habría una bomba en algunos de los aviones que saldrían del aeropuerto Kennedy en los tres días siguientes. Eso era lo único que sabían, y en las altas esferas habían tomado la decisión de reforzar las medidas de seguridad pero no cancelar ningún vuelo a menos que hubiese indicios de bomba o recibiesen más información al respecto. Pero no les habían hecho una segunda advertencia.

—Fue una amenaza muy vaga —dijo Maddy en defensa de la FAA—. Quizá pensaron que era falsa.

Pero también habían sospechado que la amenaza procedía de uno de los dos grupos terroristas que habían cometido atrocidades parecidas en el pasado, de manera que tenían razones para creerles.

—Esto es aún más raro de lo que parece —dijo Greg con desconfianza—. Me huelo algo sucio. ¿A quién podríamos llamar que tenga algún contacto en la FAA?

Habían agotado todas sus fuentes, pero de repente Maddy tuvo una idea y se levantó de la silla con cara de determinación.

—¿Qué se te ha ocurrido?

—Puede que nada útil. Volveré en cinco minutos.

Sin decirle nada a Greg, tomó el ascensor privado para ir a ver a su marido. Él había estado en la Casa Blanca la noche anterior y, dada la gravedad de la amenaza, era muy probable que hubiese oído algo al respecto.

Jack estaba en una reunión, pero Maddy le pidió a la secretaria que entrase y le preguntase si podía salir un momento. Era importante. Un minuto después, él salió de la sala de juntas con cara de preocupación.

—¿Te encuentras bien?

—Sí. Estoy trabajando en la noticia del avión que explotó. Se ha filtrado la información de que hubo un aviso de bomba indeterminado y que pese a ello permitieron que el avión despegase. No cancelaron ningún vuelo. Supongo que no sabían en qué avión pondrían la bomba —explicó con rapidez. Jack no pareció afectado ni sorprendido.

—Esa cosas pasan de vez en cuando, Mad. No habrían podido hacer gran cosa. Si la amenaza fue vaga, habrán creído que era falsa.

—Pero ahora podemos decir la verdad, al menos si nuestra información es cierta. ¿Oíste algo al respecto anoche? —Lo miró con atención. Había algo en los ojos de Jack que indicaba que la noticia no era una novedad para él.

—No creo —respondió con aire evasivo.

—Esa no es una respuesta, Jack. Es importante. Si recibieron una advertencia, debieron cancelar los vuelos. ¿Quién tomó la decisión?

—No he dicho que supiera nada al respecto. Pero si les dieron un aviso general, ¿qué crees que deberían haber hecho? ¿Cancelar *todos* los vuelos procedentes de Kennedy durante tres días? Dios, eso equivaldría a paralizar el tráfico aéreo estadounidense. No podían hacer algo semejante.

—¿Cómo sabías que se trataba de los vuelos «procedentes de Kennedy» y que la amenaza comprendía un período de tres días? Estabas al corriente de todo, ¿no?

Ahora se preguntó si esa era la razón por la cual habían convocado a Jack a la Casa Blanca con tanta premura: para que los aconsejara sobre qué tenían que informar a la opinión pública, si es que decían algo, o quizá sobre qué debían o no debían hacer al respecto. Y para que los ayudara a cubrirse las espaldas en caso de que un avión estallara. Aunque no hubiese sido él quien había tomado la decisión, sin duda había influido en ella.

—Maddy, no es posible cancelar *todos* los vuelos del aeropuerto Kennedy durante tres días. ¿Sabes lo que eso supondría? Con esa lógica, habría habido que impedir también la entrada de aviones, por si la explosión los afectaba. Habría sido una hecatombe para el país y para nuestra economía.

—No puedo creer lo que oigo —dijo ella, súbitamente furiosa—. ¿Tú y vaya a saber quién más decidisteis no advertir a nadie de las amenazas y comportaros como si no ocurriese nada porque hacer lo contrario habría afectado a la *economía*? ¿Y por temor a alterar los horarios de los vuelos? Dime que esto no ha ocurrido de la manera que sospecho. Dime que no han muerto cuatrocientas doce personas para ahorrar problemas a la industria de la aviación. ¿Es eso lo que sugieres? ¿Que fue una decisión *comercial*? ¿Quién demonios la tomó?

—Nuestro presidente, tonta. ¿Qué crees? ¿Que yo tomo decisiones de esa envergadura? Era un asunto importante, pero la amenaza había sido vaga. No podían hacer nada al respecto, aparte de revisar escrupulosamente cada avión antes del despegue. Y si citas mis palabras, Mad, te juro que te mataré.

—Me importa un bledo lo que hagas. Se trata de la vida de personas, de niños y bebés, de seres inocentes que subieron a un avión donde había una bomba porque nadie tuvo cojones para cerrar el aeropuerto Kennedy durante tres días. ¡Maldita sea, Jack! ¡Deberían haberlo cerrado!

—No sabes de qué hablas. No se cierra un importante aeropuerto internacional durante tres días debido a una amenaza de bomba; sería un caos económico.

—Por el amor de Dios, lo han hecho más de una vez a causa de las nevadas, y nuestra economía sigue a flote. ¿Por qué no iban a hacerlo por una amenaza de bomba?

—Porque habrían quedado como idiotas, y habría cundido el pánico entre los viajeros.

—Ah, claro, supongo que cuatrocientas vidas es un precio pequeño a pagar para evitar el pánico. Dios mío, no puedo creerlo. No puedo creer que estuvieras enterado y no hicieses una *mierda* al respecto.

—¿Qué esperabas que hiciera? ¿Que fuese al JFK y repartiese panfletos?

—No, idiota, eres propietario de una cadena de televisión. Habrías podido dar la voz de alarma, incluso anónimamente, y obligarlos a cancelar todos los vuelos.

—Entonces me habrían cerrado definitivamente las puertas de la Casa Blanca. ¿Crees que no se habrían enterado de quién había filtrado una noticia semejante? No seas ridícula y no vuelvas a llamarme idiota *nunca más.* —La agarró del brazo y se lo sacudió con fuerza—. Yo sé lo que hago.

—Tú y tus compañeros de juegos de anoche habéis matado a cuatrocientas doce personas esta mañana. —Prácticamente escupió estas palabras, y su voz tembló. No podía creer que Jack hubiese participado en la decisión—. ¿Por qué no te compras un arma y empiezas a disparar a la gente? Sería más limpio y más honesto. ¿Sabes qué significa esto? Significa que los negocios son más importantes que la gente. Significa que cada vez que una mujer suba a un avión con sus hijos no sabrá si alguien ha avisado que hay una bomba dentro, que por el bien de las grandes transacciones comerciales ella y sus pequeños serán carne de cañón, porque nadie piensa que sean lo bastante importantes para justificar «trastornos económicos».

—Pues en términos generales, no lo son. Tú eres una ingenua. No entiendes nada. A veces es preciso sacrificar a algunas personas por intereses más importantes. —Maddy sintió ganas de vomitar—. Y te advierto una cosa: si comentas una sola palabra de esto, te llevaré personalmente a Knoxville y te dejaré en la puerta de la casa de Bobby Joe. Si hablas, tendrás que responder ante el presidente de Estados Unidos, y espero que te metan en la cárcel por traición. Es un asunto de seguridad nacional, y fue analizado por personas que ocupan los más altos puestos y saben lo que hacen. No estamos hablando de un ama de casa llorica y psicótica ni de un senador gordo y baboso. Si agitas este avispero, te saltarán al cuello el presidente, el FBI, la FAA y todas las instituciones importantes de este país, y yo me sentaré a mirar cómo te hacen picadillo. No vas a meterte en este asunto. No sabes una mierda del tema, y te enterrarán en menos que canta un gallo. Jamás ganarías esta batalla.

Maddy sabía que había algo de verdad en las palabras de Jack: todo el mundo mentiría, sería el mayor encubrimiento desde Watergate, y era poco probable que la gente le creyese. Ella era una pequeña voz en un mar de voces más altas que no se limitarían a taparla; también se encargarían de desacreditarla para siempre. Hasta era posible que la matasen. Pensar en ello la asustaba, pero la idea de defraudar al público, de ocultarle la verdad, la hacía sentirse como una traidora. Tenían derecho a saber que los pasajeros del vuelo 263 habían sido sacrificados en aras de la economía. Y que no significaban nada para las personas que habían tomado la decisión.

—¿Me has oído? —preguntó Jack con una expresión terrible en los ojos.

Empezaba a asustarla. Si ponía en peligro la cadena, él sería el primero en atacarla, antes de que los otros tuvieran ocasión de hacerlo.

—Te he oído —respondió con frialdad—. Y te odio por ello.

—Me da igual lo que pienses o sientas. Lo único que me importa es lo que hagas, y más te vale que sea lo correcto. De lo contrario, será tu fin. Quedarás fuera de mi vida y de la cadena. ¿Está claro, Mad?

Ella lo miró largamente, dio media vuelta y empezó a bajar la escalera con paso vivo. Cuando llegó a su despacho, estaba pálida y temblaba.

—¿Qué ha pasado? ¿Jack sabía algo? —preguntó Greg.

Al verla salir, había sospechado adónde iba, y nunca la había visto en un estado como aquel en que se encontraba cuando regresó a la oficina. Estaba mortalmente pálida y parecía enferma, pero permaneció callada durante algunos segundos.

—No, no sabía nada —fue lo único que dijo antes de tomar tres aspirinas con una taza de café.

No le extrañó que diez minutos después el jefe de producción asomara la cabeza y los mirara con seriedad antes de pronunciar su advertencia:

—Tendré que autorizar el guión antes de que salgáis al aire esta noche. Si decís algo que no esté en la copia autorizada, cortaremos la emisión e iremos a publicidad. ¿Entendido?

—Entendido —respondió Greg en voz baja. Al igual que Maddy, supo de inmediato de dónde procedía la orden. Ignoraba qué habían hablado arriba, pero estaba seguro de que no había sido agradable. Esperó a que el productor se marchase y luego miró a Maddy con expresión inquisitiva—. Supongo que Jack estaba informado —dijo con delicadeza—. No tienes que decírmelo si no quieres.

Ella lo miró fijamente y asintió.

—No puedo probarlo. Y no podemos informar al respecto. Todos los involucrados lo negarán.

—Será mejor que esta vez no interfiramos, Mad. Es un asunto peliagudo. Demasiado grande para nosotros, creo. Si las autoridades estaban informadas, puedes estar segura de que se habrán cubierto muy bien las espaldas. Esto es obra de los peces gordos.

Le impresionó el hecho de que Jack Hunter fuese considerado uno de ellos. Hacía tiempo que había oído decir que se había convertido en asesor del presidente. Era obvio que jugaba en las grandes ligas.

—Dijo que me echaría del informativo si tocaba el tema. —Parecía menos conmocionada de lo que Greg habría creído razonable—. Pero eso no me importa. Detesto mentirle al público.

—A veces tenemos que hacerlo —dijo Greg con diplomacia—, aunque a mí tampoco me gusta. Pero los capitostes acabarían con nosotros si ventiláramos este asunto.

—Jack me advirtió que terminaría en la cárcel.

—Se está volviendo un poco tremendista, ¿no? —dijo con una sonrisa irónica, y Maddy no pudo evitar sonreír.

Entonces recordó la forma en que Jack le había sacudido el brazo. Nunca lo había visto tan furioso ni tan asustado. Pero aquel asunto era importante.

Escribieron el guión para el informativo de la tarde, y el productor lo revisó escrupulosamente. Media hora después, les llegó de vuelta con correcciones. La noticia sobre la tragedia aérea se transmitiría de la manera más anodina posible: los jefazos de las plantas superiores querían que las imágenes hablaran por sí solas.

—Ten cuidado, Mad —murmuró Greg cuando estaban sentados ante el escritorio del estudio, esperando a que terminara la cuenta atrás y llegase el momento de salir en antena.

Maddy se limitó a asentir con la cabeza. Greg sabía que era una mujer de principios y una purista. Hubiera sido muy propio de ella dar un salto al vacío y desvelar la verdad, pero esta vez estaba casi seguro de que no lo haría.

Maddy leyó la noticia del accidente del vuelo 263, y por un instante su voz estuvo a punto de quebrarse. Con tono triste y respetuoso, habló de los pasajeros y del número de niños que iban a bordo. Las imágenes que mostraron recalcaron la gravedad de la tragedia. Acababan de pasar la última secuencia de una cinta de la explosión filmada por alguien de Long Island cuando Greg observó que Maddy, que debía cerrar la emisión, cruzaba las manos y desviaba la vista del *teleprompter*. Tras cerciorarse de que no lo estaban enfocando, esbozó con los labios «No, Maddy», pero ella no lo vio. Estaba mirando directamente a la cámara, dirigiéndose a las caras y los corazones del público estadounidense.

—Hoy han circulado muchos rumores sobre el accidente aéreo —comenzó con cautela—, algunos muy inquietantes. —Greg vio que el productor, con cara de horror, se ponía de pie al fondo del plató. Pero no cortaron la emisión—. Se ha dicho que la FAA había recibido con antelación la advertencia de que «cierto» avión misterioso y desconocido saldría de Kennedy con una bomba en su interior en «algún momento» de esta semana. Pero no hay pruebas que respalden este rumor. Por el momento, lo único que sabemos es que se han perdido cuatrocientas doce vidas, y solo podemos suponer que si la FAA hubiera recibido un aviso, habría compartido esa información con el público. —Se estaba acercando a la línea prohibida, pero no la cruzó. Greg la miraba conteniendo el aliento—. Todos los miembros de la WBT queremos presentar nuestras condolencias a las familias, amigos y demás seres queridos de las personas que murieron en el vuelo 263. Es una tragedia inconmensurable. Les ha hablado Maddy Hunter. Buenas noches.

Entonces pasaron a publicidad. Greg estaba pálido, y Maddy empezó a quitarse el micrófono con expresión sombría.

—¡Mierda, me has dado un susto de muerte! Pensé que ibas a soltarlo. Estuviste a punto, ¿no?

Maddy había planteado un interrogante, pero no había dado la maldita respuesta. Y habría podido hacerlo.

—Dije lo que podía decir. —Lo cual, como ambos sabían, no era mucho.

Mientras Maddy se ponía de pie, ahora fuera de las cámaras, vio al productor y a Jack conversando junto a la puerta. Jack caminó hacia ella con aire decidido.

—Has estado a un tris de cruzar la línea, ¿no, Maddy? Estábamos preparados para cortarte en cualquier momento. —No parecía complacido, pero tampoco furioso. Ella no lo había traicionado, y habría podido hacerlo. Al menos habría podido intentarlo, aunque no le hubieran permitido llegar tan lejos.

—Lo sé —respondió con frialdad, y sus ojos parecieron dos brillantes piedras azules al encontrarse con los de él. Esa tarde había ocurrido algo terrible entre ellos, y Maddy nunca lo olvidaría—. ¿Estás satisfecho? —preguntó en un tono tan gélido como su mirada.

—Has salvado tu culo, no el mío —dijo él en voz baja para que nadie pudiese oírlos. El productor se había alejado, y Greg había vuelto a su despacho—. Eras tú quien estaba en la cuerda floja.

—Hemos engañado al público.

—Al mismo público que se habría enfurecido si hubiesen cancelado todos los vuelos del aeropuerto Kennedy durante tres días.

—Bueno, me alegro de no haberlos cabreado, ¿tú no? Seguro que los pasajeros del vuelo 263 también se alegrarían. Es mejor matar a la gente que hacerla enfadar.

—No tientes tu suerte, Maddy —dijo con tono amenazador, y ella supo que hablaba en serio.

86

Sin responder, se marchó a su despacho. Cuando llegó, Greg se estaba preparando para irse.

—¿Te encuentras bien? —murmuró, pues no sabía si Jack estaba cerca.

Pero se había quedado en el estudio, hablando con el productor.

—Pues no —respondió con franqueza—. No sé exactamente cómo me siento; sobre todo triste, creo. Me he vendido, Greg —añadió, esforzándose por contener las lágrimas. Se odiaba por ello.

—No tenías alternativa. Olvídalo. Ese asunto era demasiado grande para ti. ¿Cómo está él? —preguntó, refiriéndose a Jack—. ¿Cabreado? No debería. Le has hecho un favor. De hecho, has sacado a la FAA y a todos los demás del atolladero.

—Creo que asusté a Jack —dijo, sonriendo a través de las lágrimas.

—No sé a él, pero a mí casi me matas del susto. Pensé que tendría que cubrirte la cara con mi chaqueta para hacerte callar antes de que alguien te disparase. Lo habrían hecho, ¿sabes? Habrían dicho que habías sufrido un brote psicótico, que llevabas meses desequilibrada y en tratamiento psiquiátrico, esquizoide, y que habían hecho todo lo posible por ti. Me alegro de que no hayas cometido una estupidez.

Maddy estaba a punto de responder, cuando Jack entró en su despacho.

—Recoge tus cosas; nos vamos.

Ni siquiera se molestó en saludar a Greg. Jack estaba satisfecho con los índices de popularidad de Greg, pero no le caía bien y jamás había tratado de disimular su antipatía. Ahora le hablaba a Maddy como si fuese una criada, alguien a quien podía dar órdenes y sacar del despacho sin explicaciones. Ella no sabía cómo, pero estaba convencida de que a partir de ese momento las cosas cambiarían entre ellos. Ambos se sentían traicionados.

Jack la siguió hasta el ascensor y bajaron en silencio. No le dirigió la palabra hasta que subieron al coche.

—Hoy has estado a punto de destruir tu carrera. Espero que lo sepas.

—Tú y tus amigos habéis matado a cuatrocientas doce personas. No puedo ni imaginar lo que debe sentirse ante algo semejante. En comparación, mi carrera no significa gran cosa.

—Me alegro de que pienses de ese modo. Has jugado con fuego. Se te ordenó que te limitaras a leer el guión aprobado.

—Me pareció que la muerte de más de cuatrocientas personas merecía un pequeño comentario. No puedes poner objeciones a lo que dije.

Callaron otra vez hasta que llegaron a casa; entonces él la miró con desprecio, como para recordarle que era un cero a la izquierda.

—Haz tus maletas, Mad. Nos vamos mañana.

—¿Adónde?

—A Europa. —Como de costumbre, no la consultó ni le dio más datos.

—Yo no iré —replicó ella con firmeza, decidida a plantarle cara.

—No te he preguntado nada. Me limito a comunicarte lo que vamos a hacer. No saldrás en antena durante dos semanas, y quiero que te tranquilices y recuerdes cuáles son las reglas del juego antes de reincorporarte al programa. Elizabeth Watts te reemplazará. Si lo prefieres, puede hacerlo definitivamente.

Jack no se andaba con miramientos. Elizabeth Watts era la predecesora de Maddy y aún la sustituía durante las vacaciones. Estaba obligada a ello por el contrato, aunque seguía guardándole rencor a Maddy por haberla desbancado.

—En estos momentos me da igual, Jack —respondió Maddy con frialdad—. Si quieres despedirme, adelante, hazlo.

Aunque sus palabras demostraban valor, se estremeció al mirar a su marido. Pese a que él jamás la había agredido físicamente, Maddy siempre le había tenido miedo. El despotismo que exudaba por todos sus poros no estaba dirigido exclusivamente a otros, sino también a ella.

—Si te despido, tendrás que ir a lavar copas. Deberías pensar en eso antes de abrir tu bocaza. Y sí, vendrás conmigo. Iremos al sur de Francia, a París y a Londres. Si no haces las maletas, las haré yo por ti. Te quiero fuera del país. No harás comentarios, ni darás entrevistas de ninguna clase. Oficialmente, estás de vacaciones.

—¿Ha sido idea del presidente, o tuya?

—Mía. Yo dirijo la cadena. Tú trabajas para mí y estás casada conmigo. Me perteneces —dijo con una vehemencia que estremeció a Maddy.

—No te pertenezco, Jack. Puede que trabaje para ti y que esté casada contigo, pero no eres mi dueño. —Lo dijo con suavidad y firmeza, pero parecía asustada. Desde su más tierna infancia, había detestado los enfrentamientos y los conflictos.

—¿Harás las maletas tú, o las hago yo? —preguntó Jack.

Maddy titubeó unos instantes interminables, luego cruzó el dormitorio en dirección al vestidor y sacó una maleta. Lo hizo con lágrimas en los ojos, y mientras empacaba trajes de baño, pantalones cortos, camisetas y zapatos, lloraba ya sin disimulos. Solo podía pensar en que las cosas no habían cambiado mucho. Bobby Joe la había empujado por la escalera, pero ese día Jack, prácticamente sin tocarla, no se había quedado atrás. ¿Qué inducía a pensar a ciertos hombres que una era propiedad de ellos? ¿Era culpa de los hombres que elegía, o acaso ella se lo buscaba? No había encontrado aún la respuesta cuando puso en la maleta cuatro vestidos de lino y tres pares de zapatos de tacón alto. Veinte minutos después había terminado, y se metió en la ducha. Jack estaba en su cuarto de baño, preparando sus cosas.

—¿A qué hora nos marchamos mañana? —preguntó cuando volvieron a encontrarse en el dormitorio.

—Saldremos de aquí a las siete de la mañana. Volaremos a París.

Fue todo lo que consiguió averiguar del viaje, pero eso no le preocupaba. Lo importante era que Jack había dejado clara su posición y que ella se había sometido. A pesar de las valientes palabras de Maddy, él le había demostrado que, en efecto, era su dueño.

—Supongo que esa es la ventaja de tener un avión privado —dijo Maddy mientras se acostaba al lado de su marido.

—¿Cuál? —preguntó él, pensando que se trataba de un comentario intrascendente.

—Al menos sabemos que no habrá una bomba. Es una gran ventaja —dijo y le dio la espalda.

Jack no respondió. Apagó la luz y, por una vez, no la tocó.

7

Llegaron a París a las diez de la noche, hora local, y subieron al coche que los estaba esperando. Era una noche deliciosamente cálida, y a las once entraron en el Ritz, donde el portero los reconoció en el acto. La place Vendôme estaba brillantemente iluminada, pero a pesar de la belleza del escenario, la situación para Maddy era cualquier cosa menos romántica. Por primera vez en muchos años se sentía como una prisionera: Jack se había pasado de la raya. Cruzó el vestíbulo detrás de él, sintiéndose aturdida y ausente.

Siempre le había gustado ir a París con Jack, pero esta vez no se sentía a gusto. Entre ellos solo había frialdad y dolor, y Maddy volvía a sentir la antigua angustia de ser maltratada: aunque sabía que él no le había pegado, era como si lo hubiese hecho. Acababa de descubrir una faceta de su marido de la que no había sido consciente, y ahora se preguntaba cuán a menudo y de cuántas otras maneras había ocurrido algo parecido. No se había permitido pensar en ello antes, pero sus sentimientos actuales no diferían de los que había experimentado hacia Bobby Joe en Knoxville. Aunque el escenario era más lujoso, ella seguía siendo la misma persona. Estaba tan atrapada como en el pasado. Mientras entraban las maletas en el hotel, aquellas palabras de Jack aún resonaban en sus oídos: «Me perteneces». Y al viajar con él, ella le había dado la razón.

La suite del Ritz era tan bonita como de costumbre. Con vistas a la place Vendôme, se componía de un salón, un dormitorio y dos cuartos de baño. Estaba enteramente decorada con raso amarillo claro, y la administración había dejado tres floreros con rosas amarillas de tallo largo. La belleza del lugar habría fascinado a Maddy si no hubiera estado tan resentida con Jack.

—¿Estamos aquí por alguna razón en especial? —preguntó con tono cansino mientras Jack se servía una copa de champán y le ofrecía otra a ella—. ¿Solo querías impedir que saliera en la tele, o tienes una excusa mejor?

—Creí que necesitábamos unas vacaciones —respondió él, y toda su furia del día pareció desvanecerse cuando ella aceptó la copa. No quería hacerlo, pero necesitaba algo que la insensibilizara—. Sé cuánto te gusta París y pensé que nos divertiríamos.

—¿Cómo puedes pensar eso después de las cosas que me has dicho en los últimos dos días? —La idea de «divertirse» con él le parecía absurda.

—Porque aquello eran negocios y esto es placer —respondió él con tranquilidad—. Te metiste en un asunto de seguridad nacional, y no tenías derecho a hacerlo. Solo intentaba protegerte, Maddy.

—Eso es mentira —replicó ella, y bebió un sorbo de champán. Todavía no estaba dispuesta a perdonarle sus amenazas ni su comentario de que le pertenecía. Pero tampoco quería discutir con él. Se sentía agotada y deprimida.

—¿Por qué no dejamos esas cosas atrás y disfrutamos de París? Los dos necesitamos un descanso. —Lo que necesitaba ella era una lobotomía, o quizá otro marido. En todos sus años de matrimonio nunca se había sentido tan traicionada. Y no podía evitar preguntarse cómo lo superarían, si es que alguna vez lo hacían—. Te quiero, Mad —añadió, acercándose.

Le acarició sensualmente el mismo brazo que había sacudido el día anterior. Maddy aún recordaba esa sensación, y sabía que jamás la olvidaría.

—No sé qué decirte —respondió con sinceridad—. Estoy enfadada, dolida y tal vez también un poco asustada. Todo lo que ha ocurrido me ha afectado profundamente. —Siempre era sincera con él, mucho más que él con ella.

—Por eso estamos aquí, Mad. Para olvidar el trabajo, los problemas, nuestras diferencias de opinión —dijo atrayéndola hacia sí mientras dejaba la copa sobre la mesa Luis XV—, para ser amantes.

Pero ella no tenía ganas de ser su amante. Lo único que deseaba era esconderse para lamerse las heridas, estar sola hasta que llegase a entender sus propios sentimientos. Sin embargo, él no se lo permitiría. Estaba besándola y bajando la cremallera del vestido, y antes de que Maddy pudiese detenerlo, le había quitado el sujetador.

—Jack, no... Necesito tiempo... No puedo...

—Sí que puedes —dijo cubriéndole los labios con los suyos, devorándola casi.

Luego su boca descendió por los pechos de ella, y el vestido pareció desaparecer junto con la ropa interior. Jack la tendió en el suelo y siguió besándola y acariciándola. Su lengua era tan poderosa y competente que ella trató en vano de resistirse. La penetró allí mismo, en el suelo, y el clímax fue tan rápido e intenso que la tomó por sorpresa. Era suya otra vez y, mientras recuperaba el aliento, abrazada a él, se preguntó cómo y por qué había sucedido.

—Bueno, es una buena manera de empezar las vacaciones —dijo sintiéndose tonta. El acto sexual había sido tan arrebatador como una marea de sensaciones, pero totalmente despojado de amor. Lo único que había hecho Jack era volver a demostrar que era su dueño. Sin embargo, ella había sido incapaz de luchar—. No sé cómo ha ocurrido —añadió mirando a Jack, que estaba tendido a su lado.

—Si quieres, podría enseñarte cómo. Tal vez un poco más de champán nos ayudaría. —Se apoyó sobre el codo y le sonrió.

Maddy no sabía si lo odiaba, pero una cosa estaba clara para ella: Jack era mortalmente atractivo y ella nunca había podido resistírsele.

Lo miró con tristeza mientras se incorporaba para coger la copa de champán que le ofrecía. En realidad no la quería, pero la aceptó y bebió a pequeños sorbos.

—Ayer te odié. Fue la primera vez que sentí odio por ti —confesó, y él permaneció impasible.

—Lo sé. Es un juego peligroso. Espero que hayas aprendido la lección. —Fue una advertencia apenas velada, y a ella no se le escapó.

—¿Qué lección se supone que debía aprender?

—A no meter las narices donde no te llaman. A ceñirte a lo que sabes hacer, Mad. Lo único que debes hacer es leer las noticias. No es tu trabajo juzgarlas.

—Conque así son las cosas, ¿eh? —Estaba ligeramente achispada, de manera que no se molestó.

—Sí, así deberían ser. Tu trabajo consiste en estar guapa y leer lo que aparece en el *teleprompter*. Deja que otros se preocupen de cómo llega allí y de lo que dice.

—Parece muy sencillo. —Soltó una risita tonta, pero un sollozo se ahogó en su garganta. Tenía la impresión de que, además de desautorizarla, Jack la había rebajado como persona. Y no se equivocaba.

—Es sencillo, Maddy. Y también lo son las cosas entre nosotros. Yo te quiero. Eres mi esposa. No es bueno que peleemos, ni que me desafíes de esa manera. Promete que no volverás a hacerlo.

—No puedo hacerte esa promesa —respondió con franqueza. Aunque detestaba los conflictos, no quería mentirle—. Lo que pasó ayer fue un asunto de ética profesional y de moral. Tengo una responsabilidad para con mi público.

—Tienes una responsabilidad para conmigo —repuso él con tono zalamero, y por un instante Maddy volvió a sentir miedo sin saber exactamente por qué. No había nada amenazador en el Jack de ese momento; de hecho, estaba acariciándola otra vez de una forma infinitamente seductora—. Ya te he dicho lo que quiero... Quiero que me prometas que serás una niña buena. —Mientras decía cosas que la confundían, su lengua recorría las zonas más erógenas del cuerpo de Maddy.

—Ya soy una niña buena, ¿no? —dijo riendo.

—No, no lo eres, Mad... Ayer fuiste una niña mala, muy mala, y si vuelves a hacerlo, tendré que castigarte... Aunque quizá te castigue ahora. —La estaba provocando, pero su voz no sonaba ominosa sino seductora—. No quiero castigarte, Mad... Solo quiero complacerte.

Y lo estaba haciendo, quizá demasiado. Pero ella no tenía fuerzas para detenerlo, estaba demasiado cansada, confundida y atontada por el champán. Esta vez no le importó estar borracha. Era una ayuda.

—Ya me complaces —respondió con voz grave, olvidando momentáneamente cuánto la había hecho enfadar.

Pero aquello había sido antes; ahora era ahora, y estaban en París. Resultaba difícil recordar lo enfadada que había estado con él, lo traicionada y asustada que se había sentido. Lo intentó, pero no pudo, porque Jack empezaba a hacerle el amor otra vez y ella tenía la sensación de que su cuerpo entero estaba ardiendo.

—¿Serás una niña buena? —preguntó él provocándola, torturándola con placer—. ¿Lo prometes?

—Lo prometo —respondió con voz entrecortada.

—Promételo otra vez, Mad... —Era un maestro en lo que hacía: tenía muchos años de práctica—. Promételo otra vez...

—Lo prometo... lo prometo... lo prometo... Seré buena; te lo juro.

Lo único que deseaba ahora era complacerlo y, distanciándose de sí misma, se odió por ello. Había vuelto a doblegarse, a ceder, pero él era una fuerza irresistible.

—¿Quién es tu dueño, Mad? ¿Quién te quiere? Me perteneces... Te quiero... Dilo, Maddy...

—Te quiero... Eres mi dueño.

La estaba volviendo loca, y mientras ella decía estas palabras, él comenzó a poseerla con tanta vehemencia que le hizo daño. Maddy soltó un pequeño gemido de dolor y trató de desasirse, pero él la sujetaba contra el suelo con todas sus fuerzas y, a pesar de los quejumbrosos murmullos de ella, no se detuvo, sino que la penetró con mayor violencia. Maddy quiso decir algo, pero él le cubrió la boca con sus labios y continuó con sus furiosas embestidas hasta que se corrió con grandes temblores, y en ese momento se inclinó y le mordió un pezón. Sangraba cuando por fin se detuvo, pero Maddy estaba demasiado aturdida para llorar. No sabía qué había sucedido exactamente. ¿Jack estaba enfadado, o la quería? ¿Pretendía castigarla, o la deseaba tanto que ni siquiera era consciente del daño que le había hecho? Maddy ya no estaba segura de si lo que sentía por él era amor, deseo u odio.

—¿Te he hecho daño? —preguntó él con cara de inocencia y preocupación—. Ay, Dios, Mad, estás sangrando. Lo lamento mucho... —Un hilo de sangre se deslizaba por el pecho izquierdo, debajo del pezón mordido, y ella se sentía como si le hubiesen perforado las entrañas. Quizá Jack hubiera hablado en serio al decir que quería castigarla, pero sus ojos estaban llenos de amor cuando cogió el paño húmedo que rodeaba la botella de champán y le restañó la herida—. Lo lamento, cariño. Me volví loco de deseo.

—Está bien —respondió ella, todavía confundida y mareada a causa del alcohol.

Él la ayudó a levantarse, y se dirigieron al dormitorio sin molestarse en recoger la ropa del suelo. Lo único que quería Maddy era meterse en la cama. Ni siquiera tenía fuerzas para darse una ducha. Sabía que si se lo hubiese permitido, se habría desmayado.

Jack la arropó con ternura, y ella le sonrió mientras la habitación daba vueltas a su alrededor.

—Te quiero, Maddy.

Él la estaba mirando, y ella trató de concentrarse en su imagen, pero el dormitorio giraba demasiado deprisa.

—Yo también te quiero, Jack —respondió con voz ebria.

Un instante después, se quedó dormida bajo la atenta mirada de él. Jack apagó la luz, regresó al salón y se sirvió un whisky. Lo bebió mientras contemplaba por la ventana la place Vendôme, aparentemente satisfecho consigo mismo. Le había dado una lección. Y ella la había aprendido.

8

Jack la llevó a Taillevent, Tour d'Argent, Chez Laurent y, para cenar, a Lucas Carton. Todas las noches cenaban en restaurantes elegantes, y a mediodía almorzaban en pequeñas tabernas a la orilla del Sena. Hicieron compras y visitaron tiendas de antigüedades y galerías de arte. Y Jack le compró una pulsera de esmeraldas en Cartier. Fue como una segunda luna de miel, y Maddy se sentía culpable por haberse emborrachado en la primera noche. Aún tenía recuerdos contradictorios de esa velada: algunos sensuales; otros, rodeados de un halo inquietante, aterrador y triste. A partir de ese momento bebió poco. No necesitaba alcohol. Con Jack colmándola de atenciones y regalos, se sentía borracha de amor. Él hacía todo lo que estaba en su mano para seducirla. Y cuando llegó el momento de partir hacia el sur de Francia, la tenía completamente embelesada otra vez. Era un maestro en este juego.

En Cap d'Antibes se alojaron en el Hôtel du Cap, en una fabulosa suite con vistas al mar. Tenían una pequeña cala privada, lo bastante aislada para que él pudiese hacerle el amor, cosa que hacía con frecuencia. Estaba más encantador y cariñoso que nunca, y a veces Maddy sentía que le daba vueltas la cabeza. Era como si todo lo que había experimentado antes —la ira, la furia, la sensación de haber sido traicionada— hubiera sido una alucinación, como si esta fuese la única realidad que conocía. Permanecieron allí cinco días, al final de los cuales ella lamentó que tuviesen que marcharse a Londres. En una lancha alquilada habían ido a Saint-Tropez, hecho compras en Cannes y cenado en Juan les Pins, y por la noche, cuando regresaron al Hôtel du Cap, él la llevó a bailar. Fue una escapada tranquila, feliz y romántica. Y él nunca le había hecho el amor con tanta frecuencia. Cuando llegaron a Londres, Maddy era prácticamente incapaz de sentarse.

En Londres, Jack tuvo que ocuparse de sus negocios, pero siguió esforzándose por estar con ella. La llevó de compras, a cenar a Harry's Bar y a bailar a Annabel's. También le compró un anillo de esmeraldas a juego con la pulsera que le había regalado en París.

—¿Por qué me mimas de esta manera? —preguntó ella, riendo, mientras salían de Graff's, en Bond Street.

—Porque te quiero. Tú eres la estrella que ilumina mi camino —repuso él con una ancha sonrisa.

—¡Vaya! ¿No me estarás ofreciendo sobornos en lugar de un ascenso? —Estaba de buen humor, pero en su fuero interno se sentía confusa. Aunque Jack se mostraba encantador, poco antes del viaje había sido muy cruel con ella.

—Debe de ser eso. El director financiero me envió aquí para que te sedujese —bromeó con fingida seriedad.

Maddy rió. Deseaba quererlo y que él la quisiese a ella.

—Seguro que quieres algo, Jack —insistió.

Y era cierto. Él quería el cuerpo de Maddy de día y de noche. Ella empezaba a sentirse como una máquina sexual y, en un par de ocasiones, mientras hacían el amor, él le había recordado que era su «dueño». A Maddy no le gustaba esa expresión, pero no se quejaba porque a él parecía excitarlo. Si tanto significaba para él, le dejaría decirlo, aunque de vez en cuando no podía evitar preguntarse si verdaderamente lo pensaba así. Jack no era su dueño. Se querían, y él era su marido.

—Empiezo a sentirme como Lady Chatterley —dijo, riendo, mientras él la desvestía una vez más en la habitación del hotel—. ¿Qué vitaminas estás tomando? Puede que te hayas pasado con la dosis.

—El sexo nunca es demasiado, Mad. Es bueno para nosotros. Me encanta hacerte el amor cuando estamos de vacaciones.

Tampoco se le daba mal cuando estaban en casa. Parecía tener un apetito insaciable por Maddy. Y a ella le gustaba que fuera así, salvo cuando la trataba con brusquedad o perdía el control, como había sucedido en París.

Esa noche, en el Claridge, la historia se repitió. Habían ido a bailar a Annabel's, y en cuanto regresaron a la suite, él la empujó contra la pared, le bajó las bragas y prácticamente la violó.

Maddy trató de convencerlo de que esperase, o de que fuesen al dormitorio, pero él la arrinconó y no se detuvo, y luego la llevó al cuarto de baño y volvió a penetrarla sobre el suelo de mármol mientras ella le suplicaba que parase. Le hacía daño, pero estaba tan excitado que no la oía. Más tarde se disculpó y la sumergió con suavidad en la bañera llena de agua templada.

—No sé qué me haces, Mad. Es culpa tuya —dijo mientras le enjabonaba la espalda.

Un minuto después estaba en el agua con ella. Maddy lo miró con desconfianza, temiendo que volviese a forzarla, pero esta vez la acarició con infinita ternura. La vida con Jack era como una montaña rusa de placer y dolor, terror y pasión, ternura combinada con un ápice de violencia y crueldad. Habría sido difícil explicárselo a alguien, y a Maddy le habría dado vergüenza. De vez en cuando la obligaba a hacer cosas que la incomodaban. Pero él le aseguraba que no había nada de malo en ello, que estaban casados y se querían, y cuando le hacía daño, invariablemente insistía en que era culpa de ella por volverlo loco de deseo. Eso la halagaba, pero no evitaba que en ocasiones sufriera mucho. Y se sentía constantemente confundida.

Cuando por fin regresaron a casa, Maddy tenía la sensación de que habían pasado un mes fuera, en lugar de dos semanas. Se sentía más unida que nunca a Jack, y se habían divertido mucho. Durante quince días él le había dedicado una atención absoluta. No la había abandonado ni un solo instante, la había mimado de todas las formas posibles y le había hecho el amor tantas veces que ya no recordaba con exactitud qué habían hecho, o con cuánta frecuencia.

La noche que regresaron a la casa de Georgetown, Maddy se sentía como si acabara de volver de una segunda luna de miel, y Jack la besó mientras la seguía por el vestíbulo. Subió las maletas, incluida la nueva que habían comprado para meter las cosas que traían de Londres y París. Mientras Jack iba a buscar el correo, Maddy escuchó los mensajes del contestador automático y le sorprendió comprobar que había cuatro de su compañero de informativo, Greg Morris. Parecía preocupado, pero Maddy consultó su reloj y vio que era demasiado tarde para llamarlo.

No encontraron nada de interés en la correspondencia, y después de tomar un ligero tentempié, ambos se ducharon y se acostaron. A la mañana siguiente se levantaron temprano.

Charlaron animadamente en el viaje hasta la cadena, donde Maddy se separó de Jack en el vestíbulo y subió en el ascensor. Estaba impaciente por ver a Greg y contarle del viaje, pero descubrió con sorpresa que él no estaba en su despacho. Entró en el suyo y leyó su correspondencia; como de costumbre, tenía una montaña de cartas de admiradores. A las diez, al ver que Greg no llegaba, empezó a preocuparse. Fue a ver a la secretaria y le preguntó si Greg estaba enfermo. Debbie la miró con evidente incomodidad.

—Yo... eh... Bueno, parece que nadie se lo ha dicho —dijo por fin.

—¿Decirme qué? —La embargó el pánico—. ¿Le ha ocurrido algo? —Tal vez hubiera tenido un accidente, y no se lo habían dicho para no fastidiarle el viaje.

—Se ha marchado.

—¿Adónde? —Maddy no entendía lo que le decían.

—Ya no trabaja aquí, señora Hunter. Pensé que se lo habrían comunicado. Su nuevo compañero empieza el lunes. Creo que hoy trabajará sola. Greg se marchó un día después de que usted se fuera de vacaciones.

—¿*Qué*? —No podía creer lo que oía—. ¿Discutió con alguien y se largó?

—No estoy al tanto de los detalles —mintió la secretaria.

Antes de que terminase de decir estas palabras, Maddy corrió por el pasillo hacia el despacho del productor.

—¿Qué diablos ha pasado con Greg?

El productor alzó la vista. Rafe Thompson era un hombre alto de aspecto cansino, como si llevase el peso del mundo sobre sus hombros.

—Se ha ido —respondió lacónico.

—Eso ya lo sé. ¿Adónde? ¿Cuándo? ¿Y por qué? Quiero respuestas —dijo con los ojos fulgurantes de furia.

—Ha habido un cambio en el formato del programa. Greg ya no encajaba. Creo que ahora está en la sección de noticias deportivas de la NBC. No estoy al tanto de los detalles.

—Tonterías. Es lo mismo que me dijo Debbie. ¿Quién está al tanto de los detalles?

Pero ya conocía la respuesta, y subió a toda prisa al despacho de Jack. Entró sin esperar que la anunciasen y lo miró. Él acababa de colgar el teléfono y su mesa estaba llena de papeles: era el precio de dos semanas de vacaciones.

—¿Has despedido a Greg? —preguntó Maddy sin preámbulos.

Él la miró fijamente.

—Tomamos una decisión ejecutiva —respondió con tranquilidad.

—¿Qué significa eso? ¿Y por qué no me lo dijiste cuando estábamos en Europa? —Se sentía engañada.

—No quería disgustarte, Mad. Pensé que necesitabas unas vacaciones tranquilas.

—Tenía derecho a saber que habías despedido a mi compañero. —Eso explicaba los mensajes de Greg en el contestador, y su tono. No era de extrañar que Greg pareciese inquieto—. ¿Por qué lo echaste? Es excelente. Y también lo son sus índices de audiencia.

—No para nosotros —respondió él con indiferencia—. No es tan bueno como tú, cariño. Necesitamos alguien más fuerte para que te sirva de contrapeso.

—¿Más «fuerte»? ¿Qué quieres decir? —Maddy no entendía nada, y estaba furiosa por la decisión y por la forma en que la habían tomado.

—Greg es demasiado suave, demasiado afeminado; tú le pasas por encima, y eres mucho más profesional que él. Lo lamento. Necesitas alguien con más personalidad y experiencia.

—¿De veras? ¿Y a quién has contratado? —preguntó con cara de preocupación. Estaba inquieta por Greg; le encantaba trabajar con él y era su amigo más íntimo.

—A Brad Newbury. No sé si lo recordarás. Solía presentar las noticias de Oriente Medio en la CNN. Es estupendo. Te encantará trabajar con él —dijo Jack con firmeza.

—¿Brad Newbury? —Maddy se quedó perpleja—. Ni siquiera es capaz de hacer que una zona de guerra suene interesante. ¿De quién fue la idea?

—Fue una decisión colectiva. Es un profesional, un reportero con experiencia. Creemos que es el contrapunto perfecto para ti.

Maddy detestaba el estilo de Newbury, que tampoco le caía bien como persona. Las pocas veces que se habían visto, se había mostrado arrogante y paternalista con ella.

—Es seco, soso y no tiene ningún atractivo ante las cámaras —dijo, desesperada—. Dios santo, dormirá a los espectadores. Hacía que hasta los conflictos de Oriente Medio pareciesen aburridos.

—Es un reportero experto.

—Igual que Greg. Nuestros índices de audiencia nunca habían sido tan altos.

—*Tus* índices de audiencia nunca habían sido tan altos, Mad. Los suyos empezaban a bajar. No quise preocuparte, pero Greg habría conseguido que cayeras junto con él.

—No lo entiendo —dijo ella—. Y no sé por qué no me lo dijiste.

—Porque no quería disgustarte. Esto es un negocio, Mad. Así es el mundo del espectáculo. Tenemos que mantener la vista fija en nuestros objetivos.

Sin embargo, Maddy seguía deprimida cuando regresó a su despacho y llamó a Greg.

—No puedo creerlo, Greg. Nadie me lo contó. Cuando vi que eran las diez y no habías llegado, pensé que estabas enfermo. ¿Qué diablos pasó después de mi partida? ¿Cabreaste a alguien?

—Que yo sepa, no —respondió él, afligido. Le gustaba trabajar con Maddy, y ambos sabían que el programa era un éxito. Pero Greg entendía mejor la situación—. A la mañana siguiente del día que te fuiste, Tom Helmsly —que era el productor ejecutivo del programa— me llamó a su despacho y me dijo que habían decidido dejarme marchar; o sea, para ser exactos, que me despedían. Dijo que tú y yo estábamos demasiado unidos y nos habíamos vuelto demasiado informales, que en las altas esferas opinaban que empezábamos a recordar a Abbot y Costello.

—¿De dónde sacaron eso? ¿Cuándo fue la última vez que tú y yo hicimos un chiste en el programa?

—Hace tiempo, pero creo que la palabra clave aquí es «unidos». Parece que alguien piensa que mantenemos una relación demasiado personal. Joder, Maddy, tú eres mi mejor amiga. Y tengo la impresión de que hay alguien en tu vida a quien eso no le hace gracia. —No lo dijo con todas las palabras, pero fue como si lo hubiera hecho.

—¿Te refieres a Jack? Greg, eso es una tontería.

Maddy no podía creerlo. No era razón suficiente para echar a Greg, y Jack jamás pondría en peligro el programa por razones personales. Sin embargo, era extraño que hubiesen elegido a Brad Newbury como sustituto. Se preguntó si Greg pensaba que Jack estaba celoso de él, pero eso le parecía imposible.

—Puede que te suene absurdo, Mad, pero eso se llama «aislamiento». ¿Nunca se te había ocurrido? ¿Cuántos amigos tienes?

¿Con qué frecuencia ves a otras personas? Conmigo no tenía alternativa, porque trabajábamos juntos. Pero se ocupó de alejar a todos los demás, ¿no? Piensa en ello.

—¿Por qué iba a querer aislarme?

Parecía confundida, y Greg se preguntó si debía insistir en el tema. Él había advertido el problema hacía tiempo, pero era obvio que ella no lo veía, así que dio por sentado que intentaba negarlo.

—Quiere aislarte, Mad, con el fin de controlarte. Él dirige tu vida, toma decisiones por ti y jamás te consulta los asuntos del programa. Ni siquiera te comunica que os vais de viaje a Europa hasta la noche anterior. Por el amor de Dios, te trata como a un títere, y cuando no le gusta lo que haces, te dice que eres escoria y que sin su ayuda volverías a vivir en una caravana. ¿Cuántas veces te ha dicho que sin él no serías nadie? ¿No te das cuenta de que es una mentira podrida? Sin ti, *él* tendría el informativo de menor audiencia de todas las cadenas de televisión. Si algún día decides dejar la WBT, las cadenas más importantes del país se disputarán tu persona y podrás trabajar en la que elijas. ¿A qué te suena eso? ¿A un marido enamorado, o a algo mucho más familiar?

Ella nunca se había permitido atar cabos de esa manera, pero al oír a Greg se sintió súbitamente asustada. ¿Y si era cierto que Jack trataba de aislarla? De pronto recordó todas las ocasiones en que le había dicho que era su «dueño». Se estremecía solo de pensarlo.

—Suena a maltrato psicológico, ¿no? —dijo en voz apenas audible.

—Bueno, ahí tienes tu gran noticia. ¿Alguna otra novedad? —dijo Greg—. ¿Vas a decirme que nunca lo habías pensado? No te pega palizas los sábados por la noche, pero no necesita hacerlo porque te controla de otra manera, y cuando te portas mal o no le gusta lo que haces, te lleva a Europa, te retira de la cadena durante dos semanas y me despide a mí. Creo que estás casada con un déspota. —No dijo «con un hombre que te maltrata», pero para él significaba lo mismo.

—Es posible que tengas razón, Greg —dijo, debatiéndose entre el deseo de defender a Jack y el de entender a su ex compañero de trabajo. Greg no le había pintado un cuadro bonito, pero ella no discrepaba con él. Sencillamente, no sabía qué hacer.

—Lo siento, Mad —musitó Greg. Maddy significaba mucho para él, y hacía mucho tiempo que le enfurecían las cosas que le hacía Jack. Lo que más le entristecía era que ella no parecía darse cuenta de nada. Pero Greg sí. Y estaba convencido de que esa era una de las razones por las que lo habían echado. Era demasiado peligroso para estar tan cerca de Maddy—. Lo que te está haciendo equivale a maltratarte.

—Eso parece —admitió ella con tristeza—. Pero no estoy segura. Quizá estemos sacando las cosas de quicio, Greg. Jack no me pega. —Sabía que esa no era la única forma de maltratar a alguien, pero no quería ver ni oír lo que ocurría. Sin embargo, resultaba difícil pasarlo por alto.

—¿Crees que te respeta?

—Creo que me quiere —fue su respuesta automática, influida en gran medida por el reciente viaje a Europa—. Creo que desea lo mejor para mí, aunque no siempre acierte en lo que hace.

Greg no estaba de acuerdo, y lo único que pretendía era que ella analizase la vida que llevaba con Jack.

—Yo pienso que los hombres a menudo aman a las mujeres que maltratan. ¿No te parece que Bobby Joe te quería?

—No.

No podía creer que Greg estuviese comparando a Bobby Joe con Jack. Era una idea aterradora, y no quería escucharla. Una cosa era que Jack la maltratase; otra, oírselo decir a Greg. Hacía que el horror de los malos tratos volviese a parecer pavorosamente cercano.

—Bueno, es posible que no te quisiera. Pero piensa en algunas de las cosas que te hace Jack. Te lleva de aquí para allá como si fueses una cosa, un objeto que ha comprado y pagado. ¿Demuestra amor cuando te dice que sin él no serías nada? Y pretende que te lo creas. —Lo peor era que ella lo creía, y Greg lo sabía—. Maddy, intenta convencerte de que es tu dueño.

Al oír esas palabras, Maddy sintió un escalofrío. Era lo mismo que le había dicho Jack en Europa.

—¿Por qué lo dices?

—Porque no me está maltratando a mí y no es mi dueño, Maddy. Quiero que me hagas un favor.

Ella pensó que iba a pedirle que hablase con Jack para que este lo reincorporara al trabajo. Y estaba dispuesta a hacerlo, aunque dudaba que Jack la escuchase.

—Haré lo que me pidas —prometió.

—Te tomo la palabra. Quiero que vayas a las reuniones de un grupo de mujeres maltratadas.

—Eso es una tontería; no lo necesito. —La sugerencia le sorprendió.

—Quiero que decidas eso después de haber ido. Creo que no tienes mucha idea de lo que te está pasando ni de lo que te están haciendo. Prométeme que lo harás. Yo te buscaré un grupo. —Era exactamente lo que ella había intentado hacer por Janet McCutchins, pero esta tenía el cuerpo lleno de cardenales. No era su caso—. Pienso que te abrirá los ojos. Si es necesario, te acompañaré.

—Bueno... tal vez... si encuentras uno... ¿Y si alguien me reconoce?

—Puedes decir que vas a acompañarme a mí. Maddy, mi hermana pasó por esto. Intentó suicidarse dos veces antes de comprender lo que le estaba ocurriendo. Yo la acompañé. Era como una reposición de *Luz de gas*. Y tenían cuatro hijos.

—¿Qué pasó después?

—Se divorció de su marido y volvió a casarse con un hombre estupendo. Pero necesitó tres años de terapia para llegar a donde está hoy. Pensaba que su primer marido era un héroe únicamente porque no la molía a palos, como le hacía mi padre a mi madre. No todos los malos tratos dejan cicatrices.

Maddy lo sabía, pero aun así estaba empeñada en creer que lo que Jack hacía era diferente. No quería sentirse víctima, ni ver a Jack como su verdugo.

—Creo que estás loco, pero te quiero. ¿Qué harás ahora, Greg?

Estaba preocupada por él, y trataba de no pensar en lo que acababa de decir de Jack. Era una idea demasiado amenazadora. Ya había empezado a convencerse de que Jack no la maltrataba. Greg estaba disgustado y confundido, se dijo.

—Haré deportes en la NBC. Me han hecho una oferta estupenda, y empiezo dentro de dos semanas. ¿Sabes a quién han contratado para reemplazarme?

—A Brad Newbury —respondió con abatimiento.

Echaría de menos a Greg más de lo que podía expresar con palabras. Quizá mereciera la pena asistir a las reuniones de un grupo de mujeres maltratadas, aunque solo fuese para verlo. Sabía que Jack no le permitiría mantenerse en contacto con él. Encontraría la manera de apartarlo de su vida e impedir que lo viese. Conocía a su marido.

—¿El tipo de la CNN? —preguntó Greg con incredulidad—. Me tomas el pelo. Es malísimo.

—Creo que sin ti nuestro índice de audiencia se irá al garete.

—No. Te tienen a ti. Todo irá bien, pequeña. Pero piensa en lo que te he dicho. Es lo único que te pido. Que lo pienses.

Trabajar con Brad era el menor de los problemas de Maddy.

—Lo haré —dijo ella sin demasiada convicción.

Durante el resto de la mañana, cada vez que pensaba en Greg se ponía nerviosa. Había puesto el dedo en la llaga con las cosas que le había dicho, y ella hacía todo lo posible para negarlas. Cuando Jack decía que era su «dueño», solo quería decir que la amaba con pasión. Aunque ahora que lo pensaba, había algo extraño incluso en sus relaciones sexuales, sobre todo últimamente. Jack le había hecho daño en más de una ocasión, especialmente en París. Su pezón había tardado una semana en cicatrizar, y todavía le dolía la espalda de la vez que le había hecho el amor en el suelo de mármol del hotel Claridge. Sin embargo, no había sido intencional; era un hombre insaciable y con un gran apetito sexual que la encontraba deseable. Además, a Jack no le gustaba hacer planes. ¿Llevarla a París y alojarla en el Ritz era una forma de maltrato simplemente porque no le había avisado con antelación? Le había comprado una pulsera en Cartier y un anillo en Graff's. Greg estaba desquiciado y disgustado porque lo habían despedido, lo cual era comprensible. Lo más absurdo de todo era que se atreviera a comparar a Jack con Bobby Joe. Además de que no tenían absolutamente nada en común, Jack la había salvado de él. Sin embargo, no terminaba de entender por qué se sentía angustiada cada vez que recordaba las cosas que le había dicho Greg. La había puesto muy nerviosa. Claro que el solo hecho de pensar en malos tratos la ponía nerviosa.

Seguía atormentada por las palabras de Greg el lunes, cuando fue a la reunión de la comisión de la primera dama y se sentó junto a Bill Alexander. Estaba bronceado, y le contó que desde la última vez que se habían visto había ido a visitar a su hijo a Vermont y que había pasado el fin de semana con su hija en Martha's Vineyard.

—¿Qué tal va el libro? —murmuró ella mientras empezaba la reunión.

—Bien, aunque avanza lentamente. —Le sonrió, admirando su aspecto, como todos los demás.

Maddy llevaba una masculina camisa de algodón azul y pantalones de lino blanco, un atuendo que le daba un atractivo aire veraniego.

La primera dama había invitado a una oradora para que les hablase de los malos tratos. Se llamaba Eugenia Flowers. Era una psicóloga especializada en víctimas de malos tratos y colaboraba con diversas causas feministas. Maddy había oído hablar de ella, pero no la conocía. La doctora Flowers miró alrededor y se dirigió personalmente a cada uno de los asistentes. Era una mujer afable y cálida con aspecto de abuela, pero tenía una mirada penetrante y parecía saber qué decir exactamente a cada miembro del grupo. Les preguntó en qué creían que consistían los malos tratos, y casi todos respondieron lo mismo: golpear o agredir físicamente a alguien.

—Bueno, es verdad —convino con cortesía—, esas son las formas más evidentes. —Y pasó a enumerar otras, algunas tan perversas y siniestras que hicieron estremecer a los presentes—. Pero ¿qué me dicen de las demás maneras de maltratar? Los agresores usan muchos disfraces. ¿Qué hay de aquel que controla todos los actos, movimientos y pensamientos de otra persona? ¿Del que destruye su confianza, la aísla y la asusta, por ejemplo, conduciendo a excesiva velocidad en una situación peligrosa? ¿Y el individuo que amenaza? ¿Y el que le falta el respeto a otros? ¿No es maltratar hacerle creer a alguien que lo negro es blanco hasta confundirlo por completo? ¿Y el que le roba dinero a otra persona, o le dice que no sería nada sin él, o que él es su «dueño»? ¿Y el que pretende robar la libertad a la mujer, o la fuerza a tomar decisiones como tener un hijo tras otro, o abortos constantes, o incluso le prohíbe que tenga hijos? ¿No creen que esas actitudes son malos tratos? Bueno, de hecho son formas típicas de maltratar, tan dolorosas, peligrosas y mortíferas como las que dejan cicatrices.

A Maddy se le cortó la respiración y palideció mortalmente. Bill Alexander lo notó, pero no dijo nada.

—Hay muchas formas de violencia contra las mujeres —continuó la oradora—, algunas son más evidentes, pero todas son peligrosas y unas pocas, más insidiosas que otras. Las más dañinas son las sutiles, porque las víctimas no las ven como malos tratos, sino que se culpan a sí mismas. Si la persona que maltrata es lo suficientemente lista, puede usarlas todas para convencer a su víctima, hombre o mujer, que merece lo que le hace. Las víctimas de malos tratos a menudo son empujadas al suicidio, las drogas, la depresión o incluso el asesinato. El maltrato de cualquier clase, en cualquier momento, es potencialmente mortal para la víctima.

Pero las formas más sutiles son las más difíciles de combatir, porque no es tan fácil identificarlas. Y lo peor es que en la mayoría de los casos la víctima está convencida de que todo lo que le ocurre es responsabilidad suya, que ella se lo busca, y de ese modo anima a quien la maltrata a continuar, porque se siente tan culpable e insignificante que cree que él tiene razón y que ella merece lo que le pasa. Cree que sin él no sería nada.

Maddy tuvo la sensación de que iba a desmayarse. Esa mujer estaba describiendo su matrimonio con Jack con todo lujo de detalles. Él jamás le había puesto la mano encima, salvo la vez que le había sacudido el brazo, pero había hecho todo lo que había mencionado la doctora Flowers. Habría querido huir de allí, gritando. Sin embargo, se quedó paralizada en su asiento.

La psicóloga continuó hablando durante media hora, y luego la primera dama animó a los presentes a que hicieran preguntas. Casi todos preguntaron qué se podía hacer para proteger a esas mujeres, no solo de los hombres que las maltrataban, sino también de sí mismas.

—Bueno, en primer lugar tienen que reconocer el problema. Han de estar dispuestas a hacerlo. Al igual que los niños maltratados, estas mujeres protegen a quien las maltrata negando la situación y culpándose a sí mismas. Sienten vergüenza porque creen en todo lo que les dice su agresor. Por lo tanto, primero hay que ayudarlas a ver la realidad y luego a huir de la situación, cosa que no siempre es fácil. Tienen una vida, una casa, hijos. Y uno les pide que corran riesgos y escapen de un peligro que no pueden ver o no consideran verdadero.

»El problema es que dicho peligro es tan real y peligroso como una pistola apuntándoles a la cabeza, pero la mayoría de esas mujeres no lo sabe. Algunas sí, pero están tan asustadas como las otras. Y hablo de mujeres inteligentes, educadas, incluso profesionales de las que cabría esperar una mayor lucidez. Nadie está exento de sufrir malos tratos. Puede ocurrirle a cualquiera, y de hecho ocurre en los mejores trabajos o las mejores escuelas, a personas que ganan mucho o poco. A veces la víctima es una mujer inteligente y hermosa a quien nadie diría que es posible engañar de esa manera. A veces son los blancos más fáciles, las que se llevan la peor parte. Las mujeres más arteras son menos propensas a dejarse manipular. A ellas normalmente les tocan los palos. A las otras se las tortura de una forma más sutil. Los malos tratos no distinguen razas, vecindarios ni niveles socioeconómicos.

Afectan a todo el mundo por igual. Pueden tocarnos a cualquiera, sobre todo si nuestros antecedentes nos predisponen a ellos.

»Por ejemplo, una mujer que ha vivido en un clima de violencia durante su infancia, digamos porque tenía un padre agresivo, puede pensar que un hombre que no le pega es un gran tipo; sin embargo, ese hombre podría ser diez veces más cruel que su padre, de manera mucho más sutil y peligrosa. Puede controlarla, aislarla, intimidarla, aterrorizarla, insultarla, menospreciarla, rebajarla, faltarle el respeto, negarle afecto o dinero, abandonarla o amenazarla con quitarle a los hijos. Sin embargo, no le dejará ninguna señal visible de malos tratos y le dirá que es una mujer afortunada. Lo más terrible es que ella muchas veces le cree. Y es imposible meter a esa clase de individuo en la cárcel, porque si intentan castigarlo por lo que hizo, dirá que ella está loca, que es idiota, embustera o psicótica y que miente sobre él. Es preciso sacar a esas mujeres de su relación de manera gradual, conducirlas poco a poco desde el borde del abismo hasta un lugar seguro. Pero ella luchará con uno todo el tiempo, defendiendo con su vida al hombre que la maltrata, y si abre los ojos lo hará muy despacio.

Maddy pensó que rompería a llorar antes de que acabara la reunión. Se esforzó por mantener la calma hasta que llegase el momento de marcharse y, cuando por fin se levantó, le temblaban las rodillas. Bill Alexander la miró y se preguntó si estaría sofocada por el calor. La había visto empalidecer media hora antes, y ahora su piel estaba verdosa.

—¿Quieres un vaso de agua? —preguntó con cortesía—. Ha sido una reunión interesante, ¿no? Aunque no sé qué podemos hacer exactamente para ayudar a esas mujeres, aparte de educarlas y apoyarlas.

Maddy volvió a sentarse y asintió con un gesto. Mientras lo escuchaba, la habitación empezó a dar vueltas a su alrededor. Afortunadamente, nadie más se dio cuenta de que se encontraba mal. Bill Alexander fue a buscarle un vaso de agua.

Todavía estaba sentada, esperando, cuando la oradora invitada se acercó a ella.

—Soy una gran admiradora suya, señora Hunter —dijo sonriendo. Maddy fue incapaz de levantarse y se limitó a devolverle la sonrisa lánguidamente—. Veo su programa todas las tardes. Para mí, es la única forma de saber qué pasa en el mundo. Me gustó especialmente su comentario sobre Janet McCutchins.

—Gracias —dijo Maddy con los labios secos justo cuando llegaba Bill con un vaso de agua. Él no pudo evitar preguntarse si Maddy estaría embarazada.

Mientras bebía, la oradora la miró atentamente con expresión afectuosa. Maddy se puso de pie, negándose a reconocer que le flaqueaban las piernas. Empezaba a preguntarse cómo llegaría a la calle para tomar un taxi, pero Bill pareció adivinar su desazón.

—¿Necesitas que te lleve a algún sitio? —preguntó con caballerosidad.

Maddy asintió.

—Tengo que volver al trabajo.

Ni siquiera estaba segura de poder presentar el informativo, y por un instante consideró la posibilidad de que la causa del malestar fuese algo que había comido. Pero sabía que no era así. Era la persona con quien se había casado.

—Me gustaría volver a verla —dijo la doctora Flowers cuando Maddy se despidió de ella y de la primera dama.

Le entregó una tarjeta de visita que Maddy guardó en el bolsillo de su camisa antes de darle las gracias y marcharse. Después de lo que le había dicho Greg, se sentía como si la hubiesen sacudido por partida doble, y ya no sabía si estaba en el mundo real o en una pesadilla. Fuera lo que fuese lo que le ocurría, era como si la hubiera atropellado un tren. Y no consiguió disimular su estado mientras bajaba en el ascensor con Bill. Él había aparcado el coche en la puerta, y ella lo siguió en silencio.

Bill le abrió la portezuela, y Maddy subió. Un instante después, sentado al volante, él la miró con preocupación. Maddy tenía mal aspecto.

—¿Te encuentras bien? Hace un momento temí que fueses a desmayarte.

Ella asintió y guardó silencio durante unos instantes. Pensaba mentirle, decirle que estaba resfriada, pero no pudo. Se sentía totalmente perdida y sola, como si le hubieran arrebatado todo aquello en lo que había creído y deseado creer, como si acabara de quedarse huérfana. Nunca se había sentido tan asustada y vulnerable. Las lágrimas comenzaron a rodar por sus mejillas cuando él le tocó el hombro. Incapaz de seguir conteniéndose, prorrumpió en incontrolables sollozos.

—Resulta angustioso oír esas cosas —dijo él con suavidad, e instintivamente la estrechó entre sus brazos. No sabía qué otra cosa hacer, pero era lo que otra gente había hecho por él tras la muerte de su esposa y lo que él habría hecho por sus hijos en una situación parecida. No había nada sexual ni inapropiado en su actitud. Se limitó a abrazarla mientras ella lloraba, hasta que sus sollozos se acallaron y alzó la vista. Lo que vio entonces en sus ojos fue auténtico terror—. Estoy aquí, Maddy. No te pasará nada malo. Estás bien.

Pero ella negó con la cabeza y empezó a llorar otra vez. Hacía años que no estaba bien y quizá no llegaría a estarlo nunca. De pronto comprendió el peligro que había corrido, la forma en que la habían rebajado y aislado de cualquiera que pudiese ver su situación y ayudarla a salir de ella. De manera sistemática, Jack la había alejado de sus amistades, incluso de Greg, y ella era una presa solitaria e indefensa. Súbitamente, todo lo que él le había dicho y hecho en el transcurso de los años, y también recientemente, adquirió un significado nuevo y temible.

—¿Qué puedo hacer para ayudarte? —preguntó Bill mientras ella lloraba abrazada a él, cosa que nunca había podido hacer con ningún hombre. Ni siquiera con su padre.

—Mi marido hace todas las cosas que mencionó la doctora Flowers en su charla. Alguien me dijo lo mismo que ella hace unos días, pero yo lo negué. Pero cuando la doctora empezó a hablar, lo entendí... Me ha aislado por completo y lleva siete años maltratándome, pero yo pensaba que era un héroe porque no me pegaba.

Se enderezó en su asiento y vio que Bill la miraba con incredulidad y horror. Parecía muy preocupado por ella.

—¿Estás segura?

—Completamente. —Ahora se daba cuenta de que incluso la había agredido sexualmente. No era brusco con ella por accidente ni porque lo cegara la pasión, simplemente era otra manera de rebajarla y dominarla. Parecía una forma aceptable de hacerle daño, y se lo había hecho durante años. No podía creer que nunca se hubiera dado cuenta—. No puedes imaginar las cosas que me ha hecho. Creo que la doctora las describió todas. —Sus labios temblaban—. ¿Qué voy a hacer? Jack dice que sin él no soy nadie. Me llama «escoria» y me amenaza con que podría volver a vivir en un parque de caravanas.

Era exactamente lo que había descrito Eugenia Flowers, y Bill la miró con profundo asombro.

—¿Bromeas? Eres la mayor estrella de informativos del país. Conseguirías un trabajo en cualquier parte. No volverás a ver un parque de caravanas a menos que lo compres.

Maddy rió y miró por la ventanilla. Se sentía como si su casa acabara de incendiarse y no tuviese adónde ir. No podía ni pensar en volver a casa con Jack, en enfrentarse con él ahora que entendía lo que le estaba haciendo. Quizá su comportamiento no fuese intencional, se dijo, quizá estuviera equivocada.

—No sé qué hacer —musitó—. Ni qué decirle. Me gustaría preguntarle por qué se porta de esa manera.

—Puede que no conozca otra —dijo Bill con imparcialidad—, pero eso no es una excusa para maltratarte. ¿Cómo puedo ayudarte? —Deseaba hacerlo, pero estaba tan confundido como ella.

—Tengo que meditar sobre lo que voy a hacer —respondió ella con aire pensativo.

Él giró la llave del contacto y volvió a mirarla.

—¿Quieres que vayamos a tomar un café? —Fue lo único que se le ocurrió para tranquilizarla.

—Sí, de acuerdo.

Bill se había portado como un amigo de verdad, y Maddy se sentía agradecida. Percibía su calidez y sinceridad y a su lado se sentía a salvo. En sus brazos había experimentado una profunda sensación de paz y seguridad. Sabía intuitivamente que era un hombre que nunca le haría daño. Entonces pensó en lo diferente que era de Jack. Este siempre actuaba con doblez y con cálculo, le decía cosas degradantes y trataba de convencerla de que ella era un ser insignificante y que él le estaba haciendo un gran favor al estar a su lado. Bill Alexander, en cambio, se comportaba como si la oportunidad de ayudarla fuese un privilegio, y Maddy adivinó acertadamente que podía sincerarse con él.

Se detuvieron en un pequeño café, y ella aún estaba pálida cuando se sentaron en una mesa apartada. Bill pidió café y Maddy un capuchino.

—Lo lamento —dijo con expresión culpable—. No quería involucrarte en mis problemas personales. No sé qué me ha pasado. Las palabras de la doctora Flowers me afectaron mucho.

—Puede que todo estuviese escrito, que el destino la enviase allí. ¿Qué piensas hacer, Maddy? No puedes seguir viviendo con un hombre que te maltrata. Ya has oído lo que dijo la doctora: es como tener una pistola apuntándote a la cabeza. Quizá aún no lo veas con claridad, pero corres un grave peligro.

—Creo que empiezo a tomar conciencia de ello. Pero no puedo marcharme sin más.

—¿Por qué no?

A él le parecía sencillo: Maddy debía escapar para que Jack dejase de hacerle daño. Pero ella no lo tenía tan claro.

—Le debo todo lo que tengo y lo que soy. Él me convirtió en la persona que soy. Trabajo para él. ¿Adónde iría? Si lo dejo, tendré que renunciar también a mi empleo. No sabría adónde ir ni qué hacer. Además, él me quiere —añadió mientras sus ojos volvían a humedecerse.

—No estoy tan seguro —dijo Bill con firmeza—. En mi opinión, un hombre que hace las cosas que describió la doctora Flowers no actúa movido por el amor. ¿De verdad crees que te quiere?

—No lo sé —respondió, debatiéndose entre el miedo y los remordimientos.

Se sentía culpable por lo que pensaba y decía de Jack. ¿Y si se equivocaba? ¿Y si el caso de su marido era diferente?

—Creo que tienes miedo y que estás negando la realidad otra vez. ¿Qué me dices de ti, Maddy? ¿Lo quieres?

—Pensaba que sí. Mi ex marido me rompió los dos brazos y una pierna. Me torturaba, y una vez me empujó por la escalera. En otra ocasión me quemó la espalda con un cigarrillo. —Todavía tenía la cicatriz, aunque apenas se notaba—. Jack me salvó de él. Me trajo a Washington en una limusina y me dio un empleo, una vida. Se casó conmigo. ¿Cómo voy a abandonarlo?

—Deberías hacerlo porque, por lo que me has contado, no es un buen hombre. Te maltrata de una forma más sutil y menos evidente que tu primer marido, pero ya has oído a la doctora Flowers, es igual de peligrosa. Y al casarse contigo no te hizo ningún favor. Eres lo mejor que le ha pasado en la vida, y un valioso trofeo para su cadena. No es un filántropo, sino un hombre de negocios, y sabe exactamente lo que hace. Recuerda las palabras de la psicóloga. Te está controlando.

—¿Y si lo dejo?

—Buscará una sustituta para el programa y empezará a torturar a otra. No puedes curarlo, Maddy. Tienes que ocuparte de ti misma. Si él quiere cambiar, tendrá que hacer terapia. Pero tú debes marcharte antes de que te haga más daño, o de que te desmoralice tanto que seas incapaz de dejarlo. Ahora has visto las cosas claras. Sabes lo que pasa. Tienes que salvarte sin pensar en nadie más. Estás arriesgando tu bienestar y tu vida. Puede que aún no tengas moretones, pero si hace todo lo que dices no puedes darte el lujo de perder ni un minuto. Huye de él.

—Si lo dejo, me matará.

Hacía nueve años que no pronunciaba esas palabras, pero de repente supo que esta vez eran tan acertadas como entonces. Jack había invertido mucho en ella y no aceptaría que lo abandonase o desapareciera.

—Debes ir a un sitio seguro. ¿Tienes familia? —Maddy negó con la cabeza. Sus padres habían muerto hacía muchos años, y había perdido el contacto con sus parientes de Saratoga. Podría ir a casa de Greg, pero ese sería el primer sitio donde la buscaría Jack. Luego culparía a Greg del abandono, y ella no quería ponerlo en peligro. Sería absurdo que una persona tan famosa como ella tuviese que refugiarse en un albergue para mujeres maltratadas, pero quizá debería hacerlo—. ¿Por qué no te alojas con mi hija y su familia Martha's Vineyard? Ella tiene aproximadamente tu edad, y allí hay sitio para ti. Sus hijos son encantadores.

Al oír ese último comentario, Maddy pensó en lo que le habían hecho Jack y Billy Joe. En su primer matrimonio había tenido seis abortos: los dos primeros porque su marido decía que no estaba preparado para tener hijos; los demás, porque ella no quería hijos suyos ni compartir con un niño la vida que llevaba con él. Después, al casarse con Jack, este había insistido en que se ligase las trompas. Entre los dos se habían asegurado de que nunca tuviese hijos. Ambos la habían convencido de que era lo mejor para ella. Y Maddy les había creído. Ahora, además de destrozada, se sentía idiota por haberlos escuchado. La habían privado de la oportunidad de ser madre.

—No sé qué pensar, Bill, ni adónde ir. Necesito tiempo para pensarlo.

—Es posible que no puedas permitírtelo —repuso él, recordando las cosas que había dicho la doctora Flowers. Maddy debía actuar con rapidez. No tenía sentido esperar—. No deberías posponer demasiado esta decisión. Si él busca ayuda, si las cosas cambian y llegáis a un entendimiento, siempre podrás volver.

—¿Y si no me deja?

—Eso significará que no ha cambiado y que no te conviene. —Era exactamente lo que le habría dicho a su hija. Deseaba hacer todo lo posible para protegerla y ayudarla, y Maddy le estaba agradecida por ello—. Quiero que lo pienses y hagas algo cuanto antes. Es posible que Jack se dé cuenta de que las cosas han cambiado, de que tú eres más consciente de lo que pasa. En tal caso, se sentirá amenazado y podría buscarte complicaciones. No será una situación agradable.

Ninguna situación era agradable con Jack; Maddy lo sabía. Cuando miró el reloj, vio que tenía que estar en la sala de maquillaje antes de diez minutos y le dijo a Bill de mala gana que debía volver al trabajo.

Unos instantes después salieron de la cafetería y subieron al coche de Bill, que la dejó en la cadena. Pero antes de despedirse, la miró con inquietud.

—Estaré en vilo hasta que hagas algo. Prométeme que no tratarás de volverle la espalda al problema. Te he visto despertar; ahora has de hacer algo constructivo.

—Te lo prometo —respondió, aunque todavía no sabía qué iba a hacer.

—Te llamaré mañana —dijo él con firmeza—, y quiero oír que has hecho algún progreso. De lo contrario, te secuestraré y te llevaré a casa de mi hija.

—Eso suena bastante bien. ¿Cómo puedo darte las gracias? —preguntó, sintiéndose profundamente agradecida.

Bill se había portado como un padre con ella. Lo consideraba un amigo, confiaba totalmente en él y en ningún momento se le cruzó por la cabeza que fuese a divulgar lo que le había contado. Sin embargo, él la tranquilizó al respecto antes de marcharse.

—La única manera de darme las gracias es haciendo algo por ti misma, Maddy. Cuento con ello. Y si me necesitas, me encontrarás aquí —dijo apuntando su número de teléfono en un papel.

Maddy guardó el papel en el bolso, volvió a darle las gracias, lo besó en la mejilla y corrió hacia el edificio. Sería su primer programa con Brad Newbury, y aún debía cambiarse, peinarse y maquillarse. Bill se quedó mirándola, asombrado por todo lo que le había contado. Era difícil imaginar que una mujer como esa pudiese dejarse intimidar por su marido, o que creyera que abandonarlo equivalía a volver a vivir en una caravana y quedarse sin amigos y sin trabajo. Nada más lejos de la verdad, pero Maddy no lo sabía. Era una demostración cabal de que todo lo que había dicho Eugenia Flowers sobre los malos tratos psicológicos era verdad, pero Bill no terminaba de creerlo. Mientras él se alejaba, Maddy se dirigió a la sala de maquillaje.

Brad Newbury estaba allí, y Maddy lo observó mientras lo peinaban y maquillaban. Parecía un hombre increíblemente arrogante, y ella aún no podía creer que Jack lo hubiese contratado. Él hizo un esfuerzo para ser amable con ella, y charlaron amigablemente mientras la peinaban. Le dijo que estaba encantado de trabajar con ella, pero se comportaba como si le estuviese haciendo un favor. Por pura cortesía, Maddy respondió que también sería un placer para ella. Sin embargo, echaba de menos a Greg y se sorprendió pensando en él y en Bill Alexander mientras regresaba a su despacho para cambiarse de ropa. No tenía la menor idea de lo que iba a hacer con Jack, pero ahora no tenía tiempo de pensar en eso. Saldría en antena en menos de tres minutos. Llegó al plató a último momento. Apenas si tuvo tiempo para recuperar el aliento cuando empezó la cuenta atrás.

Cuando salieron al aire, Maddy presentó a Brad y empezaron el programa. Él hablaba con sequedad y frialdad, y aunque en el transcurso del informativo Maddy tuvo que reconocer que era un hombre inteligente y culto, sus estilos eran tan diferentes que parecían fuera de sincronía, totalmente opuestos el uno al otro. Ella era afable, cálida y campechana, mientras que él era altivo y distante. No había un ápice de la armonía y complicidad que había compartido con Greg, y Maddy no pudo por menos que preguntarse si los índices de audiencia reflejarían ese hecho.

Permanecieron en el plató, conversando, hasta la hora del segundo informativo. Esta vez las cosas salieron un poco mejor, aunque no lo suficiente para impresionar a nadie. En opinión de Maddy, el programa había sido tedioso, y el productor tenía un aspecto ceñudo cuando ella salió del plató. Jack le había mandado decir que tenía una reunión y que le dejaba el coche. Pero a último momento Maddy decidió dar un paseo y tomar un taxi. Era una noche templada y todavía había luz, pero ella tenía la extraña sensación de que alguien la seguía. Se dijo que era una paranoica. Después de un día angustioso, su imaginación se estaba desbordando. Empezó a cuestionar las conclusiones a las que había llegado y se sintió desleal con Jack por las cosas que le había dicho a Bill. Tal vez Jack no fuese culpable de sus acusaciones; había miles de explicaciones para su conducta.

Al bajar del taxi vio dos policías cerca de su casa y un coche sin identificación aparcado junto a la acera. En el camino hacia la puerta, los detuvo y les preguntó qué pasaba.

—Solo estamos echando un vistazo por el barrio —respondieron con una sonrisa.

Pero dos horas después vio que seguían allí, y se lo comentó a Jack cuando volvió, a medianoche.

—Yo también los vi. Por lo visto, uno de nuestros vecinos tiene un problema de seguridad. Dijeron que estarían un rato más por aquí y que no nos preocupásemos. Puede que el juez del supremo, el que vive más abajo, haya recibido una amenaza de muerte. Sea como fuere, el barrio es más seguro con la policía cerca.

Pero luego la riñó por no haber viajado con el chófer y tomado un taxi. Le dijo que quería que usase el coche siempre que saliera.

—No es para tanto. Solo quería dar un paseo —respondió, pero se sintió súbitamente incómoda con él.

Si Jack era como ella pensaba, ni siquiera podía saber cómo hablarle. De inmediato volvió a sentirse culpable. Había sido muy atento al dejarle el coche.

—¿Qué tal ha ido el programa con Brad? —preguntó él mientras se metía en la cama.

Maddy se preguntó si tendría intención de hacerle el amor y se echó a temblar. Solo sabía que no lo deseaba.

—A mí me pareció aburrido —respondió—. No es desagradable, pero tampoco muy ameno. Vi la cinta del informativo de las cinco, y le faltaba vida.

—Pues pónsela tú —replicó con brusquedad, cargando la responsabilidad sobre sus hombros.

Maddy lo miró como si fuese un completo desconocido. Ni siquiera sabía qué decirle. ¿Cuál era la verdad? ¿Jack la maltrataba, o simplemente le gustaba controlar su vida porque la amaba? ¿Qué había hecho de malo? ¿Darle una carrera fabulosa, una casa espectacular, un coche y un chófer para ir al trabajo, ropa bonita, joyas maravillosas, viajes a Europa y un avión privado que ella podía usar para ir de compras a Nueva York cuando le diese la gana? ¿Estaba loca? ¿Por qué si no había imaginado que él la maltrataba? Empezaba a decirse que lo había inventado todo, que había sido una deslealtad pensar siquiera en ello, cuando él apagó la luz y se volvió hacia ella con una extraña expresión en la cara. Sonriéndole, tendió una mano y le acarició un pecho; acto seguido, antes de que ella pudiese detenerlo, la agarró con tanta fuerza que ella gimió y le suplicó que parase.

—¿Por qué? —preguntó él con un dejo cruel y luego rió—. ¿Por qué, pequeña? Dime por qué. ¿No me quieres?

—Te quiero, pero me haces daño... —respondió con lágrimas en los ojos. Él le levantó el camisón, revelando el resto de su cuerpo, y se hundió entre sus piernas, haciéndola gemir de excitación. Era el juego de costumbre: alternar dolor con placer—. Esta noche no quiero hacer el amor —musitó.

Pero él no la escuchó. Cogiéndola por el pelo, le echó la cabeza atrás, le besó el cuello con una sensualidad que la hizo estremecerse de pies a cabeza y luego la penetró con tanta fuerza que Maddy temió que fuese a desgarrarla. Gritó ante sus violentas embestidas, y mientras le clavaba las uñas para obligarlo a detenerse, él se volvió tierno otra vez, de manera que permaneció entre sus brazos, llorando de desesperación, hasta que él se corrió con frenesí.

—Te quiero, pequeña —murmuró en su cuello.

Maddy se preguntó qué significaban esas palabras para Jack y si alguna vez conseguiría escapar de él. Había algo violento y aterrador en sus relaciones sexuales. Eran una forma sutil y familiar de asustarla, aunque ella nunca las había interpretado de esa manera. Sin embargo, ahora sabía que el amor de su marido encerraba un gran peligro.

—Te quiero —repitió él, esta vez con voz somnolienta.

—Yo también —murmuró ella mientras las lágrimas resbalaban por sus mejillas.

Y lo terrible es que era verdad.

9

Aún había dos policías en la puerta cuando Jack y Maddy salieron rumbo el trabajo al día siguiente, y en las oficinas, los controles de seguridad parecían más estrictos que nunca. Pedían identificación a todo el mundo, y Maddy tuvo que pasar tres veces por el detector de metales para convencer a los guardias de que lo que hacía sonar la alarma era su pulsera.

—¿Qué está pasando aquí? —le preguntó a Jack.

—Pura rutina, supongo. Puede que alguien se haya quejado de que nos estábamos descuidando.

Sin dar más relevancia al asunto, Maddy subió a encontrarse con Brad. Habían acordado que se reunirían para trabajar en la presentación. Sus estilos eran tan diferentes que ella había sugerido que ensayasen con el fin de adaptarse el uno al otro. Contrariamente a lo que pensaba Jack, presentar un informativo era algo más que leer las noticias en el *teleprompter*.

Más tarde llamó a Greg para hablarle de la doctora Flowers, pero no lo encontró. Decidió ir a buscar un bocadillo. Hacía una tarde preciosa, y una suave brisa atemperaba el calor característico de los veranos en Washington. Al salir de la cadena, volvió a intuir que la seguían, pero cuando miró atrás no vio nada sospechoso. A su espalda solo vio dos hombres andando, riendo y charlando. En cuanto regresó al despacho recibió una llamada de Bill.

Quería saber cómo estaba y si había tomado una decisión.

—No lo sé —admitió—, puede que me equivoque. Tal vez todo se reduzca a que es un hombre difícil. Sé que parece una locura, pero yo lo quiero y él me quiere a mí.

—Nadie mejor que tú para juzgar la situación —repuso Bill

en voz baja—. Pero después de la charla de la doctora Flowers, no puedo evitar preguntarme si una vez más estás negando la realidad. Quizá deberías llamarla y consultarlo con ella.

—Me dio su tarjeta, y estaba considerando esa posibilidad.

—Llámala.

—Lo haré. Te lo prometo.

Volvió a darle las gracias por las atenciones del día anterior y prometió llamarlo al siguiente para tranquilizarlo. Era un buen hombre, y ella se sentía agradecida por su amistad y su interés.

Durante el resto de la tarde trabajó en los reportajes pendientes, y el informativo de las cinco salió un poco mejor, aunque no demasiado. Le irritaba la torpeza de Brad. Lo que decía era inteligente, pero su forma de expresarse hacía que pareciese un novato. Nunca había trabajado como presentador, y a pesar de su brillantez, le faltaba encanto y carisma.

Maddy seguía molesta con él cuando salió del trabajo. Jack tenía una reunión en la Casa Blanca, de manera que le dejó el coche y le dijo que cerrase bien las puertas cuando llegase a casa, lo que a ella le pareció una tontería. Nunca las dejaba abiertas. Además, con la policía apostada junto a la casa, estaban más seguros que nunca. La tarde era tan agradable que le pidió al chófer que se detuviera antes de llegar y recorrió las últimas manzanas a pie. Era la hora del ocaso, y Maddy se sentía más alegre y tranquila que el día anterior. Estaba pensando en Jack cuando llegó a la última esquina y una mano, aparentemente salida de la nada, la agarró y la empujó hacia unos arbustos. Jamás la habían sujetado con semejante fuerza, aunque no consiguió ver al hombre que la cogía por la espalda y le inmovilizaba los brazos. Gritó, pero él le cubrió la boca con una mano. Luchó como una tigresa y le dio un fuerte puntapié en la espinilla con un pie mientras trataba de mantener el equilibrio con el otro. Continuó debatiéndose, presa del pánico, hasta que ambos trastabillaron y cayeron al suelo. En menos de un segundo él estaba encima, levantándole la falda con una mano y tratando de bajarle las bragas con la otra. Pero dado que necesitaba ambas manos para conseguir lo que deseaba, la boca de Maddy quedó libre, y gritó con todas sus fuerzas. Entonces oyó pasos presurosos, y mientras su atacante terminaba de bajarle las bragas y comenzaba a abrirse la cremallera de los pantalones, alguien lo separó de ella. Prácticamente voló en el aire a causa de la violencia del tirón, y Maddy permaneció en el suelo, jadeando. De repente se vio rodeada de policías y luces, y alguien la ayudó a levantarse. Se arregló la ropa mientras recuperaba el aliento. Tenía el cabello alborotado y la parte trasera de la falda sucia, pero había salido ilesa de la experiencia. Aunque temblaba en los brazos de un agente.

—¿Se encuentra bien, señora Hunter?

—Creo que sí. —Estaban metiendo al agresor en la parte trasera de un furgón, y ella los miró temblando de la cabeza a los pies—. ¿Qué ha pasado?

—Lo hemos atrapado. Sabía que lo haríamos. Solo teníamos que esperar a que asomase la cabeza. Es un pervertido, pero ahora volverá a prisión. No podíamos hacer nada hasta que la atacase.

—¿Lo han estado vigilando? —Maddy estaba atónita. Había dado por sentado que se trataba de una agresión casual.

—Desde que empezó a enviarle cartas.

—¿Cartas? ¿Qué cartas?

—Una al día durante la última semana, según tengo entendido. Su marido informó al teniente.

Maddy asintió, pues no quería parecer tan tonta como se sentía. Se preguntó por qué Jack no se lo había dicho. Lo menos que podría haber hecho era advertirla. De repente recordó lo que sí le había dicho: que saliese siempre en el coche particular y que cerrara las puertas con llave. Pero no le había explicado por qué, de modo que ella se había sentido perfectamente segura andando por el barrio, sin saber que iba directamente hacia los brazos de su acosador.

Seguía alterada cuando llegó Jack, enterado ya de lo sucedido. La policía lo había llamado a la Casa Blanca para comunicarle que habían detenido al agresor.

—¿Te encuentras bien? —preguntó con inquietud.

Hasta había salido de la reunión antes de hora a instancias del presidente, que estaba preocupado por la llamada de la policía y aliviado porque Maddy no había sufrido daños importantes.

—¿Por qué no me advertiste lo que pasaba? —preguntó ella, todavía pálida.

—No quería asustarte —se limitó a responder él.

—¿No crees que tenía derecho a saberlo? Esta noche regresé a casa andando. Así fue como me pilló.

—Te dije que usaras el coche —replicó él con una mezcla de irritación y pesar.

—Por el amor de Dios, Jack, yo no sabía que me perseguían. Deberías habérmelo dicho.

—No me pareció conveniente. La policía te estaba vigilando en casa, y en el trabajo reforzamos las medidas de seguridad.

Eso explicaba por qué durante los dos últimos días Maddy había tenido la sensación de que la seguían. En efecto, lo habían estado haciendo.

—No quiero que tomes decisiones por mí.

—¿Por qué no? —preguntó Jack—. Tú no podrías tomarlas aunque te lo permitiese. Necesitas que te protejan.

—Te lo agradezco —dijo, tratando de parecer agradecida aunque en realidad se sentía asfixiada—, pero soy una mujer adulta. Es justo que decida y escoja por mí misma. Y aunque a ti no te gusten mis decisiones, tengo derecho a tomarlas sola.

—No si son incorrectas. ¿Por qué cargarte con esa responsabilidad? Durante los últimos nueve años yo he tomado todas las decisiones por ti, ¿acaso ha cambiado algo?

—Puede que haya madurado. Eso no significa que no te quiera.

—Yo también te quiero, por eso intento protegerte de tus propias imprudencias.

No estaba dispuesto a admitir que Maddy tenía derecho a por lo menos un mínimo de independencia. Ella trató de razonar con él, de demostrarse que sus temores eran infundados, pero Jack no quería renunciar a su control sobre ella, ni siquiera cuando lo que estaba en juego era su propia vida.

—Eres una mujer hermosa, Mad, pero eso es todo, cariño. Deja que yo piense por ti. Lo único que tienes que hacer tú es leer las noticias y mantenerte guapa.

—No soy una idiota, Jack —replicó ella con furia, todavía afectada por lo que había sucedido esa tarde—. Soy capaz de hacer algo más que peinarme y leer las noticias. Dios santo, ¿de verdad crees que soy tonta?

—Esa es una pregunta tendenciosa —dijo él, sonriendo con desprecio.

Por primera vez desde que lo conocía, Maddy sintió deseos de abofetearlo.

—¡Eso es un insulto!

—Es la verdad. Que yo recuerde, no fuiste a la universidad. De hecho, ni siquiera sé si terminaste el instituto.

Era el colmo: estaba insinuando que Maddy era demasiado mema e ignorante para pensar por sí misma. Lo dijo para humillarla, pero esta vez solo consiguió enfurecerla. No era la primera vez que sugería algo semejante, pero ella nunca se había defendido.

—Eso no evitó que me contratases, ¿no? Ni que consiguieses los mejores índices de audiencia de la cadena.

—Ya te lo he dicho. A la gente le gusta ver caras bonitas. ¿Podemos acostarnos de una vez?

—¿Qué quieres decir? ¿Que estás caliente? ¿Que otra vez sientes «pasión»? Hoy ya me han agredido sexualmente.

—Ten cuidado con lo que dices, Maddy. —Dio un paso hacia ella, que vio furia en sus ojos. Aunque estaba temblando, no retrocedió—. Te estás pasando de la raya —murmuró a escasos centímetros de la cara de Maddy.

—Igual que tú cuando me haces daño.

—Yo no te hago daño. Te gusta y lo deseas.

—Te quiero, pero no me gusta cómo me tratas.

—¿Con quién has estado hablando? ¿Con ese gamberro negro con quien trabajabas? ¿Sabías que antes era bisexual? ¿O es una sorpresa para ti?

Se proponía escandalizarla desacreditando a Greg, pero lo único que consiguió fue enfurecerla.

—Pues sí, lo sabía, y no es asunto mío. Ni tuyo. ¿Por eso lo despediste? Porque si es esa la razón, espero que te demande por discriminación sexual. Te lo merecerías.

—Lo despedí porque ejercía una pésima influencia sobre ti. Corrían rumores sobre vosotros. Te ahorré el mal trago de comentarlo contigo y lo mandé a la calle, que es donde debe estar.

—Es una acusación infame. Sabes que nunca te he engañado.

—Eso dices. Por las dudas, decidí que era conveniente eliminar la tentación.

—¿Por eso contrataste a esa momia engreída que ni siquiera sabe leer las noticias? Usa un *teleprompter* del tamaño de una valla publicitaria. Y va a conseguir que los índices de audiencia caigan en picado.

—Si es así, cariño, tú te irás a la calle junto con él. Así que más te vale que aprenda a expresarse con rapidez. Te conviene ayudarlo como hiciste con tu amiguito negro. Porque si los índices de audiencia bajan, te quedarás sin trabajo y tendrás que ponerte a fregar suelos. No sabes hacer otra cosa, ¿no?

Decía cosas espantosas, sin molestarse ya en fingir amor. Maddy habría querido pegarle.

—¿Por qué me haces esto, Jack? —preguntó.

Estaba llorando, pero a él no parecía importarle. Se acercó y le echó la cabeza atrás tirándole del pelo para asegurarse de que le dedicaba toda su atención.

—Te hago esto, pequeña llorica, porque necesitas recordar quién manda aquí. Parece que lo has olvidado. No quiero volver a oír amenazas ni exigencias. Te diré lo que quiero cuando quiera y si quiero. Y si prefiero callarme algo, no es asunto tuyo. Lo único que tienes que hacer tú es cumplir con tu deber: leer las noticias, preparar un reportaje de vez en cuando y meterte en la cama por las noches sin quejarte de que te hago daño. No sabes lo que es sufrir daños de verdad, y reza para no descubrirlo nunca. Tienes suerte de que me moleste en follarte.

—Eres repugnante —respondió ella, asqueada.

Jack no la respetaba, y era obvio que tampoco la quería. Habría querido decirle que se marchaba, pero tuvo miedo. La policía se había marchado después de apresar al violador. De repente su marido le inspiraba terror, y él lo sabía.

—Estoy harto de escucharte, Mad. Métete en la cama y quédate ahí. Ahora te enterarás de lo que quiero hacer.

Maddy permaneció inmóvil un buen rato, temblando y pensando en decirle que no quería dormir con él, pero intuyó que con eso solo conseguiría empeorar las cosas. Lo que antaño había sido un estilo algo brusco de hacer el amor se había ido convirtiendo en un acto violento desde que ella había desafiado a Jack con su comentario sobre Janet McCutchins. Él la estaba castigando.

Subió al dormitorio sin rechistar y se metió en la cama, rezando para que él no intentara hacerle el amor. Como por milagro, cuando Jack se acostó por fin, no le dirigió la palabra y le dio la espalda. Maddy experimentó un inmenso alivio.

10

Al día siguiente no fueron juntos al trabajo. Jack tenía que llegar temprano, y ella dijo que debía hacer unas cuantas llamadas antes de salir. Él no hizo preguntas. Ninguno de los dos mencionó la discusión de la noche anterior: él no se disculpó, y ella no dijo nada al respecto. Pero en cuanto Jack se hubo marchado, Maddy marcó el número de la consulta de Eugenia Flowers y concertó una cita. La psicóloga la citó para el día siguiente, y Maddy se preguntó cómo soportaría otra noche junto a Jack. Ahora estaba convencida de que debía hacer algo antes de que él le hiciera daño de verdad. Ya no parecía tener bastante con rebajarla y llamarla «escoria»; empezaba a maltratarla de manera ostensible, y ella comenzaba a intuir que los únicos sentimientos que le inspiraba eran odio y desprecio.

En cuanto llegó a la cadena recibió una llamada de Bill.

—¿Cómo van las cosas?

—No muy bien —respondió ella con sinceridad—. La situación empieza a ponerse violenta.

—Y empeorará si no te marchas pronto, Maddy. Ya oíste lo que dijo la doctora Flowers.

—La veré mañana.

A continuación le contó lo sucedido con el hombre que la perseguía. La noticia aparecería en los periódicos vespertinos, y ella debía ir a la comisaría para identificar al agresor.

—Dios mío, Maddy. Podría haberte matado.

—Intentó violarme. Por lo visto, Jack sabía que me perseguía, pero no me advirtió. No cree que yo sea lo bastante lista para tomar decisiones porque no fui a la universidad.

—Eres una de las mujeres más inteligentes que conozco, Maddy. ¿Qué piensas hacer?

—No lo sé. Estoy asustada —admitió—. Tengo miedo de lo que podría ocurrirme si me marcho.

—A mí me preocupa lo que podría ocurrirte si no lo haces. Podría matarte.

—No lo hará. ¿Y si no encuentro otro empleo? ¿Y si tengo que volver a Knoxville? —Parecía presa del pánico. Las peores previsiones se agolpaban en su cabeza.

—No pasará nada de eso. Encontrarás un puesto aún mejor. Knoxville pertenece al pasado, Maddy. Deberías saberlo.

—¿Y si él tiene razón? ¿Si soy demasiado tonta para que me contraten otros? Es verdad que no he estudiado en la universidad.

Jack había conseguido que se sintiera una impostora.

—¿Y qué hay de malo en eso? —Bill se sentía impotente. Ella se negaba a aceptar ayuda—. Eres joven, bonita y brillante. Tu programa tiene los mejores índices de audiencia, Maddy. Aunque Jack estuviese en lo cierto y tuvieras que dedicarte a fregar suelos, siempre estarías mejor que ahora. Te trata como si fueses basura y podría hacerte daño.

—Nunca lo ha hecho.

Eso no era del todo cierto. Aunque no llegaba a los extremos de Bobby Joe, le había dejado una cicatriz en el pezón. Su violencia era más sutil y perversa que la del primer marido de Maddy, pero igualmente perjudicial desde el punto de vista psicológico.

—Creo que la doctora Flowers te dirá lo mismo que yo.

Conversaron durante unos minutos, y Bill la invitó a comer. Pero ella tenía que asistir a la rueda de reconocimiento al mediodía.

A última hora de la tarde la llamó Greg y le dijo lo mismo que Bill.

—Estás jugando con fuego, Mad. Ese hijo de puta está loco y un día de estos te hará mucho daño. No esperes a que llegue ese momento. Tienes que largarte de inmediato.

Sin embargo, Maddy estaba paralizada por las dudas y se sentía incapaz de abandonar a Jack. ¿Y si se enfurecía con ella? ¿Y si de verdad la quería? Después de todo lo que había hecho por ella, no podía dejarlo. Era la relación típica entre la mujer maltratada y el hombre que la maltrata, como le había dicho la doctora Flowers por teléfono, aunque esta también comprendía que el miedo le impedía actuar. La doctora Flowers no la presionaba como Bill y Greg. Sabía que debía esperar hasta que estuviese preparada.

Y Maddy se sintió más tranquila después de hablar con ella. Seguía pensando en esa conversación y en la cita que habían concertado para el día siguiente cuando salió a almorzar. Al regresar a la cadena estaba tan distraída que no vio a la mujer que la miraba desde la acera de enfrente. Joven, bonita, vestida con minifalda y tacones altos, no le quitaba los ojos de encima.

También estaba allí al día siguiente, cuando Maddy salió a comer con Bill. Se encontraron en la puerta de la cadena y fueron al restaurante 701, en Pennsylvania Avenue, sin hacer nada para ocultarse. Ambos trabajaban en la comisión de la primera dama, y Maddy sabía que ni siquiera Jack podía quejarse de que se reuniera con él.

Comieron bien y conversaron sobre una gran variedad de temas. Ella comentó su conversación con la doctora Flowers y le dijo que se había mostrado muy comprensiva.

—Espero que te ayude —dijo Bill con preocupación. Sabía que Maddy estaba en una situación delicada y sentía miedo por ella.

—Yo también. Algo ha cambiado entre Jack y yo —le explicó a Bill, como si intentara explicárselo a sí misma.

Aunque todavía no lo conseguía. En sus relaciones con Jack había una tensión nueva. La doctora Flowers le había dicho que se debía a que él intuía que Maddy empezaba a distanciarse y que haría todo lo posible para recuperar el control sobre ella. Cuanto más independiente y sana fuese la actitud de Maddy, más se disgustaría su marido. La psicóloga le había advertido que tuviese cuidado. Hasta los acosadores no violentos podían cambiar de táctica en cualquier momento, y Maddy había notado esos cambios en Jack con anterioridad.

Ella y Bill hablaron largo y tendido. Él dijo que tenía que ir a Martha's Vineyard la semana siguiente, pero no quería dejarla.

—Te daré mi número de allí antes de marcharme. Si pasa algo, volveré.

Era como si se sintiese responsable de ella, sobre todo ahora que sabía que no tenía ningún amigo aparte de Greg, que se había marchado a trabajar a Nueva York.

—Estaré bien —respondió Maddy. No estaba muy convencida de ello, pero no quería agobiar a Bill con sus problemas.

—Ojalá pudiese creerte. —Estaría fuera dos semanas, durante las cuales se proponía terminar el libro. Además, estaba impaciente por salir a navegar con sus hijos. Era un forofo de la navegación—. Me gustaría que vinieses a visitarnos. Te gustaría. Martha's Vineyard es un lugar precioso.

—Me encantaría. Pensábamos ir a pasar unos días a la granja de Virginia, pero Jack está tan ocupado con sus reuniones con el presidente que últimamente no vamos a ninguna parte. Salvo por el viaje a Europa, claro.

Escuchándola, Bill se preguntó cómo era posible que el propietario de una cadena de televisión y un hombre tan cercano al presidente maltratara a su esposa, y que una mujer de éxito, bien pagada, hermosa e inteligente, se lo permitiese. Tal como había dicho la doctora Flowers, era un azote que afectaba por igual a personas de todas las clases, condiciones y niveles educativos.

—Espero que cuando vuelva hayas hecho algo para salir de esta situación. Estaré preocupado por ti hasta que des ese paso —dijo mirándola con seriedad.

Maddy era tan hermosa, honrada, afectuosa y encantadora que Bill no podía entender cómo era posible que alguien deseara hacerle daño. Disfrutaba con su compañía y empezaba a acostumbrarse a hablar con ella todos los días. Su amistad se estaba convirtiendo en un vínculo muy estrecho.

—Si tu hija viene a visitarte a Washington, me encantaría conocerla —dijo Maddy con dulzura.

—Creo que te caerá bien —respondió Bill con una sonrisa.

Se le antojaba extraño pensar que su hija y Maddy tenían la misma edad, pues sus sentimientos hacia esta última comenzaban a adquirir un cariz diferente. La veía más como mujer que como niña, y en muchos sentidos era más sofisticada que su hija. Maddy había vivido incontables experiencias, no todas agradables. Para él no era una contemporánea de su hija, sino una amiga y compañera.

Eran las tres de la tarde cuando salieron del restaurante. Al llegar a la cadena, Maddy vio a una bonita joven de larga melena oscura en el vestíbulo. La chica la miró a los ojos, y Maddy tuvo la extraña sensación de que la conocía, aunque no sabía de dónde. La joven dio media vuelta, como si hubiera querido ver a Maddy sin que esta la reconociera. En cuanto Maddy subió en el ascensor, la chica preguntó por el despacho de la señora Hunter. El guardia de seguridad la envió a las oficinas de Jack. Esas eran las reglas: todo el que preguntara por la señora Hunter debía pasar previamente por el despacho de Jack, aunque Maddy no lo sabía. Nadie se lo había dicho. Y las personas que iban a verla no se extrañaban. Al fin y al cabo, era un procedimiento de seguridad razonable.

La joven de la minifalda subió en el ascensor hasta las oficinas de Jack, donde una secretaria le preguntó en qué podía servirla.

—Me gustaría ver a la señora Hunter —dijo la chica, que aparentaba poco más de veinte años.

—¿Es un asunto personal o profesional? —preguntó la secretaria mientras escribía una nota.

La joven, que se llamaba Elizabeth Turner, titubeó antes de responder:

—Personal.

—La señora Hunter no puede recibir a nadie hoy. Está demasiado ocupada. Si quiere explicarme el motivo de su visita o dejar una nota, yo me encargaré de transmitirle el mensaje.

La chica pareció decepcionada, pero aceptó el papel que le tendía la secretaria y escribió una nota. Cuando se la entregó a la secretaria, esta la abrió, le echó un vistazo y se puso de pie con súbito nerviosismo.

—¿Le importaría esperar un momento, eh... señorita Turner?

La chica asintió con un gesto y la secretaria desapareció. Menos de un minuto después, le enseñaba la nota a Jack. Él miró el papel y a su secretaria con furia.

—¿Dónde está? ¿Qué diablos hace aquí?

—Está en la recepción, señor Hunter.

—Hágala pasar.

La mente de Jack era un torbellino mientras decidía qué hacer. Esperaba que Maddy no hubiese visto a la joven, aunque daba lo mismo, pues no la reconocería.

Instantes después, la joven entró en el despacho. Jack la miró con expresión fría y distante, pero esbozando una sonrisa cargada de significado. Maddy no sabía absolutamente nada de esa chica.

11

Maddy se escabulló para acudir a su cita con la doctora Flowers. El único que sabía que iba a verla era Bill Alexander. La psicóloga tenía el mismo aire maternal y sereno que el día que se habían conocido en la Casa Blanca.

—¿Cómo está, querida? —dijo con tono afectuoso.

Por teléfono, Maddy le había explicado sucintamente la situación con Jack, pero sin entrar en detalles.

—El otro día aprendí mucho de usted —dijo, sentándose en uno de los cómodos sillones de piel.

Daba la impresión de que el acogedor consultorio había sido amueblado con objetos de segunda mano. Nada combinaba; el tapizado de los sillones estaba ligeramente raído y todos los cuadros parecían pintados por niños. Pero el ambiente pulcro y cálido hizo que Maddy se sintiese sorprendentemente cómoda, como en su casa.

—Soy el producto de una familia conflictiva: mi padre pegaba a mi madre todos los fines de semana, cuando se emborrachaba. Y a los diecisiete años me casé con un hombre que me hizo lo mismo —dijo en respuesta a las preguntas de la doctora sobre su pasado.

—Lamento oír eso, querida. —La doctora Flowers demostraba interés y preocupación, pero su tono maternal contrastaba con sus ojos, que parecían capaces de verlo y entenderlo todo—. Sé cuánto se sufre en esa situación, y no solo físicamente, pues siempre quedan secuelas de otra clase. ¿Cuánto tiempo estuvo casada?

—Nueve años. No abandoné a mi marido hasta después de que me rompiese una pierna y los dos brazos. También tuve seis abortos.

—Doy por sentado que se separó de él. —Sus sabios ojos miraron fijamente a Maddy.

Esta asintió con aire pensativo. El solo hecho de hablar del asunto le traía a la memoria dolorosos recuerdos. Aún podía ver a Bobby Joe con el aspecto que tenía el día que lo había abandonado.

—Escapé. Vivíamos en Knoxville. Jack Hunter me rescató. Compró la cadena de televisión donde yo trabajaba entonces y me ofreció un puesto aquí. Fue a recogerme en una limusina. Y en cuanto llegué aquí, me divorcié de mi marido. Jack y yo nos casamos dos años después, cuando salió la sentencia de divorcio.

La doctora Flowers no estaba interesada únicamente en las palabras: oía mucho más de lo que la gente le decía. Tras cuarenta años de experiencia con mujeres maltratadas, detectaba todas las señales, a veces incluso antes que sus pacientes.

—Hábleme de su actual marido —pidió en voz baja.

—Jack y yo llevamos siete años casados, y él se ha portado bien conmigo. Muy bien. Me ayudó a estabilizarme profesionalmente, y vivimos rodeados de lujos. Yo le debo un trabajo estupendo, y tenemos una casa, un avión, una granja en Virginia que... bueno, en realidad es suya... —Dejó la frase en el aire.

La doctora la miraba con atención. Conocía las respuestas a sus preguntas antes de formularlas.

—¿Tienen hijos?

—Él tiene dos de su matrimonio anterior y no quiso más cuando nos casamos. Lo discutimos con calma, y él decidió... *ambos* decidimos que debía hacerme ligar las trompas.

—¿Y ahora se alegra o se arrepiente de esa decisión?

Era una pregunta directa y merecía una respuesta sincera.

—A veces me arrepiento. Cuando veo un niño pequeño... desearía haber tenido uno. —Súbitamente, sus ojos se llenaron de lágrimas—. Pero supongo que Jack estaba en lo cierto. No tenemos tiempo para hijos.

—El tiempo no tiene nada que ver —dijo en voz baja la doctora Flowers—. Es una cuestión de deseo y necesidad. ¿Siente que *necesita* un hijo, Maddy?

—De vez en cuando, sí. Pero ya es demasiado tarde. Pedí que me cortaran las trompas además de ligármelas, por si acaso. Es una operación irreversible —explicó con voz cargada de tristeza.

—Podría adoptar un niño si su marido estuviese de acuerdo. ¿Lo estaría?

—No sé —respondió Maddy con voz ahogada.

Sus problemas eran mucho más complicados. Por teléfono los había explicado a grandes rasgos.

—¿No sabe si estaría de acuerdo en adoptar un niño? —La doctora parecía sorprendida. No se esperaba esa respuesta de Maddy.

—No; me refería a mi marido. Y a lo que usted dijo el otro día. Se sumó a lo que acababa de decirme un colega. Yo... él pensaba... yo pienso... —Con los ojos anegados en lágrimas, finalmente lo dijo—: Mi marido me maltrata. No me pega como el anterior. Jamás me ha puesto la mano encima. Bueno, hace poco me sacudió, y cuando hacemos el amor es... en fin, bastante brusco, pero no creo que lo haga adrede. Simplemente es muy apasionado.... —Se detuvo y miró a la doctora Flowers a los ojos. Tenía que decirle la verdad—. Antes pensaba que era vehemente, pero no... es cruel y me hace daño. Creo que intencionalmente. Me controla constantemente y toma todas las decisiones por mí. Me llama «escoria», me recuerda que me falta educación y dice que si me despidiese, nadie me contrataría y me quedaría en la calle. No deja que me olvide de que me rescató. No me permite tener amigos; me mantiene aislada. Me miente, me menosprecia y hace que me sienta como un ser insignificante. Me humilla y últimamente me asusta. Se está volviendo cada vez más violento en la cama y me amenaza. Antes no quería reconocerlo, pero es la clase de hombre que usted describió el otro día. —Las lágrimas continuaban deslizándose por sus mejillas mientras hablaba.

—Y usted se lo permite —dijo la doctora Flowers en voz queda—, porque piensa que él tiene razón, que usted se lo merece. Cree que lleva consigo un desagradable secreto, un secreto tan terrible como él dice, y que si no hace exactamente lo que él le ordena, todo el mundo lo descubrirá. —Maddy asintió. Era un alivio oír esas palabras, porque describían sus sentimientos a la perfección—. ¿Y qué piensa hacer ahora que es consciente de lo que ocurre? ¿Quiere seguir con él?

Maddy no tuvo miedo de responder la verdad, por muy absurda que pareciese.

—A veces sí. Lo quiero. Y me parece que él también me quiere. No dejo de pensar que si entendiese lo que me está haciendo, cambiaría de actitud. Tal vez si yo lo amara más, o si pudiese ayudarle a entender que me hiere, él dejaría de comportarse de esa manera. Creo que en el fondo no desea hacerme daño.

—Es posible, pero poco probable —repuso la psicóloga mirándola fijamente. No estaba juzgándola. Simplemente estaba abriendo puertas y ventanas. Deseaba presentarle la situación desde una óptica diferente—. ¿Y si quisiera hacerle daño? ¿Si usted supiera que esa es su intención? ¿Incluso así desearía seguir con él?

—No lo sé... quizá. Me da miedo dejarlo. ¿Y si tiene razón? ¿Y si no consigo encontrar otro trabajo? ¿Y si nadie más me quiere?

La doctora Flowers se maravilló de que esa exquisita criatura pensase que nadie estaría dispuesto a amarla o a darle un empleo. Pero nadie la había querido: ni su primer marido, ni sus padres, ni Jack Hunter. Eso estaba claro. Aunque no era culpa de Maddy, había elegido hombres que solo deseaban hacerle daño. Sin embargo, aún no era consciente de ello. Y la doctora lo sabía.

—Todo me parecía tan sencillo. Cuando dejé a Bobby Joe, pensé que no permitiría que volvieran a maltratarme. Me prometí que nadie me pegaría otra vez. Y Jack no lo hace. Al menos con las manos.

—Pero no es tan sencillo, ¿no? Hay otras formas de maltrato que pueden ser incluso más destructivas, como las que usa él cuando arremete contra su alma y su autoestima. Si se lo permite, la destruirá, Maddy. Es lo que se propone, lo que usted le ha permitido hacer durante siete años. Y si lo desea, puede seguir permitiéndoselo. No es preciso que lo deje. Nadie la obligará a dar ese paso.

—Los dos únicos amigos que tengo insisten en que lo abandone. Dicen que de lo contrario me destruirá.

—Es muy posible. De hecho, casi seguro. Ni siquiera necesita hacerlo personalmente. Con el tiempo, usted lo hará por él. —Era una perspectiva aterradora—. O se marchitará por dentro. Lo que sus amigos sugieren no es inconcebible. ¿Ama lo suficiente a su marido para correr ese riesgo?

—No lo creo... No quiero hacerlo... Pero tengo miedo de dejarlo y después... —reprimió un sollozo— echarlo de menos. Vivimos muy bien. Me gusta estar con él.

—¿Cómo la hace sentir cuando están juntos?

—Importante. Bueno... no... no es verdad. Hace que me sienta tonta y afortunada por estar con él.

—¿Y es usted tonta?

—No. —Maddy rió—. Solo con los hombres de los que me enamoro.

—¿Hay algún otro hombre en estos momentos?

—No... Bueno, no tengo ningún amante. Bill Alexander es un buen amigo... Le conté todo lo que pasaba el día que usted habló ante la comisión.

—¿Y qué opina él?

—Que debería hacer las maletas lo antes posible y marcharme antes de que Jack me haga algo horrible.

—Ya lo ha hecho, Maddy. ¿Y qué me dice de Bill? ¿Está enamorada de él?

—No lo creo. Solo somos buenos amigos.

—¿Su marido lo sabe? —La doctora parecía preocupada.

—No... no lo sabe —respondió con cara de inquietud.

Flowers la miró largamente.

—Ha de recorrer un largo camino para ponerse a salvo, Maddy. E incluso cuando lo haya conseguido, a veces deseará volver atrás. Echará de menos a su marido y las cosas que él le hace sentir. No recordará los malos momentos; solo los buenos. Los hombres que maltratan son muy listos: el veneno que dan es tremendamente potente. Hace que las mujeres deseen más, porque los buenos momentos son fabulosos. Pero los malos son horribles. En cierto modo, es como dejar las drogas, el tabaco o cualquier clase de adicción. Los malos tratos, por terribles que parezcan, crean dependencia.

—Le creo. Estoy tan acostumbrada a Jack que no imagino la vida sin él. Aunque a veces lo único que quiero es huir y ocultarme en algún sitio donde no pueda tocarme.

—Lo que debe hacer, y sé que le parecerá difícil, es armarse de valor para que él no pueda tocarla donde quiera que esté, porque usted se lo impedirá. Ha de salir de usted, porque nadie puede protegerla del todo. Los amigos pueden ocultarla, mantenerlo a distancia, pero siempre cabe la posibilidad de que usted vuelva con él para recibir otra dosis de la droga que le da. Pero es una droga peligrosa, tanto o más que cualquier otra. ¿Se siente lo bastante fuerte para abandonarla?

Maddy asintió con aire pensativo. Eso era lo que necesitaba. Estaba segura. Lo único que necesitaba ahora era coraje.

—Si usted me ayuda... —respondió con lágrimas en los ojos.

—Lo haré. Podría llevar un tiempo; tendrá que tener paciencia consigo misma. Cuando esté preparada, dejará a su marido. Sabrá cuándo ha llegado el momento, cuándo ha tenido suficiente y se siente lo bastante fuerte para dar el paso. Entretanto tendrá que hacer todo lo posible para mantenerse a salvo e impedir que él siga haciéndole daño. Él adivinará lo que pasa, ¿sabe? Los hombres que maltratan a las mujeres son como animales salvajes: tienen los sentidos muy aguzados. Lo que debemos hacer es desarrollar los suyos. Pero si él intuye que su presa se está alejando, tratará de acorralarla, asustándola, volviéndola loca, haciéndole perder la esperanza. La convencerá de que no hay salida, de que usted no será nada sin él. Y una parte de usted le creerá. Pero el resto sabe que no es así. Aférrese a esa idea como pueda. Lo que la salvará será eso: la parte de usted que no desea ser maltratada ni herida ni rebajada. Escuche a esa voz y haga oídos sordos a la otra.

Ni por un instante había dudado que Jack fuese un hombre violento. Lo que había oído la había convencido de ello, y ahora podía ver en los ojos de Maddy cuánto la habían herido. Pero aún podía recuperarse, salvarse; tenía muchas cosas de su parte, y la doctora Flowers sabía que tarde o temprano encontraría el camino. Pero cuando estuviese preparada; no antes. Si no hallaba la salida sola, no le serviría de nada.

—¿Cuánto tiempo cree que tardaremos en conseguir lo que dice? —preguntó Maddy con preocupación.

Bill Alexander le había pedido que dejase a Jack el mismo día que ella le había contado lo que pasaba. Pero aún no podía hacerlo.

—Es difícil hacer cálculos o predicciones. Lo sabrá cuando esté preparada. Podría tardar días, meses o años. Depende de lo asustada que esté y de hasta qué punto está deseando creer en su marido. Le hará muchas promesas, la amenazará, intentará cualquier cosa para retenerla, igual que un traficante que ofrece una droga. En estos momentos, la droga que usted desea es el maltrato. Y cuando trate de dejarla, él se asustará y se volverá más violento.

—Suena fatal —dijo Maddy. Le avergonzaba pensar que era una adicta a los malos tratos, pero era verdad. La teoría parecía lógica y le tocaba una fibra sensible.

—No se avergüence de lo que le pasa. Muchas hemos estado en la misma situación, aunque solo las valientes lo admiten. A otras personas les resulta difícil entender que ame a un hombre que le hace esas cosas. Pero todo se remonta a un pasado muy lejano, a lo que le hicieron creer en su infancia. Al decirle que era inútil, mala e indigna de amor, imprimieron en su subconsciente un poderoso mensaje negativo. Lo que debemos hacer ahora es llenarla de luz y convencerla de que es una persona maravillosa. Y le garantizo una cosa: en cuanto se haya liberado, además de encontrar otro empleo se verá rodeada de hombres buenos y sanos, hombres que se acercarán cuando descubran que la puerta está abierta. Aunque nada de esto le importará hasta que usted lo crea.

Maddy rió ante esa perspectiva atractiva y reconfortante. Ya se sentía mejor. Confiaba plenamente en la capacidad de la doctora Flowers para sacarla del lío en que se encontraba. Y le agradecía que se mostrase dispuesta a ayudarla. Maddy sabía que la psicóloga estaba muy ocupada.

—Quiero que vuelva dentro de unos días para contarme cómo se siente. Para hablarme de usted y de él. Y le daré un número de teléfono donde podrá encontrarme día y noche. Si ocurre algo que la inquiete, si se siente en peligro, o incluso si se siente mal, llámeme. Llevo el móvil conmigo a todas partes.

La doctora era como una línea de ayuda permanente para mujeres maltratadas. Al enterarse, Maddy se sintió aliviada y agradecida.

—Quiero que sepa que no está sola, Maddy. Hay mucha gente dispuesta a ayudarla. Y solo tiene que dar este paso si lo desea.

—Lo deseo —respondió en un murmullo, con menos convicción de la que habrían esperado aquellos que la apoyaban. Pero como de costumbre, era sincera—. Por eso he venido así. Lo que pasa es que no sé cómo hacerlo. No sé cómo librarme de Jack. Una parte de mí cree que no podría vivir sin él.

—Eso es precisamente lo que él quiere que piense. Si lo necesita, podrá hacer lo que desee con usted. En una pareja sana, ninguno de los miembros toma decisiones por el otro, ni le oculta información, ni lo llama «escoria», ni le dice que no será nada si lo abandona. Eso es una forma de maltrato, Maddy. Su marido no necesita arrojarle lejía en la cara ni pegarle con una plancha caliente para maltratarla. No es preciso. Le hace suficiente daño con la boca y la mente, sin necesidad de usar las manos. Son métodos muy eficaces.

Maddy asintió en silencio.

Media hora después se marchó del consultorio y regresó al trabajo. Al entrar en el edificio, no vio a la joven de larga melena negra que estaba otra vez junto a la puerta, mirándola. Y seguía allí a las ocho, esta vez en la acera de enfrente, cuando Maddy subió al coche para volver a casa. Pero Maddy no la vio. Cuando Jack salió unos minutos después y detuvo un taxi, la joven se ocultó para que no la reconociese. Ya se habían dicho todo lo que necesitaban decirse, y la chica sabía que no conseguiría nada de él.

12

Al día siguiente, mientras Maddy y Brad preparaban un reportaje sobre el Comité de Ética del Senado, sonó el teléfono. Maddy levantó el auricular, pero su interlocutor se limitó a escuchar sin decir nada. Por un instante, Maddy se asustó, temiendo que fuese otro acosador o algún loco, pero luego volvió al trabajo y se olvidó del asunto.

Esa noche, en casa, ocurrió lo mismo. Maddy se lo contó a Jack, pero él no le dio importancia y dijo que sería alguien que se había equivocado de número. Bromeó con que Maddy tenía miedo de su propia sombra solo porque un loco la había estado siguiendo. Dada la popularidad de Maddy, a él no le sorprendía que hubiesen intentado atacarla. A casi todas las celebridades les pasaba lo mismo.

—Son gajes del oficio, Mad —dijo con calma—. Tú lees las noticias. Deberías saberlo.

Aunque la situación entre ellos había mejorado un poco, Maddy seguía resentida porque él no le había advertido que la estaban siguiendo. Jack había dicho que ella tenía cosas más importantes en que pensar, y que la seguridad de los profesionales de la cadena era responsabilidad de él. Sin embargo, ella seguía pensando que debía haberla puesto sobre aviso.

El lunes la llamó la secretaria privada de la primera dama para cambiar la fecha de la siguiente reunión. La primera dama debía acompañar al presidente a una cena de gala en Buckingham Palace y quería postergar la reunión para un momento que fuese conveniente para Maddy y los otros once miembros de la comisión. Maddy estaba distraída, revisando su agenda, cuando una joven entró en su despacho. Tenía una lacia melena negra y vestía tejanos y camiseta blanca. Con un aspecto pulcro e impecable, a pesar de sus prendas baratas, la joven parecía muy nerviosa. Maddy alzó la vista y se preguntó quién sería y qué querría. No la había visto antes y supuso que la enviarían de otro departamento de la cadena, o que simplemente era una admiradora en busca de un autógrafo. Maddy observó que no llevaba tarjeta de identificación y que sostenía un cesto con donuts. ¿Habría usado esa estratagema para entrar en el edificio?

—No quiero nada, gracias. —Le sonrió, despidiéndola con un ademán, pero la chica no se movió. Entonces Maddy se asustó. ¿Y si era otra chalada? Quizá estuviera loca y llevara una pistola o un cuchillo. Ahora sabía que todo era posible y pensó en pulsar la alarma que estaba debajo del escritorio, pero no lo hizo. Cubrió el auricular con la mano y preguntó—: ¿Qué quieres?

—Necesito hablar con usted —respondió la joven.

Maddy la miró con desconfianza. Había algo en aquella chica que la ponía nerviosa.

—¿Te importaría esperar fuera? —dijo con firmeza.

La joven salió de mala gana. Maddy dio tres fechas posibles para la reunión a la secretaria de Phyllis Armstrong y esta prometió volver a llamar. En cuanto hubo colgado, Maddy habló por el intercomunicador con la recepcionista del vestíbulo de la planta.

—Hay una jovencita esperándome. No sé qué quiere. ¿Podría preguntárselo y llamarme?

Quizá fuese una de esas pesadas que persiguen a los famosos, o simplemente una admiradora que quería un autógrafo, pero a Maddy le molestaba la facilidad con que había conseguido entrar. Teniendo en cuenta lo que le había sucedido recientemente, era irritante.

Unos segundos después sonó el intercomunicador y Maddy respondió de inmediato.

—Dice que necesita hablar con usted de un asunto personal.

—¿Como cuál? ¿Quiere matarme? Si no le dice de qué se trata, no la recibiré. —Pero mientras pronunciaba esas palabras alzó la vista y vio que la joven estaba en la puerta de su despacho, con cara de determinación—. Mira, aquí no hacemos las cosas de esta manera. No sé qué quieres, pero deberías habérselo explicado a la secretaria antes de entrar. —Lo dijo con firmeza y aparente serenidad, rozando con un dedo el botón de la alarma mientras el corazón le latía con fuerza—. ¿A qué has venido?

—Solo quiero hablar un momento con usted —respondió la chica.

Maddy notó que estaba a punto de echarse a llorar y que los donuts habían desaparecido.

—No sé si puedo ayudarte —respondió Maddy con un titubeo, y de repente se preguntó si la visita tendría algo que ver con alguno de sus reportajes o con la Comisión sobre la Violencia contra las Mujeres. Tal vez la joven esperase más comprensión de ella—. ¿De qué se trata? —preguntó, ablandándose un poco.

—De usted —respondió la chica con un hilo de voz.

Maddy la miró mejor y vio que le temblaban las manos.

—¿Qué tienes que decir sobre mí? —preguntó con cautela. ¿Qué diablos pretendía esa chica? Pero al mirarla experimentó una extraña sensación.

—Creo que usted es mi madre —dijo la joven en un murmullo para que nadie más pudiese oírla.

Maddy dio un respingo, como si la hubiesen abofeteado.

—¿*Qué*? ¿De qué hablas? —Su cara había empalidecido y sus manos, que seguían junto al botón de la alarma, comenzaron a temblar. Por un instante temió que la chica estuviese loca—. Yo no tengo hijos.

—¿Nunca tuvo uno? —Los labios de la joven temblaban y sus ojos comenzaban a llenarse de decepción. Llevaba tres años buscando a su madre e intuía que estaba ante un nuevo callejón sin salida. Ya había encontrado varios—. ¿Nunca dio a luz a una niña? Me llamo Elizabeth Turner, tengo diecinueve años, nací un 15 de mayo en Gatlinburg, Tennessee. Creo que mi madre era de Chattanooga. He hablado con mucha gente y lo único que sé es que ella tenía quince años cuando yo nací. Me parece que se llamaba Madeleine Beaumont, pero no estoy segura. Una de las personas con las que hablé me dijo que me parezco mucho a ella.

Maddy la miraba con incredulidad, pero apartó lentamente la mano del botón de la alarma y la puso sobre la mesa.

—¿Qué te hace pensar que yo soy esa persona? —preguntó con tono inexpresivo.

—No lo sé. Sé que usted procede de Tennessee. Lo leí en una entrevista. Se llama Maddy, y yo... no sé... pensé que me parecía un poco a usted. Sé que parece una locura. —Por sus mejillas resbalaban lágrimas causadas por la tensión del encuentro y el miedo a otra decepción—. Tal vez simplemente quería que usted fuese mi madre. La he visto muchas veces por la tele y me cae bien.

Se hizo un largo y agobiante silencio mientras Maddy se preguntaba qué hacer. Sus ojos no se apartaron de los de la joven, y mientras la miraba tuvo la sensación de que en su interior caían lentamente los muros con que había rodeado lugares que no había visitado en muchos años y sentimientos que no deseaba volver a experimentar. Habría preferido no vivir esa situación, pero la estaba viviendo y no podía hacer nada al respecto. Aunque podía ponerle fin. Podía decirle a la joven que no era la Madeleine Beaumont que buscaba, que aunque su apellido de soltera era Beaumont, Tennessee estaba lleno de personas con ese nombre. Podía decirle que jamás había pisado Gatlinburg, que lamentaba lo que le pasaba y le deseaba suerte. Podía decirle todo lo necesario para librarse de ella y no verla nunca más, pero mientras la contemplaba supo que no podía hacerle algo así.

Se levantó y cerró la puerta del despacho. Permaneció de pie mirando a la joven que decía ser la hija que había entregado en adopción a los quince años y que no esperaba volver a ver. La niña por la que había llorado durante años y en quien ya no se permitía pensar. La niña de la que nunca había hablado a Jack. Él solo estaba al tanto de sus abortos.

—¿Cómo sabes que eres quien dices ser? —preguntó Maddy con voz ronca, cargada de tristeza, miedo y el doloroso recuerdo del trance de renunciar a una hija.

No había visto a la niña después del parto y solo la había cogido en brazos una vez. Pero esa joven podía ser cualquiera: la hija de una enfermera del hospital o de una vecina que deseaba chantajearla y sacarle dinero. Muy pocas personas conocían lo sucedido, y Maddy se alegraba de que nunca la hubieran traicionado. Esa perspectiva la había mantenido en ascuas durante años.

—Tengo mi partida de nacimiento —respondió la joven, sacando del bolso un papel doblado y ajado.

Se lo entregó junto con una fotografía de bebé, que Maddy observó con muda angustia. Era la misma foto que le habían dado a ella: había sido tomada en el hospital y mostraba a una recién nacida de carita roja envuelta en una mantilla rosa. Maddy la había llevado en la cartera durante años, pero al final la había tirado por temor a que Jack la encontrase. Bobby Joe lo sabía, pero nunca se había preocupado por aquel asunto. Muchas de sus amigas habían quedado embarazadas y entregado a sus hijos en adopción. Algunas habían tenido hijos siendo aún más jóvenes que Maddy. Pero en los años subsiguientes, ese incidente se había convertido en el mayor secreto de Maddy.

—Esta criatura podría ser cualquiera —dijo Maddy con frialdad—. O podrían haberte dado la foto en el hospital. No prueba nada.

—Si usted cree que existe alguna posibilidad de que sea hija suya, podríamos hacernos análisis de sangre —propuso la joven con sensatez.

Maddy se conmovió. La chica había demostrado valor, y ella no estaba facilitándole las cosas. Sin embargo, esa joven podía destrozarle la vida, obligarla a afrontar algo que había dejado atrás y ni siquiera se atrevía a recordar. ¿Cómo iba a decírselo a Jack?

—¿Por qué no te sientas? —ofreció Maddy, sentándose junto a ella y mirándola.

Habría querido tender la mano y tocarla. Había conocido al padre de la chica en el instituto, donde él cursaba entonces el último curso. No se conocían muy bien, pero a ella le gustaba y habían salido un par de veces durante una de sus rupturas con Bobby Joe. El chico había muerto en un accidente de automóvil tres semanas después del parto. Ella nunca le había revelado el nombre del padre a Bobby Joe, y a él no le importaba demasiado. Le había pegado un par de veces por eso cuando ya estaban casados, pero había sido una excusa más para maltratarla.

—¿Cómo has llegado aquí, Elizabeth? —Pronunció su nombre con cautela, como si ese solo hecho pudiera comprometerla a un destino que no estaba preparada para afrontar—. ¿Dónde vives?

—En Memphis. He venido en autocar. He trabajado desde los doce años para ahorrar dinero y hacer esto. Siempre quise encontrar a mi verdadera madre. También traté de hallar a mi padre, pero no he conseguido averiguar nada sobre él. —Todavía no sabía cuál era la respuesta de Maddy, y se la veía muy nerviosa.

—Tu padre murió —dijo Maddy en voz baja—, tres semanas después de que tú nacieras. Era un chico guapo, y tú tienes un ligero aire a él.

Pero se parecía mucho más a su madre: Maddy tuvo que reconocer que sus rasgos y el color de la piel y el pelo eran los mismos. Aunque hubiera querido, le habría resultado difícil negarlo. Maddy no pudo evitar preguntarse cómo presentarían la historia en la prensa sensacionalista.

—¿Usted cómo lo sabe?

Elizabeth parecía confundida. Era una chica lista, pero al igual que Maddy, estaba abrumada por la situación. Ninguna de las dos pensaba con claridad.

Maddy la miró largamente: su deseo secreto se había hecho realidad, pero no sabía si se convertiría en una pesadilla, si la traicionarían o si esa joven era una impostora, aunque parecía improbable. Fue a hablar, pero un sollozo escapó antes que las palabras y rodeó con sus brazos a la chica. Solo al cabo de un rato pudo pronunciar unas palabras que no había soñado con decir en toda su vida:

—Yo soy tu madre.

Elizabeth soltó una exclamación ahogada, se cubrió la boca con la mano, miró a Maddy con los ojos anegados en lágrimas y la abrazó con fuerza. Permanecieron largo rato así, abrazadas y llorando.

—Ay, Dios mío... Dios mío... No estaba segura de que fuese usted... solo quería preguntárselo... Dios mío...

Continuaron fundidas en un abrazo, meciéndose, hasta que se apartaron y se limitaron a mirarse tomadas de la mano. Los ojos de Elizabeth sonreían, pero Maddy aún estaba demasiado conmocionada para saber qué pensaba. Lo único que sabía era que, más allá del milagro del tiempo y las circunstancias, se habían reencontrado. Y no tenía idea de qué iba a hacer. A pesar de los años transcurridos, este era el principio.

—¿Dónde están tus padres adoptivos? —preguntó por fin.

Lo único que le habían dicho de ellos era que vivían en Tennessee, que no tenían otros hijos y que tenían unos buenos ingresos. No sabía nada más de ellos. En aquellos tiempos los expedientes eran confidenciales y ambas partes recibían una información mínima para que no pudieran buscarse en el futuro. Con los años, cuando la normativa de la adopción cambió, Maddy no intentó encontrar el paradero de su hija. Supuso que era demasiado tarde y que le convenía dejar atrás aquel episodio de su vida en lugar de aferrarse a él. Pero su hija estaba a su lado.

—Prácticamente no los conocí —explicó Elizabeth enjugándose las lágrimas, sin soltar la mano de su madre—. Murieron en un accidente de tren cuando yo tenía un año, y luego estuve en un orfanato de Knoxville hasta los cinco. —Maddy se sintió desfallecer al saber que la niña había vivido en Knoxville mientras ella estaba casada con Bobby Joe y que, si hubiese querido, habría podido recuperarla. Pero ella no sabía dónde estaba su hija—. A partir de ese momento me crié con familias de acogida. Algunas eran agradables; otras, horrorosas. Me trasladaron de un punto a otro del estado; nunca estuve más de seis meses en una casa. De hecho, no deseaba seguir en ninguna. Siempre me sentía como una intrusa, y algunas personas eran crueles conmigo, de modo que casi siempre me alegraba de marcharme.

—¿No volvieron a adoptarte?

Ante la mirada horrorizada de Maddy, Elizabeth negó con la cabeza.

—Supongo que por eso deseaba encontrarte. Estuvieron a punto de adoptarme un par de veces, pero mis padres de acogida siempre llegaban a la conclusión de que salía muy caro. Tenían hijos propios y no podían permitirse mantener a otra. Me mantengo en contacto con algunos, sobre todo con los últimos. Tienen cinco hijos y se portaron bien conmigo. Todos son varones, y estuve a punto de casarme con el mayor, pero no lo hice porque me pareció que sería como casarme con un hermano. Ahora vivo sola en Memphis, estudio en el instituto municipal y trabajo de camarera. Cuando termine mis estudios me iré a Nashville y buscaré un puesto de cantante en un club nocturno. —Tenía el mismo espíritu de supervivencia de su madre.

—¿Cantas? —preguntó Maddy con asombro, deseando saberlo todo de ella.

Le dolía pensar en los orfanatos y las familias de acogida, en el hecho de que su hija nunca hubiera tenido unos padres de verdad. Sin embargo, si las apariencias no la engañaban, Elizabeth había superado milagrosamente esas carencias. Era una joven encantadora, y mientras la miraba notó que ambas habían cruzado las piernas en el mismo momento y de la misma manera.

—Me gusta cantar y creo que tengo buena voz. Al menos es lo que me dice la gente.

—Entonces es imposible que seas hija mía —dijo Maddy sonriendo, aunque sus ojos volvieron a llenarse de lágrimas. Sentía una emoción abrumadora mientras sujetaba la mano de su hija. Para variar, casi como por milagro, nadie las interrumpió. Era una mañana particularmente tranquila—. ¿Qué otras cosas te gustan?

—Me gustan los caballos. Puedo montar cualquier animal de cuatro patas. Pero detesto las vacas. Una de mis familias de acogida tenía una granja. Juré que jamás me casaría con un granjero. —Las dos rieron—. Me gustan los niños. Me escribo con casi todos mis hermanos adoptivos. La mayoría eran buenos chicos. Me gusta Washington. Me gusta verte por la tele... —añadió con una sonrisa—. Me gusta la ropa... me gustan los chicos... me gusta la playa...

—Te quiero —dijo impulsivamente Maddy, aunque ni siquiera la conocía—. También te quería cuando te tuve, pero no podía hacerme cargo de ti. Tenía quince años y mis padres no me dejaron quedarme contigo. Siempre me he preguntado dónde estabas, si estarías bien y si te querrían. Traté de convencerme de que las personas que te habían adoptado eran maravillosas y te adoraban.

Le destrozaba el corazón saber que no había sido así y que la niña había vivido entre hogares de acogida e instituciones del estado.

—¿Tienes hijos? —quiso saber Elizabeth.

Era una pregunta lógica. Maddy negó en silencio y con tristeza. Pero ahora tenía una hija. Y esta vez no la perdería. Ya había tomado una decisión.

—No. Nunca tuve hijos, y ya no puedo tenerlos. —Elizabeth no preguntó por qué. Era consciente de que prácticamente no se conocían. Habida cuenta del turbulento pasado de la joven, Maddy se sorprendió de lo amable, cortés y educada que parecía—. ¿Te gusta leer?

—Me encanta —respondió Elizabeth.

Otro rasgo heredado de Maddy, junto con la perseverancia, el valor y la determinación para alcanzar sus objetivos. No había cejado en su empeño de encontrar a su madre. Era lo que siempre había deseado.

—¿Cuántos años tienes? —preguntó para cerciorarse de que había calculado bien la edad de Maddy. No estaba segura de si tenía quince o dieciséis años cuando la había entregado en adopción.

—Treinta y cuatro. —Más que madre e hija, parecían hermanas—. Estoy casada con el propietario de esta cadena. Se llama Jack Hunter.

Era una información elemental, pero Elizabeth la sorprendió con su respuesta:

—Lo sé. Lo conocí la semana pasada en su despacho.

—¿Qué? ¿Cómo has dicho? —A Maddy le pareció imposible.

—Pregunté por ti en el vestíbulo, pero no me dejaron verte. Me enviaron a sus oficinas. Hablé con su secretaria y te escribí una nota diciendo que quería saber si eras mi madre. La secretaria se la llevó a tu marido y luego me hizo pasar a su despacho. —Contó todo esto con inocencia, como si fuese una secuencia de hechos completamente lógica. Y en cierto modo lo era. Salvo por el hecho de que Jack no le había comentado nada a su mujer.

—¿Y qué pasó entonces? —preguntó Maddy. El corazón volvía a latirle con furia, igual que cuando Elizabeth le había dicho que era su hija—. ¿Qué te dijo Jack?

—Me dijo que estaba equivocada, que tú nunca habías tenido hijos. Creo que pensó que era una impostora y que quería chantajearte o algo por el estilo. Me ordenó que me marchara y que no volviese nunca. Le enseñé la partida de nacimiento y mi foto. Temí que no me las devolviera, pero lo hizo. Me dijo que Beaumont no era tu apellido de soltera, pero yo sabía que mentía y supuse que lo hacía para protegerte. Después se me ocurrió pensar que quizá no le hubieras hablado de mi existencia.

—Nunca lo hice —admitió Maddy con franqueza—. Tuve miedo. Jack ha sido muy bueno conmigo. Me sacó de Knoxville hace nueve años y pagó mi divorcio. Me convirtió en lo que soy. Temía que no se lo tomara bien, así que jamás le hablé de ti.

Pero ahora lo sabía todo, y no le había dicho ni una palabra al respecto. Se preguntó si pensaba que era un engaño y no quería preocuparla, o si se reservaba esa información para utilizarla como arma. Dado lo que había llegado a pensar de él recientemente, la segunda posibilidad se le antojó más verosímil. Sin duda se proponía usar lo que sabía en el momento en que pudiese hacerle más daño. De inmediato, Maddy se sintió culpable por sus pensamientos.

—Bueno, ahora lo sabe —dijo con un suspiro. Miró a la joven a los ojos—. ¿Qué piensas hacer con respecto a esto?

—Supongo que nada —respondió Elizabeth con pragmatismo—. No quiero nada de ti. Solo deseaba encontrarte y conocerte. Mañana volveré a Memphis. Me dieron una semana de excedencia en el trabajo, pero ya tengo que volver.

—¿Eso es todo? —A Maddy le sorprendió que esperase tan poca cosa de ella—. Me gustaría volver a verte para llegar a conocerte, Elizabeth. Tal vez podría visitarte en Memphis.

—Me encantaría. Podrías alojarte conmigo, aunque dudo que quieras hacerlo. —Sonrió con timidez—. Vivo en una pensión, en un cuarto pequeño y apestoso. Me gasto todo el dinero en estudios y en... bueno, en buscarte. Supongo que ahora tendré menos gastos.

—Podríamos ir a un hotel.

Los ojos de la joven se iluminaron y Maddy se conmovió. No parecía tener grandes expectativas.

—No le contaré esto a nadie —dijo Elizabeth con timidez—. Solo a mi casera, a mi jefe y a una de mis madres de acogida, si a ti te parece bien. Aunque si no quieres, no se lo diré a nadie. No me gustaría crearte problemas.

Elizabeth no era del todo consciente de las consecuencias que podría tener para Maddy semejante revelación pública.

—Es todo un detalle de tu parte, Elizabeth, pero todavía no sé qué voy a hacer al respecto. Tengo que pensarlo y discutirlo con mi marido.

—No creo que él se lo tome bien. —Maddy tampoco lo creía—. No me recibió muy bien. Supongo que fue una gran sorpresa para él.

—Sí, yo diría que sí. —Sonrió. También para ella había sido una conmoción, pero ahora estaba contenta. Súbitamente, tener una hija resultaba emocionante. Era el fin de un misterio, la cicatrización de una antigua herida a la que se había resignado durante años, pero que siempre había estado allí. Y ahora le parecía una bendición sin par—. Se acostumbrará a la idea. Todos lo haremos.

Luego Maddy la invitó a comer. Elizabeth aceptó encantada y le pidió que la llamase «Lizzie». Fueron a una cafetería que estaba a la vuelta de la esquina, y en el camino Maddy le rodeó los hombros con un brazo. Mientras tomaban un bocadillo triple y una hamburguesa, Lizzie habló de todos los aspectos de su vida — sus amigos, sus temores, sus alegrías— y le hizo un millón de preguntas a Maddy. Era la reunión con la que la joven siempre había soñado y con la que Maddy nunca se había atrevido a soñar.

Regresaron a las tres de la tarde, después de que Maddy le diera sus números de teléfono y de fax y le prometiera llamarla a menudo. En cuanto aclarara las cosas con Jack, quería invitarla a pasar un fin de semana en Virginia. Cuando le dijo que le enviaría un avión, Lizzie abrió los ojos como platos.

—¿Tenéis un avión privado?

—Bueno, es de Jack.

—¡Guau! Mi madre es una estrella de la tele y mi padre tiene un avión particular. ¡Qué pasada!

—Él no es exactamente tu padre —corrigió Maddy con dulzura, sabiendo que Jack no querría comportarse como tal. Si no estaba a gusto con sus propios hijos, ¡cuánto menos lo estaría con la hija ilegítima de Maddy!—. Pero es un buen hombre.

Mientras pronunciaba estas palabras supo que mentía. Pero habría sido demasiado complicado explicarle que era infeliz y que estaba haciendo terapia para reunir el valor de dejar a su marido. Esperaba que Elizabeth nunca hubiera sufrido malos tratos. No había mencionado nada parecido durante la comida, y a pesar de no haber tenido un auténtico hogar, se la veía sorprendentemente equilibrada. Por mucho que le pesara pensar en ello, Maddy se preguntó si Lizzie no había corrido mejor suerte lejos de ella que viendo cómo Bobby Joe la arrojaba por la escalera o cómo Jack la insultaba. Pero no usaría eso como excusa para desentenderse de ella, pues se sentía culpable por las cosas que no había hecho por su hija. Se estremeció de solo pensar en esa palabra: una hija. Tenía una hija.

Se despidieron con un beso y un largo abrazo. Maddy la miró con una sonrisa y le dijo con ternura:

—Gracias por encontrarme, Lizzie. Todavía no te merezco, pero me alegro mucho de haberte conocido.

—Gracias a ti, mamá —murmuró ella, y ambas se enjugaron las lágrimas.

Maddy la miró mientras se alejaba. Sabía que ninguna de las dos olvidaría ese momento, y durante el resto del día se sintió en las nubes. Seguía distraída cuando la llamó Bill Alexander.

—¿Tienes novedades? —preguntó con naturalidad.

Maddy rió.

—No me creerías si te las contara.

—Eso suena misterioso. ¿Ha ocurrido algo importante? —Se preguntó si le respondería que había abandonado a su marido, pero comenzaba a darse cuenta de que aún no estaba preparada para dar ese paso.

—Te lo contaré cuando nos veamos. Es una larga historia.

—Estoy impaciente por oírla. ¿Qué tal te va con tu nuevo compañero de programa?

—Las cosas mejoran lentamente. No es mal tipo, pero de momento me siento como si bailara con un rinoceronte. No hacemos una buena pareja.

Estaba esperando que los índices de audiencia bajasen. Ya habían recibido centenares de cartas de televidentes que se quejaban por la desaparición de Greg Morris, y se preguntaba qué haría Jack cuando las leyera.

—Con el tiempo os adaptaréis el uno al otro. Supongo que es algo parecido a lo que pasa en los matrimonios.

—Es posible —respondió sin convicción. Brad Newbury era inteligente, pero no formaban un buen dúo y era inevitable que los espectadores lo notasen.

—¿Qué te parece si comemos juntos mañana? —preguntó Bill. Seguía preocupado por Maddy, y después de todo lo que le había contado, quería asegurarse de que estaba bien. Además, le gustaba.

—Me encantaría —respondió ella sin dudarlo.

—Así me contarás tu larga historia. Me muero por oírla.

Escogieron un sitio, y Maddy colgó el auricular sonriendo para sí. Poco después entró en la sala de peluquería y maquillaje.

Los informativos salieron bastante bien, y al final de la jornada Maddy se encontró con Jack en el vestíbulo. Él estaba hablando por el teléfono móvil y continuó la conversación en el coche, durante la mayor parte del trayecto a casa. Cuando por fin colgó, Maddy no le dijo nada.

—Esta noche estás muy seria —comentó él con indiferencia.

No sabía que Maddy se había encontrado con Lizzie, y ella no le dijo nada al respecto durante el trayecto.

—¿Ha pasado algo especial hoy? —preguntó él con naturalidad mientras buscaba algo para comer en la cocina.

Con Maddy, el silencio solía ser un indicio de que estaba reservándose algo importante. Ella lo miró y asintió. Hacía rato que buscaba las palabras apropiadas para decírselo, pero de repente decidió soltárselo sin preámbulos:

—¿Por qué no me dijiste que habías recibido una visita de mi hija? —preguntó mirándolo fijamente a los ojos, y vio aparecer en ellos algo frío y duro, una brasa rápidamente avivada por la furia.

—¿Y tú por qué no me dijiste que tenías una hija? —replicó él con la misma brusquedad—. Me pregunto cuántos secretos más me escondes, Mad. Este es bastante grande. —Se sentó junto al mármol de la cocina con una botella de vino y se sirvió una copa, pero no le ofreció otra a ella.

—Debería habértelo dicho, pero no quería que nadie lo supiera. Sucedió diez años antes de conocerte, y quería dejarlo atrás. —Como de costumbre, era sincera con él. Hasta el momento, su única falta había sido por omisión.

—Es curioso, a veces las cosas vuelven para golpearnos cuando menos lo esperamos, ¿no? Tú creías que te habías librado de esa cría, y ella reaparece de repente como una moneda falsa.

Le dolió oírle hablar de esa manera. Lizzie era una chica estupenda, y Maddy se sentía obligada a defenderla.

—No hables así de ella, Jack. Es una buena chica. No tiene la culpa de que la tuviera a los quince años y la diera en adopción. Parece una buena persona.

—¿Cómo diablos lo sabes? —le espetó con furia, y Maddy vio fuego en sus ojos—. Podría hablar con el *Enquirer* esta misma noche. Puede que mañana la veas en televisión, hablando de la mamá famosa que la abandonó. Lo hace mucha gente. Por Dios, ni siquiera sabes si es tu verdadera hija. Podría ser una impostora. Podría ser muchas cosas, igual que su madre.

Era el peor de los insultos: Jack sugería que Lizzie era «mala como su madre». Maddy cogió el dardo al vuelo y pensó en la doctora Flowers. Era la clase de maltrato de la que habían hablado: sutil, perverso, degradante.

—Se parece mucho a mí, Jack. Es imposible negarlo —respondió con serenidad, pasando por alto su comentario insidioso para centrarse en los hechos.

—¡Por favor! ¡Cualquier campesina de Tennessee se parece a ti! ¿Crees que la combinación de pelo negro y ojos azules es muy original? Todas se parecen a ti, Maddy. No eres especial.

Ella hizo caso omiso también de esa pulla.

—Me gustaría saber por qué no me dijiste que la habías visto. ¿Para cuándo te reservabas esa información? —Para el momento en que más le doliera, supuso; para cuando pudiera conmocionarla y destruirla.

—Trataba de protegerte de una presunta chantajista. Pensaba investigarla antes de decírtelo.

Sonaba razonable, caballeresco, pero Maddy lo conocía mejor.

—Fue un detalle de tu parte. Te lo agradezco. Pero preferiría haberme enterado de inmediato.

—Lo recordaré la próxima vez que se presente uno de tus bastardos. A propósito, ¿cuántos hay?

Maddy no se molestó en dignificar la pregunta con una respuesta.

—Fue bonito verla. Es una chica encantadora —musitó con aire triste y nostálgico.

—¿Qué quería? ¿Dinero?

—Solo quería conocerme. Lleva tres años buscándome. Yo me he pasado la vida pensando en ella.

—Qué conmovedor. Volverá, te lo garantizo. Y no será una

bonita historia —dijo con cinismo mientras se servía otra copa de vino y miraba a Maddy con furia.

—Es posible. Es humano. Estas cosas pasan.

—No a la buena gente, Mad —repuso él, regodeándose en las heridas que infligía con sus palabras—. A las mujeres buenas no les pasan estas cosas. No tienen hijos a los quince años, ni los dejan en el peldaño de una iglesia como si fuesen basura.

Maddy se sintió profundamente herida.

—No fue así como ocurrió. ¿Quieres escuchar la historia completa? —Se lo debía. Era su marido, y se sentía culpable por no haberle dicho nada.

—No, no me interesa. Solo quiero saber qué vamos a hacer cuando se divulgue la noticia y quedes como una puta en la televisión. Tengo que preocuparme por el programa y por la cadena.

—Yo creo que la gente lo entenderá. —Intentaba mantener su dignidad, al menos exteriormente, pero Jack ya había conseguido lo que se proponía. A Maddy le dolía el alma ante el cuadro que él estaba pintando de ella—. Por Dios; no es una asesina. Y yo tampoco.

—No. Solo una puta. Y escoria. Nunca me equivoqué, ¿no?

—¿Cómo puedes decirme esas cosas? —preguntó mirándolo con profunda tristeza, pero no lo conmovió. Él quería hacerla sufrir—. ¿No te das cuenta del daño que me haces?

—Es lógico. No puedes estar orgullosa de ti misma; de lo contrario, estarías loca. Aunque puede que lo estés, Mad. Me mentiste a mí y abandonaste a la niña. ¿Bobby Joe lo sabía?

—Sí, lo sabía —respondió con franqueza.

—Puede que por eso te moliera a palos. Eso lo explica todo. No mencionaste ese episodio cuando viniste lloriqueando a mí. Ahora no sé si debo culparlo por lo que hizo.

—¡Tonterías! —exclamó Maddy—. Da igual lo que hiciera; no merecía que me tratara de esa manera, y tampoco merezco nada parecido ahora. Estás siendo injusto, y lo sabes.

—Mentirme sobre tu hija también fue injusto. ¿Cómo crees que me siento? Eres una fulana, Mad, una puta barata. Joder, seguro que a los doce años follabas ya con cualquiera. Esto hace que me pregunte quién eres ahora. Tengo la impresión de que no te conozco.

—Me ofendes. —Encima, Jack se había salido por la tangente y había eludido su pregunta—. Tenía quince años y cometí un error, pero fue un trance espantoso para mí. Fue la experiencia más triste y dolorosa de mi vida. No sufrí tanto ni siquiera con los golpes de Bobby Joe. Cuando la dejé, se me rompió el corazón.

—Díselo a ella, no a mí. Puede que acepte un cheque a cambio. Pero no uses mi dinero; te estaré vigilando.

—Jamás he usado tu dinero para nada —gritó Maddy—. Pago todo con el mío —añadió con orgullo.

—Y una mierda. ¿Quién crees que te paga el sueldo? Ese dinero también es mío —dijo Jack con petulancia.

—Me lo gano.

—De eso, nada. Eres la presentadora más supervalorada de la televisión.

—No, ese es Brad, que conseguirá que nuestros informativos se vayan al garete. Y estoy deseando verlo.

—Pues tú desaparecerás con ellos. De hecho, teniendo en cuenta tu comportamiento de los últimos tiempos y la forma en que me tratas, diría que tienes los días contados. No pienso seguir soportándote. ¿Por qué iba a hacerlo? Puedo echarte de aquí cuando me venga en gana. No pienso pasarme la vida sentado tranquilamente viendo cómo me mientes, me robas y te aprovechas de mí. Dios mío, no puedo creer que abuses de mí de esta manera.

Maddy se quedó estupefacta. Era él quien la maltrataba, pero se estaba haciendo la víctima. Sin embargo, la doctora Flowers le había advertido que era una estratagema habitual y eficaz. A pesar de lo que sabía y sentía, Maddy se sintió culpable y se puso a la defensiva.

—Y dejemos las cosas claras desde ya: no se te ocurra traer a esa cría aquí. Seguramente es una puta, igual que su madre.

—¡Es mi hija! —gritó Maddy, totalmente frustrada—. Tengo derecho a verla si quiero. Y yo vivo aquí.

—Solo mientras yo te lo permita, no lo olvides. —Tras estas palabras se levantó y salió de la habitación.

Maddy permaneció inmóvil, jadeando. Cuando oyó los pasos de Jack en la planta alta, cerró la puerta de la cocina y llamó a la doctora Flowers. Se lo contó todo: que había encontrado a Lizzie, que Jack no le había dicho que la estaba buscando y que estaba furioso porque ella le había mentido.

—¿Y cómo se siente en este momento, Maddy? Responda con sinceridad. Piénselo.

—Me siento culpable. Debería habérselo dicho. Y no debí abandonar a la niña.

—¿Cree que las cosas que le dice su marido son ciertas?

—Algunas sí.

—¿Por qué? Si él acudiese a usted con una historia parecida, ¿no lo perdonaría?

—Sí —respondió ella—. Creo que lo comprendería.

—¿Y qué dice de él el hecho de que no haga lo mismo por usted?

—Que es un mal bicho —respondió Maddy, mirando alrededor.

—Es una forma de describirlo. Pero usted no es un mal bicho. Esa es la cuestión. Usted es una buena persona a quien le ocurrió algo muy triste: tener que entregar un hijo en adopción es una de las cosas más terribles que puede pasarle a una mujer. ¿Podrá perdonarse por ello?

—Quizá. Con el tiempo.

—¿Y qué me dice de las cosas que le ha dicho Jack? ¿Cree que las merece?

—No.

—Piense en lo que eso refleja de él. Escuche lo que dice sobre usted, Maddy. Nada de ello es verdad, pero todo está destinado a herirla. Lo consigue, y no la culpo.

En ese momento Maddy oyó pasos en el salón y le dijo a la doctora que tenía que colgar. Pero la conversación la había ayudado a poner las cosas en perspectiva. Un instante después se abrió la puerta y Jack entró en la cocina con cara de desconfianza.

—¿Con quién hablabas? ¿Con tu amante?

—No tengo ningún amante, Jack, y tú lo sabes.

—¿Quién era entonces?

—Un amigo.

—Tú no tienes amigos. No le caes bien a nadie. ¿Era ese negro maricón a quien tanto quieres? —Maddy dio un respingo, pero no respondió—. Más vale que no le cuentes esto a nadie. No quiero que hundas mi programa. Si comentas una sola palabra, te mataré. ¿Entendido?

—Entendido —respondió ella con los ojos llenos de lágrimas.

Durante la última hora Jack le había dicho tantas cosas horribles que ya no sabía cuál le dolía más. Todas eran desgarradoras.

Esperó a que se marchase de la habitación para marcar el número del hotel donde se alojaba Lizzie. Sabía que seguiría en la ciudad hasta la mañana siguiente.

Llamaron a su habitación, y unos segundos después Lizzie

contestó. Estaba tendida en la cama, pensando en Maddy. La había visto en las noticias y no podía dejar de sonreír.

—Maddy... quiero decir, mamá... quiero decir...

—Mamá está bien. —Maddy sonrió al oír la voz ahora familiar y cayó en la cuenta de que se parecía a la suya—. Solo llamaba para decirte que te quiero.

—Yo también te quiero, mamá. Dios, suena bien, ¿no?

Las lágrimas se deslizaban por las mejillas de Maddy cuando respondió:

—Ya lo creo, cariño. Te llamaré a Memphis. Que tengas buen viaje.

Ahora que se habían encontrado, no quería que a Lizzie le ocurriese nada malo. Colgó el auricular y sonrió. Jack podía decir o hacer lo que quisiera, pero no podría quitársela. Después de muchos años y muchas pérdidas, Maddy era una madre.

13

Bill y Maddy habían quedado para comer en el Bombay Club. Vestida con un traje pantalón de Chanel en lino blanco, ella entró con las gafas de sol en la frente y un bolso de paja colgando del hombro. Parecía un anuncio andante de las maravillas del verano, y Bill se alegró de verla. Apuesto y bronceado, su pelo blanco contrastaba con sus ojos azules y el moreno de su cara. Se puso de pie para recibirla y observó con alegría que Maddy parecía mucho más contenta que la última vez que la había visto.

Bill pidió vino blanco para los dos, y charlaron unos minutos antes de mirar la carta. Entre los comensales había varios políticos y un juez de la Corte Suprema que conocía a Bill de sus tiempos de profesor en Harvard.

—Pareces animada —dijo él con una sonrisa—. ¿Las cosas van mejor en casa?

—Yo no diría eso, pero la doctora Flowers me está ayudando mucho y me ha ocurrido algo maravilloso.

Cada vez que la veía, Bill temía que ella le dijera que estaba embarazada. No sabía por qué esa idea le preocupaba tanto, pero con todo lo que sabía sobre Jack, no quería que Maddy se quedara atrapada en ese matrimonio. Y un hijo inevitablemente contribuiría a ello.

—Ayer comentaste algo al respecto. ¿Puedo preguntar de qué se trata, o es un secreto de estado?

Maddy rió.

—Creo que usted está autorizado para oírlo, embajador. Además, confío en ti. Pero sí, es un secreto.

—No irás a tener un hijo, ¿no, Maddy? —dijo en voz baja y con cara de preocupación.

Ella esbozó una sonrisa estilo Mona Lisa, y Bill se estremeció de miedo.

—Es curioso que me preguntes precisamente eso. —Esta respuesta terminó de convencer a Bill de que estaba en lo cierto—. ¿Qué te indujo a pensar algo así?

—No lo sé. Es un pálpito. En nuestra última reunión en la Casa Blanca estuviste a punto de desmayarte. Y ayer dijiste algo que me inquietó. No sé si sería una buena noticia en estos momentos. No cabe duda de que un hijo te ataría a un marido que te maltrata. ¿He acertado? —Parecía decepcionado pero resignado, y se sorprendió cuando ella negó con la cabeza.

—No, no estoy embarazada. De hecho, no puedo tener hijos.

Era extraño que hablara de esa clase de cosas con Bill, pero se sentía sorprendentemente cómoda con él. Al igual que Greg cuando lo había conocido, aunque por razones diferentes, Bill le inspiraba una gran seguridad. Y ahora que conocía su situación con Jack, ella sabía que podía confiarle sus secretos sin temor a que la traicionase.

—Lamento oír eso, Maddy —dijo Bill—. Supongo que será muy triste para ti.

—Lo es; o mejor dicho, lo era. Pero no tengo derecho a quejarme. Fue una elección. Me hice ligar las trompas porque Jack me lo pidió cuando nos casamos. No quería más hijos. —Bill habría querido decir que era un acto egoísta, pero se reservó sus pensamientos—. Sin embargo, ayer ocurrió algo asombroso.

Sonrió por encima de la copa de vino, y Bill admiró su belleza. Para él, Maddy era como un rayo de sol. Había pasado meses deprimido por la muerte de su esposa, y todavía seguía luchando para recuperarse. Pero cada vez que veía a Maddy se sentía feliz, y atesoraba su amistad. Le halagaba la confianza que depositaba en él y la franqueza con que le contaba cosas que, por lo visto, no discutía con ninguna otra persona.

—No puedo soportar la intriga —dijo, esperando—. ¿Qué pasó?

—Bueno, no sé si empezar por el comienzo o por el final.

Mientras ella dudaba, Bill rió. Era obvio que se trataba de algo que la había hecho muy feliz.

—Si quieres empieza por la mitad, pero ¡habla de una vez!

—Vale, vale... Creo que empezaré por el principio, aunque trataré de ser breve. Cuando tenía quince años, salía ya con Bobby

Joe, con quien me casé después de terminar el instituto. Él me dejó un par de veces, y una noche fui a una fiesta con otro chico...

Titubeó y frunció el entrecejo. Jack tenía razón: lo contara como lo contase, quedaría como una puta, y era fácil imaginar lo que Bill pensaría de ella. No quería justificarse ante él, pero le preocupaba su reacción.

—¿Qué pasa?

—No pensarás cosas buenas de mí cuando te lo diga.

Lo que Bill pensase de ella le preocupaba. Más de lo que había pensado al empezar su historia, y ahora se preguntó si debería continuar.

—Deja que yo juzgue eso. Creo que nuestra amistad sobrevivirá —respondió él con calma.

—Puede que tu respeto por mí no lo haga. —Pero estaba dispuesta a correr el riesgo. Tenía un alto concepto de Bill, y quería compartir ese episodio de su vida con él—. Bueno, salí con otro. Y aunque no debería haberlo hecho, me acosté con él. Era tierno, guapo y bueno. No estaba enamorada de él, pero me sentía sola, confundida y halagada por su interés.

—No necesitas justificarte, Maddy —dijo Bill con dulzura—. Está bien. Todo el mundo hace esas cosas. Ya soy mayor. Puedo entenderlo.

Ella le sonrió, agradecida. Nada más lejos de que la llamasen fulana, puta y escoria, como había hecho su marido.

—Gracias. Esa era la primera confesión. La segunda es que me quedé embarazada. Tenía quince años, y mi padre estuvo a punto de matarme. Ni siquiera me enteré hasta el cuarto mes de embarazo, cuando era demasiado tarde para un aborto. Yo era joven y bastante tonta. Y éramos pobres. Aunque me hubiese dado cuenta antes, seguramente habría tenido que dar a luz de todas maneras.

—¿Tuviste al bebé? —Parecía sorprendido, pero no escandalizado. Había una notable diferencia entre ambas cosas, y Maddy supo distinguirla.

—Lo tuve. Hasta ayer, prácticamente nadie lo sabía. Viví en otro pueblo durante cinco meses y di a luz allí. Fue una niña. —Muy a su pesar, sus ojos se llenaron de lágrimas—. Solo la vi una vez, pero me dieron una foto de ella cuando salí del hospital. Es lo único que tenía de ella, y con el tiempo la tiré porque temía que Jack la encontrase. Nunca se lo dije. Entregué a la niña en adopción y volví a casa como si nada hubiera pasado. Bobby

Joe estaba al corriente, pero no le importaba y empezamos a salir otra vez.

—¿El padre de la niña te ayudó?

—No; se lo dije, pero él no quiso saber nada. Sus padres tenían una ferretería y pensaban que mi familia era basura. Supongo que tenían razón. Lo convencieron de que el niño podía ser de otro. Me parece que él no les creyó, pero tenía miedo de plantarles cara y prácticamente no me conocía. Lo llamé para avisarle que había nacido la niña, pero no me devolvió la llamada. Tres semanas después murió en un accidente. No sé si llegó a enterarse de que tenía una hija. Yo nunca supe quién la había adoptado —prosiguió, ligeramente agitada.

Contarle todo esto a Bill resultaba más difícil y emotivo de lo que había pensado, pero él le cogió la mano por debajo de la mesa para darle valor. Aún no sabía lo que seguiría, pero sospechaba que ella tenía necesidad de contárselo.

—En aquellos tiempos, los expedientes de adopción eran secretos. Era imposible averiguar el paradero de la niña, de manera que nunca lo intenté. Me casé con Bobby Joe cuando terminé el instituto y lo dejé ocho años después. Nos divorciamos, y me casé con Jack. Sé que hice mal, pero nunca le conté lo de la niña. Fui incapaz. Temía que dejara de quererme. —Se atragantó con las lágrimas, y el camarero que esperaba para tomar el pedido se apartó discretamente—. Nunca se lo dije —repitió—. Es un episodio del pasado que yo misma me resistía a recordar. No podía soportar pensar en ello. —Bill la escuchaba con los ojos humedecidos—. Y ayer —prosiguió ella, sonriendo a través de las lágrimas y apretándole la mano— ella apareció en mi despacho.

—¿Quién? —Aunque presentía a quién se refería Maddy, temía decirlo. Parecía demasiado extraordinario para ser verdad. Esas cosas solo ocurrían en las novelas y las películas.

—Mi hija. Se llama Lizzie. Tardó tres años en encontrarme. La pareja que la adoptó murió cuando ella tenía un año, y la niña acabó en el orfanato de Knoxville, donde yo vivía, aunque no me enteré. Ojalá lo hubiese sabido —añadió con tristeza. Pero ahora se habían encontrado. Era lo único que importaba—. Ha estado en distintas casas de acogida durante todos esos años; y ahora tiene diecinueve. Vive en Memphis. Estudia, trabaja como camarera y es preciosa. ¡Ya verás cuando la conozcas! —exclamó con orgullo—. Ayer pasamos cinco horas juntas, y hoy regresaba a Memphis, pero pronto la traeré. No se lo he dicho, pero me gustaría que viviera aquí. Anoche la llamé por teléfono y... —apretó la mano de Bill y su voz se quebró— me llamó mamá.

Bill le acarició la mano. Era una historia asombrosa y le había tocado el corazón.

—¿Cómo te encontró? —Estaba sorprendido por la sinceridad de Maddy y por el desenlace de los acontecimientos. Era el típico final feliz.

—No estoy segura. No dejó de buscarme. Creo que volvió a Gatlinburg, el pueblo donde nació, para averiguar si alguien sabía algo. Tenía mi edad en la partida de nacimiento y fue a las escuelas locales hasta que encontró a una profesora que me recordaba. Esta le dijo que me llamaba Madeleine Beaumont. Lo más curioso es que nadie estableció una relación entre esa persona y Maddy Hunter. Pero han pasado casi veinte años y supongo que no hay un gran parecido entre las dos. Sin embargo, Lizzie sospechó la verdad al verme en el informativo. Nunca he hecho declaraciones públicas sobre mi pasado. No tengo motivos para estar orgullosa.

De hecho, con la ayuda de Jack, se sentía profundamente avergonzada.

—Sí, los tienes —musitó Bill, e hizo una seña al camarero para que los dejara a solas unos minutos más.

—Gracias. Bueno, creo que siguió mi pista hasta Chattanooga y de alguna manera adivinó lo que no ha adivinado ninguna otra persona. Dice que me ve en la tele y que leyó en alguna parte que mi apellido de soltera era Beaumont. Es una lectora voraz —añadió con orgullo, y Bill sonrió.

De repente, Maddy era una madre. Con diecinueve años de demora, pero mejor tarde que nunca. Y su hija había aparecido en el momento más oportuno.

—Fue a la cadena y trató de hablar conmigo, pero la enviaron a ver a Jack. —En este punto del relato, la cara de Maddy se ensombreció—. Por lo visto mi marido ha dado órdenes de que envíen a su despacho a cualquiera que pregunte por mí. Dice que es una medida de seguridad destinada a protegerme, pero ahora comprendo que es otra forma de controlarme: él decide a quién puedo o no puedo ver. Jack le mintió a Lizzie —añadió con incredulidad—. Le dijo que mi nombre de soltera no era Beaumont y que yo no procedía de Chattanooga. No sé si ella no le creyó o simplemente es tan obstinada como yo, pero ayer se las ingenió para entrar en el edificio fingiendo que vendía donuts y entró en mi despacho. Al principio temí que fuese a atacarme. Estaba muy nerviosa y tenía una expresión extraña en la cara. Luego me lo explicó todo. Y ahora tengo una hija.

Su cara se iluminó con una sonrisa. Era una historia demasiado bonita para ser cierta, demasiado maravillosa para permanecer indiferente. Bill se enjugó las lágrimas.

—Es increíble —dijo—. ¿Qué ha dicho Jack? Doy por sentado que se lo contaste.

—Lo hice, y cuando le pregunté por qué no me había dicho que había hablado con Lizzie, contestó que pensaba que era una impostora y que pretendía chantajearme. Pero añadió muchas cosas sobre el hecho de que yo le hubiera ocultado la verdad. Está furioso, y supongo que tiene buenos motivos. Cometí un error; lo sé. No pretendo justificarme, pero tenía miedo. Y es posible que mis temores fueran fundados, porque ahora dice que soy una puta y me ha amenazado con despedirme. No quiere saber nada de Lizzie. Pero ahora que la he encontrado, no pienso dejarla marchar.

—Claro que no. ¿Cómo es? ¿Tan bonita como su madre?

—Mucho más, Bill. Es preciosa, dulce y encantadora. Nunca ha tenido un hogar de verdad ni una madre. Me gustaría hacer muchas cosas por ella. —Bill esperaba que fuese tan buena como pensaba su madre. Lo fuese o no, entendía que Maddy quisiera tenerla a su lado—. Jack dice que no le permitirá entrar en nuestra casa. Le preocupa el escándalo y el efecto que podría tener sobre mi imagen.

—¿Y a ti también te preocupa?

—En absoluto —respondió con franqueza—. Cometí un error, pero mucha gente lo hace. Creo que el público lo entenderá.

—Desde el punto de vista de tu imagen, yo creo que podría ser más positivo que negativo. Sin embargo, hay cosas más importantes en juego. Es una historia conmovedora —dijo en voz baja.

—Es lo más bonito que me ha pasado en la vida. No merezco tener tanta suerte.

—Claro que lo mereces —repuso él con firmeza—. ¿Se lo has contado a la doctora Flowers?

—Sí, anoche. Se alegró mucho por mí.

—No me sorprende, Maddy, yo también me alegro. Es un regalo del cielo, y te lo mereces. Para ti habría sido una tragedia vivir toda tu vida sin hijos, y esa jovencita tiene derecho a disfrutar de su madre.

—Está tan contenta como yo.

—La reacción de Jack no me extraña. No pierde oportunidad de comportarse como un hijo de puta. Las cosas que te dice son imperdonables. Intenta acobardarte y hacerte sentir culpable.

Pidieron la comida y continuaron charlando. La tarde voló, y antes de que pudieran darse cuenta, eran las dos y media.

—¿Qué piensas hacer? —preguntó Bill con inquietud.

Maddy debía tomar muchas decisiones, de las cuales solo unas pocas estaban relacionadas con su recién encontrada hija. Aún debía enfrentarse a un marido que la maltrataba y que no iba a desaparecer de su vida por arte de magia.

—Todavía no lo sé. Dentro de unas semanas iré a Memphis a ver a Lizzie. Me gustaría enviarla a una facultad de aquí.

—Yo podría ayudarte. Avísame cuando estés preparada.

—Gracias, Bill. También tengo que resolver las cosas con Jack. Le aterroriza la idea de que la prensa sensacionalista convierta este asunto en un escándalo.

—¿Y qué? ¿Te importa a ti? —preguntó Bill con sensatez.

Maddy sopesó la cuestión y negó con la cabeza.

—Lo único que me preocupa es la reacción de Jack. Me atormentará.

Ambos sabían que era verdad, y Bill estaba preocupado por Maddy.

—Ojalá no tuviese que ir Martha's Vineyard mañana —dijo con ceño—. Si quieres, puedo cambiar mis planes, aunque no sé si puedo hacer algo para que Jack se comporte. Todavía creo que la única solución es que lo dejes.

—Lo sé. Pero la doctora Flowers y yo coincidimos en que aún no estoy preparada. Le debo mucho, Bill.

—¿La doctora Flowers también coincide contigo en ese punto? —preguntó con tono de reprobación.

Maddy sonrió, avergonzada.

—No. Pero entiende que todavía no puedo dejarlo.

—No esperes demasiado, Maddy. Podría hacerte daño en cualquier momento. Quizá no le baste con maltratarte psicológicamente y recurra a la violencia física.

—La doctora Flowers dice que se volverá más agresivo a medida que yo tome distancia.

—¿Por qué te quedas entonces? No tiene sentido que corras riesgos. Maddy, tienes que marcharte cuanto antes.

Lo más extraordinario era que Maddy era hermosa, inteligente y con un buen empleo: la clase de persona que todas las mujeres del país hubieran querido ser. Que estas supieran, era independiente y tenía recursos para salir de una situación conflictiva. Pero el problema de los malos tratos era complejo: ella lo sabía bien, y Bill comenzaba a entenderlo. Era como un pozo de alquitrán, un pozo lleno de culpa y terror que la mantenía atascada, aunque todos los demás pensaran que podía escapar. Sentía como si se moviera a cámara lenta, y a pesar de sus esfuerzos, no conseguía avanzar más aprisa. Creía que le debía su vida entera a Jack. Bill temía que Jack le hiciese daño físicamente, además de psicológicamente, cuando descubriese que no podía seguir dominándola. Ella también era consciente de lo que estaba ocurriendo, pero estaba demasiado asustada para hacer algo al respecto. Había tardado ocho años en escapar de Bobby Joe, y Bill deseaba que esta vez no esperase tanto.

—¿Me llamarás, Maddy? Estaré muerto de preocupación por ti. —Era verdad: aunque no terminaba de entender por qué ni lo había previsto así, Maddy estaba siempre en su mente. Todavía añoraba a su mujer; de hecho, había estado obsesionado por ella mientras terminaba su libro. Pero últimamente se distraía a menudo, y a veces se alegraba, pensando en Maddy—. Te llamaré al despacho. —Tenía miedo de llamarla a su casa y añadir los celos a las armas con que Jack la atormentaba.

—Yo también te llamaré, te lo prometo. Estaré bien. Tengo muchas cosas que hacer, y probablemente nos marchemos unos días a Virginia. Me encantaría llevar a Lizzie conmigo, pero no creo que Jack me lo permita.

—Me gustaría que lo dejases —dijo con tono sombrío.

Bill no tenía intereses personales en juego ni estaba unido sentimentalmente a Maddy, pero como cualquier ser humano que observa cómo torturan a otro, se sentía impotente, furioso y ansioso por ayudar. A veces la situación le recordaba los largos meses en que su esposa había estado secuestrada, cuando esperaba constantemente noticias y se sentía frustrado por la imposibilidad de hacer algo para rescatarla. Ese sentimiento lo había inducido a actuar por su cuenta. Y en su ingenuidad, la había matado, o al menos se sentía responsable de su muerte. En cierto modo, este era un trance dolorosamente parecido.

—Quiero que tengas mucho cuidado —pidió cuando la dejó en el coche, en la puerta del restaurante—. No hagas nada que te ponga en peligro. Puede que no sea el momento más apropiado para plantarle cara. No tienes que demostrar nada, Maddy. No necesitas su aprobación. Lo único que tienes que hacer es marcharte cuando estés preparada. Él no te liberará; tendrás que hacerlo tú sola y correr como loca hasta llegar a la frontera.

En cierto modo, era como huir de un país comunista.

—Lo sé. El día que abandoné a Bobby Joe, dejé el anillo de boda sobre la mesa de la cocina y salí pitando de allí. Tardó meses en descubrir dónde estaba, y para entonces Jack ya se había hecho cargo de la situación. Durante mis primeros meses en la cadena, tenía más guardias de seguridad que el Papa.

—Es probable que esta vez tengas que hacer lo mismo. —La miró largamente y con fijeza mientras estaban junto al coche—. No quiero que te haga daño. —O peor aún, que la matase en un arrebato de locura. Bill no lo dijo, pero creía que Jack era capaz de algo así. Era un hombre sin alma ni moral. Un sociópata, un ser sin conciencia—. Cuídate. —Recordó a la hija de Maddy y añadió sonriendo—: Mamá. Me gusta pensar en ti como en una madre. Te sienta bien.

—A mí también me gusta. Es una sensación maravillosa —respondió ella con una sonrisa de oreja a oreja.

—Disfrútalo, te lo mereces.

Le dio un afectuoso abrazo y permaneció en la acera, mirando alejarse el coche. Dos horas después, un gran ramo de flores llegó al despacho de Maddy. Las flores eran de distintos tonos de rosa, con globos y un osito de peluche también rosados y una nota que decía: «Enhorabuena por tu nueva hija. Con cariño, Bill».

Maddy puso la tarjeta en un cajón y sonrió. Era un detalle encantador, y estaba conmovida. Llamó a Bill para darle las gracias, pero él seguía fuera así que le dejó un mensaje en el contestador diciéndole cuánto le había gustado el ramo.

Una hora después seguía risueña, pensando en las flores y en la comida con Bill, cuando Jack entró en su despacho.

—¿Qué coño es eso? —preguntó, mirando con furia los globos y el oso de peluche rosados. Era fácil imaginar su significado.

—Es una broma. Nada importante.

—Y una mierda. ¿Quién te lo envió?

Buscó infructuosamente la tarjeta mientras Maddy, desesperada, se preguntaba qué decir.

—Son de mi psicóloga —respondió con inocencia, pero no era una buena respuesta.

Hacía años iba a un psicólogo, pero Jack la había obligado a abandonar el tratamiento. Se sentía amenazado y había dicho que el psicólogo era incompetente. Al final, a Maddy le había resultado más sencillo dejar de ir. Ahora se daba cuenta de que había sido una estratagema más en el plan de Jack para aislarla.

—¿Desde cuándo has vuelto a la terapia?

—En realidad, es solo una amiga. La conocí en la Comisión sobre la Violencia contra las Mujeres.

—Ya. ¿Qué es? ¿Una tortillera feminista?

—Tiene casi ochenta años y es abuela. Es una mujer muy interesante.

—Seguro. Debe de estar senil. Si le cuentas lo ocurrido a gente suficiente, Mad, pronto leerás tu historia en la prensa sensacionalista. Y espero que lo disfrutes, porque cuando eso ocurra te quedarás sin trabajo. Así que yo, en tu lugar, mantendría la boca cerrada. Y dile a esa puta de Memphis que se calle, o la demandaré por calumnias.

—Si dice que es mi hija, no será una calumnia —replicó Maddy con mayor serenidad de la que sentía—, porque es verdad. Y tiene derecho a decirlo. Pero me prometió que no lo hará. Y no la llames «puta», Jack. Es mi hija. —Lo dijo con claridad y cortesía, pero él se volvió a mirarla con expresión malevolente.

—No me digas lo que tengo que hacer, Maddy. Soy tu dueño, ¿recuerdas?

Maddy estaba a punto de contestarle cuando su secretaria la interrumpió, entrando en el despacho. Sin embargo, ese era el quid de la cuestión. Jack creía que Maddy le pertenecía. Y durante los últimos nueve años, le había permitido que pensara eso porque ella también lo creía. Pero ya no. Aunque todavía no tenía valor para actuar, sus ideas empezaban a aclararse. Unos minutos después, Jack se marchó a sus oficinas. Casi de inmediato, sonó el teléfono. Era Bill. Había recibido el mensaje de Maddy y estaba encantado.

—¡Me encantan las flores! —exclamó Maddy, sonriendo otra vez y solo ligeramente afectada por la visita de su marido. Se alegraba de haber escondido la tarjeta; si no lo hubiera hecho, se habría metido en un lío muy gordo—. Ha sido un detalle muy bonito. Gracias, Bill. Y también por la comida.

—Ya te echo de menos —repuso él con tono juvenil y algo torpe. Hacía muchos años que no le enviaba flores a nadie, salvo a su mujer, pero había querido celebrar la aparición de la hija de Maddy. Sabía cuánto significaba para ella y se sentía profundamente conmovido por lo que le había contado y por su confianza en él. Jamás la traicionaría. Lo único que deseaba era ayudarla. Ahora eran amigos—. Te echaré de menos mientras esté fuera.

Era un comentario extraño, y ambos lo notaron. Sin embargo, Maddy se dio cuenta de que ella también lo echaría de menos. Contaba con él, o al menos con la certeza de que estaba cerca. Aunque no se viesen muy a menudo, hablaban por teléfono a diario. Claro que podrían seguir haciéndolo mientras él estuviese en Martha's Vineyard, excepto los fines de semana, cuando él no llamaría. Sería demasiado peligroso para Maddy.

—Volveré dentro de dos semanas. Ten mucho cuidado hasta entonces.

—Lo haré. Te lo prometo. Que lo pases bien con tus hijos.

—No veo la hora de conocer a Lizzie.

Era como si Maddy hubiese recuperado una parte de sí misma que casi había olvidado. Nunca se había dado cuenta de lo importante que era esa parte, pero ahora que se la habían devuelto, lo sabía con todo su corazón.

—La conocerás pronto, Bill. Cuídate tú también —dijo con dulzura.

Un minuto después colgó y se quedó mirando por la ventana, pensando en Bill y en las flores que le había enviado. Era un gran hombre y un buen amigo; se alegraba de haberlo conocido. Tenía gracia cómo actuaba la vida a veces: las cosas que arrebataba, los regalos que hacía. Maddy había sufrido grandes pérdidas, pero luego había encontrado otras personas, otros sitios, otras cosas. Por fin se sentía en paz con su pasado. Lo único que debía hacer ahora era procurarse seguridad para el futuro. Esperaba que el destino volviese a ser benévolo con ella.

En su casa de Dunbarton Street, Bill también miraba por la ventana. Pero sus ruegos por Maddy eran más específicos. Rezaba por su seguridad. Todo le decía que corría peligro. Un peligro mucho más grande de lo que ella imaginaba.

14

Durante las dos semanas de ausencia de Bill, la vida de Maddy fue bastante pacífica. Ella y Jack se tomaron una semana libre para ir a Virginia, donde él siempre estaba de mejor humor. Disfrutó con los caballos y la granja, y voló a Washington varias veces para reunirse con el presidente. Cada vez que estaba fuera de Virginia o montando a caballo, Maddy llamaba a Bill a Martha's Vineyard. Antes, Bill había continuado llamándola a diario al despacho.

—¿Se está portando bien? —preguntó Bill con tono de preocupación.

—Sí, todo marcha bien —lo tranquilizó ella.

No estaba pasándolo de maravilla, pero tampoco se sentía en peligro. Jack siempre se calmaba después de los períodos en que la trataba con particular crueldad. Era como si quisiese demostrar que todo era fruto de la imaginación de Maddy. Como había señalado la doctora Flowers, seguía el patrón clásico de *Luz de gas* para que, si Maddy se quejaba de su comportamiento, además de pasar por loca se sentiría como tal. Y eso era lo que Jack hacía en Virginia. Fingía que el asunto de Lizzie le traía sin cuidado, aunque había dejado muy claro que Maddy no podía ir a Memphis. Decía que corría el riesgo de que la reconocieran y que allí hacía demasiado calor. Además, la quería a su lado. Estaba inusualmente afectuoso, pero también tierno y civilizado, de modo que las quejas de Maddy por lo que le había hecho en París sonaban infundadas. Ella se guardaba de discutir con él, aunque la doctora Flowers le había advertido por teléfono que ese simple hecho podría despertar la desconfianza de Jack. Sin embargo, fue sincera con Bill cuando le dijo que se sentía segura.

—¿Qué tal va el libro? —preguntó. Él le informaba de sus progresos a diario.

—He terminado —respondió Bill con orgullo durante el último fin de semana que pasarían fuera. Los dos estaban impacientes por regresar a Washington, donde la comisión se reuniría el lunes—. No puedo creerlo.

—Me muero por leerlo.

—No es exactamente una lectura agradable.

—Lo sé, pero estoy segura de que será muy bueno. —Aunque sabía que no tenía derecho, se sentía orgullosa de él.

—Te daré una copia en cuanto lo pasen en limpio. Estoy deseando que lo leas. —Se hizo un silencio incómodo. Bill no sabía cómo decírselo, pero pensaba mucho en ella y estaba constantemente preocupado por su seguridad—. También estoy deseando verte, Maddy. He estado muy inquieto por ti.

—No te preocupes. Estoy bien. Y el fin de semana que viene veré a Lizzie, que irá a verme a Washington. Me muero por presentártela. Le he hablado mucho de ti.

—No puedo imaginar lo que le habrás dicho. —Parecía incómodo—. Para ella, yo seré como un monumento prehistórico. Y no soy un tipo muy divertido.

—Para mí sí. Eres mi mejor amigo, Bill.

Hacía años que no se sentía tan unida a alguien, con la sola excepción de Greg, que ahora tenía una novia en Nueva York y todavía hablaba con Maddy cuando conseguía comunicarse directamente con ella. Ambos sabían que si Jack atendía el teléfono, no le pasaba los mensajes. Bill y Maddy, por el contrario, tenían más cuidado con los horarios y circunstancias de sus llamadas.

—Tú también eres muy especial para mí —repuso Bill, sin saber qué decir. Estaba confundido por las emociones que le inspiraba Maddy: era alternativamente una hija, una amiga y una mujer. A ella le pasaba algo parecido. A veces veía a Bill como un hermano; otras, se asustaba de sus sentimientos hacia él. Pero ninguno de los dos había tratado de definir la relación—. Podríamos comer juntos el lunes antes de la reunión. ¿Te parece?

—Me encantaría.

Y Maddy estaba aún más desconcertada por la amorosa actitud de Jack durante el último fin de semana en Virginia. Le regalaba flores del jardín, le servía el desayuno en la cama, salía a caminar con ella y le decía lo importante que era para él. Y cuando le hacía el amor, era más dulce y tierno que nunca. Era como si los malos tratos del pasado fuesen fruto de la imaginación de Maddy. Otra vez se sentía culpable por las cosas que había contado de él a Bill, Greg y la doctora Flowers, y quería corregir la mala impresión que les había dejado sobre su afectuoso marido. Comenzaba a preguntarse si todo era culpa suya. Quizá hiciese aflorar lo peor que había en Jack. Cuando quería, y cuando ella era buena con él, Jack era una persona increíblemente encantadora.

Trató de explicárselo a la doctora Flowers la mañana en que regresaron a Washington, pero la psicóloga le advirtió con severidad:

—Tenga cuidado, Maddy. Fíjese en lo que hace. Ha vuelto a caer en su trampa. Él sabe lo que está pensando e intenta demostrarle que está equivocada y que todo es culpa suya.

Hizo que la actitud de Jack pareciese tan maquiavélica que Maddy sintió pena por él. Lo había calumniado, y ahora la doctora le creía. Durante la comida, no mencionó este tema con Bill por temor a que le respondiese lo mismo que la doctora Flowers. Hablaron del libro, que él había vendido a un editor varios meses antes por mediación de un agente.

—¿Cuáles son tus planes para el otoño? —preguntó él, deseando oír que se proponía abandonar a Jack.

Ella no había dicho nada al respecto durante el almuerzo y se la veía más tranquila y contenta que nunca. Parecía que las cosas marchaban bien, pero Bill seguía preocupado por Maddy. Al igual que la doctora Flowers, temía que Jack le tendiese una nueva trampa y la mantuviese a su lado para siempre, maltratándola y confundiéndola alternativamente hasta que ella no pudiese soportarlo más. Maddy no dijo que fuese a abandonarlo.

—Me gustaría sacar a flote el programa. Los índices de audiencia han caído en picado. Pensé que era culpa de Brad, pero Jack dice que mi estilo está decayendo y que últimamente no me comunico tan bien como debería. En su opinión, mis últimos reportajes han sido muy aburridos. Quiero investigar para hacer algunas entrevistas especiales y tratar de ponerle un poco de chispa a los informativos.

Como de costumbre, Jack la culpaba de algo que no era culpa de Maddy. Bill lo sospechaba, pero ella estaba dispuesta a creerle. No es que fuese tonta; el problema era que estaba fascinada por Jack y que este era sorprendentemente persuasivo. A menos que uno conociese estas pautas de conducta, era difícil verlas. Y Maddy estaba demasiado involucrada para detectarlas.

Después de comer con Maddy, Bill sintió la tentación de llamar a la doctora Flowers. Sin embargo, sabía que la ética profesional le impediría hablar de una paciente. Y lo entendía. Solo podía observar lo que pasaba y prepararse para intervenir a la primera oportunidad de ayudarla, pero de momento no había ninguna. No quería cometer el mismo error que con su esposa y asustar al enemigo. Sabía mejor que nadie que Jack era un oponente temible, un hábil terrorista. Y lo que Bill deseaba por encima de todo era salvar a Maddy. Ojalá esta vez pudiese hacerlo.

La comisión funcionaba bien, y estaban hablando de reunirse con mayor frecuencia. La primera dama había reclutado a seis miembros nuevos, y entre todos estaban organizando una campaña de anuncios contra la violencia doméstica y los delitos contra las mujeres. Habían formado subgrupos para trabajar en seis anuncios diferentes. Bill y Maddy estaban en la subcomisión sobre violaciones, donde descubrieron auténticas atrocidades. Otro subgrupo se centraba en los asesinatos, pero ninguno de los dos había querido trabajar en él.

El fin de semana siguiente a que ambos regresaran a Washington, Lizzie regresó a la ciudad y Maddy la alojó en el Four Seasons. Invitó a Bill a tomar el té con ellas, y él se quedó impresionado con la joven. Era tan bonita como había dicho Maddy y tan brillante como su madre. Teniendo en cuenta las pocas ventajas que le había ofrecido la vida, parecía sorprendentemente culta. Le gustaba estudiar, disfrutaba de sus clases en la universidad de Memphis y era una lectora voraz.

—Me gustaría enviarla a Georgetown el trimestre que viene —dijo Maddy mientras tomaban el té en el comedor del hotel.

Lizzie parecía encantada con la idea.

—Tengo algunos contactos que podrían resultar útiles —ofreció Bill—. ¿Qué quieres estudiar?

—Política exterior y comunicaciones —respondió Lizzie sin titubear.

—Me encantaría conseguirle un contrato de prácticas en la cadena, pero me temo que no será posible —dijo Maddy con tristeza. Ni siquiera le había dicho a Jack que Lizzie estaba en la ciudad, y no pensaba decírselo. Últimamente era tan encantador con ella que no quería disgustarlo. Hablaba de llevarla a Europa otra vez en octubre, aunque Maddy aún no se lo había contado a

Bill—. Si Lizzie viene a estudiar aquí, le buscaremos un pequeño apartamento en Georgetown.

—Cerciórate de que sea un lugar seguro —dijo Bill con cara de preocupación. Los dos estaban alarmados ante las estadísticas de violaciones que habían llegado a conocer durante la última semana de trabajo en la comisión.

—Descuida, lo haré —asintió Maddy, pensando en lo mismo—. Quizá debería tener una compañera de piso.

Cuando Lizzie fue a empolvarse la nariz, Bill le dijo a Maddy que tenía una hija encantadora.

—Es una chica estupenda. Debes de estar orgullosa de ella —añadió con una sonrisa.

—Lo estoy, aunque no tengo derecho.

Esa noche la llevaría al teatro. Le había dicho a Jack que iba a una cena de mujeres relacionada con la comisión, y aunque a él no pareció gustarle la idea, transigió porque la primera dama estaba por medio.

Cuando Lizzie regresó a la mesa, continuaron hablando de sus estudios y de sus planes de trasladarse a Washington para estar más cerca de Maddy. Para ambas, era como un cuento de hadas hecho realidad. Bill, sin embargo, estaba convencido de que las dos lo merecían.

Eran las cinco de la tarde cuando se marchó, y unos minutos después Maddy dejó a Lizzie en el hotel y regresó a casa para ver a Jack y cambiarse de ropa. Ella y Lizzie iban a ver una nueva producción de *El rey y yo*, y Maddy estaba entusiasmada con la idea de llevar a la joven a ver su primer musical. Eran muchos los placeres que les quedaban por compartir, y Maddy no veía la hora de empezar.

Cuando llegó a casa, Jack estaba viendo el informativo. Hacía poco tiempo que los presentadores del fin de semana tenían mejores índices de audiencia que Brad y ella, pero Jack aún se negaba a reconocer que era culpa de Brad. Sencillamente, no tenía condiciones para presentar las noticias ante las cámaras. Con su plan para librarse de Greg, a Jack le había salido el tiro por la culata. Sin embargo, seguía insistiendo en que la culpa era de Maddy. El productor estaba de acuerdo con ella, pero no tenía agallas para decírselo a Jack. Nadie quería hacerlo enfadar.

Aunque a Jack no le gustaba salir sin su esposa los fines de semana, había hecho planes para cenar con unos amigos, y ella lo dejó cambiándose. La despidió con un tierno beso, y Maddy se alegró de verlo tan afectuoso. Todo era más fácil de esta manera. Maddy empezaba a preguntarse si los malos tiempos habrían quedado atrás.

Recogió a Lizzie en un taxi y fueron directamente al teatro, donde la joven vio la obra con asombro infantil y aplaudió entusiastamente cuando cayó el telón.

—¡Es lo más bonito que he visto en mi vida, mamá! —exclamó con vehemencia mientras salían del teatro.

En ese momento Maddy vio por el rabillo del ojo a un hombre con una cámara, observándolas. Hubo un pequeño fogonazo, y el hombre desapareció. No había motivos para preocuparse, pensó Maddy; seguramente sería un turista que la había reconocido y quería una foto suya. Se olvidó por completo del asunto. Estaba demasiado ocupada charlando con Lizzie para pensar en nada más. Pasaron una velada maravillosa.

Tomaron un taxi y Maddy dejó a su hija en el hotel. La abrazó y le prometió que volvería a la mañana siguiente para desayunar con ella. Una vez más tendría que ocultarse de Jack. Detestaba mentirle, pero pensaba decirle que iba a la iglesia porque él nunca la acompañaba allí. Después, Lizzie volaría a Memphis y Maddy pasaría el día con su marido. Todo estaba perfectamente planeado, y Maddy regresó a la casa de Georgetown sintiéndose feliz y satisfecha de sí misma.

Jack estaba en el salón, viendo el último informativo de la noche. Todavía recreándose en la dicha que había compartido con Lizzie durante la representación de *El rey y yo*, Maddy lo saludó con una gran sonrisa.

—¿Lo has pasado bien? —preguntó él con inocencia cuando ella se sentó a su lado.

Maddy asintió, risueña.

—Fue interesante —mintió. Detestaba hacerlo, pero no podía contarle que había estado con Lizzie. Él le había prohibido expresamente que volviese a verla.

—¿Quién estaba allí?

—Phyllis, desde luego, y la mayoría de las mujeres de la comisión. Es un buen grupo —respondió, deseando cambiar de tema.

—¿Phyllis? Vaya, qué hábil es. Acaba de salir en las noticias, en un templo de Kioto. Llegaron allí esta mañana. —Maddy se limitó a mirarlo, sin saber qué responder—. Y ahora ¿por qué no me dices con quién estuviste? ¿Con un hombre? ¿Me estás poniendo los cuernos? —Le agarró el cuello con una mano y apretó con suavidad.

Ella trató de mantener la calma y lo miró a los ojos.

—Yo no te haría eso —dijo, sintiendo que sus vías respiratorias se cerraban lentamente.

—¿Dónde estabas entonces? Y esta vez quiero la verdad.

—Con Lizzie —murmuró ella.

—¿Quién coño es esa?

—Mi hija.

—¡Joder! —exclamó Jack apartándola de un empujón. Maddy cayó de espaldas sobre el sofá, inspirando una reconfortante bocanada de aire—. ¿Por qué diablos has traído a esa puta a la ciudad?

—No es una puta —replicó Maddy en voz baja—. Y quería verla.

—La prensa sensacionalista te pondrá verde. Te dije que no te acercases a ella.

—Nos necesitamos mutuamente —dijo lacónicamente mientras él la miraba con furia.

Jack se ponía fuera de sí cuando ella no cumplía sus órdenes.

—Te dije que no puedes permitírtelo. Si crees que tus índices de audiencia son bajos, espera a ver lo que ocurrirá cuando alguien filtre la noticia a la prensa. Y seguramente lo hará ella misma.

—Lo único que quiere es verme. No busca publicidad —explicó Maddy en voz baja, lamentando haberle mentido. Sin embargo, la intransigencia de Jack no le había dejado alternativa.

—Eso es lo que tú crees. ¿Cómo puedes ser tan idiota? Espera a que empiece a pedirte dinero, si es que no lo ha hecho ya. ¿Lo ha hecho? —La miró con los ojos entornados—. ¿Sabes?, causas demasiados problemas para lo que vales. Si no es una cosa, es otra. ¿Dónde está ahora?

—En un hotel. El Four Seasons.

—¡Qué afortunada! ¿Y dices que no le interesa el dinero?

—Digo que lo único que quiere es una madre.

Maddy intentó tranquilizarlo, pero él se paseó furiosamente por la habitación hasta que se detuvo para mirarla con irritación y desprecio.

—Siempre tienes que hacer algo para fastidiarme, ¿no? Primero el comentario sobre la loca de la mujer de Paul McCutchins, después la caída de los índices de audiencia y ahora esto... Conseguirás que el programa se vaya al garete, Maddy. Recuerda lo que te digo. Y cuando eso ocurra, lo lamentarás.

Sin más, subió por la escalera y se metió en su cuarto de baño, dando un portazo. Maddy permaneció en el salón durante un rato, buscando la manera de explicarle cuánto significaba Lizzie para ella y lo mucho que lamentaba haberlo disgustado. La culpa era suya, lo sabía, por no haberle confesado que había tenido una hija. Si se lo hubiera dicho al principio de la relación, seguramente él no se habría enfadado de esa manera. Pero lo único que podía hacer ahora era disculparse y tratar de ser discreta. Lo único que sabía con seguridad era que no estaba dispuesta a abandonar a su hija ahora que se habían reencontrado.

Apagó las luces y subió a la planta alta con sigilo. Cuando terminó de ponerse el camisón, vio que Jack estaba acostado, con los ojos cerrados y la luz apagada. Pero Maddy sabía que no dormía, y al meterse en la cama él le habló sin abrir los ojos:

—Detesto que me mientas. Tengo la sensación de que ya no puedo confiar en ti. No dejas de hacer cosas para lastimarme.

—Lo siento, Jack —respondió ella, acariciándole la cara y olvidando por completo que media hora antes él la había acusado de engañarlo y había estado a punto de estrangularla—. No quiero disgustarte. Pero necesito ver a mi hija.

—Ya te he dicho que no quiero que lo hagas. ¿No puedes metértelo en la cabeza? Para empezar, nunca quise hijos. Y tú tampoco —dijo, abriendo los ojos y mirándola—. Así que no pienso cargar con una puta de Memphis que ya tiene diecinueve años.

—Por favor, no hables así de ella —suplicó Maddy.

Pero lo que más deseaba era que él la perdonase por haberle mentido y traicionado, por permitir que su hija ilegítima apareciera en su vida al cabo de siete años de matrimonio, teniendo en cuenta que ella ni siquiera le había hablado de su existencia. Sabía que era mucho pedir. Sin embargo, no podía evitar desear que la reacción de Jack se pareciese a la de Bill. A este le caía muy bien Lizzie.

—Quiero que dejes de verla —dijo Jack con firmeza—. Me lo debes, Mad. Nunca me hablaste de ella, así que ahora quiero que vuelva a desaparecer de nuestra vida. No la necesitas; ni siquiera la conoces.

—No puedo hacer eso. Nunca tendré otros hijos. Y no debería haberla entregado en adopción.

—¿No lo harás aunque te cueste tu matrimonio? —Era una clara amenaza.

—¿Qué insinúas? ¿Que ese sería el precio? —preguntó, horrorizada.

Jack la estaba amenazando, presionándola para que diese un paso que le destrozaría el corazón. Pero Maddy tampoco quería perderlo a él. Había sido tan bueno con ella durante las últimas semanas, que había empezado a pensar que su relación podía funcionar. Y ahora esto. Deseó no haberle mentido para llevar a Lizzie al teatro.

Estaba desesperada por ver a su hija y no sabía cómo hacerlo sin disgustar a su marido.

—Es una posibilidad —respondió Jack—. Esto no formaba parte del trato. De hecho, estaba categóricamente fuera del trato. Nuestro matrimonio se ha basado en un engaño, pues me dijiste que nunca habías tenido hijos. Me mentiste. Podría hacer que anulasen la boda.

—¿Después de siete años? —preguntó, perpleja.

—Si puedo demostrar que me engañaste, cosa que hiciste, el matrimonio quedará anulado. Tenlo en cuenta antes de meter a tu hija en nuestra vida. Piénsalo bien, Mad. Lo digo en serio.

Se volvió, cerró los ojos y cinco minutos después comenzó a roncar. Maddy no sabía qué hacer. No quería volver a separarse de Lizzie. Era incapaz de hacerle algo así a la joven, o de hacérselo a sí misma. Pero tampoco quería perder a Jack. Él le había dado muchas cosas, y los malos tratos de los que lo había acusado comenzaban a antojársele imaginarios. Maddy pensó que era ella quien se había portado mal con Jack y que él tenía motivos para sentirse víctima. Permaneció en vela horas, pensando y sintiéndose culpable.

Pero a la mañana siguiente aún no tenía respuestas. Le dijo que iba a despedirse de Lizzie y a desayunar con ella en el hotel y que luego volvería para pasar el día con él.

—Será mejor que le digas que no volverás a verla, Maddy. Estás jugando con fuego. Conmigo y con la prensa. Es un alto precio para pagar por una chica que ni siquiera conoces y a quien no echarás de menos si no vuelves a verla.

—Ya te he dicho que no puedo hacer eso, Jack —dijo ella con franqueza. No quería volver a mentirle y añadir un pecado más a los muchos que había cometido.

—No tienes opción.

—No le jugaré esa mala pasada.

—Prefieres jugármela a mí, ¿no? Eso dice mucho de lo que piensas de nuestro matrimonio. —Parecía ofendido. La perfecta víctima.

—No estás siendo sensato. —Quería hacerlo entrar en razón, pero él la miró con furia.

—¿*Sensato*? ¿Bromeas? ¿Qué droga has tomado? ¿Te parece sensato tratar de endosarme una hija bastarda sin haberme dicho antes que la tenías?

—Cometí un error, es cierto. Pero no te pido que la veas, Jack. Solo quiero verla yo.

—Entonces estás más loca de lo que creía. ¿Qué te parecería una foto familiar en la portada de *People*? ¿Sería suficiente para ti? Porque aparecerá tarde o temprano. Y entonces tendrás que despedirte para siempre de tu público.

—Puede que no —dijo ella en voz baja—, puede que sean más comprensivos que tú.

—Mierda. ¿Quieres recuperar la cordura de una vez?

Discutieron durante media hora, al cabo de la cual Jack se marchó a jugar al golf con dos asesores del presidente, no sin antes advertirle a Maddy que no volviese a ver a Lizzie. Sin embargo, ella fue a desayunar con su hija y pasaron un rato agradable. Lizzie notó que le pasaba algo, pero Maddy lo negó porque no quería preocuparla. Tampoco le dijo que no volverían a verse. En cambio, le prometió que pronto pasarían otro fin de semana juntas y que le comunicaría lo que averiguase sobre la universidad de Georgetown. Tras despedirse con un abrazo y un beso, Maddy le dio dinero para el taxi, pero Lizzie no quiso aceptar nada más. Se había negado a que le pagase nada, aparte del billete de avión, el hotel y el taxi. Maddy se había ofrecido a abrirle una cuenta bancaria, pero Lizzie había respondido con un rotundo no. No quería aprovecharse de su madre. Sin embargo, Maddy sabía que Jack no le creería si se lo contaba.

Cuando regresó a su casa, a mediodía, Jack aún no estaba allí. Maddy llamó a Bill y le contó lo ocurrido.

—Fue culpa mía —dijo, compungida—. No debí mentirle.

Pero Bill no estaba de acuerdo.

—Se comporta como un cabrón y encima se hace la víctima. No lo es, Maddy. Tú eres la víctima. ¿Cómo es posible que no te des cuenta?

Se sentía más frustrado que nunca. Conversaron durante casi una hora, al final de la cual Maddy parecía aún más deprimida. Por lo visto, era incapaz de entender lo que le decía Bill. Este se preguntó si alguna vez se liberaría de las cadenas que la ataban a Jack. Daba la impresión de que, en lugar de avanzar, estaba retrocediendo.

Cuando Jack volvió a casa, por la noche, no dijo una sola palabra acerca de Lizzie. Maddy no sabía si era una buena señal, o si estaba reservándose para darle otro ultimátum. Le preparó una buena cena y charlaron amigablemente. Después hicieron el amor, y él se mostró más tierno que nunca, de manera que Maddy se sintió aún más culpable por hacerlo desdichado.

Al día siguiente, cuando llegaron al trabajo, estalló la bomba, tal como Jack había previsto. La fotografía de Maddy y Lizzie en el teatro estaba en primera página de todos los diarios sensacionalistas. Y alguien había descubierto o adivinado la verdad. Los titulares rezaban: «Maddy Hunter y su hija perdida». Decían que había tenido una hija a los quince años y la había entregado en adopción. Había varias entrevistas con Bobby Joe y con una antigua profesora de Maddy. La prensa sensacionalista había hecho un buen trabajo de investigación.

Jack estaba en el despacho de Maddy, con ejemplares de todos los periódicos.

—Bonita foto, ¿no? Espero que estés orgullosa. ¿Qué diablos vamos a hacer ahora? Te hemos estado vendiendo como la Virgen María durante nueve años, y ahora apareces como lo que realmente eres, Mad. Una puta asquerosa. Mierda. ¿Por qué no me hiciste caso?

En la fotografía, Maddy y Lizzie se semejaban tanto que parecían gemelas. Jack se paseaba por el despacho, furioso como un toro con una banderilla en la cerviz. Pero era imposible negar la verdad.

Maddy telefoneó primero a Lizzie para ponerla sobre aviso y luego, cuando Jack se hubo marchado por fin a su propio despacho, a la doctora Flowers y a Bill. Los dos le dijeron lo mismo. Lo sucedido no era culpa de ella y tampoco era tan terrible como creía. El público la adoraba. Era una buena persona que había cometido un error de juventud, y la gente la querría aún más cuando se enterase. La fotografía, en la que ella y Lizzie aparecían con los brazos enlazados, era encantadora.

Pero Jack se había empeñado en hacerla sentir mortificada y culpable, y lo había conseguido. Hasta Lizzie había llorado al oír a su madre.

—Lo siento, mamá. Yo no quería crearte problemas. ¿Jack está muy enfadado?

Estaba preocupada por Maddy. Jack no le había caído bien y le inspiraba miedo. Tenía un aire siniestro.

—No está precisamente contento, pero le pasará. —Era una forma diplomática de poner las cosas, aunque totalmente falsa.

—¿Te despedirá?

—No lo creo. Además, el sindicato no se lo permitiría. Sería un despido discriminatorio. —A menos que Jack pudiera pillarla basándose en la cláusula ética de su contrato. En cualquier caso, estaba furioso, y Maddy sufría por el dolor que le había causado—. Tendremos que capear la tormenta. Pero prométeme que no hablarás con ningún periodista.

—Lo prometo. Nunca lo he hecho ni lo haré. No quiero perjudicarte. Te quiero. —Estaba llorando, y Maddy hizo lo que pudo para tranquilizarla.

—Yo también te quiero, cariño. Y te creo. Tarde o temprano se aburrirán del tema. No te preocupes.

Pero antes del mediodía los reporteros de los programas de televisión habían empezado a acosarla, y la cadena era un caos. Todas las revistas del país habían llamado para hacerle una entrevista.

—Quizá deberíamos darles lo que quieren —sugirió por fin el director de relaciones públicas—. ¿En qué nos perjudicaría? Tuvo una hija a los quince años, ¿y qué? Le pasa a muchas mujeres. Por Dios, no la mató, y la historia puede resultar conmovedora si sabemos sacarle partido. ¿Qué te parece, Jack? —Miró a su jefe con esperanza.

—Me parece que me gustaría mandarla a Cleveland de una patada en el culo —respondió Jack. Nunca había estado tan furioso con Maddy—. Fue una idiota al admitir que era la madre de esa puta. La «madre». ¿Qué coño significa esa palabra en una situación como esta? Folló con un imbécil del instituto, quedó embarazada y se deshizo de la niña en cuanto nació. Y ahora va por ahí con cara de santa, hablando de su hijita. Mierda, cualquier gata tiene una relación más estrecha con sus crías que Maddy con esa pequeña zorra de Memphis. Lo único que quiere la chica es aprovecharse de la fama de Maddy, pero ella no se da cuenta.

—Es posible que haya algo más —dijo con tacto el director de relaciones públicas.

Le sorprendía la vehemente reacción de Jack. Últimamente había estado bajo una gran presión. Los índices de audiencia del programa de Maddy descendían prácticamente a diario, lo cual podía explicar en parte la furia de su marido. Pero todos sabían que no era culpa de Maddy y habían intentado explicárselo a Jack, que se negaba a escucharlos.

Seguía fuera de sí cuando volvieron a casa, por la noche, y trató de arrancarle a Maddy la promesa de que no volvería a ver a Lizzie. Pero ella se negó. A medianoche, estaba tan enfadado que salió de la casa dando un portazo y no regresó hasta la mañana siguiente. Maddy no sabía adónde había ido, y al ver cámaras de televisión alrededor de la casa, no se atrevió a salir a buscarlo. Lo único que podía hacer era lo que le había sugerido a Lizzie. Esperar. Lizzie se había marchado a casa de unas amigas para que los periodistas no la encontrasen en la pensión y el propietario del restaurante le había dado el resto de la semana libre al enterarse de que, en efecto, era hija de Maddy Hunter. Estaba impresionado.

El único que no estaba impresionado era Jack. Ni mucho menos. La suspendió durante dos semanas por los problemas que les estaba causando a todos y le prohibió que volviera a trabajar hasta que limpiase su nombre y se deshiciera de Lizzie. Furioso, con las venas de las sienes hinchadas, le advirtió que si volvía a mentirle sobre *cualquier cosa* la mataría. Lo único que sintió Maddy mientras lo escuchaba fue culpa. Pasara lo que pasase, siempre era responsabilidad suya.

15

Conforme avanzaba el mes de septiembre, la prensa sensacionalista empezó a perder el interés por Maddy y su hija. Los periodistas se presentaron un par de veces en el restaurante de Memphis donde trabajaba Lizzie, pero el jefe de esta la escondió en la cocina hasta que se marcharon y con el tiempo dejaron de molestarla. A Maddy, que estaba más expuesta al público, le resultó más difícil eludir a los reporteros. Cumpliendo órdenes de Jack, se negó a hacer comentarios, y sin más material que la foto de Lizzie y ella en el teatro, la prensa no pudo sacar mucho jugo al tema. Maddy no negó ni confirmó que fuese su hija. Aunque le habría gustado decir que se sentía orgullosa de ella y que se alegraba de que la hubiese encontrado, se abstuvo por respeto a Jack.

Habían acordado que Lizzie no volvería a Washington hasta pasado un tiempo, pero Maddy seguía empeñada en conseguirle plaza en la universidad de Georgetown y Bill estaba haciendo todo lo posible para ayudarla. Lizzie era una candidata fácil de colocar, ya que tenía buenas notas y excelentes referencias de los profesores de Memphis.

Bill se alegró de ver a Maddy en la siguiente reunión de la comisión. Sin embargo, la encontró nerviosa, cansada y exhausta. El acoso de la prensa se había cobrado su tributo, y Jack seguía castigándola por lo sucedido. También la reñía por la caída de los índices de audiencia, que ahora achacaba al escándalo de la hija ilegítima. Pero Bill sabía todo esto por sus conversaciones telefónicas diarias. Lo que no sabía, y cada vez se le antojaba más incierto, era si Maddy abandonaría a su marido alguna vez. Había dejado de mencionar ese tema y parecía culparse por la mayoría de los problemas.

Bill estaba tan preocupado por ella que durante una de las reuniones hizo un aparte con la doctora Flowers y le comentó sus dudas. Sin divulgar ningún secreto de su paciente, la psicóloga intentó tranquilizarlo.

—La mayoría de las mujeres soporta los malos tratos durante años —dijo con sensatez, intrigada por el interés y la extrema preocupación de Bill—. Y esta forma de maltrato es la más sutil e insidiosa. Jack es un experto en la materia. Consigue que ella se sienta responsable de todo lo que hace él y luego se pone en el papel de víctima. Pero lo que no debe olvidar, Bill, es que ella se lo permite.

—¿Qué puedo hacer por Maddy? —Deseaba desesperadamente ayudarla pero no sabía cómo.

—Estar a su disposición. Escuchar. Esperar. Decirle con sinceridad lo que piensa y ve. Pero si Maddy quiere sentirse culpable, lo hará. Es muy probable que con el tiempo supere la situación. Por el momento, usted está haciendo todo lo que está en sus manos.

Aunque no se lo dijo, la psicóloga sabía que Bill llamaba a Maddy a diario y que ella valoraba su amistad. No podía evitar preguntarse si había algo más entre ellos, pero Maddy insistía en que eran solo amigos y en que ninguno de los dos tenía intereses románticos. La doctora Flowers no estaba tan segura. Fuera como fuese, le gustaba Bill y sentía un profundo respeto por ambos.

—Me preocupa que uno de estos días los malos tratos de Jack dejen de ser sutiles. Tengo miedo de que le haga daño.

—Ya se lo está haciendo —repuso ella con firmeza—. Pero los hombres como él no suelen recurrir a la violencia física. No puedo garantizarle que no lo hará, aunque creo que es demasiado listo para eso. Sin embargo, cuando se sienta a punto de perder a su presa, le pondrá las cosas más difíciles. No la dejará marchar de buen grado.

Charlaron durante un rato más, hasta que Bill se marchó a casa, descorazonado. Solo una vez en su vida había experimentado una impotencia parecida. Se preguntaba si sus temores por la seguridad de Maddy se basarían en la experiencia del secuestro y asesinato de su esposa. Hasta aquel momento no había imaginado siquiera que pudiesen suceder atrocidades semejantes.

La semana siguiente le entregó a Maddy una copia del manuscrito. Ella había leído hasta la mitad, con lágrimas en los ojos, cuando Jack la vio.

—¿Qué diablos estás leyendo que te hace llorar de esa manera? —preguntó.

Era un fin de semana lluvioso, estaban en Virginia y Maddy se había pasado la tarde tendida en el sofá, leyendo y llorando. La descripción de lo que había vivido Bill mientras su esposa estaba en manos de los terroristas era desgarradora.

—Es el libro de Bill Alexander. Está muy bien escrito.

—Por el amor de Dios, ¿por qué lees esa basura? Ese tipo es un fracasado; cuesta creer que haya escrito algo digno de leerse.

Era obvio que Jack despreciaba a Bill. Y le habría caído aún peor, de hecho lo habría odiado, si hubiese sospechado cuánto apoyaba a Maddy. Esta se preguntó si lo intuía.

—Es muy conmovedor.

Jack no volvió a hablar del tema, pero esa noche, cuando Maddy fue a buscar el manuscrito, no lo encontró. Finalmente le preguntó a Jack si lo había visto.

—Sí. Decidí ahorrarte otra noche de lágrimas y lo puse en su sitio: el cubo de la basura.

—¿Lo tiraste? —preguntó escandalizada.

—Tienes cosas mejores que hacer. Si dedicases más tiempo a investigar para el programa, los índices de audiencia subirían.

—Sabes que dedico mucho tiempo a investigar —dijo ella a la defensiva. Últimamente había estado trabajando en un escándalo relacionado con la CIA y en otro reportaje sobre infracciones a los derechos aduaneros—. Y también sabes que el problema de audiencia no tiene nada que ver con mis reportajes.

—Puede que estés envejeciendo, nena. Al público no le gustan las mujeres mayores de treinta, ¿sabes? —Decía todo lo que podía para desmoralizarla.

—No tenías derecho a tirar el manuscrito a la basura. No había terminado de leerlo y le prometí a Bill que se lo devolvería.

Estaba enfadada, pero a Jack no pareció importarle. Era una nueva muestra de desprecio hacia ella y Bill Alexander. Por suerte, el manuscrito era una copia.

—No pierdas el tiempo, Mad.

Subió a la habitación, y cuando Maddy se metió en la cama, le hizo el amor. Empezaba a tratarla con brusquedad otra vez, como si quisiese castigarla por sus transgresiones. No era lo bastante violento para que ella pudiese quejarse y, si le decía algo, respondía que su presunta brusquedad era producto de la imaginación de Maddy. Trataba de convencerla de que había sido tierno, pero ella sabía que no era verdad.

La semana siguiente, cuando volvieron a Washington, Brad sorprendió a todos resolviendo el principal problema del programa. Antes incluso de ir a ver a Jack, le dijo a Maddy que se había dado cuenta de que no era fácil presentar las noticias, ni siquiera con una compañera tan competente como ella.

—Siempre pensé que el trabajo ante las cámaras se me daba bien, pero presentar un informativo es muy distinto de aparecer durante dos minutos trepado a un árbol o detrás de un tanque. —Sonrió con tristeza—. Creo que esto no es lo mío. Y para serte sincero, tampoco me gusta.

Ya había aceptado un puesto de corresponsal en Asia para otra cadena. Viviría la mayor parte del tiempo en Singapur, y estaba impaciente por marcharse. Aunque Maddy había empezado a tomarle afecto, se alegró de que se fuera. Solo se preguntó cuál sería la reacción de Jack cuando se enterase.

Pero Jack no dijo prácticamente nada al respecto. Al día siguiente recibieron un memorándum diciendo que Brad se iría al cabo de una semana. Tenía un contrato provisional de seis meses, pues desde un principio había dudado de que fuese a gustarle el trabajo. Maddy notó que Jack no estaba contento, pero él no lo admitió ante ella. Lo único que dijo fue que la partida de Brad pondría una carga mayor sobre los hombros de ella, al menos hasta que contratasen a otro presentador.

—Espero que tus índices de audiencia no caigan en picado —dijo con tono de preocupación.

Pronto se demostró que sus temores eran infundados. Lejos de bajar, los índices de audiencia se dispararon en cuanto Brad abandonó el programa, hasta el punto que el productor sugirió a Jack dejar que Maddy siguiera trabajando sola. Pero él respondió que ella no tenía suficiente carisma para llevar el programa sola y que contrataría a otro presentador. Era otra manera de despreciarla. Entretanto, los índices de audiencia alcanzaron sus cotas más altas, y aunque Jack no le reconociese el mérito, Maddy se alegró.

A pesar de este éxito, que supuso un inmenso alivio para ella, Bill seguía notándola deprimida cada vez que la llamaba. Llevaba mucho tiempo trabajando hasta la extenuación. Echaba de menos a Greg y Lizzie. Reconoció ante Bill que se sentía desmoralizada, aunque no sabía a ciencia cierta cuál era el motivo. Su humor mejoró notablemente cuando Bill la llamó para decirle que habían conseguido una plaza para Lizzie en la universidad de Georgetown. Tenía las notas y aptitudes necesarias y había enviado una brillante solicitud. Sin embargo, dado que se trataba de una de las universidades más prestigiosas del país, no había sido fácil encontrar un hueco para ella. Finalmente la habían aceptado gracias a las influencias de Bill y a las referencias de los profesores de Lizzie. Maddy estaba encantada por ella. Le contó a Bill que alquilaría un pequeño apartamento en Georgetown para su hija, así podrían verse cuando les apeteciera. Maddy estaba loca de alegría y profundamente agradecida por la ayuda de Bill.

—¡Espera a que se lo cuente!

—Dile que yo no he tenido nada que ver con la decisión —sugirió Bill con humildad—. Se lo ha ganado sola. Lo único que hice fue abrir unas cuantas puertas, pero no lo habría conseguido si ella no lo mereciese.

—Eres un santo, Bill —dijo Maddy, sonriendo.

Le había afligido sobremanera tener que decirle que Jack había tirado el manuscrito a la basura, pero Bill no se había sorprendido. Le había enviado otra copia, que ella había leído en el despacho en sus ratos libres. Lo había terminado el día anterior, de manera que hablaron del libro durante unos minutos. Maddy pensaba que sería un éxito. Además de inteligente, era una obra sincera, conmovedora y llena de humanidad.

El fin de semana siguiente tuvo ocasión de decirle personalmente a Lizzie que la habían aceptado en Georgetown. Jack había viajado a Las Vegas con un grupo de amigos, y ella aprovechó la oportunidad para ir a Memphis. Salieron a comer, hicieron planes y se lo pasaron en grande. Maddy le prometió que le buscaría un apartamento en Georgetown para que pudiese instalarse en diciembre, ya que empezaría las clases después de Navidad. Lizzie no podía creer en su buena suerte.

—Que no sea muy caro —dijo con un rictus de preocupación—. Si voy a estudiar todo el día, solo podré trabajar por las noches y los fines de semana.

—¿Y cuándo piensas estudiar? —preguntó Maddy. Ya hablaba como una madre, y lo cierto es que disfrutaba de cada minuto en su nuevo papel—. Si quieres sacar buenas notas, no podrás trabajar. Piénsalo.

Para Lizzie, no había mucho que pensar. Llevaba un año y medio compaginando los estudios con el trabajo.

—¿Me han ofrecido una beca? —Todavía parecía preocupada.

—No, pero te la ofrezco yo. No seas tonta, Lizzie. Las cosas han cambiado. Ahora tienes una madre. —Y una madre que se ganaba muy bien la vida en uno de los programas de noticias de mayor audiencia del país. Tenía toda la intención de pagar los estudios, la vivienda y los gastos de Lizzie. Y lo dejó muy claro—. No espero que te mantengas. Te mereces un respiro. Ya has sufrido demasiadas estrecheces.

Sentía que debía compensar a su hija, y era lo único que deseaba hacer. No podía cambiar el pasado, pero al menos podría asegurarle el futuro.

—No puedo permitírtelo. Algún día te lo devolveré —dijo Lizzie con solemnidad.

—Si quieres, podrás mantenerme cuando sea vieja —repuso Maddy, y rió—. Como una hija devota.

Lo cierto es que ya sentían devoción la una por la otra, y una vez más pasaron un fin de semana estupendo. Habían descubierto que compartían muchas opiniones y que tenían un gusto parecido en lo referente a la moda y las aficiones. En lo único que discrepaban, y vehementemente, era en sus gustos musicales. Lizzie era una forofa del punk rock y el country, dos estilos que Maddy detestaba.

—Espero que se te pase —bromeó Maddy.

Pero Lizzie juró que no se le pasaría jamás.

—La música que te gusta a ti es tremendamente cursi. ¡Puaj!

Dieron largos paseos y el domingo, después de ir a la iglesia, pasaron una tranquila mañana juntas. Luego Maddy tomó un vuelo a Washington y llegó a casa antes de que Jack regresase de Las Vegas. Había dicho que volvería a medianoche. Ella no le había contado adónde iba, ni pensaba hacerlo. Lizzie todavía era como una bomba de relojería entre ellos.

Por la tarde, mientras deshacía la maleta, sonó el teléfono. Maddy se sorprendió al oír la voz de Bill, que nunca la llamaba a casa por temor a que Jack atendiese.

—¿Es un mal momento? —preguntó con nerviosismo.

—No; está bien. Acabo de regresar de Memphis. Lizzie está como unas pascuas por lo de Georgetown.

—Me alegra oír eso. He estado pensando en ti todo el día. No sé por qué, pero estaba preocupado.

No era ninguna novedad. Desde que Maddy había entrado en su vida, no podía dejar de pensar en ella. Se encontraba en una situación difícil. Pensaba que le debía tanto a Jack que tenía que soportar cualquier cosa que él le hiciese, y hasta el momento Bill no había logrado convencerla de lo contrario. Era profundamente frustrante para él, que vivía preocupado por Maddy. Hasta había hablado de ella con sus hijos, que se sorprendieron al descubrir que la conocía.

—¿Tu marido está por ahí? —preguntó con cautela. Dedujo que Jack no estaba cerca, puesto que Maddy había mencionado a Lizzie.

—No. Se fue a pasar el fin de semana a Las Vegas con unos amigos. Hoy iban a cenar y a ver un espectáculo, de modo que volverán tarde. Dijo que estaría aquí a medianoche, pero apuesto a que no llegará hasta las tres o las cuatro de la madrugada.

—Entonces ¿qué te parece si cenamos juntos? —preguntó de inmediato, contento de encontrarla sola—. Estaba a punto de preparar un poco de pasta y ensalada. ¿Puedo tentarte con algo tan sencillo? Si lo prefieres, podemos salir a un restaurante.

Era la primera vez que la invitaba a cenar, aunque habían almorzado juntos varias veces y ella siempre disfrutaba de su compañía. Bill se había convertido en su mentor, su confidente y, en cierto sentido, su ángel guardián. Ahora que Greg estaba lejos, era su mejor amigo.

—Será un placer —respondió con una sonrisa. Convinieron que la casa de Bill era el sitio ideal. No querían dar lugar a habladurías y, dado el reciente interés que había suscitado Maddy en la prensa sensacionalista, era un riesgo que debían tener en cuenta—. ¿Quieres que lleve algo? ¿Vino? ¿Un postre? ¿Servilletas? —Parecía feliz con la perspectiva de verlo.

—Tráete a ti. Y no esperes demasiado. Mi comida es muy sencilla. De hecho, no aprendí a cocinar hasta el año pasado.

—No te preocupes. Yo te ayudaré.

Media hora después Maddy llegó a casa de Bill con una botella de vino, vestida con tejanos y un jersey blanco. Con el cabello suelto, se parecía más que nunca a Lizzie. Y Bill se lo hizo notar.

—Es una chica estupenda —dijo Maddy con orgullo, como si siempre hubiesen vivido juntas.

Se maravilló de lo eficiente que era Bill en la cocina. Llevaba tejanos y una almidonada camisa azul que se había arremangado para hacer la ensalada. Calentó el pan que había comprado especialmente para ella y le sirvió unos deliciosos *fettuccine* Alfredo. El vino tinto que había llevado Maddy era el acompañamiento perfecto. Sentados en la confortable cocina, mirando hacia el jardín que tanto amaba Bill, hablaron de infinidad de cosas. Los puestos diplomáticos, la carrera académica, el libro y los hijos de Bill y el programa de Maddy. Se sentían cómodos juntos, como buenos amigos. Bill tenía la sensación de que podía hablar con ella de cualquier cosa, incluso de sus dudas sobre el matrimonio de su hija. Pensaba que esta trabajaba en exceso, que había tenido demasiados hijos en poco tiempo y que su marido era demasiado crítico con ella. Parecía una bonita familia, y Maddy la habría envidiado aún más si no hubiese tenido a Lizzie.

—No me di cuenta de lo importantes que eran los hijos hasta que perdí la posibilidad de tenerlos. Fui una tonta al dejar que Jack me convenciera de que me operase, pero era muy importante para él, y había hecho tanto por mí que pensé que se lo debía. Durante toda mi vida he permitido que decidieran por mí en este aspecto: si debía o no tener hijos, entregarlos en adopción e incluso renunciar a ellos para siempre. —Le parecía increíble estar hablando de este tema con Bill, pero el rencor y la angustia habían desaparecido casi por completo desde que había encontrado a Lizzie—. Imagina lo triste que habría sido mi vida si nunca hubiese tenido hijos.

—Me cuesta imaginarlo. Mis hijos son lo único que me hace pensar que la vida merece la pena —reconoció—. A veces creo que he estado más pendiente de ellos que Margaret. Ella era más despreocupada. Yo me he preocupado más por ellos, incluso he sido un poco sobreprotector.

Maddy lo entendía. Ella se preocupaba constantemente por Lizzie, temiendo que le ocurriese algo y que la mayor bendición de su vida se desvaneciera de repente. Como si fuese un regalo demasiado bueno para ella y en cualquier momento fuesen a castigarla, arrebatándosela.

—Siempre me sentí culpable por haber dado a mi hija en adopción. Es un milagro que sea tan buena chica. En algunos aspectos es mucho más equilibrada que yo —dijo Maddy con admiración.

Bill le sirvió un bol de *mousse* de chocolate. Estaba deliciosa, como el resto de la comida.

—No ha sufrido tantos golpes como tú, Maddy. Tu entereza es sorprendente. Aunque estoy seguro de que Lizzie debió de pasar momentos difíciles en las casas de acogida y los orfanatos. Tampoco ella tuvo las cosas fáciles. Es una suerte que ahora os tengáis la una a la otra. —Entonces le hizo una pregunta extraña—: Ahora que sabes lo que significa ser madre, ¿querrías tener más hijos?

—Me encantaría, pero no será posible —respondió con una sonrisa triste—. No abandoné a ningún otro niño y no puedo concebir... La única manera sería adoptar uno, pero Jack no me lo permitirá.

A Bill le entristeció comprobar que Jack seguía desempeñando un papel importante en la vida de Maddy. Ya no hablaba de dejarlo. Aunque no se sentía cómoda con su situación, tampoco había reunido el valor necesario para separarse. Y todavía pensaba que estaba en deuda con Jack, sobre todo después del sufrimiento que le había causado al mentirle sobre Lizzie.

—¿Y si Jack no existiese? ¿Adoptarías un niño?

Era una pregunta absurda, pero Bill sentía curiosidad. Saltaba a la vista que a Maddy le gustaban los niños y que disfrutaba de su nueva relación con su hija. A pesar de su inexperiencia, era una madre excelente.

—Probablemente —respondió, sorprendiéndose a sí misma—. No lo había pensado, quizá porque nunca me había planteado dejar a Jack. Incluso ahora, no sé si alguna vez tendré el valor de hacerlo.

—¿Es lo que quieres? Me refiero a dejar a Jack.

Bill a veces lo dudaba. Ese aspecto de la vida de Maddy estaba lleno de culpa, confusión y conflictos. En opinión de él, la relación que mantenían no era lo que debía ser un matrimonio. Simplemente, ella era una víctima.

—Me gustaría dejar atrás la angustia, el miedo y la culpa que siento cuando estoy con él... Supongo que lo que desearía es tenerlo a él sin todas esas cosas, pero dudo que sea posible. Sin embargo, cuando me planteo la posibilidad de abandonarlo, pienso que voy a renunciar al hombre que esperaba que fuese, al hombre que fue al principio de la relación y ha seguido siendo en ocasiones. Y cuando me planteo la posibilidad de quedarme a su lado, pienso que me quedaré con el cabrón que puede llegar a ser y que es muy a menudo. Es difícil conciliar esas dos cosas. No estoy segura de quién es él, de quién soy yo ni de quién seré si me marcho. —Era la explicación más razonable que podía darle, y Bill empezó a entenderla un poco mejor.

—Es posible que todos hagamos algo parecido, aunque en menor medida.

En cierto modo, las dudas paralizaban a Maddy porque creía que las dos facetas de Jack pesaban lo mismo; para Bill, en cambio, los malos tratos deberían haber inclinado la balanza. Pero él no había vivido la infancia traumática que predisponía a Maddy a aguantar los desplantes de Jack, por cruel que fuese. Había tardado casi nueve años, siete de ellos casada con él, para darse cuenta de que sus dos maridos tenían muchas cosas en común. La única diferencia era que las agresiones de Jack eran más sutiles.

—Incluso en mi caso —prosiguió Bill—. He olvidado algunos de los rasgos de Margaret que solían irritarme. Cuando miro atrás y rememoro los años que pasamos juntos, todo me parece perfecto. Pero tuvimos nuestras diferencias, como la mayoría de las parejas, y un par de crisis importantes. Cuando acepté mi primer cargo diplomático y decidí irme de Cambridge, ella amenazó con dejarme. No quería ir a ninguna parte y pensaba que yo estaba loco. La vida me demostró que tenía razón. —Miró a Maddy con tristeza—. Si no nos hubiésemos ido, ella seguiría viva, ¿no?

—No digas eso —susurró Maddy y extendió el brazo para tocarle la mano—. Lo que ocurre es obra del destino. Podría haber muerto en un accidente de avión o de coche, asesinada en la calle, de cáncer... Tú no podías prever lo que iba a pasar. Y sin duda pensaste que hacías lo mejor.

—Así es. Nunca pensé que Colombia fuese un país peligroso ni que correríamos un riesgo importante. Si lo hubiese sabido no habría aceptado el cargo.

—Lo sé. —La mano de Maddy seguía sobre la de Bill, que la tomó en la suya y la apretó. Era reconfortante estar con ella—. Estoy segura de que tu mujer también lo sabía. No puedes negarte a subir a un avión únicamente porque a veces se estrellan. Hay que vivir la vida de la mejor manera posible y correr riesgos razonables. La mayoría de las veces vale la pena. No debes atormentarte por lo que pasó. No es justo. Mereces algo mejor.

—Y tú también —dijo Bill sin soltarle la mano y mirándola a los ojos—. Ojalá me creyeses.

—Procuro creerlo —respondió ella en voz baja—. Durante años la gente me dijo que no merecía nada bueno. Es difícil hacer oídos sordos a esa clase de comentarios.

—Desearía poder borrar todo eso, Maddy. Mereces una vida mucho mejor que la que has tenido. Ojalá pudiese protegerte y ayudarte.

—Lo haces; más de lo que piensas. Sin ti estaría perdida.

Le contaba todo: sus esperanzas, temores y problemas. No le ocultaba nada, y Bill sabía mucho más de ella que Jack. Se sentía profundamente agradecida por su lealtad.

Bill sirvió dos tazas de café y fueron a sentarse al jardín. La noche estaba fresca pero agradable, y cuando se sentaron en un banco, Bill le rodeó los hombros con un brazo. Había sido una velada perfecta y un fin de semana precioso.

—Si puedes, repetiremos este encuentro —musitó Bill. Había sido una suerte que Jack estuviese en Las Vegas.

—No creo que Jack lo entendiese —repuso Maddy con sinceridad.

Ni siquiera ella terminaba de entenderlo. Sabía que Jack se enfadaría si se enteraba de que había cenado con Bill Alexander, pero ya había decidido que no se lo diría. Últimamente le ocultaba muchas cosas.

—Puedes contar conmigo siempre que me necesites, Maddy. Espero que lo sepas. —Se volvió a mirarla a la luz procedente del salón y de la luna.

—Lo sé, Bill. Gracias.

Se miraron largamente; luego él la atrajo hacia sí y permanecieron un rato sentados en silencio, cómodos y en paz con su mutua compañía, como buenos amigos.

16

Octubre fue un mes más ajetreado de lo habitual para todos. La actividad social estaba en su apogeo. En el mundo de la política había más tensiones que de costumbre. Los conflictos en Irak continuaban cobrándose víctimas, lo que causaba un malestar general en la ciudadanía. De improviso, Jack contrató un nuevo compañero para Maddy. Aunque hacía su trabajo mejor que Brad, era conflictivo, envidioso y hostil hacia Maddy. Se llamaba Elliott Noble. Tenía experiencia como presentador de informativos y, a pesar de su notable frialdad, era brillante. Al menos esta vez los índices de audiencia no bajaron; incluso subieron ligeramente. Pero a diferencia de Greg, e incluso de Brad, era insoportable como compañero de trabajo.

Una semana después de que Elliott ocupase su puesto, Jack le anunció a Maddy que se iban a Europa. Debía asistir a unas reuniones en Londres durante tres días y quería que ella lo acompañase. A ella no le pareció conveniente dejar solo a Elliott tan pronto: temía que el público pensara que estaba allí para reemplazarla. Pero Jack respondió que nadie pensaría una cosa semejante y se mostró inflexible. Finalmente Maddy aceptó acompañarlo, pero a última hora pilló un resfriado y una infección de oído y tuvo que quedarse. Jack se marchó solo y tan molesto que decidió quedarse toda la semana en Inglaterra y visitar a unos amigos de Hampshire durante el fin de semana. Maddy se alegró, ya que eso le permitió ver a Lizzie e incluso buscar apartamento con ella. Lo pasaron bien, pero no encontraron ningún piso que les gustara. Sin embargo, tenían mucho tiempo. No necesitaban un sitio hasta diciembre.

Bill las invitó a cenar, y camino de casa Maddy se detuvo a

comprar algo para el desayuno y se quedó de piedra al ver el nombre de Jack en la primera página de un diario sensacionalista. «¿El marido de Maddy Hunter sigue loco por su chica?», decía la frase que llamó su atención. Y debajo: «Dulce venganza: parece que él también tiene una nena nueva». La nota estaba ilustrada con una foto de Jack con otra mujer. Era difícil precisar si se trataba de un montaje o de una fotografía real, pero Jack aparecía saliendo de Annabel's de la mano de una rubia muy bonita y muy joven. Tenía una expresión de asombro en la cara. La de Maddy fue aún mayor cuando lo vio. Puso el periódico sobre el mostrador con el resto de las cosas que había comprado. Lo leyó atentamente cuando regresaron a casa y admitió ante Lizzie que estaba disgustada.

—Ya sabes cómo son estas cosas. Es posible que estuvieran con un grupo grande, o que ella sea una amiga, o la esposa o novia de otro. Son unos cretinos y la mayoría de las veces mienten. Nadie les cree —dijo Lizzie, tratando de consolarla.

Era una explicación razonable, pero Maddy se sintió como si la hubieran abofeteado mientras miraba la foto de su marido con otra mujer.

Hacía dos días que no la llamaba, de manera que decidió telefonearle al número que le había dejado. Era del hotel Claridge, donde le dijeron que Jack se había marchado antes del fin de semana y que no había dejado ningún número de contacto. Maddy no volvió a hablar del tema, pero pasó el fin de semana rumiando su ira y cuando él regresó, el lunes, estaba furiosa.

—Qué humor —dijo él con tono jovial el lunes por la noche, al volver a casa—. ¿Qué pasa, Mad? ¿Todavía te duele el oído? —Estaba de excelente humor. Sin decir una palabra, Maddy sacó el periódico y se lo enseñó—. ¿Y qué? ¿Cuál es el problema? Estábamos con un grupo y salimos juntos. Que yo sepa, no es un crimen.

No parecía sentirse culpable ni trató de disculparse, una reacción que Maddy no supo si interpretar como una bravuconada o una señal de inocencia.

—¿Bailaste con ella? —preguntó mirándolo a los ojos.

—Claro. Esa noche bailé con muchas mujeres. No me la tiré, si eso es lo que te preocupa. —Fue directo al grano y se lo veía molesto por las dudas de ella—. ¿Me estás acusando de algo, Maddy? —dijo como si su fidelidad no estuviera en entredicho y la que hubiese obrado mal fuese su mujer.

—Estaba preocupada. Es una chica muy guapa, y el artículo insinúa que saliste con ella.

—Los artículos que escriben sobre ti te dejan como una puta barata, pero yo no les doy crédito, ¿no?

Maddy dio un respingo, como si hubiera recibido un golpe en el estómago.

—Lo que acabas de decir es muy desagradable, Jack —protestó en voz baja.

—También es verdad, ¿no? A mí nadie me ha fotografiado con un hijo ilegítimo, ¿no es así? Si lo hubiesen hecho, tendrías derecho a quejarte. Pero tal como están las cosas, no lo tienes. Además, teniendo en cuenta las mentiras que me has dicho y las cosas que me has ocultado, ¿quién me culparía por engañarte?

Como de costumbre, todo era culpa de ella y se lo merecía. Maddy pensó que tenía algo de razón. Todavía no le había dicho que pensaba llevar a Lizzie a vivir a Washington ni que veía a Bill de vez en cuando y hablaba con él a diario. En lugar de centrarse en el tema de su fidelidad, Jack había logrado cambiar las tornas y hacerla sentir culpable.

—Lo lamento. Es que parecía... —Estaba nerviosa y se sentía fatal por haber pensado algo semejante de Jack.

—No deberías hacer acusaciones a la ligera, Mad. ¿Cómo va el trabajo?

Como de costumbre, restó importancia a la respuesta de Maddy. Solo se mantenía centrado en un tema cuando le convenía, y esta vez no era así. Había aprovechado el incidente para acobardar a Maddy, y una vez más ella había reconocido que estaba equivocada.

De hecho, debido a lo que ella le había dicho y lo que había pensado al ver la foto del periódico, Jack la acusó en varias ocasiones de flirtear con su nuevo compañero de programa. Elliott era joven, soltero y apuesto, y Jack comenzó a mortificarla diciendo que circulaban rumores sobre ellos. Cuando Maddy se lo contó a Bill, este le hizo notar que Jack solo intentaba desviar su atención del problema. Pero ella siguió angustiada, pensando que hablaba en serio.

Pero los comentarios de Jack sobre Elliott no eran nada comparados con los que hizo sobre Bill Alexander cuando alguien le contó que lo había visto comiendo con Maddy en Bombay Club.

—¿Por eso me montaste ese numerito sobre mi foto en Annabel's? ¿Para despistarme? ¿Te estás tirando a ese viejo pesado, Mad? Si es así, lo lamento por ti. Aunque supongo que ya no podrás conseguir nada mejor.

—¡Qué repugnante! —exclamó ella con furia, indignada por la acusación y el insulto a Bill. Bill no era viejo ni pesado. Era un hombre interesante, divertido, bueno, decente y muy apuesto. Y aunque le llevaba veintiséis años a Maddy, ella nunca reparaba en ese detalle cuando estaban juntos.

Las cosas empeoraron cuando Jack interrogó a espaldas de Maddy a una de las recepcionistas, y esta mencionó inocentemente las llamadas de Bill. Presionada por Jack, la secretaria reconoció que Bill telefoneaba a Maddy prácticamente a diario. Cinco minutos después, Jack estaba en el despacho de su esposa, acusándola y amenazándola.

—¡Zorra! ¿Qué hay entre vosotros? ¿Cuándo empezó? ¿En vuestra misericordiosa comisión de apoyo a las mujeres? No olvides que ese hijo de puta consiguió que mataran a su esposa. Si no tienes cuidado, podría hacerte el mismo favor.

—¿Cómo puedes decir una cosa así? —Los ojos de Maddy se llenaron de lágrimas ante la brutalidad de esas palabras. No sabía cómo defenderse ni tenía forma de demostrar que no se acostaba con Bill Alexander—. Solo somos amigos. Nunca te he engañado, Jack. —Sus ojos imploraban que le creyese. En lugar de aborrecerlo por lo que acababa de decir, se sintió destrozada.

—Cuéntale eso a algún incauto. Yo soy más listo, ¿recuerdas? Soy el tipo a quien mentiste sobre tu hija.

—Eso fue diferente. —Sentada en el escritorio, se echó a llorar mientras él continuaba castigándola con sus palabras.

—No, no lo fue. No creo una sola palabra de lo que dices, ¿por qué iba a hacerlo? Tengo buenos motivos para desconfiar de ti. Tu supuesta hija es una prueba de ello, si es que aún necesitas que te lo recuerde.

—Somos amigos, Jack, eso es todo.

Pero él se negó a escucharla y salió dando un portazo tan fuerte que estuvo en un tris de romper el cristal de la puerta. Maddy permaneció sentada, temblando. Seguía cuando Bill la llamó, media hora después, y le contó lo sucedido.

—Creo que deberías dejar de llamarme. Jack piensa que tenemos una aventura. —Naturalmente, tampoco podrían comer juntos. Maddy se sentía como si le hubieran desconectado el respirador artificial, pero no veía otra alternativa—. Te llamaré yo. Será más fácil —dijo con tristeza.

—No tiene ningún derecho a hablarte de esa manera. —Bill estaba furioso, a pesar de que ella le había dado una versión suavizada de los hechos. Si hubiera oído las verdaderas palabras de Jack, se habría puesto fuera de sí—. Lo siento mucho, Maddy.

—No te preocupes. Es culpa mía. Lo ofendí cuando lo acusé de salir con otra en Londres.

—Por el amor de Dios: viste una foto de los dos. No fue una suposición descabellada.

—Bill estaba convencido de que Jack había mentido al respecto, pero no lo dijo. En cambio, con voz acongojada, hizo una pregunta cargada de intención—: ¿Cuánto tiempo más piensas seguir aguantándolo, Maddy? Ese hombre te trata como a basura. ¿No te das cuenta?

—Sí... pero tiene razones. Le mentí acerca de Lizzie. Lo provoqué. Hasta le mentí sobre ti. A mí tampoco me haría gracia descubrir que habla a diario con otra mujer.

—¿Quieres que dejemos de hacerlo? —preguntó Bill, asustado.

Pero ella se apresuró a tranquilizarlo.

—No, en absoluto. Pero entiendo cómo se siente Jack.

—Yo creo que no tienes la menor idea de cómo se siente, si es que *siente* algo. Es tan manipulador y perverso que sabe exactamente cómo hacerte sentir culpable. ¡Es él quien debería sentirse culpable y pedir perdón!

Bill parecía muy enfadado. Continuaron hablando durante un rato, hasta que acordaron que ella lo llamaría cada día y que no saldrían a comer por un tiempo, o lo harían discretamente y muy de vez en cuando en casa de Bill. A la propia Maddy le parecía un plan artero, pero era arriesgado que los viesen en público y no querían dejar de verse. Ella necesitaba al menos un amigo, y aparte de Lizzie, Bill era la única persona con quien podía contar.

La situación en casa de los Hunter permaneció tensa varios días y luego, por esas vueltas del destino, ella y Jack asistieron a una fiesta en la residencia de un congresista y se encontraron con Bill.

El congresista, que había estudiado con Jack, había olvidado decirle a Maddy que Bill también estaría presente.

La reacción de Jack al ver a Bill fue inmediata: se acercó a su mujer y le apretó el brazo con tanta fuerza que le dejó una marca blanca. Maddy captó el mensaje en el acto.

—Si hablas una sola palabra con él, te sacaré a rastras de aquí —le dijo al oído.

—Entendido —respondió ella con otro murmullo.

Eludió las miradas de Bill para hacerle entender que no podía hablar con él, y cada vez que se le acercaba se ponía al lado de Jack para tranquilizarlo. Nerviosa y pálida, se sintió incómoda durante toda la velada y, en cierto momento, cuando Jack fue al lavabo, miró a Bill con ojos suplicantes. Este pasó por delante de ella con cara de preocupación. Había reparado instantáneamente en la tensión que reflejaba la cara de Maddy.

—No puedo hablar contigo... Está furioso...

—¿Te encuentras bien? —Estaba profundamente inquieto por ella. Consciente de lo que ocurría, se había abstenido de hablarle.

—Estoy bien —respondió ella, apartándose rápidamente.

Pero Jack regresó justo cuando Bill se alejaba y de inmediato se dio cuenta de lo ocurrido. Caminó con determinación hacia Maddy y le siseó con un tono que la asustó:

—Nos vamos. Coge tu abrigo.

Maddy dio educadamente las gracias al anfitrión y unos minutos después se marchó con su marido. Eran los primeros en marcharse, pero dado que la cena había terminado, no suscitaron comentarios. Jack adujo que ambos tenían una reunión a primera hora de la mañana siguiente. Solo Bill se quedó preocupado, pensando que ni siquiera podría llamarla para averiguar cómo estaba. Jack comenzó a hostigarla en cuanto arrancó el coche, y Maddy sintió la tentación de saltar y correr. Estaba inquieta por Bill.

—¡Joder! ¿Crees que soy imbécil? Te dije que no hablaras con él... Vi cómo lo mirabas... ¿Por qué no te subiste la falda, te quitaste las bragas y se las arrojaste?

—Jack, por favor... Somos amigos, eso es todo. Ya te lo he dicho. Él aún está sufriendo por su esposa y yo estoy casada contigo. Trabajamos juntos en la comisión. No hay nada más. —Habló con toda la serenidad de que era capaz, evitando provocarlo, pero fue inútil. Jack estaba fuera de sí.

—¡Eso es una mentira podrida, puta! Sabes muy bien lo que haces con él, y yo también. Igual que todo Washington, supongo. ¿Te das cuenta de que me haces pasar por idiota? No estoy ciego, Maddy. Dios, las cosas que tengo que aguantarte. No puedo creerlo.

Ella no volvió a hablar. Cuando llegaron a casa, Jack dio un portazo tras otro, pero no la tocó. Ella pasó toda la noche encogida en la cama, temiendo su reacción, pero no le hizo nada. Al día siguiente, cuando Maddy le sirvió el café, Jack estaba frío como el hielo. Le hizo una única advertencia:

—Si vuelves a hablar con él te mandaré a la puta calle, que es donde deberías estar. ¿Lo has entendido? —Maddy asintió en silencio, conteniendo las lágrimas y aterrorizada ante esa perspectiva—. No pienso tolerar más mentiras. Anoche me humillaste. No le quitabas los ojos de encima y parecías una perra en celo.

Habría querido discutir, defenderse, pero no se atrevió. Se limitó a asentir y fue con él en silencio hasta la cadena. Lo más sensato sería llamar a Bill y decirle que no podía volver a verlo ni hablar con él. Pero era su cuerda de salvamento, el delgado hilo que había entre ella y el abismo al que temía caer. Aunque no sabía qué le ocurría ni por qué, estaba convencida de que su vínculo con Bill era especial, y por mucho que Jack la amenazara, sería incapaz de dejar de verlo. Independientemente del precio y los riesgos. Era consciente de que iba a hacer algo peligroso y se lo advirtió seriamente a sí misma, pero ya no podía detenerse.

17

Jack seguía enfadado con Maddy y esta llamaba discretamente a Bill desde su despacho todos los días. Una tarde, mientras hablaba con él, oyó un grito en la sala de redacción. Aguzó el oído y le avisó a Bill que pasaba algo.

—Te llamaré luego —dijo y colgó. Salió del despacho para averiguar la causa del bullicio.

Todos estaban apiñados alrededor de un televisor, de manera que en un principio no pudo ver qué miraban. Pero alguien se apartó y Maddy vio y oyó el boletín que había interrumpido la programación de todas las cadenas. Habían disparado al presidente Armstrong, que se encontraba en estado crítico y en esos momentos era trasladado en helicóptero al Hospital Naval de Bethesda.

—Ay, Dios mío... Dios mío... —murmuró Maddy. Solo podía pensar en la primera dama.

—¡Coge tu abrigo! —le gritó el productor—. Tenemos un helicóptero esperándote en el National.

El cámara ya estaba preparado, y en cuanto alguien le pasó su abrigo y su bolso, Maddy corrió al ascensor sin detenerse a hablar con nadie. El mismo boletín había informado de que la primera dama estaba con el presidente. Cuando subió al coche que la llevaría al aeropuerto, llamó a la cadena por el teléfono móvil. El productor estaba esperando su llamada.

—¿Cómo ha sido? —preguntó ella.

—Todavía no lo saben. Un tipo salió de entre la multitud y le disparó. Le dieron también a un agente del servicio secreto, pero aún no hay ningún muerto. —*Aún*. Esa era la palabra clave.

—¿Sobrevivirá? —Esperó la respuesta con los ojos cerrados.

—Todavía no lo sabemos. La cosa no pinta bien. En las imágenes que están mostrando ahora hay sangre por todas partes. Acaban de pasar el atentado en cámara lenta. Estaba estrechando manos, despidiéndose de un grupo de personas, y un tipo de aspecto inofensivo le disparó. Lo han detenido, pero aún no han divulgado su nombre.

—Mierda.

—Mantente en contacto. Habla con el mayor número de personas posible: médicos, enfermeras, agentes del servicio secreto y hasta la primera dama, si es que te dejan verla. —Sabía que eran amigas, y en esta profesión no había relaciones sagradas. Esperaban que aprovechara cualquier oportunidad, aunque para ello tuviera que pecar de grosera—. Enviaremos un equipo en coche por si necesitas ayuda. Pero quiero que tú cubras la noticia.

—Lo sé, lo sé.

—Y no ocupes la línea. Es posible que tengamos que llamarte.

—Estaré en contacto.

Puso la radio del coche, pero durante cinco minutos repitieron lo mismo una y otra vez. Tras un breve titubeo, Maddy llamó a Bill para darle la noticia.

—No puedo hablar mucho —explicó rápidamente—. Debo mantener la línea libre. ¿Te has enterado?

—Acabo de oírlo por la radio. Dios mío, no puedo creerlo.

Lo de Kennedy se repetía, aunque para Maddy era peor. No se trataba solo de un hecho histórico o político; ella conocía a los protagonistas.

—Estoy yendo hacia Bethesda. Te llamaré.

—Cuídate.

No tenía necesidad de cuidarse, pues no corría peligro. Pero Bill se lo dijo de todas maneras, y después de colgar se quedó contemplando el jardín por la ventana y pensando en ella.

Durante las cinco horas siguientes, la actividad de Maddy fue una locura. En el hospital había una zona restringida para los periodistas y puestos de café en el exterior. El secretario de prensa acudía a hablar con ellos cada media hora. Todos trataban de entrevistar a los empleados del hospital, pero de momento no había novedades ni historia.

El presidente había entrado en el quirófano a mediodía y a las siete de la tarde aún no había salido. La bala le había perforado un pulmón y causado daños en un riñón y el bazo. Milagrosamente, no había tocado el corazón, pero el presidente sufría una importante hemorragia interna. Y nadie había visto a la primera dama, que estaba esperando a su marido en la sala de recuperación, observando la intervención mediante un circuito cerrado de televisión. No había nada más que decir hasta que el paciente saliera del quirófano y los médicos pudiesen evaluar su estado. Estos calculaban que seguiría allí hasta medianoche. Y Maddy también, por lo tanto.

En el vestíbulo había más de un centenar de fotógrafos sentados en los sofás, las sillas, sobre los bolsos de las cámaras e incluso en el suelo. Por todas partes había vasos de cartón y bolsas de comida rápida. Un grupo de reporteros esperaba en el exterior del edificio, fumando. Parecía una zona de guerra.

Maddy y el cámara que le habían asignado se habían apostado en un rincón de la sala y conversaban en voz baja con un grupo de periodistas conocidos, reporteros de otras cadenas y de periódicos importantes.

Había hecho un resumen de la noticia en la puerta del hospital para el informativo de las cinco. A las siete la habían filmado en el vestíbulo. Elliott Noble estaba en el estudio y se comunicaba con ella regularmente. Maddy volvió a salir en antena en las noticias de las once, aunque no pudo decir nada nuevo. Los médicos que atendían al presidente se mostraban moderadamente optimistas.

Era casi medianoche cuando Jack la llamó al móvil.

—¿No puedes conseguir algo más interesante, Mad? Por Dios, esto es un muermo, estamos emitiendo siempre lo mismo. ¿Has intentado ver a la primera dama?

—Está esperando fuera del quirófano, Jack. No la ha visto nadie más que los agentes del servicio secreto y el personal del hospital.

—Entonces ponte una bata blanca, joder. —Como de costumbre, la presionaba para que hiciera las cosas mejor.

—No creo que nadie tenga más información que nosotros. Todo está en manos de Dios.

Aún no sabían si el presidente sobreviviría. Jim Armstrong no era joven, y curiosamente ya le habían disparado antes. Pero la vez anterior vez solo había sufrido una herida superficial.

—Supongo que esta noche te quedarás allí —dijo Jack. Era más una orden que una pregunta, pero Maddy ya había previsto quedarse.

—Quiero estar aquí por si pasa algo. Habrá una conferencia

de prensa en cuanto acabe la intervención. Nos han prometido que hablaremos con uno de los cirujanos.

—Llámame si hay alguna novedad importante. Ahora me voy a casa.

Seguía en la cadena, como la mayoría del personal. Había sido una jornada interminable y todo indicaba que les esperaba una larga noche. Pero si el presidente no se recuperaba, los días siguientes serían aún peores. Por el bien de la primera dama, Maddy esperaba que saliera de esta. Lo único que podían hacer ahora era rezar. Todo estaba en manos de Dios y de los cirujanos.

Después de la llamada de Jack, Maddy tomó otro café. Había bebido litros de café y no había comido prácticamente nada en todo el día. Pero estaba demasiado afligida por lo sucedido para sentir hambre.

Al cabo de un rato llamó a Bill, y al ver que no respondía enseguida se preguntó si estaría durmiendo. Cuando por fin contestó, Maddy notó con alivio que no tenía voz de dormido.

—¿Te he despertado? —preguntó.

Él la reconoció en el acto y dijo que se alegraba de oírla. Había visto todos los boletines emitidos desde el hospital y tenía el televisor encendido por si Maddy volvía a aparecer.

—Lo siento, estaba en la ducha. Deseaba que me llamases. ¿Cómo va todo?

—No hay novedades —respondió, cansada pero contenta de hablar con él—. Estamos sentados, esperando. Debería salir del quirófano en cualquier momento. No puedo dejar de pensar en Phyllis.

Maddy sabía cuánto amaba la primera dama a su marido. Todos lo sabían, pues ella no lo ocultaba. Llevaban cincuenta años casados, y Maddy no soportaba la idea de que su matrimonio acabase de esa manera.

—Supongo que no has podido verla, ¿no? —preguntó Bill, aunque no había visto a la primera dama en ningún informativo.

—Está arriba. Ojalá pudiese verla, no por nosotros, solo para decirle que estamos a su lado —respondió Maddy.

—Estoy segura de que ya lo sabe. Dios, ¿cómo es posible que pasen estas cosas? A pesar de todas las medidas de seguridad, de vez en cuando nos dan un susto como este. Vi la cinta del atentado en cámara lenta. El tipo salió de la nada y le disparó. ¿Cómo está el agente herido?

—Lo operaron esta tarde. Dicen que su estado es estable. Tuvo suerte.

—Espero que Jim también la tenga —dijo Bill con tono solemne—. ¿Y tú? Debes de estar agotada.

—Casi. Hemos estado toda la tarde de pie, esperando una novedad.

Ambos recordaron el atentado contra John Kennedy en Dallas. Había sucedido cuando Bill estaba en su primer año de universidad, y antes de que Maddy naciera, pero ella había visto la filmación.

—¿Quieres que te lleve comida? —preguntó Bill con tono de preocupación.

Maddy sonrió.

—Aquí hay unos dos mil donuts y toda la comida rápida de Washington. Pero gracias por el ofrecimiento. —Vio que un grupo de médicos se acercaba a un micrófono y le dijo a Bill que tenía que colgar.

—Llámame si pasa algo. Que no te preocupe despertarme. Estaré aquí si me necesitas.

A diferencia de Jack, que se había limitado a quejarse porque los boletines eran aburridos.

Uno de los médicos llevaba bata verde, gorro y polainas de papel, de modo que Maddy dedujo que acababa de salir del quirófano. En cuanto subió a la tarima que habían montado en el vestíbulo, todos los periodistas se congregaron a su alrededor.

—No vamos a dar ninguna noticia dramática —dijo con seriedad mientras las cámaras empezaban a enfocarlo—; tenemos razones para ser optimistas. El presidente es un hombre fuerte y sano, y desde el punto de vista médico la operación ha sido un éxito. Hemos hecho todo lo que hemos podido y los mantendremos informados durante la noche. El presidente está fuertemente sedado, pero cuando lo dejé comenzaba a recuperar el conocimiento. La señora Armstrong me ha pedido que les dé las gracias a todos. Ha dicho que lamenta mucho que tengan que pasar la noche aquí —añadió con una sonrisa cansina—. Eso es todo por el momento.

El cirujano se bajó de la tarima sin hacer más comentarios. Ya les habían advertido que no habría preguntas. Los médicos no disponían de más información. El resto estaba en manos de Dios.

El móvil de Maddy sonó en cuanto el médico se hubo marchado. Era Jack.

—Hazle una entrevista.

—No puedo, Jack. Ya nos avisaron que no responderían preguntas. Ese hombre ha estado operando durante doce horas y nos ha dicho todo lo que sabe.

—Y una mierda. Lo que ha dicho es basura para contentar a la prensa. Que sepamos, el presidente podría estar clínicamente muerto.

—¿Qué quieres que haga? ¿Que me cuele en la habitación de Armstrong por el conducto de la ventilación? —Estaba cansada y molesta por las absurdas exigencias de Jack. Todos los periodistas estaban en la misma situación. Tendrían que esperar nuevos informes, y no serviría de nada acosar a los cirujanos.

—No te hagas la graciosa, Mad —replicó Jack, visiblemente irritado—. ¿Quieres que los espectadores se duerman? ¿O es que trabajas para otra cadena?

—Sabes muy bien lo que está pasando aquí. Todos tenemos la misma información —dijo, exasperada.

—A eso me refería. Consigue algo diferente.

Le colgó sin despedirse, y un reportero de otra cadena sonrió y se encogió de hombros en actitud comprensiva.

—Mi jefe de redacción también me está volviendo loco. Si son tan listos, ¿por qué no vienen aquí y lo hacen ellos?

—Recordaré esa sugerencia —respondió Maddy con una sonrisa. Se sentó en una silla, cubierta con su abrigo, a esperar el siguiente informe.

A las tres de la mañana apareció un equipo de médicos, y los periodistas que estaban dormidos se despertaron para escuchar lo que tenían que decirles. Era más o menos lo mismo. El presidente seguía igual. Había recuperado la conciencia, estaba en estado crítico y su esposa se encontraba a su lado.

Fue una noche interminable, y excepto por otro breve informe a las cinco, nadie les dio ninguna noticia relevante hasta las siete de la mañana. Maddy estaba despierta, bebiendo café. Había dormido aproximadamente tres horas, aunque a intervalos, y se sentía entumecida por la postura que había tenido que adoptar en la silla. Era como pasar la noche en un aeropuerto durante una tormenta de nieve.

Pero a las siete recibieron noticias mejores. Los médicos reconocieron que el presidente estaba dolorido e incómodo, pero le había sonreído a su esposa y había expresado su gratitud para con la nación. El equipo de cirujanos estaba muy satisfecho. Hasta se atrevieron a decir que, a menos que surgieran complicaciones inesperadas, Armstrong sobreviviría.

Media hora después, la Casa Blanca reveló la identidad del autor del atentado. Se referían a él como el «sospechoso», aunque medio país lo había visto disparar al presidente. La CIA descartó que se tratase de una conspiración. El hijo del agresor había muerto en acción en Irak el verano anterior, y el hombre culpaba al presidente. Era un individuo sin antecedentes delictivos ni problemas mentales, pero había perdido a su único hijo en una guerra que no entendía ni le importaba y desde entonces sufría una depresión. Se encontraba detenido y bajo estrecha vigilancia. Su familia estaba conmocionada. Al parecer, la esposa había reaccionado a la noticia con histerismo. Hasta el momento de la tragedia, el agresor había sido un respetado miembro de la comunidad y un contable de éxito. Maddy se entristeció al enterarse de aquello.

Le envió una nota a Phyllis Armstrong a través de un miembro de la secretaría de prensa, solo para decirle que estaba allí y rezando por ella. Unas horas después, se quedó estupefacta al recibir contestación: «Gracias, Maddy. Jim está mejor, bendito sea Dios. Con cariño, Phyllis». Le conmovió profundamente que la primera dama se hubiese tomado la molestia de escribirle.

Maddy volvió a salir en antena al mediodía y transmitió el último informe: el presidente estaba descansando, y aunque aún se encontraba en situación crítica, los médicos esperaban que pronto estuviese fuera de peligro.

—Si no me das algo más interesante pronto —dijo Jack por teléfono, inmediatamente después de la emisión—, enviaré a Elliott a reemplazarte.

—Si lo consideras capaz de conseguir algo más que el resto de los periodistas, envíalo —respondió Maddy con tono cansino. Por una vez estaba demasiado agotada para dejarse intimidar por las acusaciones y amenazas de su marido.

—Me estás matando de aburrimiento —protestó él.

—Solo dispongo de la información que nos dan, Jack. Nadie ha conseguido otra cosa.

Pero eso no impidió que Jack siguiera llamando prácticamente cada hora para quejarse. De manera que fue un alivio para Maddy oír la voz de Bill al otro lado de la línea a la una de la tarde.

—¿Cuándo comiste por última vez? —preguntó con sincera preocupación.

No se ofreció a ir. Sencillamente apareció veinte minutos después, con un bocadillo, algo de fruta y un par de refrescos. Fue como si llegase la Cruz Roja: se abrió paso entre la multitud de reporteros, y cuando encontró a Maddy la hizo sentarse en una silla y comer.

—No puedo creer que hayas venido —dijo Maddy con una ancha sonrisa—. No me había dado cuenta de que estaba hambrienta. Gracias, Bill.

—Así me siento más útil. —Estaba sorprendido de la cantidad de gente que había en el vestíbulo del hospital: reporteros, cámaras, equipos de sonido y productores. Llegaban hasta la calle, donde había unidades móviles caóticamente aparcadas. Parecía una zona catastrófica, y lo era. Bill se alegró al ver que Maddy se había comido todo el bocadillo—. ¿Cuánto tiempo más tendréis que seguir aquí?

—Hasta que el presidente esté fuera de peligro o hasta que nosotros nos caigamos redondos; lo que ocurra primero. Jack ha amenazado con enviar a Elliott a reemplazarme, porque dice que mis boletines son aburridos. Pero no puedo hacer nada al respecto.

En ese momento el secretario de prensa subió a la tarima y todo el mundo corrió hacia allí. Maddy hizo lo mismo.

El proceso de recuperación sería largo y lento, dijo el secretario de prensa, y sugirió que quizá algunos periodistas querrían marcharse a casa y ser reemplazados por sus colegas. El estado del presidente estaba mejorando. No habían surgido complicaciones, y tenían razones para creer que todo seguiría bien.

—¿Podemos verlo? —gritó alguien.

—No hasta dentro de unos días —respondió el secretario de prensa.

—¿Y qué hay de la señora Armstrong? ¿Podemos hablar con ella?

—Todavía no. No se ha separado de su marido en ningún momento y permanecerá aquí hasta que él se recupere. En estos momentos, ambos están durmiendo. Quizá ustedes deberían hacer lo mismo —añadió con su primera sonrisa en veinticuatro horas.

Luego se marchó y prometió volver a informarles unas horas después. Maddy apagó su micrófono y miró a Bill. Estaba tan cansada que se le nublaba la vista.

—¿Qué harás ahora? —preguntó.

—Daría cualquier cosa por volver a casa y darme una ducha, pero Jack me matará si me marcho.

—¿No puede enviar a nadie que te reemplace? —Le parecía inhumano que la obligase a pasar tantas horas allí.

—Podría, pero dudo que lo haga. Al menos por el momento. Me quiere aquí, aunque no estoy haciendo nada que no pudiera hacer otro. Ya has oído lo que nos han dicho. Todos los informes han sido igual de escuetos. Dicen lo que quieren que sepamos, pero si es la verdad, parece que Jim está mejorando.

—¿No les crees? —preguntó Bill.

Estaba sorprendido por el escepticismo de Maddy. Sin embargo, el trabajo de periodista consistía en mantenerse escéptico y detectar cualquier incoherencia en una historia. Maddy era una experta en ello, y por eso Jack quería que permaneciese en el hospital.

—Sí, les creo —respondió con sensatez—. Sin embargo, por lo que sabemos, también podría estar muerto. —Aunque sonara terrible, era una posibilidad a tener en cuenta—. No suelen mentir, a menos que esté en juego la seguridad nacional. En este caso creo que han sido sinceros. O eso espero.

—Yo también —dijo Bill con vehemencia.

Le hizo compañía media hora más y luego se marchó. A las tres de la tarde, Jack por fin ordenó a Maddy que regresase a casa, se cambiara de ropa y fuese al estudio para presentar las noticias de las cinco. Tenía el tiempo justo, de manera que ni siquiera podría echar una cabezada. Jack ya le había dicho que la enviaría de vuelta al hospital después del informativo de las siete y media. Se puso un traje de pantalón azul marino, pensando que dormiría un rato en la zona restringida para periodistas del hospital, y cuando entró en la sala de peluquería y maquillaje lo hizo casi tambaleándose. Elliott Noble estaba allí y la miró con admiración.

—No sé cómo lo haces, Maddy. Si yo hubiera pasado veintisiete horas en el hospital, me habrían sacado en camilla. Has hecho un gran trabajo.

Jack no parecía pensar lo mismo, pero a Maddy le conmovió el halago: sabía que se lo había ganado.

—Es la costumbre, supongo. Hace mucho tiempo que hago estas cosas.

Después de esta charla propia de colegas, Elliott empezó a caerle un poco mejor. Al menos esta vez se había mostrado agradable con ella.

—¿Cuál crees que es el auténtico estado del presidente? —preguntó Elliott en voz baja.

—Me parece que nos han dicho la verdad —respondió ella.

Con ayuda de Elliott consiguió presentar las noticias de las cinco y las de las siete y media, y a las ocho y cuarto estaba otra vez en el hospital, tal como le había ordenado Jack. Él había pasado a verla en el intervalo entre los dos informativos, con aspecto fresco y descansado, para darle una nueva serie de órdenes, instrucciones y críticas. Ni siquiera le preguntó si estaba cansada. Le daba igual. Se trataba de una crisis, y Maddy debía cumplir con su trabajo de informar al público. Ella nunca le fallaba. Y aunque Jack no se lo reconociese, el resto del mundo lo hacía. Cuando llegó al hospital, vio que era una de las pocas periodistas que habían pasado la primera noche allí. Las demás cadenas habían reemplazado al personal; incluso Maddy tenía un cámara y un técnico de sonido diferentes. Alguien se compadeció de ella y le puso un camastro en el vestíbulo para que pudiese dormitar entre un informe y otro de la secretaría de prensa. Cuando llamó a Bill y se lo contó, él la animó a usarlo.

—Si no duermes un poco enfermarás —dijo con sensatez—. ¿Has cenado?

—Comí algo en mi despacho, entre los informativos.

—Espero que haya sido algo nutritivo.

Maddy sonrió. Bill tenía mucho que aprender sobre su trabajo.

—Sí, comida sana: pizza y donuts. El menú tradicional de los reporteros. Si no comiera esas cosas, sufriría síndrome de abstinencia. De hecho, solo pruebo comida de verdad en las fiestas.

—¿Quieres que te lleve algo? —ofreció esperanzado, pero ella estaba demasiado cansada.

—Creo que voy a estrenar mi camastro y dormir un par de horas. Pero gracias de todos modos. Te llamaré por la mañana, a menos que pase algo importante.

Pero no fue así. La noche transcurrió sin incidentes, y por la mañana Maddy regresó a casa a ducharse y cambiarse.

Pasó cinco días en el hospital, y en el último tuvo ocasión de ver a Phyllis durante unos minutos, aunque no la entrevistó. La primera dama la había mandado llamar, y charlaron en el pasillo contiguo a la habitación del presidente, de pie entre los agentes del servicio secreto. Había un fuerte operativo de seguridad. Aunque el agresor estaba en la cárcel, no querían correr riesgos. Y Maddy suponía que los agentes se sentían culpables por no haber frustrado el ataque.

—¿Cómo está? —preguntó Maddy.

Phyllis parecía una mujer centenaria, y llevaba una bata de hospital encima de un jersey y unos pantalones. Pero sonrió al oír la pregunta de Maddy.

—Probablemente mejor que tú. Nos cuidan muy bien. El pobre Jim está sufriendo, pero se encuentra mejor. A nuestra edad, estas cosas se llevan mal.

—Lamento muchísimo lo sucedido —dijo Maddy con tono comprensivo—. He estado preocupada por usted toda la semana. No me cabe duda de que a su marido lo cuidan bien, pero no sabía cómo estaba usted.

—Ha sido una conmoción, por decir poco. Pero vamos tirando. Espero que todos podáis volver a casa muy pronto.

—De hecho, yo me iré esta misma noche.

Cuando el secretario de prensa había anunciado que el presidente no se encontraba ya en estado crítico, los periodistas habían aplaudido. Casi todos llevaban varios días allí, y algunos lloraron de alivio al oír la noticia. Maddy era la única que estaba en el hospital desde el primer día, y todos la admiraban por ello.

Cuando llegó a casa, Jack estaba viendo el informativo de una cadena rival. Alzó la vista, pero no se levantó del sofá para saludarla. Ni siquiera estaba agradecido por lo que ella le había entregado en los últimos días: su vida, su alma, su espíritu. No le dijo que los índices de audiencia de Maddy eran los más altos de toda la televisión, pero ella lo sabía por el productor. Incluso había hecho un reportaje sobre los pacientes que habían sido trasladados a otros hospitales con el fin de desocupar una planta entera para el presidente, el personal sanitario que lo atendía y el servicio secreto. Todos habían aceptado el traslado de buen grado, pues se alegraban de poder hacer algo por el presidente. Además, la Casa Blanca había informado que pagaría los gastos hospitalarios. Ninguno de esos pacientes se encontraba en estado crítico, de manera que la decisión de trasladarlos había sido acertada.

—Estás hecha una mierda, Mad —fue lo único que dijo Jack.

Era cierto. Se la veía agotada, aunque se las había apañado para estar presentable ante las cámaras. Sin embargo, estaba pálida, demacrada y ojerosa.

—¿Por qué estás siempre enfadado conmigo? —preguntó ella, perpleja.

Debía admitir que en los últimos meses había hecho cosas reprobables: desde los comentarios en directo hasta su relación con

Lizzie y las charlas con Bill. Pero su verdadero delito era que había conseguido escapar del dominio de Jack, y este la odiaba por ello. La doctora Flowers se lo había advertido. Había dicho que Jack no se lo tomaría bien, y tenía razón. Se sentía amenazado. Maddy recordó que cuatro meses antes, cuando Janet McCutchins le había dicho que su marido la odiaba, ella se había resistido a creerle. Sin embargo, ahora pensaba lo mismo de Jack. Sin lugar a dudas, se comportaba como si la odiase.

—Tengo motivos para estar enfadado contigo —repuso él con frialdad—. Últimamente me has traicionado de todas las formas posibles. Tienes suerte de que aún no te haya despedido.

Ese «aún» estaba destinado a asustarla, a hacerle pensar que podía despedirla en cualquier momento. Y quizá lo hiciese. Maddy sintió ansiedad. Le resultaba difícil enfrentarse a su marido y encajar las consecuencias. Sin embargo, últimamente pensaba que debía hacerlo. Lizzie y Bill la habían cambiado. Tenía la sensación de que, además de encontrar a su hija, se había encontrado a sí misma. Y era obvio que a Jack no le gustaba. Esa noche, cuando se metieron en la cama, él ni siquiera le dirigió la palabra. Y a la mañana siguiente seguía igual de frío.

Hacía días que Jack estaba intratable, alternando las críticas con la indiferencia. Tenía pocas cosas buenas que decir de Maddy, pero a ella no le importaba demasiado. Encontraba solaz en sus conversaciones con Bill. Una noche, cuando Jack estaba fuera, cenó por segunda vez en casa del ex embajador. En esta ocasión le sirvió un bistec, porque pensaba que Maddy trabajaba mucho y necesitaba alimentarse mejor. Para ella, sin embargo, el mejor alimento eran las atenciones y el afecto con que la colmaba.

Hablaron del presidente durante un rato. Ya llevaba dos semanas en el hospital, pero le darían el alta al cabo de pocos días. Maddy y unos pocos elegidos habían recibido autorización para entrevistarlo y lo habían visto delgado y desmejorado. Sin embargo, estaba de excelente humor y había dado las gracias a los periodistas por su cortesía y devoción. Maddy había entrevistado también a Phyllis, que se había mostrado igualmente agradecida.

Habían sido dos semanas de intenso trajín, pero Maddy, a diferencia de Jack, estaba satisfecha con la información que había dado a su público. Se había ganado incluso el respeto de Elliott Noble, que ahora, al igual que el resto de los empleados de la cadena, la consideraba una extraordinaria reportera.

Después de cenar en la cocina, Bill la miró con una sonrisa llena de ternura y admiración.

—¿Y qué vas a hacer ahora para entretenerte?

No disparaban al presidente todos los días y, después de una cosa así, todas las noticias se le antojarían anodinas.

—Ya se me ocurrirá algo. Tengo que encontrar un apartamento para Lizzie. —Estaban a principios de noviembre—. Aunque todavía me queda un mes.

—Si quieres, puedo ayudarte.

Ahora que había terminado el libro, Bill disponía de tiempo libre. Estaba pensando en volver a la enseñanza, pues había recibido ofertas de Yale y Harvard. Maddy se alegraba por él, aunque sabía que se entristecería si Bill se marchaba de Washington. Era su único amigo allí.

—No me iré hasta septiembre —la tranquilizó él—. Puede que a comienzos de año empiece otro libro. Esta vez será una novela.

A Maddy le entusiasmó la idea. Sin embargo, la noticia le recordó que ella no estaba haciendo nada para cambiar su vida. Era cada vez más consciente de lo mal que la trataba Jack, pero se dejaba llevar por la corriente. Sin embargo, Bill no la presionaba. La doctora Flowers había dicho que haría algo al respecto cuando estuviese preparada y que era posible que tardara años en plantarle cara a Jack. Bill estaba casi resignado, aunque seguía preocupado por ella. Al menos el atentado presidencial la había mantenido lejos de Jack durante dos semanas, por mucho que él le gritase por teléfono. Bill detectaba la angustia en la voz de Maddy cada vez que hablaban. Todo era culpa de ella. Era una situación idéntica a la de *Luz de gas*.

—¿Qué vas a hacer el día de Acción de Gracias? —preguntó Bill cuando terminaron de cenar.

—Nada. Casi siempre vamos a Virginia y pasamos el día solos. Ninguno de los dos tiene familia. A veces comemos en casa de los vecinos. ¿Y tú, Bill?

—Nosotros nos reunimos en Vermont todos los años.

Ella sabía que este año Bill lo pasaría mal. Sería la primera celebración de Acción de Gracias sin su esposa y Bill le había contado que temía que llegara ese día.

—Me encantaría invitar a Lizzie, pero no puedo. Ella lo celebrará con sus padres de acogida favoritos. No parece disgustada con la idea.

A Maddy, en cambio, le entristecía no poder estar con su hija en Acción de Gracias. Pero no tenía alternativa.

—¿Y tú? ¿Estarás bien? —preguntó Bill.

—Creo que sí —respondió ella, aunque no estaba muy segura.

La doctora Flowers le había rogado que empezara a asistir a las reuniones de un grupo de mujeres maltratadas, y Maddy le había prometido que lo haría. Comenzaría después de Acción de Gracias.

Maddy volvió a ver a Bill el día anterior a que ambos se marcharan. Los dos estaban tristes: él, a causa de su esposa; ella, porque tendría que viajar con Jack, y la relación con él era muy tensa. Parecía cargada de electricidad. Y Jack la vigilaba constantemente, pues ya no confiaba en ella. No había vuelto a pillarla con Bill, y este prácticamente había dejado de telefonearle. Solo la llamaba al móvil, aunque la mayoría de las veces esperaba que lo hiciese ella. Lo último que deseaba era crearle más problemas.

El día anterior al de Acción de Gracias se encontraron en casa de Bill. Maddy llevó una caja de galletas, él preparó té, y se sentaron a charlar en la acogedora cocina. Bill le contó que en Vermont estaba nevando y que él, sus nietos y sus hijos pensaban ir a esquiar.

Maddy se quedó con él todo el tiempo que pudo, pero finalmente le dijo que debía regresar a la cadena.

—Cuídate, Maddy —murmuró Bill con ternura y los ojos llenos de emociones que no podía expresar de otra manera.

Ambos sabían que hacían mal en verse. Nunca habían hecho nada de lo que pudiesen arrepentirse, ya que se respetaban mutuamente. Si sentían algo el uno por el otro, jamás habían hablado de ello. Maddy solo se atrevía a cuestionar sus sentimientos por Bill delante de la doctora Flowers. Mantenían una relación extraña pero necesaria para ambos. Eran como dos supervivientes de un naufragio que se habían encontrado en aguas turbulentas. Ahora, antes de marcharse, Maddy lo abrazó, y Bill la estrechó como un padre, con brazos fuertes y el corazón lleno de afecto, sin exigirle nada.

—Te echaré de menos —dijo él.

Sabían que no podrían hablar por teléfono durante el fin de semana. Si Bill llamaba al móvil, despertaría las sospechas de Jack. Y ella no se atrevería a telefonearle a él.

—Si sale a cabalgar o a cualquier otra cosa, te llamaré. Procura no estar demasiado triste —dijo Maddy, preocupada por Bill. Sabía que le dolería celebrar esta fiesta sin Margaret.

Pero él no estaba pensando en su esposa, sino en Maddy.

—Será duro, pero me alegro de poder estar con mis hijos.

Entonces, sin pensarlo, Bill la besó en la frente y la abrazó nuevamente. Cuando se separaron, ambos estaban tristes por lo que habían tenido y perdido para siempre. Mientras se alejaba, Maddy pensó que al menos se tenían el uno al otro. Y dio gracias a Dios por Bill.

18

Los ratos que Maddy y Jack pasaron juntos en Virginia fueron incómodos y tensos. Él estaba de mal humor y se encerraba frecuentemente en su estudio para hacer llamadas. Maddy sabía que no hablaba con el presidente, pues este seguía convaleciente y había dejado el gobierno en manos del vicepresidente, con quien Jack no tenía relación alguna. Su único contacto en la Casa Blanca era Jim Armstrong.

En cierto momento, cuando Maddy descolgó el auricular para llamar a Bill, pensando que Jack había salido, lo oyó hablar con una mujer. Colgó de inmediato, sin escuchar lo que decían. Sin embargo, el incidente despertó sus sospechas. Aunque Jack se había apresurado a explicar la foto en la que aparecía saliendo de Annabel's con otra mujer, en el último mes se había mostrado muy distante, y prácticamente no habían hecho el amor. En parte, Maddy se alegraba, pero también estaba intrigada. Durante toda su vida de casados, el apetito sexual de Jack había sido insaciable. Sin embargo, ahora no demostraba interés alguno por ella, salvo cuando se quejaba o la acusaba de algo.

Se las arregló para llamar a Lizzie en Acción de Gracias y a Bill la noche siguiente, cuando Jack fue a hablar de los caballos con un vecino. Bill le contó que la celebración había sido triste, pero que al menos se habían divertido esquiando. Él y sus hijos habían cocinado pavo. Maddy y Jack habían comido el suyo en medio de un silencio glacial, pero cuando ella intentó hablar de la tensión que había entre ambos, Jack le dijo que eran imaginaciones suyas. Maddy nunca se había sentido tan desgraciada, excepto en las épocas en que Bobby Joe la maltrataba. En cierto sentido, la situación era idéntica. Aunque el maltrato fuese más sutil, resultaba igualmente doloroso y triste.

Fue un alivio para ella subir al avión y regresar a casa. Jack lo notó y preguntó con un dejo de desconfianza:

—¿Hay algún motivo en particular para que te alegres tanto de volver a casa?

—No; simplemente estoy impaciente por volver al trabajo —mintió. No quería discutir con Jack, y él parecía ansioso por empezar una pelea.

—¿Te espera alguien en Washington, Mad? —preguntó con malicia.

Ella lo miró con desesperación.

—No me espera nadie, Jack. Espero que lo sepas.

—Ya no sé nada sobre ti. Aunque si quisiera, podría enterarme.

Maddy no respondió. La prudencia era la madre de la sabiduría. El silencio, la única alternativa.

Al día siguiente, después del trabajo, fue a la reunión del grupo de mujeres maltratadas, como había prometido a la doctora Flowers. Lo hizo a regañadientes, pues la perspectiva se le antojaba deprimente. Le había dicho a Jack que iba a trabajar con la comisión de la primera dama. No sabía si él le había creído, pero, para variar, no había puesto objeciones. Tenía sus propios planes: según dijo, debía ver a unas personas por cuestiones de negocios.

Maddy se sintió deprimida al llegar a la dirección donde se reunía el grupo de mujeres. Era una casa cochambrosa situada en un barrio peligroso, y estaba convencida de que se encontraría con un montón de mujeres aburridas y quejicas. Sin embargo, se llevó una sorpresa al verlas: algunas con tejanos, otras con trajes de ejecutivas; algunas jóvenes, otras maduras; algunas hermosas, otras poco atractivas. Formaban un grupo heterogéneo, pero casi todas parecían inteligentes e interesantes, y algunas eran muy vitales. Cuando llegó la coordinadora, se sentó y miró a Maddy con afecto:

—Aquí solo usamos nuestros nombres de pila —dijo—, y si nos reconocemos, no hablamos del tema. No nos saludamos cuando nos cruzamos por la calle. No le contamos a nadie lo que hemos visto u oído. Lo que decimos aquí no sale de esta habitación. Es importante que nos sintamos seguras.

Maddy asintió. Le creía.

Se sentaron en desvencijadas sillas y se presentaron con el nombre de pila, aunque muchas de las presentes parecían conocerse de reuniones anteriores. La coordinadora explicó que casi siempre eran veinte, aunque el número variaba. Se reunían dos veces por semana, pero Maddy podía acudir cuando quisiera. La participación en el grupo era libre. Había una cafetera en un rincón, y alguien había llevado galletas.

Una a una comenzaron a hablar de sus actividades, su vida cotidiana, sus gustos y sus temores. Algunas se encontraban en una situación penosa, otras habían abandonado a sus violentos maridos; algunas eran lesbianas y otras, heterosexuales; algunas tenían hijos y otras, no. Pero lo que todas tenían en común era que habían sido maltratadas. La mayoría procedía de familias conflictivas, y unas pocas habían llevado una vida aparentemente perfecta hasta que habían conocido al hombre o la mujer que las atormentaba. Mientras las escuchaba, Maddy experimentó una tranquilidad que no había disfrutado en muchos años. Lo que oía era tan familiar, tan real, tan parecido a lo que había vivido ella que se sentía como si se hubiera quitado una armadura y empezara a respirar aire fresco. Era como volver a casa, como si esas mujeres fuesen sus hermanas. Lo que describían se asemejaba mucho a la relación que había mantenido con Bobby Joe, pero también a la que mantenía con Jack desde hacía unos años. Escucharlas fue como escuchar su propia voz, su propia historia, y comprendió con absoluta seguridad que Jack la había estado maltratando desde el primer día. El poder, el encanto, las amenazas, el control, los regalos, los insultos, la humillación, el dolor... eran vivencias por las que todas habían pasado. Jack encajaba tan bien en el retrato del típico agresor doméstico que Maddy se sintió avergonzada por no haberse dado cuenta antes. Ni siquiera cuando la doctora Flowers lo había descrito en una de las reuniones de la comisión, hacía varios meses, ella había visto la situación con tanta claridad como ahora. De repente dejó de sentir vergüenza y experimentó un inmenso alivio. No había hecho nada malo, excepto aceptar las faltas que él le había achacado y sentirse culpable.

Habló de su vida con Jack, de las cosas que le hacía y le decía, de sus palabras, su tono, sus acusaciones y su reacción ante Lizzie, y todas asintieron con actitud comprensiva y le señalaron que podía elegir. Lo que hiciera al respecto dependía solo de ella.

—Estoy muy asustada —murmuró con lágrimas en los ojos—. ¿Qué me pasará si lo dejo? ¿Si no puedo arreglármelas sin él?

Nadie la ridiculizó ni le dijo que era una tonta. Todas habían sentido miedo, algunas con muy buenas razones. El marido de una de ellas estaba en la cárcel por haber intentado asesinarla, y ella temía lo que podría sucederle dentro de aproximadamente un año, cuando él saliese. Muchas habían sufrido malos tratos físicos, igual que Maddy en manos de Bobby Joe. Algunas habían abandonado una vida cómoda y una casa lujosa, y dos de las presentes se habían visto obligadas a dejar a sus hijos para evitar que sus maridos las matasen. Sabían que no era una actitud admirable, pero habían huido como habían podido. Otras seguían luchando para liberarse y aún no sabían si lo conseguirían, como le ocurría a Maddy. Pero después de hablar con esas mujeres, una cosa le quedó absolutamente clara: que estaba en peligro cada minuto, cada hora, cada día que pasaba al lado de Jack. Súbitamente comprendió lo que Bill, la doctora Flowers e incluso Greg trataban de decirle. Hasta ese momento había sido incapaz de escucharlos. Ahora, por fin, podía hacerlo.

—¿Qué piensas hacer, Maddy? —preguntó una de las mujeres.

—No lo sé. Estoy aterrorizada. Tengo miedo de que él vea lo que hay en mi mente o escuche mis pensamientos.

—Lo único que oirá con claridad es el portazo que des antes de salir pitando de tu casa. No oirá nada hasta que hagas eso —dijo una mujer desdentada y greñuda.

A pesar de su aspecto y su lenguaje basto, a Maddy le cayó bien. Ahora sabía que esas mujeres serían su tabla de salvación. También sabía que debía salvarse a sí misma, pero necesitaba ayuda. Y por una misteriosa razón, podía escucharlas.

Se despidió de ellas sintiéndose como una persona nueva, aunque le habían advertido que nada sucedería por arte de magia. Por muy bien que se sintiera debido a las vivencias que compartía con las demás y a la seguridad que le habían dado, aún tenía que hacer su trabajo, y no sería fácil. También sabía eso.

—Liberarse de los malos tratos es como dejar las drogas —dijo una mujer con brutal franqueza—. Será lo más difícil que hagas en tu vida, ya que se trata de una situación familiar. Estás habituada a ella. Mientras la vives, ni siquiera eres consciente de lo que pasa. Piensas que es una forma de amor porque no conoces otra.

Maddy había oído estos argumentos con anterioridad, pero todavía detestaba escucharlos. Ahora se daba cuenta de que encerraban una gran verdad. Aún no sabía qué iba a hacer, aparte de asistir a las reuniones.

—Al principio no debes esperar demasiado de ti misma —dijo otra mujer—, pero no te quedes esperando «una última vez», un último asalto, un último disparo... Podría ser el último. Hasta los hombres que no son violentos enloquecen de vez en cuando. Tu marido es una mala persona, Maddy, peor de lo que tú piensas, y podría matarte. Es muy probable que lo desee, pero no tenga valor para hacerlo. Déjalo antes de que encuentre ese valor. No te quiere. No le importas, al menos de la manera que a ti te gustaría... Su amor por ti consiste en hacerte daño. Eso es lo que quiere y lo único que hará. Y empeorará. Cuanto mejor estés tú, peor se comportará él.

Les dio las gracias a todas y se marchó, meditando por el camino sobre lo que le habían dicho. No lo ponía en duda. Sabía que era verdad. También sabía que, por alguna loca razón, deseaba que Jack dejara de hacerle daño y la quisiera. Deseaba enseñarle a hacerlo; una parte de ella quería convencerlo de que dejase de herirla. Pero era imposible. Él continuaría lastimándola cada vez más. Aunque creyera que lo quería, tenía que abandonarlo. Era una cuestión de supervivencia.

Antes de llegar a casa, llamó a Bill desde el coche y le contó lo sucedido. Él se alegró por ella y rogó que aquellas mujeres le diesen la fuerza que necesitaba para actuar.

Cuando llegó a casa, Jack pareció intuir algo. La miró de manera extraña y le preguntó dónde había estado. Maddy repitió que había ido a una reunión relacionada con la comisión. Hasta corrió el riesgo de decirle que se trataba de un grupo de mujeres maltratadas y que la experiencia había sido muy interesante. Eso bastó para que él se enfureciera.

—Seguro que son un montón de chaladas de mierda. No puedo creer que te envíen a ver a esa clase de gente. —Maddy abrió la boca para defenderlas, pero cambió de idea. Sabía que una cosa tan simple como demostrar su apoyo a un grupo de mujeres podía ponerla en peligro. Y no estaba dispuesta a arriesgarse. Había aprendido que no debía hacerlo—. ¿Por qué tienes esa cara de superioridad? —la acusó Jack.

Maddy se esforzó por parecer despreocupada, negándose a permitir que Jack la pusiera nerviosa. Estaba practicando lo que le habían enseñado esa noche.

—De hecho, fue bastante aburrido —dijo con astucia—, pero le prometí a Phyllis que iría.

Jack la miró con desconfianza y asintió, al parecer satisfecho con la respuesta. Para variar, había sido la correcta.

Esa noche, por primera vez en bastante tiempo, Jack le hizo el amor. Nuevamente la trató con brusquedad, como para recordarle quién mandaba allí. Con independencia de lo que Maddy hubiese oído, él seguía dominándola y siempre lo haría. Después, Maddy se metió en el cuarto de baño y se duchó, pero no había bastante agua ni jabón en el mundo para lavar el terror que le inspiraba Jack. Regresó a la cama en silencio y sintió un inmenso alivio al oír los ronquidos de su marido.

Al día siguiente se levantó temprano y estaba ya en la cocina cuando él bajó. Aunque todo parecía seguir igual entre ellos, Maddy se sentía como una prisionera martillando un muro, cavando silenciosamente un túnel para huir de allí, sin importarle lo que tardase.

—¿Qué diablos te pasa? —preguntó Jack cuando ella le sirvió café—. Estás rara.

Maddy rezó para que no le leyese la mente. Estaba casi convencida de que era capaz de hacerlo, pero no se permitiría creerlo. Al oír a Jack, sin embargo, comprendió que estaba cambiando y que ese solo hecho la ponía en peligro.

—Creo que me estoy engripando.

—Toma vitamina C. No quiero tener que buscarte un sustituto. Es un coñazo.

Ni siquiera habría tenido que buscar el sustituto personalmente. Al menos Maddy le había hecho creer que no se encontraba bien. Pero al oír su tono, se dio cuenta de lo grosero que era con ella en los últimos tiempos.

—Estaré bien. Podré seguir trabajando.

Jack asintió y cogió el periódico. Maddy fingió leer el *Wall Street Journal*. Lo único que podía hacer era rezar para que Jack no adivinase sus pensamientos. Con un poco de suerte, no lo conseguiría. Sabía que debía urdir un plan y escapar antes de que él la destruyera. Porque ahora estaba convencida de que Jack la odiaba, tal como ella había sospechado, y su odio era mucho peor de lo que ella temía.

19

Diciembre fue un mes tan ajetreado como de costumbre. Fiestas, reuniones y planes para las vacaciones de Navidad. Todas las embajadas ofrecían una cena, un cóctel o un baile, a ser posible siguiendo las tradiciones nacionales. Era parte de la diversión de vivir en Washington, y Maddy siempre había disfrutado de estos festejos. Durante sus primeros años de casada le había encantado asistir a fiestas con Jack, pero en los últimos meses las relaciones entre ambos se habían vuelto tan tensas que detestaba salir con él. Permanentemente celoso, la vigilaba cuando hablaba con otros hombres y más tarde la acusaba de faltas imaginarias o de conducta inapropiada. Resultaba agotador para Maddy, que este año no esperaba las Navidades con ilusión.

Lo que de verdad le habría gustado era celebrar las fiestas con Lizzie, pero sería imposible, pues Jack le había prohibido verla. O bien se enfrentaba a él y provocaba una batalla campal, o renunciaba a la idea. Con Jack no había posibilidades de negociar. Las cosas eran como él quería, o no eran. Sorprendentemente, hasta el momento no había reparado en este hecho, como tampoco en la forma en que él restaba importancia a sus ideas y necesidades y la hacía sentirse tonta o culpable por ellas. Durante años había aceptado de buen grado esa situación. No sabía cómo se había operado el cambio, pero en los últimos meses, a medida que tomaba conciencia de lo desconsiderado que era Jack con ella, sentía la imperiosa necesidad de luchar contra su creciente agobio. Pero por muy incómoda que se sintiese a su lado, en lo más profundo de su corazón seguía queriéndolo. Y eso era aterrador, pues la dejaba en una posición vulnerable.

Ahora comprendía que no podía esperar a que ese amor se

desvaneciera. Aunque quisiera y necesitara a Jack, tenía que abandonarlo. Cada día que permanecía a su lado suponía un peligro para ella. Y tenía que recordárselo constantemente. También sabía que nadie a quien intentara explicarle esto la entendería, a menos que se tratase de una persona que hubiera pasado por el mismo proceso. Cualquier otro pensaría que sus emociones encontradas y su sentimiento de culpa eran una auténtica locura. Ni siquiera Bill la entendía, pese a lo mucho que se preocupaba por ella. Pero le ayudaba todo lo que estaba aprendiendo en la comisión sobre las formas sutiles y no tan sutiles de violencia doméstica. Si bien a primera vista parecía desacertado calificar de «violencia» lo que hacía Jack, la suya era la conducta típica del hombre que maltrata a su mujer. En apariencia le pagaba bien: la había rescatado y le proporcionaba seguridad, un hogar agradable, una casa de campo, un avión privado que podía usar a su antojo, ropa elegante, joyas, pieles y vacaciones en Francia. ¿Quién, en su sano juicio, lo acusaría de maltrato? Pero Maddy y quienes conocían la relación sabían que detrás de esa fachada se escondía algo perverso. Todos los gérmenes de la enfermedad estaban presentes, cuidadosamente ocultos bajo el boato. Minuto a minuto, hora a hora, día a día, Maddy sentía que el veneno de Jack la devoraba. Estaba permanentemente asustada.

De vez en cuando tenía la sensación de que Bill estaba molesto con ella. Aunque Maddy no alcanzaba a entender sus motivaciones, sabía lo que él deseaba de ella: que se marchara de casa y se pusiera a salvo. Y le irritaba observarla tropezar y caer, avanzar y retroceder, ver con claridad y de inmediato dejarse consumir por la culpa hasta que esta la paralizaba y la cegaba. Todavía hablaban por teléfono todos los días y se encontraban para comer de vez en cuando, aunque tomando precauciones. Corrían el riesgo de que alguien la viese entrando en casa de Bill y sacara conclusiones que, además de incorrectas, serían desastrosas para ella. Se comportaban siempre con decoro, incluso cuando estaban solos. Lo último que deseaba Bill era crearle más problemas a Maddy. En su opinión, tenía ya demasiados.

El presidente había regresado al Despacho Oval. Trabajaba media jornada y decía que se cansaba fácilmente, pero cuando Maddy lo vio durante una merienda en la Casa Blanca, tuvo la impresión de que estaba recuperado y mucho más fuerte. Phyllis parecía haber luchado en una guerra, pero su cara se iluminaba cada vez que miraba a su marido. Maddy la envidiaba. No podía imaginar siquiera lo que era una relación así. Estaba tan acostumbrada a las tensiones en su matrimonio que le costaba concebir una vida sin ellas. Había llegado a pensar que el desgaste y el dolor eran normales. Sobre todo últimamente.

Jack estaba más hostil que nunca: saltaba ante cualquier comentario inofensivo y criticaba constantemente su conducta. Era como si día y noche, en el trabajo o en casa, estuviera esperando el momento de lanzarse sobre ella, como un puma acechando a su presa, y Maddy sabía lo peligroso que podía llegar a ser. Las cosas que le decía eran devastadoras. Su tono, peor aún. Sin embargo, aún había momentos en que admiraba su encanto, su inteligencia y su atractivo físico. Por encima de todo, deseaba dejar de temerlo y empezar a odiarlo. Gracias al grupo de mujeres maltratadas, Maddy era más consciente de sus motivaciones y de sus actos. Ahora sabía que, de manera sutil e inconsciente, era una adicta a Jack.

Se lo dijo a Bill un día de mediados de diciembre. La fiesta de Navidad de la cadena se celebraría al día siguiente, y Maddy no tenía ganas de asistir. Jack había empezado por sugerir que ella flirteaba con Elliott ante las cámaras para acabar acusándola de que se acostaba con él. Maddy estaba convencida de que en realidad no lo creía y lo decía únicamente para disgustarla. Hasta había hecho un comentario al respecto con el productor, de manera que ella se preguntaba si los días de Elliott en la cadena estarían contados. Consideró la posibilidad de advertir a su compañero, pero cuando se lo contó a Greg por teléfono, este le aconsejó que no lo hiciera. Solo conseguiría buscarse más problemas y eso era, probablemente, lo que deseaba Jack.

—Lo único que quiere es molestarte, Mad —dijo Greg con sensatez.

Era feliz en Nueva York, e incluso hablaba de casarse con su nueva novia, aunque Maddy le había aconsejado que lo pensase un poco más. Últimamente recelaba del matrimonio y pensaba que Greg debía ser prudente.

Ese jueves por la tarde, sentada en la cocina de Bill, se sentía tremendamente cansada y desilusionada. No estaba ilusionada con las fiestas y trataba de figurarse cómo ir a Memphis, o llevar a Lizzie a Washington, sin que Jack se enterase. El fin de semana anterior, finalmente, había alquilado un pequeño apartamento para ella. Era alegre y luminoso, y Maddy se proponía hacerlo pintar. Había abonado el depósito con un talón y confiaba en poder pagar el alquiler sin que Jack se diera cuenta.

—Detesto mentirle —dijo mientras comía con Bill. Él había comprado caviar, y estaban disfrutando de uno de sus escasos aunque agradables ratos juntos—. Pero es la única manera de hacer lo que deseo y necesito. Jack ha adoptado una actitud muy poco razonable ante Lizzie y me ha prohibido verla.

¿Acaso su actitud era razonable alguna vez?, pensó Bill, pero no dijo nada. Estaba más reservado que de costumbre, y Maddy se preguntó si le pasaría algo. Sabía que las fiestas navideñas serían difíciles de sobrellevar para él. Para colmo, esa misma semana era el cumpleaños de Margaret.

—¿Te encuentras bien? —le preguntó mientras le preparaba una tostada con caviar aderezada con unas gotas de zumo de limón.

—No lo sé. En esta época del año siempre me pongo nostálgico. Y ahora más que nunca. A veces es difícil no mirar atrás y centrarse en el futuro.

Sin embargo, Maddy pensaba que en los últimos tiempos estaba mejor. Todavía hablaba mucho de su esposa, pero parecía atormentarse menos por lo sucedido. En sus frecuentes conversaciones sobre el tema, ella le insistía en que se perdonase, pero resultaba más sencillo decirlo que hacerlo. Creía que escribir el libro le había ayudado a superar el trance. No obstante, era obvio que Bill seguía llorando la pérdida de Margaret.

—Estas fiestas pueden ser tristes —convino Maddy—, pero al menos estarás con tus hijos.

Se reunirían otra vez en Vermont, mientras que Maddy y Jack irían a Virginia, donde sin duda no se lo pasarían tan bien como Bill. Este y sus hijos habían planeado una Navidad tradicional. Jack detestaba las fiestas navideñas y las celebraba sin el más mínimo entusiasmo, aunque solía hacerle caros regalos a su esposa. De niño, cada Navidad había supuesto una desilusión para él; de adulto, por lo tanto, se negaba a hacer grandes festejos.

Bill sorprendió a Maddy con lo que dijo a continuación:

—Ojalá pudieses pasar las fiestas con nosotros. —Esbozó una sonrisa triste. Era un sueño bonito pero imposible—. A mis hijos les encantaría.

—Y también a Lizzie —respondió con tono de resignación.

Había comprado regalos maravillosos para ella y pequeños detalles para Bill. A cada paso encontraba chucherías que le recordaban a él: discos compactos, una bufanda que parecía de su estilo y libros antiguos que seguramente le entusiasmarían. No eran objetos importantes ni caros, pero sí personales, muestras de una amistad que ambos atesoraban. Se los reservaba para dárselos el día anterior a la partida de Bill. Esperaba que tuviesen ocasión de comer juntos otra vez antes de despedirse hasta después de Año Nuevo.

Maddy le sonrió mientras comían el resto del caviar. Bill también había comprado paté, queso, pan francés y una botella de vino tinto. Había organizado para ella un almuerzo elegante, un refugio donde podía olvidar las tensiones de su vida.

—A veces me pregunto por qué me aguantas. Lo único que hago es lloriquear y quejarme de Jack, y seguro que piensas que no hago nada por cambiar las cosas. Ha de resultarte difícil observarme y permanecer al margen. ¿Cómo lo soportas?

—Es una pregunta fácil de responder —respondió Bill con una sonrisa. Y le robó el aliento con lo que dijo a continuación, sin titubeos—: Porque te quiero.

Hubo una pausa mientras Maddy asimilaba esas palabras y comprendía su significado. Bill la quería como ella a Lizzie, como protector y amigo, no como un hombre a una mujer. Al menos así lo entendió ella.

—Yo también te quiero, Bill —repuso en voz baja—. Eres mi mejor amigo. —El vínculo que los unía era más fuerte incluso que el que la había unido a Greg, que ahora estaba más pendiente de su propia vida—. Eres como de mi familia, igual que un hermano mayor.

Pero Bill no estaba dispuesto a echarse atrás. Se acercó y le puso una mano en el hombro.

—No lo he dicho en ese sentido, Maddy —aclaró—. Me refiero a un amor más profundo. El de un hombre por una mujer. Te quiero —repitió.

Ella lo miró fijamente, sin saber qué responder. Bill trató de tranquilizarla, pero se alegraba de habérselo dicho. Deseaba hacerlo desde hacía tiempo. Habían compartido seis meses de gran intimidad en todos los aspectos importantes. Ya formaba parte de la vida cotidiana de Maddy, pero quería estar aún más involucrado en ella.

—No tienes que responder si no quieres. No te pido nada. Durante los últimos seis meses he estado aguardando a que cambiaras tu vida e hicieras algo con respecto a Jack. Pero entiendo que es muy difícil para ti. Ni siquiera sé si lo conseguirás algún día. Y lo acepto. Sin embargo, no quería esperar a que abandonaras a Jack para decirte lo que siento. La vida es corta, y el amor es un sentimiento muy especial.

Maddy estaba estupefacta.

—Tú también eres muy especial —murmuró y se inclinó para besarlo en la mejilla. Pero él giró ligeramente la cara y de repente, sin que ella supiese cuál de los dos había empezado, estaban besándose en la boca con afecto y pasión. Cuando pararon, ella lo miró con asombro—: ¿Cómo ha ocurrido?

—Creo que hacía tiempo que se veía venir —respondió él y la estrechó entre sus brazos, temiendo haberla asustado—. ¿Estás bien?

Ella asintió y apoyó la cara contra su pecho. Bill era bastante más alto, y en sus brazos ella se sintió más segura y feliz que nunca. Era una sensación nueva, maravillosa e inquietante a la vez.

—Creo que sí —dijo, alzando la vista para mirarlo mientras trataba de dilucidar sus propios sentimientos.

Entonces él la besó otra vez, y Maddy no hizo nada por impedírselo. Por el contrario, comprendió que era lo único que deseaba. Pero esto corroboraba lo que Jack decía de ella. Aunque nunca lo había engañado, ni siquiera había mirado a otro hombre, ahora sabía que estaba enamorada de Bill. Y no tenía idea de lo que iba a hacer al respecto.

Se sentaron a la mesa de la cocina, cogidos de la mano, y se miraron a los ojos. Súbitamente, el mundo era nuevo para ambos. Bill había abierto una puerta que estaba muy cerca de los dos, y Maddy jamás había soñado que la vista sería tan maravillosa desde allí.

—Es todo un regalo de Navidad —dijo ella con una tímida sonrisa.

Él sonrió de oreja a oreja.

—Lo es, ¿verdad, Maddy? Pero no quiero que te sientas presionada. No había planeado lo que acaba de ocurrir. Me ha sorprendido tanto como a ti. Y no quiero que te sientas culpable. —Ahora la conocía bien. A veces Maddy se sentía culpable por el solo hecho de respirar. Y esto era algo más que respirar. Era vivir.

—¿Cómo quieres que me sienta? Estoy casada, Bill. Acabo de demostrar que las acusaciones de Jack están justificadas. No lo estaban, pero ahora lo que dice es verdad... o podría serlo.

—Todo depende de cómo afrontemos la situación, y yo sugiero que nos movamos muy despacio. —Aunque ahora sabía que deseaba avanzar rápidamente, no podía hacerlo por respeto a Maddy—. Quiero hacerte feliz; no fastidiarte la vida.

Sin embargo, iba a complicársela. Ahora se vería obligada a analizar su relación con Jack desde una perspectiva que había estado evitando. Su situación había cambiado por completo desde el momento en que Bill la había besado.

—¿Qué voy a hacer? —le preguntó a Bill, aunque también se lo preguntaba a sí misma.

Pese a estar casada con un hombre que la trataba de una forma espantosa, pensaba que le debía lealtad. Al menos así lo llamaba ella.

—Harás lo que sea mejor para ti. Ya soy mayor. Podré soportarlo. Pero decidas lo que decidas con respecto a mí, o a nosotros, tendrás que hacer algo con Jack. No puedes eludir el problema eternamente, Maddy.

Bill esperaba que su amor —ahora que ella sabía que la amaba— le diese la fuerza que necesitaba para escapar de Jack. En cierto modo, aunque ella no lo viese de esa manera, Bill era su pasaporte a la libertad. Sin embargo, Maddy no pretendía usarlo. Intuía que, si ella lo deseaba, él estaría en su futuro. Bill Alexander no era un hombre a quien pudiese tomar a la ligera.

Continuaron hablando mientras comían queso y bebían vino, y Bill incluso bromeó sobre la situación en que se encontraban. Aunque no se había dado cuenta, dijo, se había enamorado de ella casi a primera vista.

—Creo que a mí me pasó lo mismo —respondió ella—, pero tenía miedo de afrontarlo. —Aún lo tenía, pero ahora el amor era más fuerte que ella. Más fuerte que los dos—. Jack jamás me perdonará, ¿sabes? —añadió con tristeza—. Pensará que hemos mantenido una relación clandestina desde el principio. Le dirá a todo el mundo que lo he engañado.

—Lo dirá de todas maneras si lo dejas. —Bill rezaba para que así lo hiciese. Se sentía como si una delicada mariposa se hubiera posado en su mano: temía tocarla o atraparla. Solo deseaba admirarla y quererla—. Creo que dirá cosas muy desagradables cuando te marches, Maddy, aunque no te vayas conmigo. —Era la primera vez que decía «cuando» en lugar de «si», y ambos repararon en ese detalle—. Lo cierto es que él te necesita más que tú a él. Tú lo necesitabas para tus fantasías de seguridad y matrimonio. Pero él te necesita para alimentar su enfermedad, para satisfacer su sed de sangre, si lo prefieres. Un verdugo *necesita* una víctima.

Maddy no respondió, pero pensó en ello durante unos instantes y finalmente asintió. Eran más de las tres cuando se marchó. Habría querido quedarse con Bill y se despidió de él con un largo beso. Ahora la relación tenía un cariz nuevo: habían abierto una puerta que no podían volver a cerrar, aunque ninguno de los dos deseaba hacerlo.

—Sé prudente —murmuró él—. Cuídate.

—Lo haré. —Maddy sonrió entre sus brazos—. Te quiero... Y gracias por el caviar... y por los besos.

—Ha sido un placer. —Bill le devolvió la sonrisa, salió a la puerta y la saludó con la mano mientras ella se alejaba en su coche.

Ambos tenían mucho en que pensar. Sobre todo Maddy.

Se puso nerviosa cuando la secretaria le avisó que Jack la había llamado dos veces en la última hora. Se sentó al escritorio, respiró hondo y marcó el número de la extensión de Jack. De repente tuvo miedo de que alguien la hubiese visto salir de casa de Bill. Sus manos temblaban cuando él respondió.

—¿Dónde diablos has estado?

—Haciendo compras de Navidad —se apresuró a responder.

La respuesta se le ocurrió tan fácilmente que se escandalizó de su propia capacidad para mentir. Claro que no podía decirle dónde había estado ni qué había hecho. Durante el trayecto a la cadena se había preguntado si lo más correcto era contarle que se sentía desdichada con él y que estaba enamorada de otro. Pero sabía que sería como invitarlo a torturarla. A menos que pudiese marcharse de inmediato, y sabía que no estaba preparada. En este caso, la sinceridad no era la respuesta.

—Te he llamado para decirte que esta noche tengo una reunión con el presidente Armstrong.

Maddy se sorprendió, ya que el presidente aún no parecía en condiciones de participar en reuniones nocturnas. Pero no dijo nada. Era más sencillo callar. Además, llegó a la rápida conclusión de que sus recelos eran fruto de la mala conciencia. Con independencia de sus sentimientos hacia Jack, y por muy deteriorado que estuviera su matrimonio, sabía que una mujer casada no debía mantener la clase de relación que ella mantenía con Bill.

—De acuerdo —respondió—. Yo tengo que recoger algunas cosas de camino a casa. —Quería comprar papel de regalo y algunas chucherías para rellenar los calcetines que entregaría a su secretaria y su asistente de investigación en la fiesta de Navidad. Ya les había comprado sendos relojes Cartier—. ¿Necesitas algo?

—preguntó, esforzándose por ser agradable y compensar sus transgresiones.

—¿Por qué estás de tan buen humor? —preguntó él con desconfianza.

Ella lo atribuyó a las fiestas.

Jack le dijo que no lo esperase levantada, pues la reunión sería larga. Eso despertó nuevas sospechas en Maddy, pero no dijo nada.

Esa tarde presentó los dos informativos como si estuviera en las nubes y llamó a Bill dos veces, antes y después de las emisiones.

—Me has dado una gran alegría. —Y un gran susto, habría querido añadir.

En lugar de hablar de lo que iban a hacer, saborearon la dulzura de su nueva situación. Ella le dijo que iría a un centro comercial cercano después del trabajo. Él le dijo que la llamaría a casa por la noche, aprovechando la ausencia de Jack. Bill tampoco creía que fuese a reunirse con el presidente. Unos días antes, durante una reunión, Phyllis les había contado que Jim estaba agotado y que todos los días se dormía a eso de las siete de la tarde.

—Puede que Jack se acueste con él —bromeó Maddy, que estaba de un humor insólitamente bueno.

—Eso daría un giro diferente a las cosas —rió Bill, y quedaron en llamarse más tarde.

Maddy se marchó del trabajo en uno de los coches de la cadena, pues Jack se había llevado el suyo y al chófer. Se alegró de estar sola. Así tendría ocasión de pensar en Bill y fantasear con él. Tras estacionar en el aparcamiento del centro comercial, entró en una tienda para comprar papel de regalo, lazos y celo.

El local estaba a tope: mujeres con niños llorosos, hombres indecisos sobre lo que debían comprar y los compradores que solían llenar los centros comerciales en los días previos a las fiestas. No era de extrañar que hubiera más gente que nunca. En la puerta de la juguetería adyacente había una cola que llegaba hasta el aparcamiento, pues en el interior tenían un Papá Noel. Ese solo hecho animó a Maddy. Era el espíritu navideño, que había llegado a ella súbitamente, gracias a Bill.

Tenía una docena de rollos de papel rojo en los brazos y un carro lleno de perfumes, lazos, pequeños Papá Noel de chocolate y adornos navideños, cuando oyó un extraño sonido procedente de arriba. Fue tan fuerte que Maddy se estremeció y, al mirar a su alrededor, comprobó que los demás clientes también estaban perplejos. Al ensordecedor *bum*, siguió un sonido semejante al de una catarata o un torrente de agua. Maddy no podía oír a nadie. La música se detuvo, sonaron gritos, las luces de todo el centro comercial se apagaron, y antes de que tuviera tiempo de asustarse o abrir la boca, vio que el techo se hundía y caía sobre ella. El mundo se fundió instantáneamente con la oscuridad, y todo lo que la rodeaba desapareció.

20

Al despertar, Maddy sintió como si todo el edificio se hubiera desplomado sobre su pecho. Abrió los ojos y los notó doloridos y llenos de arena. No veía nada, pero percibió un extraño olor a polvo y fuego. Tenía calor y una sensación de pesadez en todo el cuerpo. Entonces cayó en la cuenta de que le había caído algo encima. Trató de moverse, y al principio pensó que estaba paralizada. Podía mover los pies, pero algo le inmovilizaba las piernas y la parte superior del cuerpo. Luchó para liberarse y finalmente consiguió apartar los pesos que habían caído sobre ella. Aunque no lo supiera, había tardado más de una hora en sentarse en el pequeño espacio en el que estaba confinada. Lo que sí advirtió era que alrededor reinaba un silencio absoluto. Al cabo de unos instantes comenzó a oír gemidos y gritos de personas que se llamaban unas a otras. Incluso oyó a un bebé en alguna parte. No sabía qué había pasado ni dónde estaba.

En el aparcamiento, lejos de donde estaba atrapada, habían explotado varios automóviles y la fachada de algunos edificios. Había coches de bomberos y gente corriendo y gritando. Personas sangrando por todo el cuerpo corrían hacia el aparcamiento mientras los niños heridos eran conducidos en camillas a las ambulancias. Parecía una película, y la gente que hablaba con la policía y los bomberos decía que todo el edificio se había derrumbado en un instante. De hecho, cuatro locales del centro comercial habían resultado completamente destruidos, y un gran cráter se había abierto junto a la puerta del *drugstore* en el que estaba Maddy. Allí donde unos instantes antes había un camión, ahora se abría un inmenso agujero. La explosión había sido tan violenta que había roto los cristales de edificios situados a cinco manzanas de distancia. Justo cuando llegaron los equipos de televisión, sacaron al Papá Noel cubierto con una manta. Había muerto instantáneamente, igual que más de la mitad de los niños que estaban esperando para verlo. Era una tragedia tan grande que nadie acababa de creer que hubiera sucedido.

En el interior del local, hecha un ovillo, Maddy intentaba salir de entre los escombros que la mantenían prisionera. Arañaba, empujaba, hacía palanca con su propio cuerpo, pero nada se movía, y de repente descubrió con pánico que le costaba respirar. En ese momento oyó una voz en la oscuridad.

—Socorro... socorro... ¿alguien puede oírme?

La voz sonaba débil, pero era reconfortante saber que había una persona cerca.

—Sí. ¿Dónde está? —Había tanto polvo que Maddy apenas si podía respirar. Pero se giró en la dirección de la voz y aguzó el oído.

—No lo sé, no veo nada —respondió la voz. Estaban envueltos en una oscuridad absoluta.

—¿Sabe qué ha pasado?

—Creo que se ha derrumbado el edificio... Yo me golpeé la cabeza... Me parece que estoy sangrando. —Era la voz de una mujer joven.

Poco después, a Maddy le pareció volver a oír el llanto de un bebé, pero no mucho más. Solo algún gemido lejano... un grito... Esperaba oír sirenas —una señal de que acudirían a rescatarlas— pero no fue así. Había demasiado cemento alrededor para que percibiesen el caos del exterior o los estridentes pitidos de los vehículos de salvamento que se dirigían al centro comercial desde todos los puntos de la ciudad. Los servicios de emergencia habían solicitado refuerzos a Virginia y Maryland. De momento nadie sabía nada, excepto que se había producido una terrible explosión y que había numerosos muertos y heridos.

—¿Ese niño es tu hijo? —preguntó Maddy, al oír otro llanto infantil.

—Sí —respondió la joven con un hilo de voz—. Tiene dos meses. Se llama Andy.

Parecía estar llorando, y Maddy la habría imitado, pero estaba demasiado conmocionada para sentir sus propias emociones.

—¿Está herido?

—No lo sé... No veo.

Ahora prorrumpió en sollozos, y Maddy cerró los ojos en un

esfuerzo por pensar con lucidez. Debía de haber pasado algo terrible para que el edificio se desmoronase, pero no adivinaba qué podía ser.

—¿Puedes moverte? —preguntó.

Hablar con la joven la ayudaba a mantener la cordura mientras seguía tratando de apartar obstáculos. Algo semejante a una roca se movió un poco, apenas unos centímetros. Estaba en la dirección contraria al sitio de donde procedía la voz.

—No —respondió la mujer—. Hay algo sobre mis brazos y mis piernas... Y no puedo llegar a donde está mi hijo.

—Nos sacarán de aquí, ¿sabes? —dijo Maddy.

En ese preciso momento ambas oyeron voces lejanas, pero no podían saber si se trataba de otras víctimas o del personal de rescate. Mientras se preguntaba qué hacer, Maddy recordó que llevaba el teléfono móvil en el bolso. Si lo encontraba, podría pedir ayuda o conseguir que las localizaran más fácilmente. Era una idea descabellada, pero le proporcionaba algo que hacer, de manera que empezó a buscar a tientas a su alrededor. No encontró nada salvo polvo, piedras e irregulares trozos de cemento. Sin embargo, en el proceso se hizo una idea de la fisonomía del lugar donde estaba. Volvió a intentar mover los muros de su provisional celda y consiguió apartar unas tablas situadas en un extremo, a un palmo de ella, ganando sitio.

—Estoy tratando de llegar a tu lado —le dijo a la joven con intención de darle ánimos. Hubo un largo silencio que la asustó—. ¿Te encuentras bien? ¿Me oyes?

Tras otra larga pausa, volvió a oír la voz de la chica.

—Creo que me había dormido.

—No duermas. Procura permanecer despierta —dijo Maddy con firmeza, tratando de pensar con claridad. Aún estaba conmocionada, y al moverse se dio cuenta de que tenía un fuerte dolor de cabeza—. Háblame... ¿cómo te llamas?

—Anne.

—Hola, Anne. Yo soy Maddy. ¿Cuántos años tienes?

—Dieciséis.

—Yo tengo treinta y cuatro. Soy periodista... de televisión... —Otra vez silencio—. Despierta, Anne... ¿Cómo está Andy?

—No lo sé.

El niño lloraba tan fuerte que Maddy sabía que estaba vivo, pero la voz de la joven sonaba cada vez más débil. Solo Dios sabía si estaba herida de gravedad y si alguien las encontraría.

Mientras Maddy continuaba luchando en el interior de su cueva, fuera seguían llegando coches de bomberos de todos los distritos de la ciudad. Dos tiendas estaban en llamas, cuatro se habían derrumbado, y de las zonas más cercanas al epicentro de la explosión sacaban cuerpos destrozados, algunos irreconocibles. Había manos, pies y cabezas por todas partes. Las personas que podían andar eran trasladadas en coches, mientras que las ambulancias se llevaban a todos los heridos incapaces de moverse por su propio pie. Trataban de despejar la zona para facilitar el trabajo de los equipos de salvamento y los voluntarios. Habían llamado al Centro de Control de Catástrofes y Emergencias Nacionales y estaban organizando equipos de rescate. Entretanto empezaron a llegar las excavadoras, pero no pudieron usarlas, ya que los edificios que aún se mantenían en pie se encontraban en un estado precario y había demasiadas víctimas para usar máquinas que podían agravar el problema.

La zona estaba llena de periodistas y las cadenas de televisión de todo el país habían interrumpido sus emisiones para informar a los espectadores de la mayor catástrofe nacional desde el atentado de Oklahoma en 1995. De momento había un centenar de víctimas, aunque no podían calcular cuántas más encontrarían entre los escombros. Todas las cámaras habían filmado a una niña con un brazo amputado, llorando a gritos mientras el personal sanitario la sacaba de allí. Su identidad era una incógnita; nadie la había reclamado todavía. Y las personas en condiciones semejantes se contaban por docenas. De entre los escombros sacaban heridos, mutilados, muertos y moribundos.

Bill estaba en su estudio, viendo tranquilamente la televisión, cuando emitieron el primer boletín; entonces se incorporó en su silla con expresión de horror. Maddy le había dicho que iría a ese centro comercial después del trabajo. Corrió al teléfono y la llamó a casa, pero no obtuvo respuesta. A continuación marcó el número del teléfono móvil y oyó una grabación anunciando que el usuario se encontraba fuera de cobertura. Continuó viendo las noticias, cada vez más asustado. Estuvo a punto de telefonear a la cadena para preguntar si sabían algo de Maddy, pero no se atrevió. Cabía la posibilidad de que estuviese en el lugar de la catástrofe, cubriendo la noticia, así que decidió esperar a que llamase ella. Sabía que lo haría si tenía tiempo... y si no estaba atrapada bajo los escombros. Lo único que podía hacer era rezar para que no estuviese allí. Y solo podía pensar en el momento en que un grupo de encapuchados con ametralladoras había secuestrado a Margaret.

Jack también estaba al tanto de lo ocurrido. Su móvil sonó instantes después de la explosión, y él miró a su acompañante con expresión de contrariedad. Aquella no era la velada que había planeado. La había preparado meticulosamente, como siempre, y le molestó la interrupción.

—Buscad a Maddy y decidle que vaya allí de inmediato. Ya debe de estar en casa —ordenó.

Había ya dos equipos en el lugar de la explosión y, según dijo el productor, acababan de enviar a un tercero. La bonita rubia que estaba con Jack en el Carlton preguntó qué había pasado.

—Algún gilipollas voló un centro comercial —respondió, encendiendo el televisor.

Ambos se sentaron y se quedaron atónitos ante las imágenes de la pantalla. Era una escena de destrucción y caos. Ninguno de los dos había imaginado la magnitud de la tragedia. Después de unos minutos de silencio, Jack cogió el móvil y llamó a la cadena.

—¿La habéis localizado? —ladró.

Era una noticia sensacional, pero las escenas que estaban filmando humedecieron incluso los ojos de un hombre curtido como Jack. A su lado, la chica que había conocido la semana anterior lloraba en voz baja. Un bombero acababa de sacar a un bebé muerto y a su madre.

—Lo estamos intentando, Jack —contestó el nervioso productor—. Aún no ha llegado a casa y tiene el móvil apagado.

—Maldita sea. Le he dicho mil veces que no lo apague nunca. Sigue insistiendo. Ya aparecerá.

Entonces lo asaltó una extraña idea, aunque la descartó de inmediato. Maddy había dicho que iba a comprar papel de regalo y otras tonterías, pero detestaba los centros comerciales y solía hacer sus compras en Georgetown. No había motivos para pensar que estaba allí.

—¿Me oyes, Anne? —La voz de Maddy volvió a atravesar el cemento, pero esta vez le costó más despertar a la joven.

—Sí... te oigo...

En ese momento oyeron otra voz. Esta vez era un hombre y parecía sorprendentemente cerca de Maddy.

—¿Hay alguien ahí? —preguntó.

Con voz alta y clara, dijo que había apartado unas piedras y una viga y que había recorrido una larga distancia a gatas para llegar a ellas, pero no sabía hacia adónde iba ni dónde estaba.

—Yo me llamo Maddy y cerca de aquí hay una chica llamada Anne... No está a mi lado, pero puedo oírla. Creo que está herida y tiene un bebé.

—¿Y usted? ¿Se encuentra bien?

Le dolía la cabeza, pero no tenía sentido contarle eso.

—Estoy bien. ¿Puede apartar las piedras que hay a mi alrededor?

—Lo intentaré; siga hablando.

Mddy esperaba que fuese un hombre corpulento y fuerte. Lo bastante fuerte para mover montañas.

—¿Cómo se llama?

—Mike. Y no se preocupe, señora. Levanto pesas de hasta doscientos kilos. La sacaré de ahí en un santiamén.

Maddy lo oyó haciendo fuerza, pero Anne había vuelto a callar. El llanto del bebé, por el contrario, se oía más alto que nunca.

—Háblale a tu hijo, Anne. Eso lo tranquilizará.

—Estoy exhausta —murmuró la joven.

Maddy volvió a dirigirse a Mike, que ahora parecía encontrarse más cerca.

—¿Sabe qué ha pasado?

—No tengo idea. Estaba comprando espuma de afeitar cuando me cayó el techo encima. Pensar que iba a traer a mis hijos... Me alegro de no haberlo hecho. ¿Usted estaba acompañada?

—No; vine sola —respondió Maddy. Continuó escarbando entre los escombros, pero lo único que consiguió fue romperse las uñas y lastimarse los dedos. Las piedras no se movían.

—Trataré de abrirme camino por el otro lado —dijo Mike.

Maddy sintió una oleada de pánico. Ante la sola idea de que esa voz amiga la abandonase, experimentó un insólito sentimiento de desamparo. Pero tenían que buscar ayuda y, si uno de ellos podía salir, los otros también se salvarían.

—De acuerdo —respondió—. Buena suerte. Cuando salga —tomó la precaución de no decir «si sale»— avise que estoy aquí. Soy reportera de televisión. Supongo que el equipo de mi cadena estará fuera.

—Volveré a buscarla —dijo Mike con claridad.

Unos minutos después, su voz se desvaneció. Maddy no oyó

ninguna más. Se quedó en la oscuridad, sola con Anne y su hijo. Fantaseaba con encontrar el teléfono móvil, aunque sabía que no le habría servido de mucho. Incluso si conseguía comunicarse, no podría decir dónde estaba. Era imposible identificar el lugar donde estaba atrapada.

Bill continuaba viendo las noticias con una creciente sensación de pánico. Había llamado a Maddy una docena de veces, pero siempre respondía el contestador. Y el teléfono móvil estaba apagado. Finalmente, desesperado, llamó a la cadena.

—¿Quién habla? —preguntó el productor con brusquedad, sorprendido de que hubiese conseguido comunicarse.

—Soy un amigo de Maddy y estaba preocupado por ella. ¿Está cubriendo la noticia?

Tras un titubeo, el productor decidió decir la verdad:

—No la encontramos. Su móvil está apagado y no ha llegado a su casa. Podría haber ido al lugar de la catástrofe por cuenta propia, pero nadie la ha visto allí. Claro que hay un montón de gente. Ya aparecerá. Siempre lo hace —dijo Rafe Thompson, el productor, intentando tranquilizar a Bill.

—No es propio de Maddy desaparecer de esa manera —señaló Bill.

Rafe no pudo evitar preguntarse cómo sabía eso el hombre del teléfono, aunque parecía preocupado. Mucho más que Jack. Lo único que había dicho Jack era que la encontrasen de una puñetera vez. Y el productor tenía una idea bastante precisa de lo que estaba haciendo Jack cuando lo había llamado, pues había oído una risa femenina de fondo.

—No sé qué decirle. Es probable que llame pronto. Quizá haya ido al cine.

Pero Bill sabía que no era así, y el hecho que no hubiese telefoneado para avisar que se encontraba bien lo angustiaba mucho. Tras la conversación con Rafe, se paseó por el salón durante unos diez minutos, sin apartar la vista del televisor, hasta que no pudo aguantar más. Cogió su abrigo y las llaves del coche y salió a paso vivo de la casa. Ni siquiera sabía si le permitirían acercarse al lugar de la catástrofe, pero tenía que intentar llegar allí. No sabía por qué, pero estaba convencido de que debía ir. Quizá pudiese encontrar a Maddy.

Eran más de las diez cuando se dirigió a toda velocidad al centro comercial, una hora y media después de la explosión que había destruido dos manzanas enteras y, según los últimos cálculos, matado a ciento tres personas y herido a varias docenas. Y esto era solo el comienzo.

Cuando llegó allí, tardó veinte minutos en abrirse paso entre los escombros y los vehículos de emergencia, pero había tantos voluntarios en la zona que nadie le pidió un pase o una identificación. Con lágrimas en los ojos, se detuvo junto a las ruinas de la juguetería y rezó para encontrar a Maddy entre el gentío.

Unos minutos después, alguien le entregó un casco y le pidió que ayudase a retirar escombros. Siguió a los demás al interior del edificio, donde las escenas eran tan aterradoras que rogó que Maddy estuviese en cualquier otro sitio y simplemente se hubiera olvidado de encender su teléfono móvil.

Dentro de su cueva, Maddy pensaba en él mientras empujaba con todas sus fuerzas un bloque de cemento. Para su sorpresa, este se movió. Volvió a intentarlo y logró moverlo unos centímetros más. Conforme avanzaba, la débil voz de Anne parecía más cercana.

—Creo que estoy aproximándome —dijo a Anne—. Sigue hablando para orientarme. Necesito saber dónde estás. No quiero empeorar las cosas... ¿Sientes algo? ¿Hay polvo cayendo sobre ti?

No sabía si estaba cerca de los pies o de la cabeza de la joven, y lo último que deseaba era derribar un bloque de cemento encima de ella o del niño. Sin embargo, hacer hablar a Anne era casi tan difícil como mover las piedras.

Maddy hablaba incluso sola mientras empujaba y escarbaba. Dio un empujón tan fuerte que estuvo a punto de hacerse daño y, sorprendentemente, movió un enorme bloque de cemento, creando un espacio lo bastante grande para introducir el torso en él. Comenzó a reptar por él y casi de inmediato supo que había encontrado a Anne. Su voz sonaba muy cercana, y de repente tocó a Andy. Estaba tendido a pocos centímetros de la mano de su madre, moviéndose libremente. Maddy no podía verlo, pero lo examinó a tientas y lo estrechó contra su cuerpo. El niño dejó escapar un grito de horror. Maddy no sabía si estaba herido, pero volvió a dejarlo en el suelo y continuó reptando hacia Anne. La joven estaba callada cuando la tocó. Ni siquiera sabía si seguía respirando.

—Anne... Anne... —Le acarició la cara y palpó su cuerpo con cautela hasta que creyó entender lo que había ocurrido. Una enorme viga aplastaba el tronco de la chica que, a juzgar por la humedad de su ropa, estaba sangrando. Sobre sus piernas había otra viga. Estaba atrapada, y aunque Maddy trató frenéticamente de liberarla, no lo consiguió. Las vigas eran más pesadas que los bloques de cemento, y no sabía que encima de las vigas había piedras—. Anne... Anne... —continuó llamándola mientras el niño lloriqueaba a su lado.

Finalmente, la joven despertó y habló.

—¿Dónde estás? —No sabía qué había pasado.

—Aquí, a tu lado. Y Andy está bien. —Lo estaba al menos si se lo comparaba con su madre.

—¿Nos han encontrado?

Anne empezaba a perder el sentido otra vez, y habida cuenta de las heridas que debía de haber sufrido al caerle encima las vigas, Maddy tenía miedo de sacudirla.

—Todavía no, pero lo harán. Te lo prometo. Aguanta.

Maddy volvió a coger a Andy en brazos y lo estrechó contra su pecho. Luego, con el fin de convencer a la joven de que no se diese por vencida, se tendió a su lado y colocó la carita del niño junto a la de ella, como seguramente habrían hecho al nacer el pequeño. Anne se echó a llorar.

—Voy a morir, ¿no?

No había una respuesta cierta para esa pregunta, y ambas lo sabían. Anne no tenía ya dieciséis años. En unos instantes había alcanzado la madurez, y bien podría haber tenido cien años.

—No lo creo —mintió Maddy—. No puedes. Tienes que ser fuerte por Andy.

—No tiene padre —le confió Anne—. Se desentendió de él. No lo quería.

—Mi hija tampoco tuvo un padre —dijo Maddy, tratando de tranquilizarla.

Por lo menos hablaba. Lizzie tampoco había tenido una madre, pensó Maddy con culpa, pero no habló de ello con Anne.

—¿Vives con tus padres? —preguntó, empeñada en hacerla hablar.

De repente notó que el niño había dejado de llorar. Le puso un dedo bajo la nariz y comprobó con alivio que respiraba. Estaba dormido.

—Me escapé de casa a los catorce. Soy de Oklahoma. Cuando nació Andy, llamé a mis padres, pero ellos me dijeron que no querían saber nada de ninguno de los dos. Tienen otros nueve hijos, y mamá dice que solo le he dado problemas... Andy y yo vivimos de la Seguridad Social.

Era un drama, pero no tan terrible como el que estaban viviendo en esos momentos. Maddy se preguntó si sobrevivirían o si los encontrarían mucho después de que hubiesen muerto y pasarían a formar parte de una historia siniestra. Pero no iba a permitirlo. El niño y su jovencísima madre tenían derecho a vivir. Salvarlos era su único objetivo.

—Cuando Andy crezca, le contarás lo que pasó aquí. Pensará que eres maravillosa y valiente, y con razón... Estoy orgullosa de ti —dijo conteniendo las lágrimas y pensando en Lizzie.

Se habían encontrado después de diecinueve años, y ahora cabía la posibilidad de que Lizzie volviera a perderla. Pero no debía pensar en esas cosas. Tenía que mantener la mente clara, y mientras hablaba con Anne notó que comenzaba a marearse. Se preguntó cuándo se quedarían sin aire, si comenzarían a jadear o simplemente se sumirían en un sueño, apagándose como velas. Comenzó a tararear en susurros para tranquilizar al bebé y a Anne. Pero la joven se había dormido otra vez, y nada de lo que Maddy hacía servía para despertarla. Cuando la tocó, Anne gimió, de modo que supo que seguía viva. Sin embargo, todo parecía indicar que estaba consumiéndose rápidamente.

En el exterior del edificio, Bill por fin había localizado al equipo de la cadena. Se identificó y descubrió que estaba hablando con el productor que había atendido el teléfono un rato antes. Ahora estaba dirigiendo a los cámaras y reporteros.

—Creo que Maddy está dentro —dijo Bill con aflicción—. Me dijo que iba a venir a comprar papel de regalo.

—Yo tuve el extraño presentimiento de que estaba aquí —confesó Rafe Thompson—, pero me dije que era una locura. Aunque no habría podido cambiar nada. Están haciendo todo lo posible para sacar a la gente que quedó atrapada.

Rafe se preguntó de dónde se conocían Bill y Maddy, hasta que él le dijo que ambos eran miembros de la comisión de la primera dama. Al productor le pareció un buen tipo. Había pasado horas ayudando a los equipos de salvamento. Tenía el abrigo destrozado, la cara sucia y las manos ensangrentadas. Todos estaban nerviosos y agotados. Era más de medianoche y Maddy no había aparecido aún. Rafe había hablado varias veces con Jack, que seguía gritándoles desde el Ritz Carlton. La desaparición de Maddy no lo había conmovido: había dicho que seguramente estaría «tirándose a alguien» y que, cuando la encontrase, la mataría. Rafe y Bill temían que la gente que había puesto la bomba ya lo hubiese hecho. De momento, nadie se había atribuido el atentado.

La cadena no había mencionado la posibilidad de que Maddy estuviese atrapada entre los escombros del centro comercial. No tenía sentido dar esa información hasta que estuvieran seguros de ella. A las cuatro de la mañana, los equipos de salvamento habían hecho grandes progresos. Después de ocho horas de trabajo incansable, poco antes de las cinco, rescataron a un hombre llamado Mike. Parecía sangrar por todas partes, pero tras horas de excavar túneles y mover vigas y bloques de cemento había salvado a cuatro personas. Al salir, contó a los hombres que lo rescataron que había oído a otras dos mujeres pero no había conseguido llegar hasta ellas. Se llamaban Anne y Maddy, y una de ellas estaba con un bebé. Antes de que se lo llevaran en la ambulancia, hizo lo que pudo para orientar al personal de salvamento sobre el paradero de esas mujeres. Rafe lo oyó y fue a contárselo a Bill, mientras los trabajadores volvían a entrar para seguir las vagas instrucciones de Mike.

—Está dentro —dijo con tono sombrío.

—Dios mío... ¿La han encontrado? —Temía preguntar si estaba viva o muerta, y la expresión de Rafe no era tranquilizadora.

—Todavía no. Uno de los hombres que acaban de rescatar dijo que había dos mujeres... una de ellas es Maddy. Ella le contó que era reportera de televisión y le dio el nombre de la cadena.

Los temores de ambos se habían confirmado, pero solo podían esperar. Durante dos horas más, observaron cómo sacaban cadáveres, supervivientes con miembros amputados y niños que deberían ser identificados por unos padres histéricos. A las siete, Bill se echó a llorar. Ya no podía creer que Maddy siguiese viva. Habían pasado casi once horas. Se preguntó si debía llamar a Lizzie, pero no tenía nada que decirle. A esas alturas el país entero estaba al tanto de lo ocurrido. Era la obra de unos locos.

Bill y Rafe estaban sentados sobre unos altavoces cuando entró un equipo de salvamento nuevo y un trabajador de la Cruz Roja les ofreció café. Rafe aceptó, agradecido, pero Bill se sentía incapaz de tragar nada.

Rafe no había hecho más preguntas acerca de la relación de Bill con Maddy, pero en el curso de la noche se había dado cuenta de lo mucho que Bill la quería y se compadeció de él.

—No sufra. Tarde o temprano aparecerá.

Sin embargo, ambos se preguntaban si la encontrarían viva.

Entretanto, Maddy estaba acurrucada, abrazando al niño. Hacía horas que Anne no le hablaba. No sabía si seguía viva, pero todos sus esfuerzos por hacerla hablar habían fracasado. Maddy no tenía idea de qué hora era ni de cuánto tiempo llevaban allí. Finalmente, el niño empezó a llorar otra vez y su madre lo oyó.

—Dile que lo quiero... —murmuró Anne, sobresaltando a Maddy. Su voz sonaba espectral.

—Tienes que aguantar para decírselo tú misma —respondió Maddy, esforzándose por parecer optimista. Pero ya no lo era. Le costaba respirar, y también ella había perdido el sentido varias veces.

—Quiero que lo cuides —dijo Anne. Y tras una pausa añadió—: Te quiero, Maddy. Gracias por acompañarme. Si no te hubiera tenido a mi lado, habría estado mucho más asustada.

Maddy estaba muy asustada a pesar de la compañía de Anne y el niño, pero las lágrimas resbalaron por sus mejillas cuando se inclinó para besar en la mejilla a la joven herida, pensando en Lizzie.

—Yo también te quiero, Annie... Te quiero mucho... Te recuperarás. Saldremos de aquí. Quiero que conozcas a mi hija.

Anne asintió, como si le creyera, y sonrió en la oscuridad. Aunque no podía verla, Maddy intuyó su sonrisa.

—Mi madre solía llamarme Annie cuando aún me quería —dijo la chica con tristeza.

—Estoy segura de que todavía te quiere. Y también querrá a Andy cuando lo conozca.

—No quiero que se quede con ella —dijo la joven con voz firme y clara—. Quiero que tú te hagas cargo de mi niño. Prométeme que lo querrás.

Mady tuvo que contener el llanto para responder; sabía que no podían permitirse el lujo de desperdiciar aire y energía llorando. Cuando iba a contestar, oyó voces a lo lejos, voces que pronunciaban su nombre.

—¿Puede oírnos, Maddy? ¿Maddy? ¿Maddy Hunter? ¿Anne? ¿Pueden oírnos?

Habría querido dar gritos de júbilo, pero se limitó a responder en voz bien alta:

—¡Los oímos! ¡Los oímos! Estamos aquí. —Mientras las voces se aproximaban, se dirigió a la joven—: Ya vienen a rescatarnos, Annie... Aguanta. Dentro de unos minutos, estaremos fuera.

Pero a pesar del ruido, Annie había vuelto a dormirse, y el bebé comenzó a llorar a voz en cuello. Estaba cansado, hambriento y asustado. Igual que Maddy.

Las voces continuaron acercándose hasta que sonaron a escasos centímetros de Maddy. Esta se identificó, describió lo mejor que pudo el agujero donde estaba y la situación de Anne —teniendo cuidado de no asustarla— y añadió que se encontraba bien y que tenía al niño en brazos.

—¿El pequeño está herido? —preguntó una voz. Querían determinar qué clase de equipo de salvamento necesitaban.

—No lo sé. Me parece que no. Y yo tampoco. —Aunque tenía un gran chichón en la frente y le dolía horrores la cabeza. La madre del niño era otra historia.

A pesar de que ya los habían localizado, tardaron una hora y media en rescatarlos. Tenían que mover la tierra y el cemento muy despacio, pues temían provocar otro derrumbamiento. Maddy soltó un grito de alivio y dolor cuando un potente rayo de luz le dio en los ojos a través de un agujero del tamaño de un plato de postre. No pudo contener las lágrimas y le contó a Annie lo que ocurría, pero no obtuvo respuesta.

Mientras Maddy hablaba con sus salvadores el agujero fue agrandándose. Cinco minutos después, pasó por él al bebé y vio lo sucio que estaba cuando lo alumbraron con una linterna. Tenía sangre seca en la carita debido a un pequeño corte en la mejilla, pero sus ojos estaban muy abiertos, y a Maddy le pareció un niño precioso. Lo besó antes de entregarlo a un hombre con fuertes manos que se lo llevó de inmediato. Pero quedaban otros cuatro para rescatarlas a ella y a Annie. Media hora después, habían abierto un boquete lo bastante grande para que Maddy saliera reptando. Antes de marcharse, tocó la mano de Annie. Estaba callada y dormida, lo que quizá fuese una bendición. Sería difícil sacarla de allí, pero dos de los hombres comenzaron a intentarlo mientras Maddy avanzaba a gatas hacia la abertura del túnel. Una vez allí, la levantaron en brazos y la transportaron a través de un infernal bosque de escombros y retorcidos tubos de acero. Antes de que se diera cuenta, salieron a la luz del sol.

Eran las diez de la mañana, de manera que había pasado catorce horas atrapada entre las ruinas del centro comercial. Trató de averiguar si Andy estaba bien, pero la situación eran tan caótica que nadie la oyó. Aún estaban sacando gente y había cadáveres cubiertos con mantas, personas llorando mientras aguardaban noticias de sus familiares y trabajadores de los equipos de rescate hablando a gritos. De repente, en medio de ese caos, vio a Bill. Estaba casi tan sucio como ella debido a sus esfuerzos por ayudar a la gente. Al ver a Maddy, se echó a llorar y la cogió de los brazos del hombre que la llevaba. Lo único que podía hacer era llorar y abrazarla. No tenía palabras para explicar lo que había sentido, la magnitud de su miedo, su terrible angustia. Tardarían años en contarse mutuamente lo que habían vivido, pero ahora tenían este momento inolvidable de amor y alivio.

—Gracias a Dios —murmuró Bill mientras la entregaba a unos enfermeros.

Maddy parecía milagrosamente intacta y, olvidando a Bill por un instante, aunque todavía cogida firmemente de su mano, se volvió hacia uno de los trabajadores del equipo de salvamento.

—¿Dónde está Annie? ¿Se encuentra bien?

—Están tratando de sacarla —dijo con tono sombrío. Esa noche había visto demasiadas tragedias, igual que todos los demás. Pero cada superviviente era una victoria. Cada uno de ellos era una bendición por la que todos habían rezado.

—Dígale que la quiero —dijo Maddy con vehemencia.

Y se volvió a mirar a Bill con ojos llenos de amor. Por un aterrador instante se preguntó si lo sucedido era un castigo por haberse enamorado de él. Pero enseguida apartó esa idea como si fuese otra piedra tratando de aplastarla; no se lo permitiría, como no había permitido que las paredes de su pequeña cueva se derrumbaran sobre Annie y Andy. Ahora le pertenecía a Bill. Tenía derecho a su amor. Había sobrevivido por esto. Por él. Y por Lizzie. Cuando la metieron en la ambulancia, Bill subió con ella sin pensarlo dos veces. Mientras se alejaban, vio por la ventanilla trasera que Rafe los miraba, llorando. Se sentía feliz por los dos.

21

Cuando Maddy llegó al hospital, la pusieron en la unidad de traumatología, junto con el resto de las personas rescatadas en el centro comercial. Enseguida preguntó por el bebé, y le dijeron que estaba bien. Los médicos se sorprendieron de que ella no tuviese ningún hueso roto ni heridas internas; solo una pequeña contusión y algunos arañazos y hematomas sin importancia. Bill no podía creer que hubiese sido tan afortunada. Sentado a su lado, le explicó lo que sabía de lo ocurrido. La única información de que disponían hasta el momento era que la bomba había sido colocada por un grupo terrorista. Unos locos. Habían matado a más de trescientas personas, casi la mitad de las cuales eran niños. Maddy se estremeció ante semejante atrocidad.

Le contó a Bill lo que había sentido al ver que el techo se derrumbaba sobre ella y mientras había permanecido atrapada con Annie y el bebé. Esperaba que ambos sobrevivieran. Estaba preocupada por Annie, aunque no tanto como Bill lo había estado por ella. Dijo que había sido tan terrible como lo vivido con Margaret, y Maddy, comprensiva, le respondió que nadie debería pasar por una situación así dos veces en la vida.

Conversaron durante unos minutos, hasta que los médicos anunciaron que querían hacer a Maddy algunas pruebas más, solo por precaución. Entonces convinieron que Bill debía irse por si aparecía Jack. No quería causarle más problemas a Maddy.

—Volveré dentro de unas horas —dijo mientras se inclinaba para besarla—. Tómatelo con calma.

—Tú también. Duerme un poco. —Volvió a besarlo y tuvo que hacer un gran esfuerzo para soltarle la mano.

En cuanto Bill se hubo marchado, los médicos se llevaron a

Maddy y completaron la revisión. Cuando la pusieron en una habitación, Rafe se presentó con un equipo del informativo. Los había enviado Jack. El productor no comentó que pensaba que Jack era una cabrón por no ir a visitar personalmente a su esposa ni preguntó por Bill. No necesitaba hacerlo. Pasara lo que pasase entre ellos, era obvio que aquel hombre estaba enamorado de Maddy y que esta le correspondía.

Ella les contó lo ocurrido desde su perspectiva y dijo, ante las cámaras, que Annie era una chica muy valiente.

—Tiene dieciséis años —añadió con admiración y orgullo. Notó una expresión extraña en los ojos de Rafe, y cuando pararon la filmación, le preguntó—: Se encuentra bien, ¿no, Rafe? ¿Sabes algo de ella?

El productor titubeó. Habría deseado mentirle, pero no se atrevió a hacerlo. Maddy se enteraría de todas maneras, y le parecía injusto ocultarle la verdad.

—El niño está bien, Mad. Pero no pudieron sacar a su madre.

—¿Qué quieres decir? —preguntó casi gritando.

Había hecho todo lo posible para mantenerla con vida durante catorce horas, ¿y ahora le decían que no habían podido liberarla? Era imposible. Se negaba a creerlo.

—Tuvieron que usar dinamita. Ya estaba en coma cuando te sacaron a ti, Maddy. Trataron de reanimarla, pero murió media hora después. Sus pulmones estaban aplastados y había sufrido una hemorragia interna tan grave que los médicos dijeron que hubiera sido imposible salvarla.

Maddy emitió un sonido gutural. Era un gemido angustioso, como si la joven hubiera sido su hija. No podía hacerse a la idea. ¿Qué pasaría con el niño? Rafe dijo que no sabía nada al respecto y se marchó poco después, no sin antes decirle, entre sollozos, cuánto se alegraba de que hubiera sobrevivido.

Todo el mundo se alegraba. Lizzie lloró desconsoladamente cuando Maddy la llamó para avisarle que estaba bien. La joven había pasado la noche en vela, pendiente de las noticias, y al no ver a Maddy con los demás reporteros había intuido que estaba atrapada allí.

Phyllis Armstrong telefoneó para decirle que había sido un gran alivio para ella y Jim saber que había salido indemne y se lamentó por la tragedia, en particular por la muerte de los niños. Ambas lloraron al pensar en ello. Tras colgar el auricular, Maddy preguntó por el niño a una enfermera. Al igual que ella, Andy seguiría ingresado en el hospital, en observación, durante unos días. Las autoridades de protección del menor no se lo habían llevado todavía. En cuanto la enfermera salió de la habitación, Maddy se levantó y fue a verlo al nido. Parecía un recién nacido. Maddy pidió permiso para cogerlo en brazos. Lo habían bañado, peinado y envuelto en una mantilla azul. Rubio y con grandes ojos azules, Andy tenía un aspecto inmaculado; mirándolo, Maddy dedujo que Annie debía de haber sido muy hermosa. Solo podía pensar en ella y en sus ruegos para que se ocupase del niño. Pronto quedaría abandonado al mismo destino que había tenido Lizzie, alternando entre orfanatos y casas de acogida, viviendo con extraños, sin unos padres que lo cuidaran y lo quisieran. Esta idea le estrujaba el corazón.

Mientras lo acunaba entre sus brazos y le canturreaba, el niño la miró fijamente, haciendo que Maddy se preguntara si habría reconocido su voz. Al cabo de unos minutos pareció perder el interés y se quedó dormido. Maddy recordó a Annie y lloró. Un extraño capricho del destino las había reunido entre los escombros. Depositó con cuidado al pequeño en la cuna del hospital y regresó a su habitación, todavía llorando por Annie.

Maddy estaba agarrotada y terriblemente cansada, pero no había sufrido ninguna lesión importante. Era consciente de su inmensa suerte. Mirando por la ventana, pensó que era curioso que la vida perdonase a algunos y se llevase a otros sin razón aparente. Nadie sabía por qué ella había sido una de las afortunadas y Annie, no. A pesar de que le quedaban muchos más años de vida. Mientras pensaba en los misterios del destino, Jack entró en la habitación con expresión solemne.

—Supongo que esta vez no necesito preguntarte dónde has estado toda la noche. —El «esta vez» era completamente innecesario, pero muy propio de él—. ¿Cómo estás, Maddy? —Parecía y se sentía incómodo. En ningún momento había creído que Maddy se encontrase entre los escombros. Se había sorprendido mucho al saber que, efectivamente, había estado allí, y era un alivio para él que hubiera sobrevivido—. Debió de ser una experiencia bastante desagradable —añadió mientras se inclinaba para besarla.

En ese momento, la enfermera entró con un gran ramo de flores enviado por los Armstrong.

—Sí, pasé mucho miedo —respondió Maddy con aire pensativo.

Jack era un maestro en el arte de subestimar y restar importancia a las tragedias ajenas. Pero era difícil desestimar ese trance. Pasar catorce horas atrapada en un edificio derrumbado por una bomba era una experiencia traumática, aunque Jack la calificase de otra manera. Maddy consideró la posibilidad de hablarle de Annie y su hijo, de lo mucho que la habían conmovido, pero decidió no hacerlo. Él no la habría entendido.

—Todo el mundo estaba preocupado por ti. Yo pensé que estarías en cualquier otra parte. No me pasó por la cabeza que pudieras estar allí. No tenía sentido.

—Fui a comprar papel de regalo —repuso Maddy, mirándolo.

Jack estaba en el otro extremo de la habitación, como si necesitara guardar las distancias. Y ella necesitaba lo mismo, por su propia seguridad.

—Tú detestas los centros comerciales —dijo él, como si eso pudiera cambiarlo todo.

Maddy sonrió.

—Ahora sé por qué. Son muy peligrosos.

Los dos rieron, aunque la tensión entre ellos era casi palpable. Maddy no había resuelto aún qué hacer con Jack, pero incluso había pensado en ello mientras estaba atrapada en el centro comercial, tratando de animar a Annie. Se le había ocurrido que, si lograba sobrevivir, dejaría atrás la experiencia más aterradora de su vida. No necesitaría ninguna otra y desde luego no la buscaría ni volvería a correr riesgos. Se había enfrentado ya a su peor enemigo: había mirado a la muerte a los ojos. Se había prometido a sí misma que no seguiría castigándose. Ahora, mientras miraba a Jack sentado en el otro extremo de la habitación, con evidente incomodidad, supo que no lo haría. Él ni siquiera tenía suficiente amor en el corazón para acercarse, abrazarla y decirle que la quería. Era incapaz de hacerlo. Quizá la quisiera a su manera, pensó, pero eso no bastaba.

Como si intuyese que estaba ocurriendo algo extraño, Jack se puso de pie, se aproximó a la cama y le dio una caja envuelta en papel de regalo. Maddy la cogió en silencio, la abrió y vio que contenía una pulsera de diamantes. Lo que ella no sabía era que esa mañana Jack había comprado dos pulseras idénticas en el Ritz Carlton. Una para ella, por lo que le había ocurrido en el centro comercial, y otra para la joven con quien había pasado la noche. Aun sin saberlo, Maddy le devolvió el regalo con expresión seria.

—No puedo aceptarlo. Lo siento, Jack —dijo.

Él la miró con los ojos entornados. Intuía que su presa se estaba escapando, y por un instante Maddy temió que fuese a pegarle. Pero no lo hizo.

—¿Por qué no?

—Voy a dejarte.

Se sorprendió a sí misma con esas palabras, pero no tanto como sorprendió a Jack. Fue como si lo hubiese abofeteado.

—¿De qué coño hablas? —Como de costumbre, cubría sus pecados y debilidades siendo desagradable con ella.

—No puedo seguir así.

—¿Así cómo? —preguntó él, paseándose por la habitación. Era incapaz de resignarse y dejar a Maddy en paz. Parecía un tigre acechando a su presa, pero ya no la asustaba como antes. Además, ella sabía que estaba segura. Al otro lado de la puerta había mucha gente—. ¿Qué es lo que te molesta? ¿Llevar una vida llena de lujos? ¿Ir a Europa dos veces al año? ¿Viajar en un avión privado? ¿Recibir joyas cuando yo soy lo bastante idiota para comprártelas? ¡Qué vida más insoportable para una zorra de Knoxville! —Volvía a las andadas.

—Ese es el problema, Jack —dijo ella con voz cansina, reclinándose en las almohadas—. No soy una zorra de Knoxville. Nunca lo he sido. Ni siquiera cuando era pobre y desdichada.

—Y una mierda. Que yo recuerde, jamás has sido una chica decente. No sabes lo que es eso. Joder, ya eras una puta en la adolescencia. Fíjate en Lizzie.

—No, fíjate tú. Es una chica estupenda y una gran persona a pesar de que, gracias a mí, ha tenido muchos problemas. Le debo algo. Y también me debo algo a mí misma.

—Me lo debes todo a mí. Ya sabes que si me dejas, te quedarás sin empleo. —Sus ojos brillaban como el acero.

—Es posible. Haré que mis abogados se ocupen de eso, Jack. Tengo un contrato con la cadena. No puedes despedirme sin aviso y sin una compensación.

Maddy se había vuelto más valiente y lista mientras luchaba por su vida entre los escombros. Se preguntó cómo era posible que Jack creyera que las cosas que decía la harían permanecer a su lado. Sin embargo, en el pasado había conseguido retenerla mediante la intimidación. Eso era lo más triste.

—No me amenaces. No me sacarás un céntimo con esas gilipolleces. Y no olvides que firmaste un acuerdo prematrimonial. Saldrás de mi casa con las manos vacías. Todo es mío, hasta las bragas que usas. Si te largas, Maddy, lo único que tendrás es la bata de hospital que llevas puesta.

—¿Qué quieres de mí? —preguntó ella con tristeza—. ¿Para qué quieres que me quede? Me odias.

—Tengo motivos para odiarte. Me has mentido. Me engañas con otro. Sé que tienes un amante que te llama todos los días. ¿Acaso crees que soy idiota?

Idiota no; mezquino. Pero Maddy no dijo nada. Era valiente, no tonta.

—No es un amante. Hasta el momento, solo somos amigos. Nunca te he engañado. Y mi única mentira ha sido ocultarte a Lizzie.

—Yo diría que es bastante grande, pero estoy dispuesto a perdonarte. La víctima soy yo; no tú. No te das cuenta de la suerte que tienes. Espera a que estés muriéndote de hambre en un agujero en Memphis, Knoxville o dondequiera que acabes con tu hija bastarda. Me suplicarás de rodillas que te deje volver —dijo mientras se acercaba lentamente a la cama. Maddy se preguntó qué iba a hacer. Nunca había visto esa expresión en sus ojos, y de repente recordó todo lo que le habían contado en el grupo de mujeres maltratadas. Cuando Jack intuyese que su presa se le escapaba, haría cualquier cosa para retenerla. Lo que considerase necesario—. No me dejarás, Maddy —añadió, deteniéndose a su lado—. No tienes agallas. Además, eres demasiado lista. No arrojarás tu carrera y una vida lujosa por la ventana, ¿no? —Trataba de engatusarla y aterrorizarla a la vez, y su mirada era por sí sola una amenaza—. Puede que anoche te golpeases la cabeza. Eso lo explicaría todo. A lo mejor debería darte una paliza para que recuperases la cordura. ¿Qué te parece, Maddy?

Al oírlo, Maddy sintió que la invadía la ira y supo que si él le ponía una mano encima, lo mataría. No permitiría que volviese a atormentarla, humillarla, convencerla de que era una basura y que merecía sus acusaciones y el sufrimiento que le causaba. Jack se habría asustado de su mirada si hubiese comprendido lo que significaba.

—Si me tocas, aquí o en cualquier parte, juro que te mataré. No pienso seguir soportándote. Has limpiado el suelo conmigo, Jack, pero eso se ha acabado. No volveré a tu lado. Búscate a otra a quien rebajar, maltratar y atormentar.

—Vaya, la niña grande amenaza a su papá. Pobrecilla. ¿Te doy miedo, Maddy? —preguntó, y rió.

Pero ella se había levantado de la cama para hacerle frente. Había llegado la hora. El juego había acabado.

—No, no me das miedo, hijo de puta. Me das asco. Sal de mi habitación o llamaré a los de seguridad para que te echen.

Jack la miró unos instantes y luego se acercó tanto que, si hubiera querido, Maddy habría podido contar los pelos de sus cejas.

—Espero que te mueras, puta asquerosa. Y lo harás. Pronto. Te lo mereces.

Maddy no supo si era una amenaza directa y se asustó, pero no lo suficiente para arredrarse. Al verlo dar media vuelta y salir de la habitación, por un loco instante sintió la tentación de detenerlo y rogarle que la perdonase. Pero no podía hacer una cosa así. Era su parte enferma la que la empujaba a retractarse, sentirse culpable, desear que él la quisiera a cualquier precio, por mucho que tuviese que sufrir a cambio. Pero esa faceta de su personalidad ya no estaba a cargo, y lo miró alejarse en silencio, sin hacer ningún movimiento.

Una vez Jack se hubo marchado, Maddy sucumbió a los sollozos de dolor, angustia y culpa. Aunque lo odiaba y reconocía que era un hombre perverso, una enfermedad para su alma, sabía que, por mucho que se esforzara por arrancarlo de su vida, jamás lo olvidaría. Y que él jamás la perdonaría.

22

Al día siguiente del rescate, Maddy volvió al nido para visitar a Andy, y allí le dijeron que una asistente social había ido a verlo por la mañana. A menos que pudiesen encontrarle un hogar permanente, al día siguiente se lo llevarían a una casa de acogida. Maddy regresó a su habitación embargada por una profunda tristeza. Sabía que no volvería a verlo, como una vez había sabido que no volvería a ver a Lizzie. Sin embargo, Dios le había dado una segunda oportunidad con su hija. Ahora se preguntó si Andy y su madre se habrían cruzado en su vida por alguna razón.

Pensó en ello durante toda la tarde y habló de ello con Bill cuando fue a verla. Él estaba al tanto de la visita de Jack, y se sentía a un tiempo aliviado y preocupado. No quería que volviese a hacerle daño a Maddy. No podían prever lo que haría ahora que sabía que ella iba a abandonarlo, y Bill le aconsejó que tuviese mucho cuidado. Maddy pasaría a recoger sus cosas en cuanto se marchase del hospital y convino en que llevaría a alguien con ella. De hecho, pensaba contratar a un guardia de seguridad de la cadena. Bill le había prometido que le compraría ropa para usar al salir del hospital.

No estaba preocupada por Jack. Se sentía asombrosamente libre. Aunque lamentaba haberle dicho las cosas que le había dicho, le sorprendía no sentirse culpable. Sabía que volvería a tener remordimientos en algún momento. Se lo habían advertido. Pero también sabía que había hecho lo que debía. Jack era como un cáncer y, si se lo hubiera permitido, habría acabado matándola.

No podía dejar de pensar en el hijo de Annie.

—Sé que te parecerá una locura —le dijo a Bill—, pero le prometí que lo cuidaría. Al menos debería hablar con la asistente social y pedirle que me informe sobre la casa adonde van a llevarlo.

A Bill le pareció una buena idea. Luego charlaron sobre el atentado en el centro comercial. Habían detenido a uno de los responsables. Era un joven de veinte años con trastornos mentales y antecedentes delictivos. Al parecer, había actuado con dos cómplices que estaban en paradero desconocido. Se estaban celebrando servicios fúnebres por las víctimas en todos los puntos de la ciudad, y la proximidad de las fiestas navideñas hacía que la situación fuese aún más triste. Bill le había dicho a Maddy que estaba pensando en cancelar su viaje a Vermont para quedarse con ella.

—No te preocupes por mí. Estaré bien —prometió Maddy.

Aunque todavía tenía pequeños dolores y molestias, se sentía sorprendentemente bien, y ya había decidido mudarse al apartamento de Lizzie. Esta llegaría dentro de una semana y pasarían la Navidad juntas. A Maddy no le molestaba compartir habitación con Lizzie, al menos por el momento.

—Si quieres, puedes venir a mi casa —dijo Bill, ilusionado.

Ella sonrió y lo besó. Bill se había portado de maravilla con ella, tanto antes como después del atentado.

—Gracias por el ofrecimiento, pero no sé si estás en condiciones de tener una compañera de piso.

—No estaba pensando en eso —respondió él, ruborizándose ligeramente.

A Maddy le conmovía su delicadeza y las continuas atenciones que le dispensaba. Tenían muchas cosas que esperar con ilusión y que aprender el uno del otro. Pero ella no quería apresurarse. Necesitaba recuperarse de una vida entera de maltrato y de sus nueve años con Jack, mientras que Bill aún estaba en proceso de duelo por la muerte de Margaret. Sin embargo, en la vida de cada uno de ellos había sitio para el otro. Lo que no sabía Maddy era si también habría sitio para Andy. Deseaba hacérselo, aunque solo fuera para visitarlo de vez en cuando con el fin de cumplir la promesa que le había hecho a su madre. No iba a olvidarla.

Se lo dijo a Lizzie esa noche, cuando hablaron por teléfono. La joven se había asustado tanto por la explosión en el centro comercial que llamaba a su madre varias veces al día.

—¿Por qué no lo adoptas? —preguntó con la inocencia propia de una chica de diecinueve años.

Maddy le respondió que era una sugerencia absurda. Ya no tenía marido, era muy probable que se quedase sin empleo y ni siquiera disponía de una vivienda propia. Pero después de colgar, esa idea empezó a darle vueltas en la cabeza como una canica en una caja de zapatos. A las tres de la mañana, incapaz de dormir, fue al nido, cogió al pequeño en brazos y se sentó en una mecedora. El niño dormía plácidamente cuando entró una enfermera y le dijo a Maddy que debería estar en la cama. Pero no podía. Tenía la sensación de que una poderosa fuerza la empujaba hacia el niño, y era incapaz de resistírsele.

Por la mañana, esperó con nerviosismo en el pasillo a la asistente social. Cuando llegó, le preguntó si podía hablar con ella. Le explicó la situación, y la mujer la escuchó con interés y asombro.

—Estoy segura de que fue un momento muy emotivo para usted, señora Hunter. Su vida estaba en peligro. Nadie puede pedirle que cumpla una promesa semejante.

—Lo sé —respondió Maddy—. Es que... no sé qué me pasa... Creo que me he enamorado de él —dijo, refiriéndose al niño de ojos azules que le había encomendado Annie.

—El hecho de que esté separada no sería un problema. Aunque le pondría las cosas más difíciles a usted —explicó la asistente social. Maddy no había mencionado la posibilidad de que se quedase sin empleo, pero tenía suficiente dinero a su nombre para vivir sin estrecheces durante una temporada. Había sido precavida, y con lo que había ahorrado en el curso de los años tenía suficiente para formar un hogar cómodo con Lizzie. E incluso con un bebé—. ¿Me está diciendo que le gustaría adoptar al niño?

—Creo que sí —respondió, sintiendo una oleada de amor hacia el niño. Le parecía lo más correcto, aunque nadie más hubiera estado de acuerdo. No sabía qué pensaba Bill, pero no quería renunciar a sus sueños por él. Tenía que hacer lo que considerase oportuno. Si los deseos de los dos coincidían, sería una bendición para todos, no solo para ella y el bebé. Pero al menos quería pedirle su opinión—. ¿Cuánto tiempo tengo para decidirme?

—Una temporada. Vamos a llevarlo a una casa de acogida. Vivirá un tiempo con una familia que nos ha ayudado antes pero que no está interesada en la adopción. Lo hacen por razones religiosas, porque desean ayudar. Pero piense que el niño estará muy solicitado. Está sano, es blanco y tiene solo ocho semanas. Es la clase de niño que todo el mundo desea adoptar. Y no hay muchos como él.

—Deje que lo piense. ¿Tendré alguna clase de prioridad?

—Si la familia no pone objeciones, cosa que pronto averiguaremos, podrían entregárselo muy pronto, señora Hunter.

Maddy asintió. La asistente social se marchó pocos minutos después, no sin antes dejarle una tarjeta. Más tarde Maddy regresó al nido con el corazón acongojado, sabiendo que Andy no estaría allí. Todavía estaba triste cuando Bill fue a visitarla. Le había comprado un par de pantalones grises, un jersey azul, mocasines, ropa interior, un abrigo, artículos de tocador y maquillaje.

Maddy lo felicitó por su competencia: todo le sentaba de maravilla. Se marcharía del hospital al día siguiente y había aceptado alojarse en casa de Bill hasta que terminase de arreglar el apartamento de Lizzie. Calculaba que tardaría una semana. Quería recoger sus cosas de la casa que había compartido con Jack y regresar al trabajo. Tenía mucho que hacer y, después de hablar de ello con Bill, sacó el tema del niño. Le dijo que estaba pensando en adoptarlo.

—¿De veras? ¿Estás segura, Maddy?

—No. Por eso quería hablarlo contigo. No sé si es la idea más ridícula que he tenido en mi vida, o lo mejor que puedo hacer... O lo que el destino quiere que haga. No estoy segura —añadió con cara de preocupación.

—Lo mejor que has hecho en tu vida es dejar a Jack Hunter —dijo Bill con convicción—. Esta podría ser la siguiente, después de Lizzie. Debo reconocer que me pones en un aprieto, Maddy. —Le recordaba que era mucho mayor que ella. Siempre había amado a sus hijos, y ahora amaba a sus nietos y estaba encantado con Lizzie, pero aceptar la responsabilidad de un bebé a su edad era más de lo que había previsto—. No sé qué decir —añadió con sinceridad.

—Yo tampoco. No sé si te estoy pidiendo permiso o simplemente comunicándote lo que voy a hacer; ni siquiera sé si me corresponde hacer cualquiera de esas dos cosas. Aún no sabemos si lo nuestro va a funcionar, por mucho que nos queramos. —Hablaba con sinceridad, y Bill la admiró por ello. Tenía razón. Él estaba enamorado, pero ninguno de los dos podía saber si la relación duraría toda la vida o una temporada. Estaban empezando. Ni siquiera se habían acostado, aunque ambos lo deseaban. Pero un niño era un compromiso importante. No cabía ninguna duda de ello—. La gente siempre me ha dicho lo que tenía que hacer en este y otros aspectos de mi vida —prosiguió Maddy, esforzándose por explicarse. Mis padres me obligaron a entregar a Lizzie en adopción. Bobby Joe me obligó a abortar al principio de nuestra relación, y luego lo hice porque no quería tener hijos suyos. Jack no quería que tuviese hijos, así que me hice ligar las trompas.

Después me prohibió ver a Lizzie. Ahora que ha aparecido Andy en mi vida, quiero asegurarme de que hago lo que necesito, lo que a mí me conviene, y no únicamente lo que deseas tú. Porque si renuncio a él solo para conservarte, es posible que luego me arrepienta. Por otra parte, no me gustaría perderte por un niño que ni siquiera es mío. ¿Me entiendes? —preguntó, confundida.

Bill sonrió, se sentó en la cama y la abrazó.

—Sí, te entiendo. Aunque, tal como lo explicas, parece complicado. No quiero arrebatarte algo que deseas. Acabarías odiándome, o sintiéndote estafada. Sobre todo porque no has tenido ningún hijo después de Lizzie, porque no la has visto en diecinueve años y porque no podrías tener otros. Yo disfruté de esa alegría. No tengo derecho a negártela.

Era lo que Jack debería haberle dicho hacía siete años, pero no lo había hecho. Entonces, ninguno de los dos se había sincerado con el otro. Esto era completamente diferente. Bill no tenía nada en común con Jack Hunter. Y la mujer que era Maddy ahora no se parecía en nada a la que se había casado con Jack. Era un mundo totalmente nuevo.

—Por otra parte, no sé si podré retroceder tantos años —prosiguió Bill, que quería ser absolutamente sincero y no dar lugar a malentendidos—; ni siquiera sé si lo deseo. Soy mucho mayor que tú, Maddy. A tu edad, tú deberías tener hijos. A la mía, yo debería tener nietos. Este asunto me obliga a afrontar ese hecho. Los dos debemos pensarlo. No me parece justo que un niño tenga un padre de mi edad.

A Maddy le entristeció oír eso. No estaba de acuerdo, pero no quería obligarlo a nada.

—No hay nada de malo en tener un padre de tu edad —dijo Maddy con convicción—. Serías maravilloso con un bebé. O con un niño mayor. Con cualquiera. —Era una conversación absurda, ya que ni siquiera habían hablado de matrimonio—. Estamos poniendo el carro delante del caballo, ¿no?

Así era, pero Maddy debía tomar una decisión antes de que otra persona adoptase a Andy. Y sabía que no buscaría a otro niño. Esto era diferente. Era el resultado de un acontecimiento que le había cambiado la vida, y no estaba dispuesta a pasar por alto ese hecho. La repentina llegada de Andy a su vida parecía obra del destino.

—¿Qué quieres hacer? —preguntó Bill—. ¿Qué harías si yo no existiese? —Eso simplificaba las cosas.

—Adoptarlo —respondió sin vacilar.

—Entonces hazlo. No puedes doblegarte siempre a los deseos de otro, Maddy. Lo has hecho durante toda tu vida. Yo podría morir mañana, o la semana que viene. Puede que lleguemos a la conclusión de que, aunque los dos somos estupendos, preferimos ser amigos a ser amantes. Yo espero que no sea así, desde luego. Sigue los dictados de tu corazón, Maddy. Si lo nuestro funciona, más adelante arreglaremos las cosas. Quién sabe, es probable que me guste tener un niño con quien jugar al béisbol cuando sea un viejo chocho.

Maddy lo quiso más que nunca al oír estas palabras. Estaba de acuerdo con él. No quería renunciar a algo que quizá fuese obra del destino. Tenía la impresión de que había un motivo para que Dios le diera otra oportunidad, no solo con Bill sino también con Lizzie y Andy.

—¿Me tomarás por loca si lo adopto? Ni siquiera sé si sigo teniendo un empleo. Jack me amenazó con despedirme.

—Esa no es la cuestión. Si no tienes trabajo ahora, lo tendrás muy pronto. Lo que debes preguntarte es si deseas criar al hijo de otra mujer y asumir esa responsabilidad durante el resto de tu vida.

—Lo deseo —respondió Maddy con seriedad.

Bill la conocía lo bastante bien para saber que no tomaría una decisión semejante a la ligera.

—Respondiendo a tu pregunta, no, no te tomaría por loca. Eres una mujer valiente, joven y llena de energía. Eres respetable, decente, dulce y bondadosa. No estás loca.

Era lo único que quería saber Maddy. Y esto le ayudaría a tomar su decisión.

Pasó toda la noche en vela, pensando, y por la mañana llamó a la asistente social para comunicarle que deseaba adoptar a Andy. La mujer le dio la enhorabuena y le dijo que iniciaría los trámites. Era un momento crucial en la vida de Maddy, que primero lloró y después llamó a Bill y a Lizzie para darles la noticia. Ambos parecieron alegrarse por ella. Sabía que Bill tenía sus reservas, pero si deseaba que la relación entre ellos funcionase, no debía renunciar a sus sueños por él. Bill tampoco se lo pedía. Sencillamente, no sabía si querría ser entrenador de la liga infantil de béisbol a los setenta años. Y Maddy no podía culparlo. Solo esperaba que esto fuese una bendición para todos; no solo para ella y Bill, sino también para Andy.

Ese día salió del hospital y fue directamente a casa de Bill, vestida con la ropa que él le había comprado. Aún se sentía extraordinariamente cansada: aunque no había sufrido heridas graves, el trauma de la explosión en el centro comercial se había cobrado su tributo. Pero llamó al productor y le prometió que se reincorporaría al trabajo el lunes. Elliott la había llamado varias veces, preocupado por lo sucedido y contento de que hubiera sobrevivido. Prácticamente todos sus conocidos le habían enviado flores al hospital. Era un alivio estar en casa de Bill. A pesar de las amenazas de Jack, al día siguiente iría a recoger sus cosas. Había contratado a un guardia de seguridad para que la acompañase. No sabía nada de Jack desde que le había dicho que lo dejaba.

Esa noche, ella y Bill se sentaron delante de la chimenea, escucharon música y conversaron durante horas. Él le había servido la cena a la luz de las velas. Maddy se sentía mimada y agasajada. Ninguno de los dos podía creer en su buena suerte. Maddy se había librado de Jack y estaba en casa de Bill. Tenían una vida nueva por delante. Aunque ella aún se sentía extraña. Era como si Jack no hubiera existido nunca, como si su vida en común hubiese desaparecido en un instante.

—Parece que el grupo de mujeres maltratadas cumplió su función —dijo Maddy con una gran sonrisa—. Ya he madurado.

Sin embargo, aún quedaban resabios del pasado. Se preocupaba por Jack, sentía pena por él y temía que estuviese deprimido por las cosas que le había dicho y la ingratitud que le había demostrado. No podía saber que él había pasado el fin de semana con una chica de veintidós años con quien ya se había acostado en Las Vegas. Pero eran muchas las cosas que ignoraba sobre él y jamás descubriría.

—Lo único que necesitaste para entrar en razón fue que volaran un centro comercial —bromeó Bill, aunque los dos sabían que no se tomaba la tragedia a la ligera. Aún estaba muy afectado por las cosas que había visto mientras esperaba que rescataran a Maddy. Sin embargo, la experiencia los había sacudido tanto que ambos necesitaban animarse un poco—. ¿Cuándo te entregarán a Andy?

—Todavía no lo sé. Me llamarán. —Entonces le preguntó algo que había pensado desde el momento en que había decidido adoptar al niño—. ¿Aceptarías ser su padrino, ya que no quieres ser otra cosa?

—Será un honor. —Después de abrazarla y besarla, le recordó algo—: No he dicho que no quisiera ser «otra cosa». Ya veremos qué pasa. Pero si vamos a tener un bebé, Maddy, creo que antes deberíamos ocuparnos de otro asunto.

Maddy pilló la insinuación en el acto y rió.

Después de poner los platos en el lavavajillas, subieron en silencio a la planta alta y se dirigieron al dormitorio de Bill. Maddy había puesto sus escasas pertenencias en la habitación de huéspedes, pues no quería presionarlo. Sabía que Bill no había estado con ninguna mujer desde la muerte de su esposa, aunque ya había pasado más de un año. El aniversario había sido extremadamente doloroso para él, pero ahora parecía más libre y alegre.

Se sentaron en el borde de la cama y conversaron sobre la explosión en el centro comercial, los hijos de Bill, Jack y todo lo que había pasado Maddy. No tenían secretos el uno para el otro. Finalmente, él la miró con ojos llenos de amor y la atrajo hacia sí.

—Cuando estoy contigo, me siento como un niño —murmuró.

Era su manera de decir que estaba asustado; ella también lo estaba, pero en menor grado. Sabía que no tenía nada que temer.

Cuando se besaron, todos los fantasmas del pasado de ambos —los buenos y los malos— desaparecieron, al menos por el momento. Para Maddy era como empezar una nueva vida con un hombre que había sido su amigo durante tanto tiempo que no podía concebir una existencia sin él.

Todo sucedió con naturalidad y sin complicaciones: se acostaron lado a lado y se abrazaron como si siempre hubieran estado juntos. Como si no pudiera ser de otra manera. Después, él le sonrió y le dijo cuánto la quería.

—Yo también te quiero, Bill —murmuró Maddy.

Se durmieron abrazados, conscientes de su suerte. Habían recorrido un largo camino hasta encontrarse, pero el viaje, las penas, el dolor e incluso las pérdidas sufridas por ambos habían merecido la pena.

23

Al día siguiente, cuando el guardia de seguridad se presentó en casa de Bill, Maddy le explicó a este que quería ir a la vivienda que había compartido con Jack y recoger sus cosas. Tenía maletas suficientes y había alquilado una furgoneta para transportarlas. Las dejaría en el apartamento de Lizzie. Eso era todo. Le dejaría a Jack las obras de arte, los recuerdos, todos los objetos que había acumulado en el transcurso de los años. Solo se llevaría su ropa y algunos efectos personales. Parecía una tarea fácil y sencilla. Hasta que llegaron a la casa.

El guardia conducía la furgoneta. Bill se había ofrecido para acompañarlos, pero a Maddy no le pareció bien y le aseguró que no había razón para preocuparse. Calculaba que tardaría pocas horas y sabía que en esos momentos Jack estaría en el trabajo. Pero en cuanto llegó a la puerta y puso la llave en la cerradura, presintió que algo iba mal. La llave encajaba perfectamente, pero no abría. Probó otra vez, preguntándose si habría algún problema con el mecanismo. Luego lo intentó el guardia de seguridad y le dijo que habían cambiado la cerradura. La llave no servía.

Usó el teléfono móvil para llamar a Jack, y la secretaria le pasó la comunicación de inmediato. Por un instante había temido que no quisiera atenderla.

—Estoy en casa. He venido a recoger mis cosas —explicó—, y la llave no abre. Doy por sentado que has cambiado la cerradura. ¿Podemos pasar por la oficina para recoger la llave nueva? Te la devolveré más tarde. —Era un pedido razonable y, aunque le temblaban las manos, lo hizo con voz amable y serena.

—¿Qué cosas? —preguntó él con aparente perplejidad—. Tú no tienes nada en mi casa.

—Solo quiero recoger mi ropa, Jack. No me llevaré nada más.
—También pensaba llevarse la ropa que tenía en Virginia—. Naturalmente, también quiero mis joyas. Eso es todo. Puedes quedarte con el resto.

—Ni la ropa ni las joyas eran tuyas —dijo él con voz glacial—, sino mías. Tú no tienes nada más que lo que sea que lleves puesto, Maddy. Todo lo demás es mío. Yo lo pagué. Me pertenece.

Igual que cuando le decía que ella le pertenecía. Sin embargo, Maddy tenía las joyas y la ropa de siete años en esa casa y no había razón alguna para que no se las llevase. A menos que Jack quisiera vengarse.

—¿Qué piensas hacer con ellas? —preguntó con serenidad.

—Hace dos días que envié las joyas a una casa de subastas. Y mandé sacar tu ropa de casa el mismo día que me dijiste que te ibas. Di órdenes de que la destruyeran.

—Mientes.

—No. Pensé que no querrías que nadie usara tu ropa, Mad —dijo como si le hubiese hecho un gran favor—. En mi casa ya no hay nada que sea tuyo. —Ni siquiera las joyas representaban una inversión importante para él. No le había regalado ninguna excesivamente cara, solo alguna que otra alhaja bonita, de manera que no sacaría una fortuna de la venta.

—¿Cómo has podido hacer una cosa así?

Era un cabrón. Maddy seguía ante la puerta de la casa, atónita ante la mezquindad de Jack.

—Te lo dije, Mad. No me joderás. Si quieres marcharte, tendrás que pagar por ello.

—Lo he estado haciendo desde que te conocí, Jack —repuso con calma, aunque estaba temblando. Se sentía como si acabaran de robarle. Su única posesión ahora era la ropa que le había comprado Bill.

—Todavía no has visto nada —advirtió Jack con un tono tan malicioso que ella se asustó.

—Bien —respondió. Cortó la comunicación y volvió a casa de Bill.

Este estaba trabajando y la miró con sorpresa al verla llegar tan pronto.

—¿Qué ha pasado? ¿Jack ya te había hecho las maletas?

—Podría decirse que sí. Dice que no queda nada mío. Cambió la cerradura, así que no pude entrar. Lo llamé y me dijo que puso las joyas en venta y mandó destruir mi ropa y demás efectos personales.

Era como si un incendio hubiese acabado con todo lo que tenía. No le quedaba nada. Era un acto cruel y mezquino.

—El muy cabrón. Olvídalo, Maddy. Puedes comprar cosas nuevas.

—Supongo que sí. —Pero se sentía agraviada. Y resultaría muy caro comprar un guardarropa nuevo.

A pesar de lo afectada que estaba por lo que le había hecho Jack, pasó un fin de semana agradable con Bill. Trató de prepararse para el inevitable encuentro con Jack el lunes, cuando se reincorporase al programa. Sabía que sería difícil trabajar para él, pero le gustaba su empleo y no quería dejarlo.

—Creo que deberías renunciar —sugirió Bill con sensatez—. Hay muchas cadenas que querrían contratarte.

—Por el momento, preferiría dejar las cosas como están —dijo ella, quizá con menos sensatez.

Bill no discutió. Entre el atentado y el robo de sus pertenencias por parte de quien pronto sería su ex marido, Maddy ya había sufrido suficientes situaciones traumáticas en una semana.

Pero no estaba preparada para lo que sucedió el lunes, cuando se presentó en la cadena. Bill la dejó camino de la editorial, y ella entró en el vestíbulo con su tarjeta de identificación y una valerosa sonrisa en los labios. Cuando iba a pasar por el detector de metales, vio por el rabillo del ojo que el jefe de seguridad la estaba esperando. La llevó aparte y le dijo que no podía subir.

—¿Por qué no? —preguntó ella, sorprendida. Se preguntó si estarían haciendo un simulacro de incendios o si habrían recibido una amenaza de bomba. Hasta consideró la posibilidad de que la amenaza fuese contra ella.

—No está autorizada a subir —dijo el hombre con brusquedad—. Son órdenes del señor Hunter. Lo siento, señora, pero no puede entrar en el edificio.

No se habían limitado a despedirla. También era persona no grata. Si el guardia le hubiese pegado, no la habría sorprendido más. Le habían dado un portazo en la cara. Se había quedado sin empleo, sin posesiones, sin suerte, y por un instante sintió el pánico que Jack deseaba hacerle sentir. Lo único que necesitaba era un billete de autocar a Knoxville.

Respiró hondo, salió a la calle y se dijo que Jack no podría destruirla, por mucho que lo intentase. Todo era un castigo por haberlo abandonado. Se recordó que no había hecho nada malo. Después de las cosas que había soportado, tenía derecho a la libertad. Pero ¿qué pasaría si no encontraba otro trabajo? ¿Y si Bill se cansaba de ella? ¿Y si Jack tenía razón y ella no valía para nada? Sin saber lo que hacía, echó a andar en dirección a la casa de Bill. Llegó allí una hora después, completamente exhausta.

Bill, que ya había regresado, notó que estaba blanca como un papel. En cuanto lo vio, rompió a llorar y le contó lo sucedido.

—Tranquilízate —dijo él con firmeza—, tranquilízate, Maddy. Todo se arreglará. Ya no puede hacerte daño.

—Sí que puede. Acabaré en la calle, tal como decía él. Tendré que volver a Knoxville.

Era una idea absurda, pero le habían sucedido demasiadas desgracias en poco tiempo y estaba asustada. A pesar de que tenía dinero en el banco —había ahorrado parte de su sueldo sin contárselo a Jack— y Bill estaba a su lado, se sentía como una huérfana. Era exactamente lo que Jack había previsto. Sabía muy bien que se sentiría angustiada y aterrorizada, y eso era precisamente lo que deseaba. Ahora estaban en guerra.

—No irás a Knoxville. No irás a ninguna parte, excepto a ver a un abogado. Y no será uno de los que Jack tiene en plantilla.

Una vez que Maddy hubo recuperado la compostura, Bill llamó a un abogado, y fueron a verlo juntos esa misma tarde. Había cosas que no podría conseguir, como que Jack le devolviese la ropa, pero lo obligaría a cumplir con el contrato laboral. Jack tendría que compensarla por lo que había destruido, explicó; de ninguna manera iba a librarse de pagarle una indemnización y daños y perjuicios por echarla de la cadena. Mientras Maddy lo escuchaba atónita, el abogado mencionó la posibilidad de pedir una multa millonaria por incumplimiento de contrato. No estaba indefensa ni era una víctima, como había temido en un principio. Jack pagaría caro por lo que había hecho, y también saldría gravemente perjudicado por la publicidad que generaría el conflicto.

—Eso es lo que hay, señora Hunter. Su marido no podría haber hecho las cosas peor. Puede molestarla. Puede causarle disgustos, pero no saldrá bien parado de esta. Es un blanco fácil y una figura pública. Si no accede a darle una indemnización importante, un jurado lo condenará a pagar daños y perjuicios.

Maddy sonrió como una niña con una muñeca nueva. Cuando salieron del despacho del abogado, miró a Bill con una tímida sonrisa. Con él se sentía más segura que nunca.

—Lamento haber perdido los nervios esta mañana. Estaba

asustada. Lo pasé fatal cuando el guardia me dijo que debía abandonar el edificio.

—Es natural —dijo Bill con actitud comprensiva—. Fue algo abominable, y por eso lo hizo. Y no te engañes. Jack aún no ha terminado. Te hará todo el daño que pueda hasta que los tribunales lo pongan en su sitio. Incluso es probable que siga tratando de fastidiarte después. Tienes que estar preparada, Maddy.

—Lo sé —repuso ella, deprimida ante semejante perspectiva. Una cosa era hablar de lo que ocurriría y otra, soportarlo.

Al día siguiente, la guerra continuó. Maddy y Bill estaban desayunando y leyendo tranquilamente el periódico cuando Maddy dio un respingo. Bill alzó la vista.

—¿Qué ha pasado?

Con lágrimas en los ojos, Maddy le pasó el periódico. En la página doce, una pequeña nota decía que Maddy había tenido que renunciar a su puesto de presentadora porque había sufrido una crisis nerviosa tras pasar catorce horas atrapada entre los escombros del centro comercial.

—Dios mío —dijo, mirando a Bill—. Nadie me contratará si piensan que me he vuelto loca.

—Hijo de puta —dijo Bill.

Leyó detenidamente el artículo y llamó al abogado. Este les devolvió la llamada a mediodía y dijo que podían demandar a Jack por injurias. Era obvio que Jack Hunter estaba dispuesto a arriesgarse y que su principal objetivo era vengarse de Maddy.

La semana siguiente, cuando Maddy regresó al grupo de mujeres maltratadas y contó lo que le estaba pasando, ninguna de sus compañeras se sorprendió. Le habían advertido que la situación empeoraría y que debía prever incluso la posibilidad de que Jack la agrediese físicamente. La coordinadora del grupo describió la conducta típica del sociópata, que coincidía a la perfección con la de Jack. Era un hombre sin moral ni conciencia y, cuando le convenía, tergiversaba las cosas y se ponía en el papel de víctima. Esa noche, cuando Maddy le contó a Bill lo que le habían dicho las mujeres del grupo, él coincidió con ellas.

—Quiero que te cuides mucho cuando me vaya, Maddy. Estaré muy preocupado por ti. Ojalá vinieras conmigo.

Maddy había insistido en que Bill se marchase a Vermont para Navidad, tal como tenía planeado, y se iría pocos días después. Ella se quedaría en la ciudad para ayudar a Lizzie a instalarse en el nuevo apartamento. Y aún tenía intención de vivir con ella. Aunque le gustaba mucho estar con Bill, no quería que se sintiese presionado ni invadido. Además, esperaba noticias del bebé, y lo último que deseaba era alterar la pacífica existencia de Bill. Quería hacer las cosas poco a poco.

—Estaré bien —lo tranquilizó.

Ya no temía que Jack la agrediese físicamente. Estaba demasiado ocupado buscándole problemas que a la larga la perjudicarían más.

El abogado había obligado al periódico a publicar una versión corregida del artículo sobre la supuesta dimisión de Maddy, y pronto se corrió la voz de que había sido despedida por un ex marido despechado. En los dos días siguientes recibió ofertas sumamente tentadoras de tres importantes cadenas de televisión. Pero necesitaba tiempo para pensárselo. Quería hacer las cosas bien y sin prisas. Sin embargo, ahora sabía que no permanecería desempleada por mucho tiempo. Las predicciones de Jack de que volvería a vivir en una caravana o acabaría en la calle no eran más que otra forma de tortura.

El día que Bill se marchó, Maddy fue al apartamento de Lizzie para organizar las cosas que había comprado. Esa noche, cuando llegó la joven, el apartamento se veía alegre, acogedor y perfectamente ordenado. Lizzie estaba encantada con la perspectiva de compartir piso con su madre. Pensaba que las cosas que le había hecho Jack eran espantosas. Y el peor de sus crímenes había sido tratar de evitar que se reencontrase con su hija. La lista de agravios era interminable, y ahora Maddy era más consciente de ellos. Se avergonzaba de haber permitido que la maltratase de esa manera. Sin embargo, ella había estado convencida de que merecía ese trato, y Jack lo sabía. La propia Maddy le había dado todas las armas que necesitaba para lastimarla.

Ella y Lizzie hablaron largo y tendido del tema. Bill llamó por teléfono en cuanto llegó a Vermont. Ya echaba de menos a Maddy.

—¿Por qué no venís para Navidad? —preguntó, ilusionado.

—No quiero molestar a tus hijos.

—A ellos les encantaría verte, Maddy.

—¿Qué te parece si vamos el día después de Navidad?

Era una solución razonable, y Lizzie estaba deseando aprender a esquiar. Tanto a Bill como a Lizzie les entusiasmó la idea.

Él volvió a llamarla por la noche para decirle cuánto la quería.

—Creo que deberías reconsiderar tu mudanza. No me parece

justo que vivas con Lizzie en un apartamento de un solo dormitorio. Además, te echaré de menos.

Maddy había pensado en alquilar un piso propio por la misma razón por la que no había querido ir a Vermont en Navidad. No quería sentirse como una carga. Era muy sensible ante esas cuestiones. Pero Bill parecía ofendido por el hecho de que se hubiese mudado con Lizzie.

—Bueno, teniendo en cuenta el tamaño de mi actual guardarropa, es una decisión que puedo cambiar en cinco minutos —repuso con una risita triste.

—Estupendo. Quiero que vuelvas conmigo en cuanto regrese. Ya es hora, Maddy —añadió con ternura—. Los dos hemos pasado demasiados momentos malos y nos hemos sentido solos durante mucho tiempo. Empecemos una nueva vida juntos.

Maddy no terminaba de entender lo que quería decir, pero le dio vergüenza interrogarlo. Habría tiempo de sobra para discutirlo. Al día siguiente era Nochebuena y todos tenían muchas cosas que hacer; aunque Maddy ya no debía preocuparse por su trabajo, pensaba dedicarle toda su atención a Lizzie.

Salieron a comprar un árbol y lo decoraron juntas. ¡Qué distinto era todo de las tristes fiestas que había pasado con Jack! Él hacía caso omiso de esas fechas y la obligaba a hacer lo mismo. Fue la Navidad más feliz de la vida de Maddy, aunque aún se sentía ligeramente triste por el desagradable final de su matrimonio. Sin embargo, se recordaba regularmente que estaba mucho mejor sin Jack. Cuando la asaltaban recuerdos bonitos, los ahuyentaba con los malos, mucho más numerosos. Por encima de todo, sabía que era afortunada por tener a Bill y a Lizzie en su vida.

A las dos de la tarde del día de Nochebuena recibió la llamada que estaba esperando y que no sabía cuándo iba a llegar. Le habían dicho que podía tardar semanas, o incluso un mes, de manera que la había arrinconado en su mente y estaba decidida a disfrutar del momento con Lizzie.

—Ya está listo, mamá —dijo una voz familiar por teléfono. Era la asistente social que la estaba ayudando con la adopción de Andy—. Aquí hay un niño que quiere pasar la Navidad con su mamá.

—¿Lo dice en serio? ¿Me lo darán ya? —Miró a Lizzie y comenzó a gesticular como una posesa, pero la joven no le entendió y se limitó a reír.

—Andy es todo suyo. El juez firmó los papeles esta mañana.

Pensó que le daría una alegría. No hay nada tan bonito como pasar las fiestas con un nuevo hijo.

—¿Dónde está Andy?

—Aquí mismo, en mi despacho. Los padres de acogida acaban de dejarlo. Puede recogerlo en cualquier momento de la tarde, pero a mí me gustaría volver a casa temprano para estar con mis hijos.

—Estaré allí dentro de veinte minutos —dijo Maddy. Colgó y le dio la noticia a Lizzie—. ¿Me acompañas? —preguntó, súbitamente nerviosa.

Era una situación desconocida para ella, y aún no había comprado nada para el bebé. No había querido adelantarse a los acontecimientos y había supuesto que le avisarían con mayor antelación.

—Iremos a comprar algunas cosas después de recogerlo —dijo Lizzie con sensatez. Ella había cuidado niños en todas sus casas de acogida y estaba más informada que su madre sobre las necesidades de los bebés.

—Ni siquiera sé qué hay que comprar... Pañales y leche, supongo... Sonajeros... Juguetes... Todo eso, ¿no?

Sintiéndose como si tuviera catorce años, incapaz de soportar su impaciencia, se peinó, se lavó la cara, se puso el abrigo, cogió el bolso y bajó corriendo la escalera con Lizzie.

Tomaron un taxi, y cuando llegaron al despacho de la asistente social, Andy los esperaba vestido con un pijama de toalla azul, un jersey blanco y un gorro. Sus padres de acogida le habían dejado un oso de peluche como regalo de Navidad.

Dormía plácidamente cuando Maddy lo levantó cuidadosamente y miró a Lizzie con lágrimas en los ojos. Todavía se sentía triste y culpable por no haber estado a su lado. Pero Lizzie pareció entender los sentimientos de su madre y le rodeó los hombros con un brazo.

—Tranquila, mamá... Te quiero.

—Yo también te quiero, cariño —dijo Maddy y le dio un beso.

En ese momento, Andy despertó y rompió a llorar. Maddy lo colocó con cuidado sobre su hombro, pero el pequeño miró alrededor, como buscando una cara conocida, y empezó a llorar más fuerte.

—Creo que tiene hambre —dijo Lizzie con mayor seguridad de la que sentía su madre.

La asistente social les entregó una bolsa, un bote de leche y una lista de instrucciones. Luego le dio a Maddy un grueso sobre con los papeles de adopción. Todavía tendría que presentarse en los tribunales una vez más, pero era una mera formalidad. El niño ya tenía madre. Maddy pensaba dejarle el primer nombre —Andy—, pero le cambiaría el apellido por el suyo de soltera: Beaumont. El mismo que utilizaría ella desde ahora. No quería tener nada que ver con Jack Hunter. Incluso si volvía a trabajar como presentadora, sería Madeleine Beaumont. Y el niño ahora se llamaba Andrew William Beaumont. Le pondría el segundo nombre en honor a su padrino. Salió del despacho de la asistente social cargada con su precioso bulto y con una expresión de beatitud en la cara.

En el camino a casa, se detuvieron en una farmacia y en una tienda de artículos infantiles y compraron todo lo que Lizzie y los dependientes consideraron necesario. Llevaban tantos paquetes que en el taxi no quedó prácticamente sitio para ellas, y Maddy entró en el apartamento con una sonrisa de oreja a oreja. Estaba sonando el teléfono.

—Yo lo cojo, mamá —ofreció Lizzie.

Maddy se resistía a separarse de Andy, aunque solo fuese por un minuto. Si alguna vez se había preguntado si estaba obrando con acierto, ahora sabía que era exactamente lo que necesitaba y quería.

—¿Dónde os habíais metido? —preguntó Bill, que llamaba desde Vermont. Había pasado la tarde esquiando con su nieto y estaba impaciente por contárselo a Maddy—. ¿Dónde has estado? —repitió.

—Recogiendo a tu ahijado —respondió ella con orgullo.

Lizzie acababa de encender las luces del árbol de Navidad y el apartamento se veía alegre y acogedor. Maddy lamentaba que Bill no estuviera allí, sobre todo ahora que tenía a Andy.

Bill tardó unos instantes en entender lo que le decía, pero cuando lo hizo, sonrió. Podía detectar la alegría de Maddy en su voz.

—Es un bonito regalo de Navidad. ¿Cómo está Andy? —Ya sabía cómo estaba ella.

—¡Es tan guapo! —Le sonrió a Lizzie, que tenía a su nuevo hermanito en brazos—. No tanto como Lizzie, pero es encantador. Ya lo verás.

—¿Lo traerás a Vermont? —Supo que era una pregunta tonta

en cuanto la hizo. Maddy no tenía alternativa. Además, no se trataba de un recién nacido sino de un niño de dos meses y medio. Cumpliría las diez semanas de vida el día de Navidad.

—Si a ti te parece bien, me encantaría.

—Tráelo. Los niños estarán encantados. Y si voy a ser su padrino, será mejor que empecemos a conocernos.

No dijo nada más, pero volvió a llamarla por la noche y a la mañana siguiente. Maddy y Lizzie fueron a la misa del gallo con Andy, que no se despertó ni una sola vez. Dormido en el elegante moisés que acababan de comprarle, parecía un pequeño príncipe con su nuevo conjunto de jersey y gorro azules, arropado bajo una gruesa manta del mismo color y abrazado al oso de peluche.

Durante la mañana de Navidad, Lizzie y Maddy abrieron los regalos que se habían hecho mutuamente. Había bolsos, guantes, libros, jerséis y perfumes. Pero el mejor regalo de todos era Andy, que las miraba desde su moisés. Cuando Maddy se inclinó para besarlo, el pequeño le sonrió. Fue un momento que ella nunca olvidaría. Un presente por el que siempre se sentiría agradecida. Mientras cogía a Andy en brazos, rezó en silencio una oración a Annie, dándole las gracias por el más increíble de los obsequios.

24

El 26 de diciembre emprendieron viaje a Vermont en un coche alquilado que, una vez cargado con los objetos del bebé, parecía una camioneta de gitanos. Andy durmió durante la mayor parte del trayecto, y Maddy y Lizzie charlaron y rieron. Hicieron un alto para comer una hamburguesa y darle el biberón al niño. Maddy nunca se había sentido tan feliz ni tan convencida de haber hecho lo correcto. Ahora entendía lo que le había arrebatado Jack al obligarla a ligarse las trompas. De hecho, le había robado muchas cosas: la confianza, el respeto a sí misma, la autoestima, el poder de tomar decisiones y dirigir su propia vida. Un alto precio por un empleo y unos cuantos objetos materiales.

—¿Qué piensas hacer con respecto a las ofertas de trabajo? —preguntó Lizzie en el camino a la casa de Bill, que estaba en Sugarbush.

Maddy suspiró.

—Aún no lo sé. Quiero volver a trabajar, pero también me gustaría dedicarme exclusivamente a ti y a Andy durante una temporada. Esta es mi primera y mi última oportunidad para ser una madre a tiempo completo. En cuanto consiga un empleo, volverán a agobiarme con exigencias. No tengo prisa.

Además, tenía que resolver algunas cuestiones legales. Su abogado estaba preparando una demanda contra Jack y su cadena de televisión. Aparte de exigirle una cuantiosa indemnización por despido, le pedirían responsabilidades por calumnias y daños intencionados. Pero, por encima de todo, Maddy quería quedarse en casa durante una temporada para disfrutar de la compañía de Lizzie y Andy. Lizzie comenzaría las clases en Georgetown dos semanas después y estaba muy entusiasmada con la idea.

Llegaron a Sugarbush a las seis de la tarde, justo a tiempo para cenar con los hijos de Bill. Y sus nietos se volvieron locos con el bebé. Andy les sonrió a todos y miró fascinado cómo el más pequeño le hacía palmas.

Después de cenar, Lizzie cogió al pequeño de brazos de su madre y se ofreció para dormirlo. Después de ayudar a la hija y a las nueras de Bill a recoger la mesa y limpiar la cocina, Maddy se sentó con él ante la chimenea y charlaron durante un rato. Cuando todos se retiraron a dormir, Bill sugirió que salieran a dar un paseo. Hacía mucho frío, pero las estrellas relucían y la nieve crujía bajo sus pies mientras caminaban por el camino que había despejado el hijo de Bill. La casa era antigua y cómoda, y saltaba a la vista que todos le tenían mucho afecto. Formaban una familia bien avenida y les gustaba estar juntos. Nadie pareció escandalizarse por la relación de Bill con Maddy. Además de dispensarle una calurosa acogida, se mostraban encantadores con Lizzie y el bebé.

—Tienes una familia maravillosa —comentó ella mientras caminaban tomados de la mano, con los guantes puestos.

Los esquís de todo el mundo estaban alineados en el exterior de la casa. Al día siguiente, si conseguían que alguien se quedase con Andy, Maddy iría a esquiar con Bill. Estaba ilusionada. Era una vida nueva, y sabía que durante un tiempo se le antojaría extraña, pero estaba disfrutando cada minuto.

—Gracias —respondió Bill, rodeándole los hombros por encima del pesado abrigo—. Andy es un niño muy dulce —añadió con una sonrisa.

Era obvio que Maddy adoraba al pequeño. Habría sido un error negarle la posibilidad de vivir esa experiencia. Ella le daría una vida que no habría podido tener con su madre biológica. Dios sabía lo que hacía el día que los había reunido a los tres entre los escombros del centro comercial. ¿Y quién era él para robarle todo eso?, pensó Bill.

—He estado pensando mucho —dijo al cabo de un rato.

Al dar la vuelta para regresar a la casa, Bill notó que Maddy parecía asustada.

—No sé si quiero oír lo que vas a decir. —Sus antiguos miedos brillaron en sus ojos, y desvió la mirada para que él no pudiera ver las lágrimas que empezaban a formarse.

—¿Por qué no? —preguntó Bill con ternura. Se detuvieron en el camino cubierto de nieve, y él la obligó a mirarlo—. Se me han ocurrido algunas ideas. Pensé que querrías conocerlas.

—¿Sobre nosotros? —preguntó ella con voz ahogada, temiendo que la relación entre ambos terminara tan pronto, cuando acababa de empezar.

No era justo, pero nada en la vida le había parecido tan inalcanzable como lo que tenía ahora: Bill, Lizzie y Andy. Eran lo único que le importaba. Su vida con Jack parecía una pesadilla.

—No tengas miedo, Maddy —dijo él en voz baja. La sentía temblar entre sus brazos.

—Lo tengo. No quiero perderte.

—No hay garantías contra eso —repuso él con sinceridad—. Tienes por delante un camino mucho más largo que el mío. Pero en este punto de mi vida, creo saber que lo importante no es llegar a destino, ni la velocidad a la que se llega. Lo importante es el viaje. Y quizá no podamos pedir nada más que viajar acompañados y hacerlo bien. Nadie sabe lo que puede encontrar a la vuelta de la esquina. —Al igual que Maddy, había aprendido esa lección de una forma dolorosa—. Se necesita fe para seguir adelante. —Ella todavía no entendía adónde quería ir a parar, y él deseaba tranquilizarla—. No voy a dejarte, cariño. No voy a ninguna parte. Y no quiero hacerte daño.

Claro que ambos se harían daño alguna vez. Pero eso no importaba siempre que no hubiese mala intención. Ambos lo sabían.

—Yo tampoco quiero hacerte daño —musitó, abrazándose a él como si fuese un salvavidas, pero algo más tranquila. Intuía que no tenía nada que temer.

Era una vida nueva, un nuevo día, un nuevo sueño que habían forjado y alimentado juntos.

—Lo que quiero decir —prosiguió él, sonriendo en el frío aire de la noche— es que he pensado que quizá me haga bien jugar al béisbol a los setenta. Andy podrá arrojarme la pelota y yo la atajaré desde mi silla de ruedas.

Maddy lo miró con perplejidad.

—No estarás en una silla de ruedas. —Entonces vio que él reía.

—¿Quién sabe? Es posible que me destroces. Ya lo has intentado. Una bomba, un bebé, un ex marido loco... sin duda sabes cómo animarme la vida. Pero no quiero limitarme a ser el padrino de Andy. Merece algo más. Todos merecemos algo más.

—¿Quieres ser su entrenador en la liga infantil? —bromeó ella.

Se sentía como si acabara de llegar un barco que había esperado durante mucho tiempo; de hecho, toda su vida. Con Bill, por fin estaría segura y en buenas manos.

—Lo que intento decir es que quiero ser tu marido. ¿Qué te parece, Maddy?

—¿Qué dirán tus hijos? —Seguía preocupada, a pesar de que habían sido extremadamente agradables con ella.

—Tal vez digan que estoy loco, y con razón. Pero creo que es lo mejor para los dos... para todos... Lo sé desde hace tiempo, aunque no estaba seguro de qué ibas a hacer tú ni de cuánto tardarías en librarte de Jack.

—He tardado demasiado —repuso ella. Ahora lo lamentaba, pero también sabía que no había sido capaz de actuar más aprisa.

—Ya te lo he dicho, Maddy. No importa la rapidez con que se llegue a destino. Lo que cuenta es el viaje. ¿Y bien? ¿Qué piensas?

—Pienso que soy muy afortunada —murmuró.

—Y yo también —dijo él y le rodeó los hombros con un brazo para conducirla a la casa.

Lizzie, que estaba acunando al bebé, los miró desde una ventana de la planta alta. Como si intuyese su mirada, Maddy alzó la vista, sonrió y saludó con la mano. Bill la detuvo en el umbral y la besó. Para ellos, aquello no era un comienzo ni un final. Lo único que contaba era la vida que compartían y la dicha de saber que el viaje continuaría durante mucho tiempo.

Prólogo del próximo libro de

DANIELLE STEEL

ÁGUILA
SOLITARIA

que Plaza & Janés publicará en primavera de 2003

PRÓLOGO

La llamada llegó cuando ella menos la esperaba, una nevada tarde de diciembre, casi treinta y cuatro años después de conocerse. Treinta y cuatro años. Años extraordinarios. Había pasado exactamente dos tercios de su vida con él. Kate tenía cincuenta y un años, y Joe sesenta y tres. Y a pesar de todo cuanto había logrado, Joe aún parecía joven a sus ojos. Poseía vitalidad, energía, determinación. Era como una estrella fugaz, atrapada en el cuerpo y el alma de un hombre, siempre empujada hacia delante, hacia metas invisibles. Era el ser más visionario, brillante y entusiasta que había conocido. Lo había comprendido desde el momento en que se conocieron. Siempre lo había sabido. Ella no siempre le había comprendido, pero desde el primer instante, sin ni siquiera saber quién era, había intuido que era diferente, importante y especial, y muy, muy raro.

Kate lo había sentido en los huesos. A lo largo de los años había pasado a formar parte de su alma. No siempre era la parte más cómoda de ella, ni siquiera de él, pero era una parte importantísima de ella, y lo era desde hacía mucho tiempo.

Se habían producido colisiones durante esos años, y explosiones, picos y valles, cumbres montañosas, amaneceres y ocasos, y épocas plácidas. Para ella, había sido el Everest. Lo definitivo. El lugar al que siempre había querido llegar. Desde el principio había sido su sueño. Él había sido el cielo y el infierno, y de vez en cuando el purgatorio. Era un genio, un hombre de extremos.

Cada uno otorgaba significado a la vida del otro, color y profundidad, y en ocasiones se habían aterrado enormemente. La paz, la aceptación y el amor habían llegado con la edad y el tiempo. Se habían ganado a pulso las lecciones aprendidas.

Cada uno había sido el mayor desafío para el otro, personificando los mutuos temores. Y al final se habían curado el uno al otro. Con el tiempo encajaron como dos piezas de un rompecabezas.

Durante los treinta y cuatro años que habían compartido, habían descubierto algo que poca gente lograba. Había sido tumultuoso y regocijante, y el ruido había resultado ensordecedor en ocasiones, pero ambos sabían que se trataba de algo muy poco común. Había sido una danza mágica durante treinta y cuatro años, pero no les había resultado fácil aprender los pasos.

Joe era diferente de los demás, veía lo que los otros ni siquiera atisbaban y apenas necesitaba vivir entre los demás hombres. De hecho era más feliz cuando se recluía en sí mismo. Había creado a su alrededor un mundo extraordinario. Era un visionario que había levantado de la nada una industria, un imperio. Había expandido el mundo. Y al hacerlo había ensanchado horizontes inimaginables para los demás. Sentía el impulso de construir, de romper barreras, de ir siempre más lejos que antes.

Joe estaba en California desde hacía semanas cuando se produjo la llamada. Volvería al cabo de dos días. Kate no estaba preocupada por él, ya no se preocupaba por él. Se iba y volvía. Como las estaciones o el sol. Estuviera donde estuviera, sabía que nunca se hallaba lejos de ella. Lo único que importaba a Joe, aparte de Kate, eran sus aviones. Eran, y siempre habían sido, una parte integral de él. Los necesitaba y, en algunos aspectos, los necesitaba más que a ella. Kate lo sabía y lo aceptaba. Al igual que su alma o sus ojos, había llegado a querer sus aviones como una parte de él. Constituían un fragmento del maravilloso mosaico que era Joe.

Estaba escribiendo en su diario aquel día, cómoda en el silencio de la plácida casa, mientras una capa de nieve fresca cubría el mundo exterior. Ya había oscurecido cuando sonó el teléfono a las seis de la tarde, y la sobresaltó lo avanzado de la hora. Cuando consultó su reloj al oír el timbre, sonrió, pues sabía que sería Joe. Tenía casi el mismo aspecto de siempre cuando se retiró de la frente un mechón de pelo rojo oscuro y descolgó el auricular. Sabía que al instante se sentiría envuelta en el profundo terciopelo de su voz familiar, ansiosa por contarle lo que había sucedido aquel día.

—¿Diga? —Estaba impaciente por oír su voz, y entonces se dio cuenta de que continuaba nevando con intensidad. Era el perfecto País de las Maravillas invernal, y constituiría una deliciosa Navidad cuando los hijos volvieran a casa. Los dos tenían trabajos, vidas y seres queridos. El mundo de Kate giraba casi por completo alrededor de Joe. Era Joe quien vivía en el centro de su alma.

—¿Señora Allbright? —No era la voz de Joe. Se sintió decepcionada por un momento, pero solo porque esperaba oírle. En algún momento llamaría. Siempre lo hacía. Siguió un largo y extraño silencio, casi como si la voz vagamente familiar al otro extremo de la línea esperara que supiera por qué la telefoneaba. Era un ayudante nuevo, pero Kate ya había hablado con él—. Llamo desde la oficina del señor Allbright —dijo, y volvió a hacer una pausa, y sin saber por qué Kate tuvo la curiosa sensación de que Joe había querido que llamara él. Era como si intuyera a Joe a su lado, en la habitación, pero no podía adivinar por qué el hombre la telefoneaba en lugar de Joe—. Yo... Lo siento. Ha habido un accidente.

Al oír sus palabras todo el cuerpo de Kate se quedó frío, como si hubiera salido desnuda a la nieve.

Lo supo antes de que pronunciara las palabras. Un accidente... Ha habido un accidente... Un accidente... Era una letanía que en otro tiempo siempre había esperado pero ya había olvidado, porque Joe tenía muchas vidas. Era indestructible, infalible, invencible, inmortal. Cuando se conocieron, le había dicho que tenía cien vidas y solo había gastado noventa y nueve. Siempre daba la impresión de que quedaba una más.

—Voló a Albuquerque esta tarde —informó la voz, y de repente lo único que pudo oír Kate en la habitación fue el tictac del reloj. Comprendió sin aliento que era el mismo sonido que había oído más de cuarenta años antes, cuando su madre le contó lo de su padre. Era el sonido del tiempo que escapa, la sensación de zambullirse en un abismo insondable. Joe no permitiría que le pasara esto a ella—. Estaba probando un nuevo prototipo —prosiguió la voz, y de pronto se le antojó la de un niño. ¿Por qué no se había puesto Joe al teléfono? Por primera vez en años sintió que las garras del miedo se cerraban sobre ella—. Hubo una explosión —añadió el hombre con una voz tan suave que Kate no pudo soportar oírla. La palabra cayó sobre ella como una bomba.

—No... Yo... No puedo... Es imposible...

Habló de forma atropellada y después se quedó petrificada. Supo el resto antes de que el hombre lo dijera. Supo lo que había ocurrido mientras sentía que los muros de su mundo protegido y seguro se derrumbaban alrededor.

—No me lo diga.

Guardaron silencio durante un larguísimo momento de terror, mientras las lágrimas llenaban sus ojos. El hombre se había ofrecido voluntariamente para llamarla. Nadie más tuvo el coraje de hacerlo.

—Se estrellaron en el desierto —dijo el ayudante, y Kate cerró los ojos. No había sucedido. No estaba sucediendo. Él no le haría eso. No obstante, siempre había sabido que ocurriría, pero ninguno de los dos lo había creído. Era demasiado joven para que le pasara eso. Y ella era demasiado joven para ser viuda. Sin embargo, había habido muchas como ella en la vida de Joe, viudas de pilotos que perdían a sus hombres cuando probaban los aviones de Joe. Este siempre había ido a verlas. Y ahora ese chico la llamaba, ese niño; ¿cómo podía saber lo que Joe había sido para ella, o ella para él? ¿Cómo podía saber qué o quién era Joe? Solo sabía que era el hombre que había construido el imperio. La leyenda que había sido. Había muchas más cosas de Joe que nunca sabría. Ella misma había pasado la mitad de su vida averiguando quién era Joe.

—¿Ha ido alguien a inspeccionar el avión siniestrado? —preguntó con voz temblorosa. Si lo hacían, le encontrarían, y él se reiría de ellos, se sacudiría el polvo y la llamaría para relatarle lo sucedido. Nada podía tocar a Joe.

El joven del teléfono no quería decir que se había producido una explosión en pleno vuelo, que había iluminado el cielo como un volcán. Otro piloto que volaba muy por encima le había dicho que parecía Hiroshima. De Joe solo quedaba el nombre.

—Estamos seguros, señora Allbright... Lo siento muchísimo. ¿Puedo hacer algo por usted? ¿Hay alguien que la acompañe?

Kate era incapaz de formar palabras. Solo quería decir que Joe estaba con ella y siempre lo estaría. Sabía que nada ni nadie podía arrebatárselo.

—Alguien de la oficina la llamará más tarde, para comentar los... preparativos —agregó la voz con torpeza, y Kate solo pudo asentir. Y sin pronunciar ni una palabra más colgó. No tenía nada más que decirle, nada que pudiera o quisiera decir. Contempló la nieve, pero vio a Joe. Era como si estuviera parado delante de ella, como siempre. Aún podía verle tal como era la noche en que se conocieron, tanto tiempo atrás.

Sintió que el pánico se apoderaba de ella y supo que debía ser fuerte por él, tenía que ser la persona en quien se había transformado por él. Era lo que Joe esperaría de ella. No podía volver a hundirse en la oscuridad o abandonarse al terror del que su amor la había curado. Cerró los ojos y pronunció su nombre en voz baja, en la habitación que habían compartido.

—Joe... no te vayas... te necesito —susurró mientras las lágrimas resbalaban por sus mejillas.

—Estoy aquí, Kate. No me voy a ningún sitio. Ya lo sabes.

La voz era potente y serena, y tan real que supo que la había oído. Él no la abandonaría. Estaba haciendo lo que debía hacer, donde debía estar, donde deseaba estar, en sus cielos. Como estaba escrito. Donde había estado todos los años en que le había amado. Poderoso. Invencible. Y libre.

Nada podía cambiar eso. Ninguna explosión podía arrebatárselo. Joe era más fuerte que todo eso. Demasiado grande para morir. Ella tenía que concederle la libertad una vez más, para que cumpliera su destino. Sería su acto de valentía final, y de él también.

Una vida sin Joe era inimaginable, impensable. Mientras contemplaba la noche, le vio alejarse poco a poco de ella. Luego él, se volvió y le sonrió. Era el mismo hombre de siempre. El mismo hombre al que había amado durante tanto tiempo.

Un silencio abrumador envolvía la casa, y Kate permaneció sentada hasta bien entrada la noche, pensando en él. La nieve continuaba cayendo mientras su mente retrocedía a la noche en que se habían conocido. Ella tenía diecisiete años, y él era joven, poderoso y deslumbrante. Un momento inolvidable que había cambiado su vida, cuando le miró y el baile empezó.

Diciembre de 1974

Si desea recibir más información de la autora rellene y envíe este cupón a:

RANDOM HOUSE MONDADORI
Travessera de Gràcia, 47-49
08021 Barcelona
Dpto. de Marketing

Nombre ....

Apellidos ....

Dirección ....

Población ....

C.P. .... Provincia ....

Fecha de nacimiento ....

E-mail ....

1800 =

(305) 938 0981

PIN # 248 - 6414 - 612

Marcos

Post card $??

30 minutes